UNE PLACE POUR DEUX

1 - Cœurs résilients

MEONIE SWAN

UNE PLACE POUR DEUX

1 - Cœurs résilients

UNE PLACE POUR DEUX, CŒURS RÉSILIENTS 1
Copyright : ©2025 Meonie Swan
Conception graphique : Magnus Designart
Montage couverture : Magnus Designart
Images de couverture : ©Adobe Stock ©DepositePhotos
Correctrice : Farida Derouiche

ISBN broché : 9782959861062
ISBN numérique : 9782959861055

Dépôt légal : janvier 2026
Imprimé par Amazon - KDP

AVERTISSEMENTS

Ce livre propose une expérience littéraire singulière dans un univers entièrement fictif. Toute ressemblance avec des personnes réelles, des lieux ou d'autres récits existants serait purement fortuite.

Ce roman met en scène une romance entre deux hommes, avec quelques passages explicites, décrits avec émotion et sensibilité. Si ces thématiques ne correspondent pas à vos préférences, veuillez à ne pas la lire.

Attention, cette histoire risque de faire fondre votre petit cœur. Elle est remplie de chocolats chauds, de licornes et d'arcs-en-ciel. L'auteure décline toute responsabilité en cas d'attaque de tendresse.

DÉDICACES

À mes parents que je chéris autant qu'ils me chérissent.
Cette histoire est pour vous, même si j'espère que vous
ne la lirez jamais… n'est-ce pas ?

« La famille est un lieu où tout le monde vous aime, peu importe comment vous êtes, ils vous acceptent pour qui vous êtes. »

Glee

Playlist
Chansons

Mr Blue Sky - Electric Light Orchestra
Another one bite the dust - Queen
Don't stop me now - Queen
Why Am I like this - Orla Gartland
More than you know - Axwall A Ingrosso
Ava - Famy
I'm on my way - The Proclaimers
The sweet escape - Gwen Stefani
Capital Letters - Hailee Steinfeld
Say what you need to say - John Mayer
Midnight City - M83
Try everything - Shakira
Audio - LSD
Paradis - Orelsan
Candy Pop - TWICE
Boy with love - BTS
DNA - BTS
Love Talk - WayV
Sway - Michael Buble
Superstar - Jamelia
Change - Chuchill
Feeling good - Michael Buble
Careless Whisper - George Michael
Boyfriend - Dove Cameron
Born this way - Lady Gaga
Bom Bidi Bom - Nick Jonas & Nicki Minaj
Sexy Back - Justin Timberlake & Timberland
I wanna be yours - Artic Monkeys

Soundtracks

Finding Nemo/Finding Dory (exented version)
Any other Name - Thomas Newman
Goodnight Sweet Possums - John Powell (L'âge de glace)

Chapitre 1
William

La vie n'est pas faite que de bonnes surprises. Mais, malgré cela et mon jeune âge, j'en ai eu une. Une pour laquelle je serais prêt à sacrifier tout ce que je possède sans hésiter une seule seconde. Ma fille, Hope. Elle représente tout pour moi et son bonheur passe avant le mien. Je sais, c'est un peu le cliché des pères protecteurs qui croient pouvoir soulever des montagnes et arrêter des comètes s'écrasant sur Terre dans le seul but de préserver leur enfant, mais c'est exactement ce qui résume notre relation. Moi-même, j'en ai une emplie de confiance et ponctuée de tendresse avec mon propre père. Toujours présent dans les moments les plus difficiles comme dans les plus faciles. Il est un exemple pour moi et je souhaite transmettre le même aux yeux de ma fille.

Pour résumer : je suis un vrai papa poule.

Un papa poule qui s'acharne au boulot et qui rêve déjà

de vacances. Ça ne fait qu'un mois que l'année scolaire a débuté, donc la fin des vacances d'été, et pourtant je suis épuisé. Autant physiquement que mentalement. C'est chaque fois la course entre le boulot et aller chercher ma fille à l'école. Je ne devrais d'ailleurs pas tarder à y aller, si seulement Alejandro ne me retardait pas comme il le fait actuellement…

— Alors, qu'est-ce que tu en penses ? me demande-t-il, assis sur sa chaise de bureau.

Alejandro est mon meilleur ami et collègue de boulot. Pour être exact, nous sommes associés et gérons tous les deux notre propre agence immobilière dans le quartier de Manhattan. Notre société comptabilise deux employés, Hana et Lindsey, tout aussi formidables l'une que l'autre. En bref : c'est le paradis. Enfin, disons que c'est plutôt sympa de travailler dans une bonne ambiance et d'entretenir des relations saines. Mais parfois, elles ne suffisent pas à rendre la tâche plus facile.

Nous sommes toujours dans les locaux malgré le fait que nous ayons fini notre journée depuis un quart d'heure. Il me tarde d'enlever ma tenue de costume-cravate pour la troquer contre un pyjama et ainsi profiter d'une soirée film avec pop-corn.

Les yeux verts de mon ami me fixent avec attention, attendant ma réponse. En me posant cette question, il fait référence à une affaire délicate avec un de ses clients. Un homme a trouvé intelligent de faire appel à nous pour acheter un appartement neuf… à sa maîtresse. Mais sa femme est venue dans notre agence pour faire une surprise à son mari avec l'acquisition d'une nouvelle maison.

Cette histoire nous révolte tous les deux, mais aucun de nous ne sait quoi faire ni comment bien réagir. Doit-on prévenir l'épouse qu'elle est mariée à un type infidèle doublé d'un enfoiré ? Comment procéder tout en gardant notre professionnalisme ? Ça me dépasse. Du coup, Alejandro s'est mis en tête de prendre rendez-vous avec notre cliente pour lui révéler cette information, sauf que c'est une très mauvaise idée, que ce soit pour notre business ou pour eux. Nous ne pouvons pas interférer dans leur vie. La pauvre, je n'imagine pas ce qu'elle traversera une fois qu'elle saura la vérité. Si elle la sait un jour…

— Tu veux vraiment mon avis ? demandé-je avec appréhension, jouant nerveusement avec un stylo à bille et en me tenant debout devant son bureau.

— Évidemment.

— Je n'en ai aucune foutue idée, dis-je en haussant les épaules, déçu de n'être d'aucune aide. Je crains beaucoup leur réaction. Le mari n'a pas l'air d'être quelqu'un de très… commode. La dernière fois que je l'ai vu, il partait en direction de sa voiture et a agressé verbalement un pauvre cycliste. Il lui avait juste effleuré son rétroviseur parce qu'il allait tomber. En plus, il était d'assez bonne humeur en sortant. Donc je doute qu'il réagisse gentiment quand il saura que tu auras tout

3

avoué à sa femme.

— *Hijo de puta[1]*... s'agace Alejandro dans sa langue natale en tapant du poing sur son bureau avant de me regarder. Pas toi, hein ! Mais lui, ce connard.

Je ne m'offusque pas, ce n'est pas comme si je ne savais pas à qui il faisait référence.

— Il nous met dans la merde en jouant les cons. C'est un client très fortuné, du moins grâce à sa femme, et je devine ce qui va se passer après. Il va colporter comme quoi nous manquons de professionnalisme et ensuite ça va se répandre par le bouche-à-oreille. On sera cuits, non, cramés ! Voilà, c'est exactement le terme, précise mon ami en pointant une chose invisible avec un stylo.

— Tu veux bien te calmer, s'il te plaît ? le rassuré-je d'une voix douce et posée, du moins j'essaye, en lui indiquant avec les mains de respirer.

Il souffle et se détend en s'enfonçant dans sa chaise.

— Tu as raison... Après tout, on n'a rien fait de mal... Ooooh, mais imagine s'il le fait ! Ce sera fini et on ne pourra plus...

Je le coupe en couvrant sa bouche de ma main.

— Arrête. De. Paniquer.

— Moui m...

— Tut, tut, tut, fais-je en mimant la fermeture de mes lèvres avec mes doigts tout en continuant de maintenir sa bouche close. Ça va bien se passer. Nous ne sommes

---

[1] Fils de pute (désolée).

4

en rien responsables de leur futur divorce. Il a préféré jouer au plus abruti et il a perdu, c'est tout. Donc, arrête d'en faire tout une histoire. Je vais trouver une solution.

J'enlève ma main pour qu'il puisse parler et respirer.

— C'est vrai ?! Tu veux t'en occuper ?

Non.

— Oui, bien sûr, dis-je, le sourire aux lèvres, souhaitant me montrer confiant alors que ce n'est pas du tout le cas, bien au contraire.

C'est pas vrai ! Mais je ne pouvais pas me taire... ?!

J'imagine l'ange sur mon épaule me donner un coup derrière la tête.

Il faut vraiment que j'arrête d'être aussi gentil. L'autre fois, j'ai accompagné une personne jusqu'à sa destination parce qu'elle n'arrivait pas à trouver son chemin. Ça m'a pris une heure alors que j'avais rendez-vous avec mes deux amies. Résultat, j'étais en retard et j'ai raté une belle soirée. Amanda et Élisabeth, les deux amies en question, se sont mises en couple bien avant que j'entre dans leur vie. Ce soir-là, elles nous avaient réservé une soirée dégustation. Mais attention, pas n'importe laquelle. Une dégustation de gâteaux ! Mon péché mignon... J'en ai encore les larmes aux yeux à l'idée d'avoir loupé ça. En bref, je dois arrêter d'être aussi gentil envers tout le monde. Je devrais m'occuper davantage de moi et de mes propres intérêts, mais que voulez-vous, c'est dans ma nature. Comme si c'était gravé au fer rouge sur mon front : « Que puis-je faire pour vous ? » On dirait un employé de magasin qui te harcèle partout où tu vas pour te demander si tu as besoin d'un renseignement. Alors que tu veux simplement regarder et faire un tour tranquille. Mais bien entendu, je suis tellement niais que je sors tout et n'importe quoi. J'ai un jour répondu à un conseiller au rayon jardin si tel engrais était bien pour la pelouse alors que je n'ai pas de maison et vis en appartement... *Non mais quel idiot !*

Mon petit ange me remet une claque derrière la tête.

Et ça, ce n'est rien comparé aux choses que j'ai dites ou faites par le passé.

En parlant de bêtises, je vais vraiment être à la bourre pour récupérer Hope à temps. Je regarde ma montre dans l'ultime espoir de me convaincre que ça ira, mais non.

— Écoute, mec, je t'aime bien et tu le sais, mais là je dois filer et vite !

Je prends ma veste trois-quarts sur la chaise en face du bureau d'Alejandro, l'enfile et attrape mon attaché-case où se trouvent quelques dossiers de clients.

— Ah oui, c'est vrai, désolé. Tu feras un bisou à cariño de ma part.

— Oui, comme à chaque fois, promis ! lancé-je, attendri par l'attention de mon ami.

Je lui fais un dernier coucou de la main avant de sortir de l'agence.

Alejandro est comme un oncle pour ma fille. Nous ne sommes pas issus de la même famille, mais c'est tout comme. Et puis, je trouve que les liens du sang ne veulent absolument rien dire. Tant qu'il y a de l'amour, c'est le plus important. Je sais que je suis un peu trop fleur bleue, mais c'est vrai. Leur complicité me touche énormément. Hope le surnomme d'ailleurs «tonton Alejandro», et chaque fois que j'entends cette appellation, mon cœur fond. Ils sont beaucoup trop mignons tous les deux. Ils me remplissent de bonheur. Elle se fiche qu'ils ne soient pas liés par le sang, pour les enfants ça n'entre pas en ligne de compte.

Je me dépêche de monter dans la voiture et attache ma ceinture. En mettant la clé sur le contact, je me souviens qu'aujourd'hui a lieu un entretien avec la professeure de Hope. Merde! Je me tape la tête contre le volant et souffle un bon coup avant de démarrer.

C'est parti!

J'enclenche le Bluetooth de mon portable et lance ma playlist favorite intitulée «vintage». Avec elle, j'ai l'impression de revenir en enfance, et puis j'ai toujours préféré les vieilles musiques aux récentes. Il manque à ces dernières cette petite chose qui nous transporte. La chanson de Queen, Another bites the dust, s'échappe des haut-parleurs et me met tout de suite dans l'ambiance. Ma tête bouge toute seule, presque instinctivement.

Oh! Let's go!
Steve walks warily down the street
With the brin pulled way down low
Ain't no sound but the sound of his feet

Machine guns ready to go

— *Are you ready, hey ! Are you ready for this ?* chanté-je pendant que je quitte ma place de parking.

Je n'y peux rien, c'est plus fort que moi. Conduire en musique me paraît beaucoup moins barbant et j'ai surtout besoin de me détendre.

— *Another bites the dust !*

Ce chanteur et ce groupe m'ont beaucoup aidé dans ma jeunesse, notamment par rapport à mon orientation sexuelle. Étant bi, j'avais du mal à l'assumer. Au départ, j'avais cru être cent pour cent gay, mais alors que je sortais avec une fille, je m'étais rendu compte que ce n'était pas ce qui définissait ma sexualité. Aussi, quand j'avais découvert leurs chansons, ça avait été une révélation. Ça peut paraître idiot, mais parfois il suffit d'une toute petite chose pour changer notre vision et le cours de notre vie.

Arrivé à destination, je me gare sur le parking de l'école et sors de la voiture. Je prends le temps de regarder ma montre et constate que je suis en retard de cinq minutes. *Ouf, je pensais que c'était plus que ça !* Mais bon, ça ne m'empêche pas de trottiner pour me présenter à l'accueil. Je pousse les portes et interpelle un homme travaillant dans la structure. Je l'informe que j'ai rendez-vous avec l'institutrice de ma fille et il m'indique le numéro de sa classe.

Cet établissement a eu la bonne idée de programmer

une réunion avec les parents après un premier mois, dans l'optique de faire un bilan sur l'adaptation de l'enfant dans sa nouvelle classe. En l'occurrence, Hope, six ans, fait sa première année au sein d'une école primaire. C'est une grande étape de passer de la maternelle à la primaire. C'est pour cette raison que je trouve cette rencontre très utile. Et puis, qui sait, elle profite peut-être de mon absence pour faire quelques bêtises que j'ignore encore. Je connais ma fille et son caractère bien trempé, mais ça ne la prive pas d'être un ange. Je donnerais ma vie pour la voir heureuse et toujours souriante.

Ma vie, c'est elle et personne d'autre.

Au bout du couloir que je traverse en courant, j'aperçois le numéro de la classe. La porte est ouverte et la lumière de la salle parvient jusqu'au mur. Une fois devant, pas la peine de toquer car Mme McCoy m'attend à l'entrée, les bras croisés et l'air affable, m'offrant une belle crise cardiaque.

Mon Dieu, mais ça ne va pas de me flanquer une frousse pareille ?!

Je porte une main sur mon cœur qui bat à une vitesse folle.

— Ravi de constater que vous n'avez pas oublié le rendez-vous.

— Oui... Je suis affreusement désolé. Un problème de dernière minute...

— Je plaisantais, ne vous en faites pas. Ça ne fait que cinq minutes que nous vous attendons. Je vous en prie, après vous.

J'entre dans la salle de classe, quand une petite tête brune à salopette bleue s'avance vers moi à toute vitesse.

— Papa !

— Hey, ma Puce !

Je me baisse, pose un genou à terre et l'enlace. Ses cheveux me chatouillent le visage et je sens l'odeur de son shampoing à la vanille. Son préféré. Elle ne veut que celui-ci et aucun autre. C'est une des nombreuses choses que je trouve les plus attendrissantes chez ma fille. Elle sait imposer ses choix et ne va pas par quatre chemins pour le faire comprendre. Une vraie chipie. Ma chipie.

Je rassemble toutes mes forces et ma volonté pour sortir de son étreinte. Je pourrais rester des heures à l'enlacer si je le pouvais.

— Ça a été l'école aujourd'hui, ma Puce ?

— Oh oui ! On a chanté une chanson avec la maîtresse. C'était trop bien ! s'extasie-t-elle avec ce sourire si adorable qu'il ferait fondre n'importe qui.

Je ne peux pas ne pas sourire aussi en la voyant si joyeuse.

Je me relève et pars m'asseoir sur la deuxième chaise en face du bureau. J'en profite pour jeter un coup d'œil à la classe. Des dessins faits avec de la peinture sont collés un peu partout dans la pièce colorée. Des tas d'affiches comme celle montrant les lettres de l'alphabet se situent sur le mur longeant la porte. Derrière le bureau de l'institutrice, un grand tableau en ardoise avec des craies multicolores. Les tables sont disposées en trois rangées comptant chacune six places.

Mme McCoy s'installe à son tour.

— Je ne vais pas vous retenir très longtemps. J'ai cru comprendre que Hope était pressée de prendre son goûter.

Je ris à cette allusion comme quoi c'est une petite gourmande.

Nous avons l'habitude depuis maintenant un mois de nous rendre dans le café juste en face de l'école pour notre collation. Comme moi, ma fille raffole de sucreries. Elle choisit toujours un chocolat chaud et un muffin à la vanille. J'en prends un également, mais accompagné d'un financier aux amandes. De véritables gourmands, je l'admets, mais ce n'est pas ma faute si ce café fait les meilleures pâtisseries et boissons du quartier.

D'ailleurs, je commence à avoir faim rien qu'en imaginant tout ce sucre qui nous attend.

Je me concentre et écoute attentivement ce que l'institutrice a à me dire tandis que ma fille dessine sur une feuille à l'aide de crayons qu'elle a eu la gentillesse de lui fournir.

— Hope est une enfant très surprenante. On ne s'ennuie jamais avec elle.

Ça, c'est sûr.

Je lui souris, heureux de constater que tout va bien dans ce domaine.

— Elle s'adapte très bien dans notre école, bien

qu'il soit parfois difficile de capter son attention. Elle ne semble pas avoir de soucis avec votre séparation. J'aurais tout de même aimé pouvoir rencontrer sa maman en début d'année, suggère-t-elle, un brin mal à l'aise.

Le malaise est réciproque.

Depuis notre rupture, Hailey et moi avons convenu d'une garde partagée. Je l'ai toutes les semaines et deux week-ends sur deux, non pas que je m'en plaigne, mais c'est assez éprouvant pour un homme paumé tel que moi. Quand nous vivions ensemble, notre quotidien se résumait à des disputes. Nous nous étions même engueulés parce que l'un d'entre nous avait oublié de refermer le bouchon du dentifrice. C'est la vérité, même si cliché... Encore aujourd'hui, je ne sais plus à qui était la faute, mais on s'en fout royalement. Ce n'était rien et pourtant ça avait pris des proportions démesurées. Quelle honte quand j'y repense. Hope n'était qu'un bébé à l'époque. J'espère que ses oreilles de nourrisson n'ont pas entendu ces vilaines paroles. Hailey n'avait pas tous les torts au cours de nos disputes. J'avais ma part de responsabilité en tant que père, mais je m'en veux toujours.

Ce qui me contrarie avec la remarque de l'institutrice, c'est que j'ai pourtant bien demandé à Hailey de se rendre au moins une fois à l'école rencontrer la professeure de sa fille, mais c'est comme si elle ne m'avait pas entendu. Je me sens mal de ce manque de considération. C'est tout de même de son enfant dont il s'agit. Hope doit passer avant tout le reste. Enfin, c'est ce que je pense que les gens normaux font, mais malheureusement la vie n'est pas toute rose. Les licornes et les bisounours n'existent pas. Il n'y a pas toujours un arc-en-ciel dans la voûte céleste. Beaucoup d'enfants n'ont pas la chance d'avoir des parents aimants ou même pas de parents tout court. Alors je n'arrive pas à saisir pourquoi mon ex-femme se comporte ainsi envers sa propre fille.

— Oui…Euh… Je suis désolé. Je vais tenter de lui parler.

Plutôt « reparler », vu le contexte.

Elle me sourit, comprenant que je n'y suis pour rien dans ses prises de décisions.

***

Le rendez-vous s'achève sur une bonne note et nous partons sans nous faire prier. Pour nous rendre au café, nul besoin de prendre la voiture, nous la laissons sur le parking. Il se situe juste en face de l'école, séparé par un passage piéton. D'un pas très pressé, et ce, malgré le fait que je lui tienne la main, elle se rue à l'intérieur, faisant activer la clochette. Son doux petit son résonne dans la salle. Il y a pas mal de clients à cette heure de la journée.

Le lieu est grand, lumineux et joliment décoré. Une décoration très nature avec un mélange de bois et de végétaux. Des banquettes en cuir sont disposées dans chaque coin. Les tables et les chaises qui proviennent de la même collection sont en parfait accord. À notre gauche et près des banquettes se situe le bar où ils préparent les boissons.

— Eh ! Bonjour, la petite famille, nous salue Coline depuis ledit bar.

— Bonjour, Coline ! salue Hope à son tour.

Je lui adresse un signe de main.

Elles s'adorent. Il faut dire que ma fille a un sérieux don pour faire craquer tout le monde. Nous nous rendons dans ce café tous les jours de la semaine, excepté le week-end, et les employés se sont pris d'affection pour elle. Il en va de même pour nous envers eux. Ils sont tous incroyablement gentils et prévenants. Des amours.

— Vous savez où vous asseoir. On arrive tout de suite, dit-elle avant de franchir la porte menant à la cuisine.

En effet, nous avons nos petites habitudes. Ils savent aussi très bien ce qu'on commande. Pas la peine de leur demander.

Nous nous installons à une table pour deux, au centre de la pièce. Sa place préférée. Je suis conscient que je cède beaucoup de choses à ma fille, mais je n'y peux rien.

Qui pourrait résister à cette bouille de toute manière ? Moi, je vous le dis : personne.

Je retire mon manteau et le pose sur le dos de la chaise avant de m'asseoir. Il fait assez chaud pour que je l'ôte. Hope se dépêche d'enlever sa doudoune jaune. À chaque fois qu'elle s'assied, ses pieds ne parviennent pas à toucher le sol tellement elle est petite et ça me fait craquer. Mais ça ne l'empêche pas de pousser très vite. D'un côté, je veux qu'elle reste une fillette, mais de l'autre, je souhaite qu'elle connaisse la joie de grandir et de découvrir le monde de ses propres yeux.

Mes bras croisés sur la table, je me penche vers elle.

— Ma Puce, j'ai une surprise pour toi. Une chose qui, j'en suis sûr, va te plaire.

— Ah oui, quoi ? Est-ce que je vais avoir un dinosaure ?!

Je me mets à rire. Elle est trop mignonne.

— Non, ce n'est pas tout à fait un dinosaure…

Son expression passe de l'émerveillement à la déception en un rien de temps, mais je me rattrape aussitôt :

— … Mais c'est mieux qu'un dinosaure ! Je nous ai pris des places pour aller au musée. Tu te souviens, celui dont tu m'as parlé.

Pour ne pas dire harcelé à coups de « On y va ! On y va ! » et de chantages. *Oh que oui, elle sait parfaitement manier l'art du chantage.* C'est une experte. Certains devraient prendre exemple. Pour qu'elle accepte de se coucher à l'heure, je dois absolument lui lire une histoire. Sans celle-ci, impossible qu'elle ferme l'œil de la nuit. Je lui en lis donc une tous les soirs. C'est notre petit rituel.

J'ai réussi à prendre des places pour cette exposition pile à la fin de la distribution. Vu que je ne pouvais me rendre directement là-bas pour les acheter, j'ai dû appeler de nombreuses fois pour enfin en obtenir.

Quand la joie étire ses lèvres jusqu'aux joues, je réalise que ça valait bien le coup. Elle sautille sur sa chaise et mon cœur en est comblé.

— Trop contente ! Je vais voir des dinosaures !

Oui, ça vaut largement le coup.

Perdu dans cette réflexion, je ne remarque pas tout de suite que quelqu'un se dirige vers nous. Par peur de paraître impoli, je relève la tête mais mon sourire s'efface aussitôt, laissant place à une pure expression de surprise.

Un homme se tient devant notre table, avec dans ses mains un plateau rempli de nos boissons et gâteaux. Mais ce n'est pas cela qui me perturbe. Mes yeux n'en reviennent pas... Il est d'une beauté absolument renversante. Je sens mon cœur faire un bond dans ma poitrine et des frissons me parcourir le corps. Je suis comme électrisé, figé sur place, à croire que mon cerveau s'est mis en pause et que tout mon être est en pilotage automatique.

Ses prunelles d'un mélange de gris et de vert captent tout de suite mon attention. Je suis noyé dans ce regard profond, captivant et séduisant. Il n'y a pas que son regard qui l'est. Son sourire ravageur provoque en moi des sensations jamais encore éprouvées. Sa chemise bleu marine laisse apparaître sa peau métisse, comme de la cannelle. Je n'arrive pas à deviner ses origines, car jamais je n'ai rencontré quelqu'un de si beau, il est unique. Du peu que je vois, il a l'air d'être assez musclé. Ses biceps sont admirablement moulés et ses manches relevées permettent d'entrevoir ses poignets. Son jean, lui aussi bleu, lui fait des cuisses d'enfer ! Et ses cheveux… Ses cheveux tirés en arrière semblent être doux comme de la soie, et au risque de paraître bizarre, je rêve d'y plonger mes mains et de sentir leur texture.

Il me sourit et je jure avoir rougi dès l'instant même où ses lèvres se sont étirées.

Parlons-en de ses lèvres ! Elles ont également l'air d'être douces, mais aussi chaudes, appétissantes…

Appétissantes ? Mais qu'est-ce que je raconte ?! Oh, mon Dieu, je vais faire une crise cardiaque ! Qu'est-ce qu'il m'arrive ? Pourquoi j'ai les mains moites tout d'un coup ?

— Bonjour, me dit l'homme à la plastique de rêve.

Sa voix… Sa voix rauque est tout aussi virile que son physique et fait vibrer toutes les fibres de mon être. Mon corps tout entier est parcouru de délicieux frissons.

— B-Bonjour… bégayé-je en espérant qu'il ne me prenne pas pour un débile.

C'est tout ce que je peux dire sur l'instant parce que j'ai l'impression de manquer d'air.

Pitié, qu'on me donne de l'air !

— Alors, c'est vous nos plus fidèles clients ?

Chapitre 2
Mark

Quelques minutes plus tôt

Cette semaine ne s'est pas passée comme prévu.

Après l'absence pour congé maternité de Christy, notre second cuistot, c'est au tour de Noé, notre deuxième serveur, d'être absent. Je ne lui en veux pas, bien évidemment. Le pauvre s'est cassé la jambe hier en rentrant du boulot à vélo. *Aïe…* Je sais que ça fait horriblement mal et je parle en toute connaissance de cause. Il y a six ans de cela, au cours d'un match de MMA dans mon club, mon tibia a été fracturé. À l'époque, je n'étais pas vraiment ce que l'on appelle un professionnel. J'en faisais juste de temps en temps et c'étaient toujours des combats amicaux, sans prise de tête. À la suite de cela, j'ai mis de côté le MMA pour me concentrer sur mes projets.

La vie a fait que je me retrouve propriétaire d'un café à trente ans, mais ce n'est pas ma seule activité. J'en ai trente-cinq aujourd'hui et je ne regrette absolument pas les démarches fastidieuses réalisées, bien que ce fut plus simple par rapport à d'autres. Peu de temps après, j'ai déposé des annonces précisant que je recherchais deux cuisiniers et deux serveurs. Ainsi, Noé, Christy, Coline et Jason ont postulé. Je n'ai jamais déploré un seul instant de leur avoir donné une chance. Jamais je n'ai vu de personnes avec autant d'énergie et de volonté de réussite qu'eux.

J'ai donc refilé des semaines de congé maladie à Noé afin qu'il s'en remette. Du coup, je me retrouve à jouer les serveurs, ne pouvant pas laisser Coline et Jason faire le travail pour quatre. C'est aussi ma responsabilité de pouvoir les aider en cas de problème. Malheureusement, je ne suis pas souvent en salle. Je passe assez régulièrement vérifier si tout va bien, mais je ne m'occupe pas des clients à proprement parler.

Aujourd'hui est alors une chance pour moi de voir ce que ça fait d'être de l'autre côté. Et tout ce que je peux dire après l'avoir expérimenté depuis ce matin, c'est que c'est loin d'être facile. Je le savais déjà, mais ne l'avais pas vécu, donc difficile de juger. On court partout sans avoir le temps de souffler. En ce vendredi, il y a pas mal de clientèle. La plupart ne m'ayant jamais vu m'ont pris pour un nouvel employé. Certains, malgré mon physique baraqué, en ont profité pour essayer de me malmener, ce qu'ils font pour accueillir les nouveaux. Ils ont vite déchanté quand mon regard glacial a fixé le leur, plus effrayant que menaçant.

Bref, c'est une journée pleine de surprises.

— Hey, Boss! m'interpelle Jason.

Oui. Pour s'amuser, ils m'ont tous donné ce surnom. Ils savent très bien que je ne l'apprécie pas, mais ils choisissent de m'embêter à la moindre occasion. Je préfère qu'on m'appelle Mark, tout simplement. Sinon, c'est comme si ça me faisait paraître supérieur aux autres, chose que je déteste.

Jason et moi sommes dans la cuisine. Lui, préparant ses pâtisseries, et moi, supervisant ses tâches. Non, je déconne, j'en profite uniquement pour goûter à tout. Et puis, il y a moins de clientèle depuis une heure, donc autant souffler un peu et me détendre en savourant ce délicieux cake au citron.

— Quoi? réponds-je en essuyant les miettes aux coins de ma bouche.

Impossible de manger correctement quand c'est aussi bon.

— Est-ce qu'au prochain fouteur de merde je peux m'amuser, s'il te plaît? me demande Jason avec ses yeux noisette qui pétillent.

Par «s'amuser», il entend saboter les pâtisseries. Je suis sûr qu'il serait capable de cracher dedans et d'agir comme si de rien n'était.

— Bien que je souhaite te dire oui, c'est non.

Désolé... dis-je en touchant théâtralement son épaule en guise de réconfort.

Il fait la moue et hausse les épaules.

— Dommage. J'avais de bonnes idées, tu sais ?

— Oh, mais j'en doute pas. Tu débordes d'idées et c'est ça que j'apprécie chez toi.

— Quoi ? Et tout le reste alors ?

— Comment ça, tout le reste ? Attends, ça veut dire que tu sais faire autre chose que de débiter des conneries ? dis-je avant de me mettre à rire.

— Ouais, c'est ça...

J'adore l'embêter.

Mais sans plaisanter, Jason est vraiment doué dans tout ce qu'il entreprend. J'aime plus particulièrement sa façon de revisiter les classiques. Il arrive à faire d'une chose banale un délice capable de te provoquer un orgasme pour le palais. Pour les amateurs de sucré, je ne peux que conseiller toutes ses pâtisseries. Même quand on n'a pas faim, on parvient tout de même à laisser une petite place. Un danger pour ceux qui veulent perdre du poids, et d'ailleurs je devrais faire plus attention. Je me tue déjà assez au sport, alors nul besoin d'en rajouter. Il faut absolument qu'ils reviennent bosser, comme ça je traînerai moins dans la cuisine.

En pleine confection d'un gâteau sur son plan de travail, je l'écoute.

— J'ai eu une nouvelle idée.

Qu'est-ce que je disais ? Il en déborde.

— Concernant la tarte aux fraises. J'ai imaginé… une forme de tacos avec les fraises et la crème à l'intérieur, et le biscuit sera la partie qui remplace la galette. Qu'est-ce que t'en dis ?

Il me regarde sans prononcer un mot de plus, craignant que je lui dise non.

— Qu'est-ce que j'en pense ? Je pense que tu es une personne extrêmement douée dans tout ce que tu entreprends. Fais-toi plaisir ! Épate-moi. J'en ai déjà l'eau à la bouche et t'as intérêt à me réserver la première dégustation.

Il me sourit, heureux de sa proposition.

— Pas de soucis, Boss !

Je souris à mon tour, pas pour son enthousiasme, mais à cause de ce surnom.

La porte de la cuisine s'ouvre sur Coline, m'arrachant à la perspective de finir mon cake au citron.

— Boss, nous avons deux nouvelles commandes. Je me charge des boissons, donc est-ce que tu pourrais les servir ?

— OK, ça marche, confirmé-je en terminant ma bouchée et en frottant mes mains.

Puis elle se retourne pour ajouter :

— Au fait, ce sont deux de nos plus fidèles clients. Il vient tous les jours de la semaine avec sa fille depuis le mois de septembre. Ça sera une occasion de les rencontrer.

Ah oui, je me souviens d'eux. Je ne les ai encore

jamais vus, mais j'en ai beaucoup entendu parler par le biais de la bande. Coline évoque sans cesse la petite. Elle l'adore et la trouve aussi mimi qu'une poupée. Je vais pouvoir le constater de mes propres yeux.

— Et un muffin à la vanille, un ! Et un financier aux amandes, un ! s'écrie Jason.

Rapide et efficace, il s'occupe de la commande en un rien de temps. Il dispose les deux pâtisseries sur des assiettes blanches avec un motif végétal rappelant la déco du café.

Je les prends et me rends au bar pour pouvoir récupérer le plateau et les boissons.

Coline finit de préparer les chocolats chauds et me les mets directement dessus.

— Ils sont là-bas. Tu vois le beau mec et la choupette toute mignonne avec sa salopette ? demande-t-elle en le montrant du doigt.

Je me tourne dans cette direction.

À la minute où mes yeux se posent sur lui, assis en face d'une petite fille, je ressens une drôle de sensation. Cet homme est d'une beauté à couper le souffle. Son sourire et la façon dont ses lèvres charnues se meuvent quand il parle... Ses cheveux blonds courts sur les côtés et un peu plus longs sur le dessus lui vont à merveille. Il est vêtu d'une chemise blanche épousant parfaitement sa taille, accompagnée d'une cravate noire. Il est fin et légèrement musclé au vu de ses biceps. Mon cœur palpite dans ma poitrine, réveillant tout un tas d'autres choses, mais beaucoup plus bas... Mon sexe devient vite à l'étroit dans mon jean et je lui ordonne de ne pas réagir devant tout le monde.

Tu m'as menti, Coline. Il n'y a pas que la petite qui soit adorable.

Ah oui c'est vrai, la petite ! Je suis complètement hypnotisé par ce que je vois et j'en ai oublié la gamine assise en face de lui.

— Boss ?

J'ai dû mal à détourner le regard, mais je le fais quand même en lui répondant :

— Hein ?

— Le plateau, montre-t-elle avec ses yeux insistants.

Bêtement, je cligne des paupières et réalise ce qu'elle veut dire par là.

— Oh oui, c'est vrai. Merci, Coline.

De mes mains presque tremblantes, je le récupère et me dirige tout droit vers Monsieur Sexy.

Il faut vraiment que je sache son nom, ça devient plus qu'urgent.

Mais à quoi je pense ? Il a une fille. Ça signifie sans doute qu'il est hétéro, et pire que ça, marié.

En gros, c'est comme s'il y avait un grand « pas la peine d'essayer » flottant au-dessus de sa tête.

Plus j'avance et plus je me dis que je dois tenter. On ne sait jamais, sur un malentendu, ça peut passer[2].

---

[2] NDA : petite référence au film « Les bronzés font du ski ».

Je ne peux pas le laisser filer comme ça, c'est inconcevable.

Absolument hors de question.

Pris de peur, je vérifie que je ne bande pas. Ce serait dommage de m'en rendre compte quand j'arriverais pile en face de leur table, non ? Mais ouf, il est resté calme.

Une fois devant eux, l'homme me remarque enfin et nos regards se croisent. Aussi étrange que cela puisse paraître, il ne sourit plus du tout. À la place, ses yeux d'un bleu si profond qu'ils m'obsèdent à peine après cinq secondes de contact me détaillent de haut en bas et s'arrêtent sur mon visage. Je lui souris, histoire de ne pas ressembler à un foutu prédateur sexuel. Sans rire, j'ai déjà des personnes qui sont venues me voir en disant que ma manière de regarder fait parfois peur.

Ne me fixe pas comme ça. Tu me donnes envie de faire des choses avec cette bouche.

Je redescends sur terre et rassemble toutes mes forces pour lui sortir avec plein d'entrain un :

— Bonjour.

— B-Bonjour.

— Alors, c'est vous nos fidèles clients ?

Bah oui, idiot ! Non mais quel con...

Honnêtement, à ce stade, je ne sais plus quoi dire. Et la seule idée qui traverse mon esprit est l'image de lui, complètement nu, étendu sur un lit. Je dois vraiment manquer de sexe pour imaginer ça rien qu'en le voyant. Quand j'y pense, cela fait pas mal de temps que je n'ai pas baisé. Faudrait que je révise mes plans ce week-end si je commence à fantasmer sur mes clients.

Ressaisis-toi, Mark.

— Euh… O-Oui…

Il bégaye et je suis persuadé de le voir rougir.

Je rêve ou je lui fais de l'effet ?

Non, c'est sans doute moi qui imagine n'importe quoi.

Je décide de me présenter après avoir déposé le plateau sur la table :

— Je m'appelle Mark Wade. Je suis le gérant du café. Je ne voulais pas paraître intrusif, ne le prenez pas mal. Je ne mords pas, le rassuré-je en souriant pour lui faire comprendre que je plaisante.

Ma tentative de blague n'a pas le succès escompté, puisqu'il semble mal à l'aise. Il doit être timide à en juger par son air perdu.

Bon sang, il est adorable !

Il se reprend.

— William Allen, enchanté. Et voici ma fille, Hope. Tu dis bonjour, ma Puce ?

— Bonjour, Monsieur. Vous êtes trop beau !

— Hope ! cingle son père, tandis que je me retiens de rire. Je suis désolé, elle est très directe. Les enfants… Mais ça ne veut pas dire qu'elle a tort ! Je veux dire… Oh, Seigneur, s'il vous plaît, oubliez ce que j'ai dit…

Est-ce qu'il vient de dire que je suis beau ? Alors là, pas question que je l'oublie.

— Ne vous en faites pas, je connais. Je n'ai pas d'enfants, mais des neveux et nièces.

— De vrais petits démons, hein ? commente William en souriant.

Son sourire...

— Oh que oui, confirmé-je avant de me tourner vers sa fille. Coline m'a beaucoup parlé de toi et je suis ravi de faire ta connaissance. Merci beaucoup pour ton compliment, et toi aussi tu es très belle.

— Moi aussi je suis contente, et en plus, vous faites les meilleurs gâteaux que j'aie jamais mangés !

Elle est adorable.

Sa jolie petite frimousse doit faire craquer tout le monde. Elle a sans doute hérité des cheveux bruns de sa mère. Ses yeux, eux, sont du même bleu que ceux de son père.

— Merci beaucoup, ça nous va droit au cœur. Je le dirai à mes cuisiniers, ils seront ravis.

William nous contemple, comme attendri par notre interaction. Nous restons là à nous dévorer du regard jusqu'à ce que sa bouche aussi appétissante que toutes les pâtisseries réunies s'ouvre :

— Elle a raison, c'est délicieux, comme toujours.

J'ai du mal à quitter mes yeux des siens, magnifiques et chaleureux. Quelque chose se passe entre nous, car lui non plus n'est pas très décidé à rompre le contact visuel. C'est l'appel de Coline depuis le bar qui parvient à nous séparer.

Je reprends le plateau sous le bras et tends ma main dans l'optique de serrer la sienne. Il me rend ce geste et je ne peux que constater que sa peau est aussi douce qu'une pêche. Je me demande si tout le reste est pareil. Quand je la relâche, je ressens comme un manque.

— C'est un plaisir de vous avoir rencontrés. Je serai souvent en salle pendant encore quelque temps. Noé et Christy, que vous connaissez sans doute, sont en arrêt maladie.

Le visage de William trahit son inquiétude.

— Oh zut ! J'espère que ce n'est rien de grave ?

— Non, ça va. Christy est en congé maternité et il vaut mieux afin d'éviter de choper un virus qui pourrait être néfaste pour le bébé. Avec cette saison, ça ne pardonne pas. Noé, lui, s'est fracturé la jambe, alors c'est repos complet jusqu'à sa guérison.

— Je suis désolé de l'apprendre. S'il vous plaît, si vous êtes en contact, vous pourrez souhaiter tous nos vœux de bon rétablissement à Noé et nos félicitations à Christy de notre part ? Nous les apprécions énormément.

— Oui, beaucoup ! rajoute la petite.

— Je ne dis pas ça parce que vous êtes leur employeur, mais parce que c'est la vérité. Vous êtes tombé sur de bonnes personnes.

Je suis mort ? C'est une illusion, c'est pas possible. Comment peut-on être aussi magnifique à l'intérieur qu'à l'extérieur ? *Je croyais avoir perdu la foi en l'humanité à force de côtoyer certains.* Quand j'y réfléchis, le hasard est un sale enfoiré. Il m'attire vers un homme probablement déjà marié avec une fille aussi splendide que son papa.

Seigneur... pourquoi faut-il que tu sois si cruel?
C'est pas du jeu.

— Promis, je leur dirai.

Il me gratifie d'un autre sourire, cette fois-ci moins timide.

Moi qui pensais que je ne régirais pas plus que ça, je me trompais. Cet homme est la quintessence même de la bienveillance. Pourtant, on ne se connaît que depuis quelques minutes.

Soudainement, je me souviens que Coline m'a appelé il y a quelques minutes et que je suis toujours planté devant leur table, à sourire comme un idiot. Je m'excuse d'écourter notre conversation puis pars en prenant soin de ne pas me retourner. Sinon, il va commencer à croire que suis attiré par lui. C'est exactement ça, c'est indéniable, mais je ne veux pas lui faire peur.

Au bar, Coline me jette un drôle de regard tout en passant un coup de serviette sur le comptoir. Je dépose le plateau dessus et lui demande :

— Quoi ? Pourquoi tu me fixes comme ça ?

— Rien du tout, répond-elle en souriant.

Elle sait, c'est sûr.

— Alors arrête !

— Mais je n'ai rien fait, s'étonne-t-elle.

— N'essaye même pas avec moi.

— C'est plutôt à moi de dire ça...

OK... Trop tard pour la jouer subtile.

— Quoi ?

Elle laisse tomber sa tâche en cours et me scrute, toujours avec ce sourire.

— Il est mignon, hum ?

— Je vois... Va bosser.

Je me tourne en direction de la porte de la cuisine, bien décidé à fuir cette conversion, quand elle m'attrape le bras.

— J'ai bien vu la manière dont tu lui as serré la main. C'était on ne peut plus clair.

C'était si évident que ça ? Niveau transparence, je repasserai.

Je me ravise et choisis plutôt d'essayer de dégoter plus d'informations sur sa vie. Après tout, elle semble bien les connaître et puis, foutu pour foutu...

Je me rapproche d'elle et lui chuchote à l'oreille pour être sûr et certain que personne ne nous écoute :

— Tu sais s'il est marié ou bien en couple ?

Elle met ses mains sur ses hanches.

— Oh, eh bien dites donc, Boss, on veut savoir des choses sur son client ? se moque-t-elle en jouant avec ses sourcils.

— C'est bon, laisse tomber.

Elle me rattrape aussitôt avant que je ne me cache dans la cuisine.

— Aucune idée ! Il est très discret. Mais... je peux

me renseigner.

— Te renseigner, hein ?

— Oui ! C'est comme si j'étais une espionne. Un agent secret qui œuvre dans l'ombre pour aider son patron à trouver l'amour. Un Cupidon en fait.

— Tu as regardé le dernier James Bond, récemment ?

— Oui, comment as-tu deviné ?

— Pour rien… Allez, je file ! annoncé-je en poussant la porte. Et remets-toi à bosser, 007.

— J'adore ce surnom ! Je valide à cent pour cent, Mallory.

Je n'aurais jamais dû dire ça.

C'est officiel, plus jamais je ne balancerai des références de films, de séries ou de je ne sais quoi d'autre à Coline.

Chapitre 3

William

Le soir même

— Tu es prête, ma Puce ? demandé-je depuis le salon.

Malheureusement pour moi, Hope se prépare ce soir pour partir chez sa mère. Elle va y passer tout le week-end et je la récupérerai dimanche en fin d'après-midi. C'est toujours douloureux pour moi de la laisser s'en aller, même pour deux jours. Nous avons l'habitude de rester tous les deux, et ce, la plus grande partie du temps, alors j'ai comme un pincement au cœur quand elle fait son sac.

Je ne sais pas vraiment comment elle vit cette situation. Depuis un petit moment déjà, j'envisage de contacter un psychologue. Elle n'évoque jamais ce qu'elle ressent par rapport à notre séparation. Aussi je trouve que ce serait une excellente idée qu'elle consulte

33

un psy. Quelquefois, les enfants n'osent pas en parler à leurs parents. Se tourner vers un inconnu pourrait être une bonne solution. Il est parfois possible de mieux communiquer avec ces gens-là qu'avec notre propre famille.

— Ouiiii, suis prête ! crie Hope depuis sa chambre.

Elle déboule ensuite dans le salon, pose son sac près de l'entrée et vient me voir.

Je me baisse pour lui donner un bisou sur le front.

— C'est bien, ma Puce. Maman arrive bientôt, lui fais-je savoir en regardant l'horloge au-dessus de la télévision.

À chaque fois, c'est le même rituel. C'est elle qui passe chercher Hope le vendredi soir, et moi qui la récupère le dimanche après-midi. Parfois, pour ne pas dire tout le temps, j'ai hâte d'être le dimanche rien que pour la retrouver.

Ce soir, moi aussi je vais sortir. En plus, ça fait un moment que je n'ai pas pris soin de moi. Alors, comme ma fille ne sera pas à la maison, je dois en profiter un maximum.

Je suis invité à dîner chez mon couple d'amies. En fait, elles m'ont surtout harcelé pour que je vienne. Sur le moment, je me suis dit que je préférerais rester tranquille chez moi à bosser un petit peu, mais finalement, j'ai bien fait d'accepter. J'ai grand besoin de me changer les idées et surtout d'oublier cet après-midi…

La sonnette de la porte retentit, me sortant de mes

pensées.

Je l'ouvre pour tomber sur Hailey qui a quinze minutes de retard, comme toujours... Du coup, pour qu'elle ne passe pas pour une mère irresponsable, j'ai dit à ma fille qu'elle arriverait à dix-neuf heures au lieu de dix-huit heures trente. Mais bon, parfois ce n'est pas une demi-heure de retard, mais quarante-cinq minutes...

Habillée d'un long manteau gris, mon ex-femme écarte ses cheveux bruns très humides de son front.

— Salut, il y a eu un embouteillage, s'excuse-t-elle d'un ton sec et pas du tout désolé.

J'en fais abstraction, ne voulant pas m'énerver aujourd'hui.

— Salut. Ce n'est pas grave, entre.

Elle ne se fait pas prier et se dirige directement dans le salon sans même prendre la peine d'ôter ses chaussures mouillées. Mais comme à mon habitude, je ne lui adresse aucun reproche en présence de Hope. Je la connais et je sais comment elle réagit quand on ne va pas dans son sens.

— Coucou, maman !

— Coucou, dit Hailey presque aussi sèchement qu'à moi il y a quelques secondes en la serrant dans ses bras d'une manière qui signifie «c'est bon maintenant, tu peux me lâcher». Tu es prête ? Je ne veux pas qu'on se retrouve à nouveau dans la circulation et je n'ai pas que ça à faire.

Bien sûr que madame est pressée.

Malin de dire ça devant sa fille… C'est limite si elle la considère comme une marchandise que l'on peut trimbaler de droite à gauche. Vraiment, je me demande si c'est une bonne idée de continuer ainsi. Ça m'arrache le cœur de le penser, mais c'est évident qu'elle ne souhaite pas passer du temps avec sa propre fille et tisser des liens. Ou peut-être que je dois leur accorder plus de temps encore. Je ne sais pas. Ce n'est pas vraiment à moi d'en décider, mais à elle. Cependant, je m'octroierai le droit d'intervenir si le comportement de sa mère la met en danger.

Je me racle la gorge pour attirer son attention et essayer d'avoir une discussion importante… pour une fois. Car quand il s'agit de parler sérieusement, elle se volatilise comme si des militants écologiques l'interpellaient dans la rue alors qu'elle voulait juste rentrer chez elle.

— Hailey ? Tu as une petite minute ?

Elle se retourne vers moi, affichant un air incrédule.

— Non, je ne peux vraiment pas. J'ai encore un tas de boulot à faire et c'est très urgent.

Plus urgent que ta propre fille, j'ai l'impression.

— Ça ne me concerne pas, rétorqué-je en lançant un regard entendu vers Hope qui est en train d'enfiler ses chaussures.

Ça n'a pas l'air de l'enchanter puisqu'elle se met à souffler.

— Quoi ? Je t'écoute, mais dépêche-toi.

J'ignore son comportement plus qu'inapproprié pour

une mère pourvue d'un instinct maternel et lui demande de me suivre dans la cuisine ouverte sur notre salon.

— J'ai vu la professeure de Hope aujourd'hui…

Elle hausse les épaules, ne sachant pas où je veux en venir.

— Oui, et ?

Je secoue la tête, exaspéré.

Parfois, face à des parents comme Hailey, je me dis que c'est vraiment injuste que certains ne connaissent pas la chance d'avoir un enfant, entre problèmes de fertilité et manque de ressources.

— Elle se plaint de ne pas t'avoir vue depuis le début de l'année. Je trouve que ce serait plus correct que tu te présentes là-bas, ne serait-ce qu'une poignée de minutes Sans les photos, elle ne saurait pas à quoi tu ressembles. Ce n'est pourtant pas la première fois que je te le précise.

Elle lève les mains pour me dire « stop ».

— Will, je n'ai pas le temps pour ça. Tu voulais sa garde, tu l'as. Alors occupe-toi d'elle, c'est aussi de ta responsabilité.

— Ma responsabilité ? m'insurgé-je en me pointant du doigt et sentant ma colère échapper à mon contrôle. Non mais, tu plaisantes ? Tu es sa mère, Hailey. Elle a besoin de toi.

— Ne me balance pas ce genre de choses en plein visage !

— Chut ! Notre fille est juste à côté alors arrête de crier.

Elle rit, mais d'un rire sans humour.

— Tu sais quoi ? Je t'emmerde, Will. Laisse-moi gérer mes problèmes et occupe-toi plutôt des tiens.

Super, ça… Lâcher un gros mot alors que Hope est juste à quelques mètres et qu'elle n'est pas sourde, loin de là.

Hailey se retourne, prête à partir, quand je l'interpelle pour la seconde fois de la soirée.

— Hailey !

— Mais quoi, bon sang ?!

Seigneur, j'en ai marre de ce conflit permanent…

— Écoute-moi, c'est important… Je me suis renseigné et j'ai beaucoup réfléchi. Il serait plus que temps que Hope consulte un psy. Elle ne dit rien, mais je suis certain que cette situation la touche, et puis avec l'entrée en primaire, c'est un grand cap dans sa vie.

Hailey lève les bras et hausse les épaules.

— Oui, eh bah vas-y, qu'est-ce que tu veux que je te dise ?

Tout doux, William. Reste zen.

— Il est préférable, si ce n'est pas fortement recommandé, de venir accompagné des deux parents, précisé-je.

Cette fois-ci, ce sont ses yeux qu'elle lève au ciel.

— Rohh, c'est pas vrai… D'accord, j'y serai. Tu es content ? Du moins, je ferai tout pour. Débrouille-toi pour en trouver un et tu me donneras l'adresse, la date et l'heure. Mais pas en milieu de journée et en pleine semaine.

Logique, vu que Hope a école aussi la journée. Non mais, sérieusement, elle connaît les horaires en milieu scolaire ? J'ai un gros doute tout à coup.

— OK… Ce serait bien qu'on en ait un dès le mois d'octobre.

— Super ! Bon, Hope, on y va, Stefan nous attend dans la voiture.

Stefan, alias le compagnon et bientôt le mari d'Hailey. D'ailleurs, la date du mariage n'est pas encore fixée. Elle n'a pas perdu de temps après notre séparation. Encore une fois, je ne lui en veux pas. Je ne suis pas du genre rancunier. Tant qu'il se montre respectueux et agréable envers Hope, ça me convient. Pour le reste, ça ne me regarde pas.

Je fais un dernier bisou à ma fille avant qu'elle ne disparaisse derrière la porte.

— Au revoir, papa.

— À plus tard, ma Puce. Passe un bon week-end et ne fais pas de…

— Bêtises, oui, je sais, me coupe-t-elle, m'arrachant un sourire.

Elles partent, me laissant seul. Mais je ne le serai pas pendant très longtemps, car je dois finir de me préparer pour le dîner.

***

C'est en avance que j'arrive chez mes amies. Elles habitent dans un super appartement moderne et très prisé.

Je suis face à leur porte et appuie sur la sonnette, qui retentit de l'intérieur. Elle s'ouvre sans perdre de temps sur une Élisabeth toute souriante et vêtue d'une magnifique robe noire moulant parfaitement son corps svelte. Je ne sais pas si elle sourit à cause de moi ou de la bouteille que je tends devant elle comme si je présentais un bébé, mais je suis heureux qu'elle soit joyeuse.

— Salut, mon chou ! chantonne Élisabeth en me gratifiant d'une accolade que j'accepte avec grand plaisir, suivie d'un baiser sur la joue.

Ça fait un moment que je ne les ai pas vues.

— Salut, Beth.

— Entre, m'invite-t-elle en fermant la porte.

Je marche en direction du salon, quand j'aperçois Amanda qui attend que je vienne l'embrasser, elle aussi.

— T'as vu comme il est mimi, notre petit Will ? ajoute Élisabeth derrière moi.

— Oui, je vois ça. D'ailleurs, si je n'étais pas attirée par les femmes, il y a bien longtemps que j'aurais mis le grappin sur toi, renchérit Amanda.

— Moi la première.

Je ne peux m'empêcher de rire en les voyant faire semblant de se chamailler alors qu'elles s'aiment plus que tout au monde. Aucune personne ne pourrait se mettre en travers de leur chemin.

— Vous exagérez. Je n'ai mis qu'une chemise blanche et un pantalon noir, me justifié-je en montrant ma tenue.

Amanda porte un pantalon blanc et un haut de couleur jaune allant parfaitement avec son teint de peau mate. D'origine de la Jamaïque du côté de ses deux parents, elle a hérité de leurs cheveux noirs et bouclés.

— Tu te sous-estimes beaucoup trop, mon chou.

— Ça, oui... Bon, ne perdons pas de temps et dégustons cette bouteille, s'empresse d'ajouter Beth. Donne-la-moi, je vais l'ouvrir et pendant ce temps-là, installez-vous.

Je m'exécute et pars en direction de la table à manger, quand le bruit du bouchon qui saute se fait entendre. Nous nous sommes à peine assis qu'elle arrive. Amanda s'occupe de remplir nos verres de ce vin blanc.

Nous préférons tous le vin blanc au rouge, ici. Je ne sais pas pourquoi, mais je n'ai jamais apprécié les fruits rouges dans l'alcool. Cette bouteille vient d'un vignoble, que mon cousin Andrew a l'habitude d'amener quand il nous rend visite, à mes parents et moi. Il habite à Washington, plus précisément à Belle Haven, à plus de trois cent trente kilomètres de Manhattan. Nous entretenons une belle relation malgré la distance et il me donne l'illusion d'avoir un frère. Dommage que je ne puisse pas aller le voir souvent. Entre ma fille, ma société et la maison, j'ai déjà du mal à prendre du temps pour moi, alors partir loin...

Les bouteilles qu'il m'apporte finissent chez moi, mais étant donné que je suis seul la plupart du temps à les boire, elles s'entassent, donc j'en profite quand je suis invité quelque part pour en ramener. Il est quand même préférable de ne pas arriver les mains vides, sinon ça me met mal à l'aise. Je suis sûr que ça vient de l'éducation que j'ai reçue de mes parents.

— Hum… Bordel, il est toujours aussi délicieux, s'extasie Élisabeth en sirotant une gorgée tout en fermant les yeux.

— C'est vrai qu'à chaque fois que je le goûte, j'ai l'impression qu'il est meilleur, rajoute Amanda.

Je bois moi aussi une gorgée.

— J'en ai d'autres, si vous voulez. La prochaine fois, je peux vous en amener une caisse. Andrew m'en donne toujours trop même si je le lui ai déjà dit.

— Je suis partante ! s'exclame mon amie, au caractère un peu déjanté, en levant la main.

Sa femme fait la moue.

— Tu n'aurais jamais dû lui dire ça. Elle est capable de s'enfiler une bouteille en douce sans même partager. N'est-ce pas ?

La personne concernée relâche son attention de son verre et nous fixe d'une manière faussement innocente.

— Je ne vois pas ce que tu insinues…

Amanda se tourne vers moi, le sourire aux lèvres, prête à embarrasser sa compagne.

— Oh, elle ne t'a pas raconté la fois où un de ses

collègues lui a offert du champagne à mille dollars et qu'elle l'a fini toute seule pendant que j'étais absente une semaine ? Je l'ai trouvée dans la poubelle pour les déchets en verre en rentrant de mon voyage.

La coupable se cache derrière sa coupe telle une enfant et je me retiens de rire.

— T'avais qu'à être là, tu sais, tente-t-elle de se justifier.

— Mille dollars, Beth. Tu te rends compte ? Et j'étais chez ma famille en Jamaïque, alors ne fais pas comme si je t'avais abandonnée.

Cette fois-ci, je ne retiens pas mon rire.

— Ça te fait marrer, toi ? s'exaspère la personne la plus sérieuse de cette table en masquant son hilarité.

— Désolé, m'excusé-je en voulant étouffer mon rire incontrôlable.

Impossible d'en trouver deux comme elles. Elles ont l'air si différentes, mais paradoxalement, elles se complètent. Élisabeth est drôle, imprévisible, déjantée, extravertie. Amanda est calme, impassible en toutes circonstances, consciencieuse, introvertie. Elles forment un beau duo atypique. C'est à se demander comment elles se sont liées d'amitié. J'envie leur relation indestructible malgré les difficultés qu'elles ont pu rencontrer.

— Assez parlé de moi ! Raconte-nous ce qui se passe dans ta vie de papa célibataire ! Au fait, comment va ma Poupette ? C'est son premier mois à l'école primaire en plus.

Sa Poupette. C'est trop mignon.

— Elle va très bien. D'ailleurs, j'ai eu un rendez-vous cet après-midi avec son institutrice. Elle est très satisfaite de son intégration.

— C'est une excellente nouvelle. Je suis contente pour elle et pour toi aussi. C'est toujours plus rassurant de savoir que tout roule de ce côté-là, s'enchante Amanda.

— Oui, j'en suis heureux, leur expliqué-je en prenant un petit four sur la table, suivi de Beth.

— On la voit quand, notre Princesse ? demande Amanda. Ça fait un moment qu'elle n'est pas venue à la maison ou que nous ne sommes pas allées chez vous.

— Oui, désolé… me renfrogné-je en baissant les yeux, limite honteux.

Elles me fixent toutes les deux, ne comprenant pas pourquoi je me suis excusé. Moi non plus quand j'y pense.

— Ben pourquoi, mon chou ? C'est pas un reproche. On souhaitait simplement savoir, déclare Beth d'une voix contrite en lançant un regard entendu à sa femme.

— Oui, bien évidemment. Cesse de t'excuser pour un rien, Will.

— Déso… je veux dire, d'accord, j'arrête.

Elles se mettent à rire doucement.

— C'est comment le boulot en ce moment ? m'enquiers-je en m'adressant à elles, histoire de changer de sujet.

44

— Comme d'hab, lâche Élisabeth en mangeant une olive. La routine.

Elle est trop modeste. Elle officie dans un magazine de mode réputé en tant que journaliste et photographe depuis sept ans. C'est une profession qui peut paraître difficile au vu des conditions de travail. Il lui arrive de s'absenter durant plusieurs jours, voire semaines quand il y a un grand événement. Ça a été le cas lors d'un défilé de renommée mondiale à Paris. Mais ça lui plaît énormément et pour ce qui est de la performance, elle sait donner d'elle-même. J'ai déjà vu les photos qu'elle a prises et je suis toujours impressionné chaque fois qu'elle me montre son nouveau projet.

Je le suis tout autant pour sa force de caractère, surtout après avoir traversé une grosse dépression. Leur couple a surmonté cette épreuve, pourtant pas gagnée d'avance, mais en est ressorti encore plus soudé.

— Et toi ? demandé-je à Amanda.

— La routine aussi, dit-elle en haussant les épaules. Non, plus sérieusement, ce sont toujours les mêmes patients ou les mêmes problèmes, alors rien d'exceptionnel dans mon activité.

Elle gère un cabinet de dentistes avec trois autres collègues et associés. Ledit cabinet marche bien et ils ont beaucoup de monde. Même des célébrités locales les consultent. Ça leur fait une belle carte de visite. Il y aura sans cesse une personne prête à se rendre à tel endroit parce que telle personnalité y va.

— Et toi alors ? Je te retourne la question. Est-ce que vous avez des clients intéressants en ce moment ?

— Oh que oui…

Je leur raconte donc les potins juteux de la semaine en n'oubliant pas cette histoire d'infidélité, sans pour autant révéler les noms. Et dire que j'ai dit à Alejandro que j'allais m'en occuper… Vraiment, il m'arrive de vouloir me donner une claque sur le visage pour m'obliger à la fermer. Les filles sont choquées par ce que je leur raconte et plaignent la pauvre femme.

— Tu vois ? C'est pour cette raison qu'il faut faire attention au moindre détail, explique la journaliste en cognant son index sur la table, comme pour appuyer son idée.

Amanda se tourne, décontenancée par ses propos.

— Attends une minute. Tu fais toujours attention aux signes, toi ?

— Bah oui. Pas toi ?

— Non. Enfin, je veux dire peut-être indirectement.

— C'est exactement pareil.

— Du coup, ça signifie qu'à un moment dans notre relation, au début je l'espère, tu as espionné le moindre truc ?

Prise au piège. Elle aussi ferait mieux d'apprendre à se taire.

Elle fait mine de réfléchir, avant de se lever précipitamment de sa chaise, comme si elle prenait feu.

— Je vais voir où en est le plat !

— Eh ! Ne crois pas que tu vas t'en tirer comme ça ! la sermonne sa femme.

De mon côté, je tente de cacher mon sourire, mais elle me prend la main dans le sac et me gratifie d'un faux regard noir.

Élisabeth revient avec le plat en question entreposé dans une grande marmite qui a l'air d'être lourde. Elle la dépose délicatement sur la table. Je vais encore manger pour deux ce soir. C'est à chaque fois pareil avec elles.

— Tu as fait quoi ?

— J'ai fait quoi quoi ? dit-elle, essayant de s'extirper de cette conversation.

— Tu as reniflé mes fringues pour savoir où j'étais allée ? Ou je ne sais quoi d'autre ?

— Exactement, avoue-t-elle en hochant la tête. Après, tu sais ce que j'ai fait ? J'ai envoyé des échantillons de tes vêtements dans un laboratoire pour les analyser. Ils m'ont ensuite transmis les résultats en moins de vingt-quatre heures dans une enveloppe scellée. Et si ça avait été de mauvaises nouvelles, j'aurais préparé un seau d'acide pour dissoudre la personne avec qui tu m'aurais trompée.

Son visage est tellement sérieux que quelqu'un qui ne la connaît pas pourrait la croire sur parole.

— Ou alors, je te posais simplement quelques questions tout en restant discrète.

Amanda et moi secouons notre tête en même temps, n'en revenant pas des conneries qu'elle peut inventer.

— Idiote… se moque Amanda, amusée, quand son épouse dépose un baiser sur son front.

— Essaie de me comprendre. Comment voulais-tu que j'imagine qu'une personne telle que toi était attirée par moi ? Tu es la femme la plus magnifique que je connaisse, autant à l'intérieur qu'à l'extérieur.

— Mon cœur… c'est plutôt à moi de te dire ça, réplique une Amanda attendrie et émue par les mots de son aimée.

Elles s'embrassent chastement, et voir une si jolie complicité entre ces deux amoureuses me fait quelque part mal au cœur. J'aspire à connaître un jour ces sentiments si puissants. Je ne cherche pas à proprement parler mon âme sœur, mais je ne peux m'empêcher de continuer à espérer. Ma précédente relation n'était pas le meilleur exemple d'une idylle.

Depuis mon divorce, je n'ai rencontré personne qui soit capable de me transporter dans le fin fond de l'exaltation. C'est triste à dire, mais je n'en ressens plus réellement le besoin. Sans le savoir, j'ai fermé mon cœur à double tour et guette sagement la personne qui parviendra à le libérer. C'est exactement l'image que j'ai de l'attente d'un amour sincère. Jusque-là, personne n'a réussi à briser les chaînes. Alors je me fais de plus en plus à cette évidence : personne ne le fera. Je ne veux pas ramener une autre mère ou un autre père à ma fille. De plus, elle risque de le prendre très mal. Elle pourrait considérer ce nouveau compagnon comme un adversaire et non comme un ami. Hope a déjà un beau-père. Notre séparation l'affecte beaucoup et je la comprends. Être trimbalée tel un objet entre deux foyers est suffisamment difficile à encaisser. Elle ne voit que très rarement sa mère. Je n'étais pas contre la garde répartie équitablement, mais c'est Hailey qui l'a voulue ainsi. Elle a préféré sa carrière à sa vie de famille. Elle est responsable marketing au sein d'une grosse société et passe sa vie au bureau. Nous nous étions donc mis d'accord pour que ce soit moi qui prenne en charge Hope la plupart du temps, pour leur plus grand bien. Ma fille se plaît dans notre appartement et moi aussi. Même si une maison serait l'idéal, mais j'y travaille. Je veux lui offrir le meilleur.

Un sourire triste se forme sur mon visage. Elles le remarquent aussitôt.

— Oh, mon chou… je suis sûre que tu vas connaître ce bonheur également. Tu le mérites amplement et cette personne sera la plus chanceuse du monde. Enfin, à part nous.

— Amanda !

— Désolée ! Je voulais dire, comme nous.

— Bien rattrapé, tenté-je de rebondir pour éviter d'emplir mes yeux de larmes.

La fatigue me rend triste et à fleur de peau.

Élisabeth s'assoit et commence à servir le plat qui n'est autre que du sauté de porc avec des pommes de terre baignées dans de la sauce et des petits légumes.

49

Ça sent divinement bon ! Mes papilles se réveillent rien qu'à sentir les effluves fumants.

Dès que mon assiette est remplie, je pique avec ma fourchette un morceau de viande et le mets dans ma bouche. C'est chaud, mais à la minute où je le savoure, je n'ai aucun regret.

— Humm…

— Tu t'es surpassée, mon cœur, sourit Amanda en voyant l'extase dans mon regard.

— Je sais, se vante Beth, fière de son plat.

Nous mangeons, tout en nous racontant tout et n'importe quoi. Nous parlons d'abord de travail, et bifurquons ensuite sur les projets de voyage. Elles comptent partir un jour faire un petit tour en Europe, Beth ayant déjà visité la France. Quant à moi, je rêve d'aller dans des îles paradisiaques. Je ne sais pas encore laquelle, mais ça n'a pas vraiment d'importance tant que le soleil et le sable chaud sont au rendez-vous. Rien que de me l'imaginer, je suis pris de dépaysement.

Après avoir terminé le plat et avoir récuré le fond de la marmite, Amanda se lève pour la ramener à la cuisine, pour ensuite revenir les bras chargés, cette fois d'un gâteau. Un généreux fraisier qui me régale les yeux. Il est aussi bon que beau. Encore une fois, je gémis tellement c'est délicieux. Je me répète, mais j'adore les desserts. Tout ce qui est sucré finit dans mon estomac, et elles savent très bien me faire plaisir. C'est Amanda qui l'a fait et il est réussi. La perfection. J'aimerais pouvoir cuisiner comme ça. C'est aussi bon que… qu'au café. Eh merde, me voilà en train de songer à lui alors que je m'étais promis de ne pas le faire.

Comme si elle avait deviné mes pensées, Beth me demande :

— Tu as quelqu'un en vue, en ce moment ?

Bien sûr, il a fallu qu'elle me pose cette question quand je bois mon verre d'eau. Je la recrache immédiatement et manque de m'étouffer par la même occasion. Elle me regarde, le sourire aux lèvres, comprenant qu'elle a deviné juste, pendant qu'Amanda se dirige vers moi à toute vitesse et me tape dans le dos pour m'aider.

— Ohhhh, mais c'est que notre petit Will nous cache quelque chose…

— Beth ! Tu ne pouvais agir au lieu de le laisser mourir sous nos yeux ?

— Tu es bien trop protectrice. Il va parfaitement bien. Ce n'est pas un enfant, Amanda.

Amanda, sa tête toujours penchée vers moi, attendant que je me calme, se tourne vers sa femme.

— Je ne suis pas hyper protectrice.

Mon amie et moi échangeons un regard qui veut dire : Oh que si tu l'es.

— Vous commencez à me gonfler tous les deux, nous reproche Amanda avec amour.

Elle se replace sur sa chaise, rassurée que je me sente mieux. Malheureusement, ça ne va plus être le cas très longtemps quand je croise l'air espiègle de Beth. Ses coudes sur la table et les mains soutenant son visage, cette diablesse me pose la question fatidique :

—Alors ? C'est qui ? C'est un homme ou une femme ?

Bien évidemment, elles connaissent aussi mon orientation sexuelle. Je ne leur cache rien... hormis lui. Mais bon, trop tard parce que je vais finir par vendre la mèche.

Je m'essuie avec une serviette. Ce qui me fait gagner quelques secondes pour réfléchir.

— Euh... c'est... soupiré-je, sachant que je suis cuit de toute façon. Vous vous rappelez le café où on a l'habitude d'aller avec Hope ?

Elles hochent la tête.

— J'y ai rencontré quelqu'un... Un homme absolument magnifique.

Je vois des étoiles dans les yeux de mes amies dès que j'ai fini de prononcer ce dernier mot.

— Et ? s'enquiert Élisabeth. Comment il s'appelle ? Il fait quoi dans la vie ?

— Bah en fait, c'est le... patron.

— Bordel !

— Oui, tu l'as dit. Il s'appelle Mark Wade.

Élisabeth fronce les sourcils.

— Mark Wade... Je ne sais pas comment l'expliquer, mais ce nom m'est étrangement familier. Attends, je vais voir sur Internet, il doit sûrement y avoir une photo de lui avec son café.

Elle se lève pour aller chercher son portable sur le

comptoir de la cuisine.

— Comment tu as pressenti la rencontre ? Est-ce que tu crois qu'il était intéressé par toi ? demande Amanda.

— Pour être honnête, je n'en ai aucune idée.

— Putain. De. Merde ! crie Beth, debout devant la table à manger.

Nous nous tournons immédiatement vers elle.

— Quoi ? Qu'est-ce qu'il y a ? s'inquiète Amanda.

— Regardez !

Elle donne son téléphone à sa femme, me faisant de plus en plus peur.

Mais qu'est-ce qu'il y a à la fin ?

Les yeux d'Amanda s'écarquillent et elle en reste bouche bée. Elle me passe à son tour le portable et je l'attrape avec mes mains tremblantes.

— La vache, il est canon ! s'écrie Amanda.

Je scrute l'écran et n'y vois que des photos, certes magnifiques, mais je ne comprends pas ce qui cloche. Mon regard d'homme à la dérive croise celui de Beth.

— Mark Wade, William !

— Et ? Il est connu ou un truc du genre pour que tu réagisses comme ça ?

— Un peu, oui ! Il est mannequin pour de célèbres marques de vêtements.

Man… Mannequin ?

Je lis ce que dit la première recherche Google.

Mark Wade, aussi connu sous le nom de Mark Shade, est un mannequin américain, né le 15 avril 1987 en Floride. Il défile pour de grandes marques de vêtements et notamment de sous-vêtements masculins.

— Mon pauvre petit chou… Ça va ?

Mannequin ? Il a fallu que je craque pour un homme aussi attirant qu'inaccessible…

— Je ne sais pas du tout s'il est gay ou encore bi… mais putain, tu dois saisir ta chance !

— Q-Quoi ? Comment veux-tu que j'arrive à me démarquer des autres ? Je sais que je ne suis pas trop moche, mais zut quoi !

— Mais enfin, regarde-toi dans la glace ! Même avec un vêtement de la marque Desigual, tu serais hyper sexy ! s'exaspère la journaliste en levant les bras pour ensuite les abaisser lourdement.

Balle perdue pour cette marque de prêt-à-porter.

— Elle a raison. Tu dois vraiment ouvrir les yeux, Will.

Les ouvrir ? Oui mais comment ? Et puis, comment je suis censé faire pour lui demander si je l'intéresse ?

« Salut, je suis gay, et toi ? » Non, définitivement pas de cette manière. Je passerais pour un mec en manque de sexe voulant tout simplement tirer son coup.

— Tu vas tenter quelque chose, j'espère ? Pour une fois que tu trouves quelqu'un d'attirant et qui arrive à te chambouler, ça serait dommage de le laisser filer.

— Oui, il le faut. En plus de ça, tu devras le voir souvent puisque vous y allez toutes les semaines. D'ailleurs, comment était-il avec Hope ?

Adorable.

— Très attentionné et gentil. Il m'a avoué avoir l'habitude des enfants avec ses neveux et nièces.

— Ohhh, fait Beth. Ça, c'est un très bon point. Tu sais ce qu'il te reste à faire, maintenant. L'attirer dans tes filets.

Disons que c'est plutôt moi qui suis piégé, entremêlé, ne sachant pas me départager entre mes désirs et mon devoir de père.

Chapitre 4
Mark

Rien de mieux un samedi matin qu'un petit footing à Central Park. Et avec cette superficie de trois cent quarante et un hectares, il y a de quoi faire.

J'essaie de me maintenir le plus en forme possible. Après tout, mon corps est aussi mon gagne-pain. Je ne suis pas du genre à me plaindre. J'ai une très bonne vie et je perçois assez d'argent pour habiter dans un super appartement avec vue sur le parc. Je suis devenu modèle avant d'être propriétaire d'un café, même si j'ai pris un certain recul avec le mannequinat depuis un petit incident. Certains diront que cet enchaînement d'événements n'a pas de sens, mais je m'en moque. Il faut toujours avoir un plan de secours sous la main comme on dit. Et puis, être mannequin n'est pas ma seule activité. C'est davantage un hobby ou une façon de me faire plaisir qu'un véritable métier. J'ai eu de la chance d'être tombé sur une agente très compréhensive. Elle ne me harcèle pas tous les jours pour savoir quand je suis disponible. Depuis que je travaille activement au café, je n'ai plus beaucoup de temps à leur consacrer. D'ailleurs, ça me fait penser qu'il ne faut pas que j'oublie ma séance photo de cet après-midi.

Je finis mon tour de piste et je rentrerai directement à la maison. J'ai besoin d'une bonne douche. Avec ma tenue d'hiver qui se compose d'un collant, d'un short, d'un t-shirt au tissu respirant et d'un sweat, ça transpire pas mal là-dessous. Les autres coureurs que j'ai croisés en chemin sont habillés de la même façon. Il ne vaut mieux pas plaisanter avec le froid.

De la buée se forme grâce à la condensation et j'essaie de contrôler ma respiration pour éviter d'avoir un point de côté.

Les rayons de soleil, presque entièrement levé dans le ciel, parviennent jusqu'à moi et me font plisser les yeux. J'adore cette sensation. Pouvoir assister au commencement de la journée et découvrir quelle teinte aura le ciel. Jaune, orange, rose ? On ne le sait que si on sort tôt du lit. C'est absolument magnifique. La petite brise qui fait voler les feuilles automnales bonifie la vue et la rend encore plus irréelle. Un chien se jette et roule dans un tas sur l'herbe. Je ne suis pas le seul à apprécier cette saison. J'ignore pourquoi certaines personnes ne l'aiment pas. Le temps n'est ni trop froid, ni trop chaud. Certes, il n'y a pas de champs de fleurs printanières, mais ils sont remplacés par ces nappes orange éclatant.

Sur cette note poétique qui signe la fin de mon footing, je me dirige vers mon appartement. Je croise un voisin, lui aussi très matinal, se rendant au boulot. J'ai l'habitude de le voir en semaine comme le week-end. Je le salue et prends l'ascenseur. J'appuie sur le bouton amenant au quinzième étage, quand mon téléphone vibre dans ma poche. Je le sors et constate que c'est mon grand frère qui m'appelle. Je décroche.

— *Hey !* dit-il avec entrain.

— Salut, Jesse, souris-je, content d'entendre sa voix.

Lui et moi avons toujours été proches. Il est d'à peine deux ans mon aîné, et lorsque nous étions gamins, on traînait très souvent ensemble, jusqu'à nous prendre pour des jumeaux. Fourrés l'un avec l'autre depuis le premier jour.

Nous sommes une fratrie de quatre enfants. Il y a mon frère Cameron et ma sœur Phoebe, les véritables jumeaux et cadets. Enfin, je dis petits par rapport à nous. Ils ont trente-deux ans. C'est grâce à eux que j'ai deux neveux et une nièce. Jude et Finn, sept ans, sont eux aussi des jumeaux comme leur mère et leur oncle. Tracy, la petite dernière de la famille, a trois ans et est la fille de Cameron. Je les aime de tout mon cœur.

— *Comment tu vas ? Ça fait un bail qu'on s'est pas vus. Avec ton café et tes week-ends à l'agence, on a pas eu le temps de se voir.*

— Oui, je sais, désolé… Je suis dispo demain si tu

veux.

— *Hum... Pourquoi pas. J'espère juste qu'on ne me fera pas bosser en me prévenant à la dernière minute.*

— Je l'espère aussi.

Jesse est policier. Depuis tout petit, il était prédisposé à exercer ce métier. De nature très protectrice, il n'hésitait pas à nous défendre à l'école au moindre problème, tel un chevalier servant. Il aidait même les plus démunis qui ne demandaient rien à personne. Bref, un type avec le cœur sur la main. En vérité, il avait envisagé au début de devenir avocat, mais rien que le nombre d'années d'études l'avait découragé. Il n'est pas du genre à potasser toute la journée donc il a choisi une autre voie, tout aussi admirable. Malheureusement, le boulot de flic présente des risques, et des personnes mal intentionnées s'amusent à les martyriser alors qu'ils sont là pour les protéger. Je n'ai jamais compris ce principe et je ne sais pas comment mon frère fait pour rester de marbre quand un mec vient lui balancer sa haine en pleine gueule. La seule raison est que s'il réagit de manière violente, il sera viré et aura probablement un procès au cul. Voilà pourquoi je ne serais pas capable de devenir flic. Je ne possède pas son calme olympien. Je ne dis pas que je me bats souvent, je déteste ça et j'évite à tout prix d'en arriver là. D'ailleurs, certains ont appris à leurs dépens qu'il ne valait mieux pas m'emmerder. D'où la fameuse expression « si on me cherche, on me trouve ».

L'ascenseur s'arrête et retentit, me signalant que je

suis à mon étage. J'en sors, tout en continuant de parler avec Jesse.

— *J'ignore si maman ou papa te l'ont dit, mais on a un repas de famille prévu bientôt.*

— Si, ils me l'ont dit, tu penses bien. Ils ne ratent jamais une occasion de m'avoir au téléphone, dis-je en riant.

Ma mère est capable de m'appeler tous les jours de la semaine pour savoir si je m'habille assez chaudement.

Eh oui, même à trente-cinq ans, j'y ai toujours droit.

J'attrape mes clés pour ouvrir la porte.

— *Et est-ce que par hasard tu aurais quelqu'un à leur présenter ?* essaye de me faire avouer Jesse, sans faire preuve de subtilité.

Je pouffe de rire, mais mon hilarité meurt rapidement quand mon esprit se met à penser à William.

William.

J'adore ce prénom. Je me surprends à le dire en boucle dans ma tête, comme une incantation magique qui agit tel un baume au cœur.

— Non, pas pour l'instant, dis-je d'une manière évasive, sans paraître sûr de moi.

— OK, me répond-il, et je le soupçonne de sourire.

Pour changer de sujet, je lui rétorque :

— Et toi ? Tu as quelque chose à me dire ?

J'entre dans mon appartement et dépose les clés dans le vide-poche.

— *Nope, nada.*

Tu m'étonnes… Il n'y a qu'une seule personne qui fait battre son cœur. Mais je ne suis pas assez cruel pour le lui rappeler.

Je vais jusqu'au frigo, l'ouvre et prends une bouteille d'eau.

— *Tu as un shooting de prévu cet après-midi, non ?*

— Yep. Je n'ai rien de spécial après ça. Cette semaine, je vais me poser tranquille sur mon canapé.

— *T'as raison. N'en fais pas trop.*

Il parle comme nos parents. À croire que je suis toujours un enfant à leurs yeux. Ça ne me dérange pas plus que ça. C'est la preuve qu'ils tiennent à moi, tout comme moi je tiens à eux.

— *Alors pour demain, tu veux qu'on se fasse quoi… Attends deux secondes. Oui, j'arrive ! Faut que je raccroche, le patron a besoin de moi, encore… Pas moyen de faire les choses par soi-même ici. Non, je n'ai rien dit, monsieur !*

Oh, on dirait que son boss l'a chopé.

— *Arrête de rire, je t'entends.*

— Je suis innocent, me moqué-je en contenant mon hilarité.

— *Ouais, bien sûr. Bon, je dois te laisser, à plus, frérot !*

Je le salue et nous raccrochons en même temps. Je dépose mon téléphone sur le plan de travail et finis de boire ma bouteille. Je contemple la vue que m'offre mon appartement. La cuisine s'ouvre directement sur le salon au mur vitré. Tous les matins, je me régale les yeux. J'ai travaillé dur pour me le permettre. Quand j'étais plus jeune, jamais je n'aurais cru pouvoir habiter dans ce genre d'endroit.

Après m'être assez hydraté, je file à la douche pour me débarrasser de la sueur et une fois à l'intérieur, mes pensées se perdent sous les jets brûlants et fumants. Chaque fois que mes paupières se ferment, je me le remémore. Son visage, ses yeux bleus, cette bouche charnue et si appétissante... Je me demande de quoi elle aurait l'air après plusieurs baisers. Aurait-elle l'air plus gonflée et savoureuse? Difficile de l'imaginer plus désirable. Et autour d'une queue? De quoi aurait-elle l'air? À cette simple pensée, je sens mon sexe durcir et se relever fièrement. Mais il n'y a rien de glorieux à fantasmer sur un inconnu, qui plus est un client. Je refuse de me branler sous la douche en songeant à lui. Quelque part, je trouve ça immoral. C'est un père de famille, il ne peut pas être un plan cul. D'ailleurs, il faut que j'en contacte un. Je ne peux pas continuer ainsi plus longtemps. Ça fait une éternité que je n'ai pas baisé et ça commence à affecter mon humeur. Pour refroidir mes ardeurs, je change la température, qui passe de brûlante à glaciale en un rien de temps. Sur le coup, je sursaute et frissonne, mais après quelques secondes d'adaptation, je débande. J'appuie mes deux mains sur le mur en face de moi et baisse la tête. Je souffle un bon coup tandis que l'eau se fraie un chemin dans mes cheveux, pour dégouliner sur mon visage. Cette sensation de caresse me détend. Je coupe, mais reste encore quelques instants pour profiter de la chaleur. Quand je décide que c'en est assez, je sors de la douche, me sèche et m'habille. Je passe des vêtements décontractés, tels qu'un jogging et un t-shirt.

En me rendant dans la cuisine pour préparer mon petit-déjeuner, mon regard se pose sur mon portable. Je l'attrape et vois une notification. Un message de Jason. J'ouvre la conversation.

Jason : Salut, Boss ! Désolé de te déranger mais comme je sais que tu cours tôt le samedi, j'en profite pour t'envoyer ce message. Tu as dû recevoir un mail de ma part. J'ai fait une liste des recettes que je souhaiterais inclure dans la carte. Si tu pouvais y jeter un œil et me dire si ça te convient, ça serait super !

J'aime son professionnalisme et je l'admire pour ça. On ressent sa passion pour son métier.

Moi : Salut, Jason. Pas de souci, je regarde ça. Je sais que tu prends plaisir à faire ton travail, mais pense tout de même à décompresser le week-end.

Oui, car notre café n'ouvre pas le samedi et le dimanche. Nous sommes une petite entreprise et pas une firme, alors demander à mes employés de bosser tous les jours, c'est impossible. Mais ce n'est pas pour autant que le business n'est pas florissant, au contraire.

Sa réponse ne tarde pas à venir.

Jason : Super, merci! Et oui, t'inquiète pas, promis, je me repose juste après ;-)

Moi : Tu as intérêt, sinon je t'impose de prendre des congés forcés :p

Jason : Nonnnn! Surtout pas! J'arrêterai, je te jure.

Je ris, car c'est la seule façon que j'ai trouvée pour qu'il ne se tue pas au travail. Très paradoxale comme situation, n'est-ce pas? N'importe qui sauterait au plafond avec cette proposition alléchante.

Je prends mon PC portable et le ramène sur l'îlot de la cuisine pour pouvoir regarder tout ça. En même temps, je me prépare des œufs sur le plat et du bacon. Je préfère les petits-déjeuners salés aux sucrés et c'est d'autant plus nutritif et excellent pour la santé.

Je mange en même temps que défilent les pages de recettes et j'en arrive vite à la conclusion que c'est parfait. C'est simple, tout est irréprochable dans ce qu'il me propose. Mais la chose à savoir c'est s'il sera capable avec Christy de réaliser toutes ces recettes? Ce n'est pas parce que je ne crois pas en eux, mais malheureusement, ils n'ont pas six bras.

Je lui fais la réflexion et il me répond avec optimisme :

Jason : Pas de souci, Boss! Au pire des cas, on peut virer quelques classiques et les proposer à nouveau quelques jours dans la semaine. Comme un plat du jour, par exemple.

Moi : Bonne idée. Je te les ai toutes validées alors

à toi de jouer maintenant. Une fois que tu m'auras sélectionné les recettes, j'actualiserai la carte.

C'est moi qui me charge de la réaliser à l'aide d'un logiciel de design.

Le reste de la matinée se déroule à merveille. Je me regarde la saison six de *Vikings* sur Netflix, et arrive vite l'heure de mon rendez-vous. Je me prépare rapidement, enfilant une chemise blanche et un pantalon noir avec un manteau d'hiver de la même couleur que ce dernier.

***

Je pénètre dans l'agence *Elite Agency* d'un pas enjoué et motivé à ce que ce soit une excellente journée. Le soleil traverse les baies vitrées pour venir recouvrir le sol de cette même lumière. Je salue tous ceux qui sont présents dans le hall et me dirige comme d'habitude vers le studio photo. J'aime beaucoup l'ambiance qui y règne. Tout le monde ici est souriant et de bonne humeur. C'est toujours plus agréable de bosser dans ces conditions. Il faut dire que le sérieux exigé y est pour beaucoup. L'agence est très sélective et n'embauche pas n'importe qui, même s'il s'agit de la personne la plus belle de tout l'univers. On ne sait jamais après tout, elle pourrait se montrer prétentieuse ou aigrie. Le physique ne fait pas tout. Ce qui les a intrigués chez moi était mon métissage improbable, puisque ma mère, Brenda, est une native américaine et mon père, Maïk, est hawaïen. Un joli mélange, n'est-il pas ? Au moins, avec eux, c'est du cinquante-cinquante. J'ai hérité des cheveux de ma mère et des yeux de mon père.

En m'avançant vers le studio photo, j'aperçois cette superbe femme noire à la chevelure courte, vêtue d'un pull de couleur café et d'un pantalon-cigarette blanc. Devant elle, des personnes s'activent à placer les projecteurs.

Elle ne m'a pas encore vu alors je m'approche discrètement, presque sur la pointe des pieds, et lui chuchote à l'oreille :

— Bonjour, mademoiselle Kyle.

Elle sursaute et se retourne, ses yeux écarquillés par la peur, la main sur le cœur et de l'autre, elle tient un porte-bloc avec un stylo accroché. Elle me tape l'épaule avec pour se venger.

— T'es vraiment pas possible ! Je t'ai déjà dit d'arrêter ça. Je suis sûre que tu me rendras cardiaque à force. Ce qui me fait penser que je vais prendre rendez-vous avec un cardiologue pour qu'il constate les dégâts que tu as générés sur ma santé. Ça va te coûter cher, je te préviens.

Je m'esclaffe, heureux de la retrouver, elle et son caractère.

Elle finit par sourire, ne résistant pas à mon rire communicatif.

— Comment vas-tu ? dis-je en lui faisant la bise.

— Tu veux dire à part la frousse que tu m'as faite ? Hum… ça va, rit Mia. Et toi ? Comment tu t'en sors avec ton café ?

Je l'en avais informée, bien entendu. Après tout, c'est elle qui gère mon emploi du temps, alors difficile de lui cacher des choses. Mais Mia n'est pas uniquement mon agente, elle est aussi devenue une amie sur qui je peux compter. Elle me soutient à cent pour cent dans mes projets et m'aide à dégoter de super contrats. C'est simple, tout ce que j'ai à faire est de me ramener en rendez-vous, elle s'occupe du reste. Je ne la remerciai jamais assez. Elle est très dévouée dans son travail. De base, je n'aime pas dépendre de quelqu'un, mais Mia rend les choses plus faciles et ne me donne pas l'impression de m'exploiter.

— Ça va. Tout roule. Je t'avoue que je m'attendais pas à ce que le rythme soit aussi soutenu. Je ne sais pas jusqu'à quand ça va durer, mais je peux tenir le coup. Je ne pouvais pas les laisser tous les deux seuls.

Mia m'étudie et hoche la tête en souriant, révélant ses dents du bonheur.

— Tant mieux, je suis contente pour toi.

Mon attention dévie derrière elle, là où sont les installations. Il y a beaucoup plus de projecteurs que d'habitude. Mia suit mes yeux et se retourne à nouveau.

— J'espère que tu es prêt.

Mon attention toujours fixée sur eux, je m'adresse à elle sans pour autant la regarder.

— Bien sûr !

— Tant mieux.

— Mais dis-moi... Qu'est-ce qu'il y a de prévu aujourd'hui ? médité-je en tournant ma tête vers elle. Je ne me souviens pas que cette séance photo devait être si conséquente.

Mia consulte son porte-bloc et fait défiler quelques pages.

— Alors, nous avons... ou plutôt, *tu* dois essayer une dizaine de tenues, dit-elle de manière très concentrée, sans pour autant remarquer mes yeux s'écarquiller et mes sourcils se lever sous l'effet de la surprise.

— Une dizaine ?

Elle reporte son attention sur moi.

— Oui.

— Rien que ça, hein ? plaisanté-je en lui souriant.

— Oui ! Tu vois, c'est rien, dit Mia, ignorant mon sarcasme.

— Mia...

Elle hausse les épaules.

— Bah quoi ? T'inquiète, ça va être du rapide.

— Pas très convaincu, là..., avoué-je en plissant les yeux. Surtout si c'est...

— Salut, Mark ! m'interrompt cette voix joyeuse que je ne connais que trop bien.

— ... Steve, qui s'occupe des vêtements, terminé-je en me retournant, l'air dépité, mais en le cachant.

Mia fait comme si elle n'avait pas deviné ma déception, et me tapote tout de même le dos comme soutien moral. J'apprécie beaucoup Steve, il ne faut pas se méprendre. C'est juste que les séances avec lui s'avèrent éprouvantes. Il est si perfectionniste que le moindre pli ou cheveu ne se trouvant pas où il doit être est insupportable et inconcevable.

— Eh, Steve, le salué-je en lui serrant la main. J'espère que tu vas bien ?

— Toujours, quand tu es là.

Le beau styliste blond est habillé plus chaudement que d'habitude, vêtu d'un pull gris en cachemire à manches longues relevées au niveau des poignets révélant son bracelet en argent.

— C'est gentil de dire ça, Steve. Merci. Ça me donne encore plus envie de me donner à fond, dis-je en le pensant vraiment.

— C'est super, ça ! Parce que c'est le moment de tout donner, mon petit Mark !

Le petit Mark n'est pas si petit que ça. D'ailleurs, je le dépasse d'une tête.

— Oh, mais il est prêt notre poulain, rajoute Mia qui me gratifie d'une nouvelle tape dans le dos. N'est-ce pas ?

Elle se retourne vers moi avec l'air de dire « Oh, mais tu vas l'être, crois-moi ».

— Alors allons-y, réponds-je d'une voix faussement enchantée.

Steve part en premier et j'en profite pour asséner un regard noir à Mia.

— Je me vengerai.

— Oui, c'est ça, mais plus tard parce que là tu as à faire, prévient-elle en me poussant avec ses bras menus et ce sourire satisfait.

Elle réussit tout de même à me faire avancer jusqu'à la cabine des essayages.

*

Au bout de la quinzième tenue, ma concentration n'est plus la même. J'ai beau écouter et suivre les consignes du photographe, mon esprit vagabonde dans n'importe quelle direction. C'est toujours dans ces moments qu'on se remémore des choses invraisemblables ou n'ayant aucun rapport. Là tout de suite, je me demande ce qui a été prévu pour la journée en famille. Je ne sais pas si nous serons tous réunis. Les cousins et cousines des deux côtés de mes parents passent souvent nous voir à l'occasion.

Je suis une nouvelle fois tiré de mes rêveries par Mia qui m'adresse des signes de la main, et je peux lire sur ses lèvres ce qu'elle veut me dire : concentre-toi, c'est bientôt fini. Je hoche légèrement la tête pour ne pas perturber davantage la séance et reprends.

Débraillé, habillé d'une chemise à moitié ouverte où on peut clairement voir mon torse, et d'un pantalon en coupe fuselée oversize, le photographe tourne tout autour de moi.

Je fixe le mur blanc en face tandis que je me tiens debout, une main dans la poche et l'autre le long du corps. Il s'arrête un moment et me signale que je dois changer de pose. Ils apportent une chaise spécialement prévue pour les clichés.

— Maintenant, on va en faire plusieurs où tu es en position assise.

Je m'assois et adopte machinalement une attitude détendue. Le dos touchant le dossier, les jambes bien en avant de manière à m'étaler le plus possible, la droite sur ma cuisse gauche, mon coude posé sur l'accoudoir et ma main près du menton.

Le photographe approuve cette pose et me lance un grand sourire. Il attrape son appareil photo.

— C'est parfait, Mark.

Il se déplace un peu partout dans la pièce, de sorte à prendre tous les angles possibles et imaginables pour ensuite avoir plus de choix lors de la sélection. Une série de flashs m'agresse les rétines. Elles s'assèchent au contact de toutes ces lumières présentes, car en plus de l'appareil, il y a plusieurs trépieds armés de lumières qui ricochent sur les fonds blancs. Avec la réverbération et le temps d'exposition, mes yeux se fatiguent vite. Normalement, on doit prendre plusieurs pauses, mais comme le planning est chargé, on fait l'impasse dessus. Les seuls moments où j'ai le droit de souffler sont quand je me change. Au final, ça ne me dérange pas plus que ça, parce que plus tôt on boucle, plus tôt je rentre chez moi. Quoique, il faut que j'aille retrouver Jamie pendant sa coupure.

Jamie est mon meilleur ami. Nous nous connaissons depuis notre enfance. Il fait partie intégrante de notre grande famille. Nous n'avons pas eu le temps de nous voir récemment. Il est médecin dans l'hôpital de la ville. Nos métiers ne concordent malheureusement pas, niveau planning.

Le photographe baisse son objectif, et avant qu'il ne me dise quoi que ce soit, je demande :

— Tu veux que je change de pose ?

— Non, du tout, reste comme ça. Pour cette fois, je vais te prier de fixer l'objectif. D'accord ? Tu dois le fixer avec intensité. Comme… euh… Comment je peux formuler ça… Ah oui, j'ai une idée pour que tu visualises mieux ce que je veux ! Imagine qu'il s'agisse de la plus belle chose ou personne que tu aies jamais vue de ta vie. Fais comme si elle était devant toi. Allez, c'est parti ! m'encourage-t-il, plein d'entrain, pour pallier la fatigue.

La plus belle personne au monde…

Cet exercice est loin d'être difficile.

Il me suffit de songer à cet être qui hante mes pensées depuis hier. Cette personne se matérialise comme dans un rêve. On pourrait en effet la qualifier d'onirique tellement elle est irréelle. Sa beauté m'éblouit, mais pas de la même façon que l'objectif. Non. Une sensation de plénitude emplit la pièce qui paraît vide tout d'un coup. Le monde a disparu et le temps s'est arrêté de tourner. Je peux me délecter de la magnifique vision de ses iris d'un bleu intense et doux à la fois. Ils me fixent en retour.

Ses lèvres parfaites s'étirent pour former un sourire angélique. Je dis bien angélique, car cette personne semble tirée tout droit d'une fiction. Elles me donnent envie d'y poser les miennes. Je me demande si elles sont aussi douces qu'elles en ont l'air. Que ressentirai-je une fois qu'elles se toucheront, se goûteront ?

Ses cheveux donnent l'impression d'être tout aussi doux.

Nom de Dieu… J'ai hâte de le revoir pour ne pas avoir à le fantasmer à toute heure de la journée comme de la nuit.

— C'est génial, Mark ! Continue ! C'est ça ! Parfait !

Je ne prête plus attention à ce que me dit le photographe, tellement je suis obnubilé par cette hallucination. Je ne sais pas de quoi j'ai l'air avec cette expression hagarde sûrement digne d'un abruti, mais en tous les cas, elle plaît à tout le monde.

Soudain, sa silhouette fantomatique disparaît et je me retrouve à nouveau plongé dans la réalité.

Mia semble satisfaite malgré l'inquiétude qui parasite son visage. Elle a dû voir que je n'étais pas dans mon état normal. Mon petit doigt me dit qu'elle ne va pas en rester là. Pourvu qu'elle ne réagisse pas comme Coline.

*

Le boulot est enfin fini après quatre heures très denses et mouvementées par les flashs qui ont brûlé mes rétines. En me rhabillant, je peux encore les voir. Je dois papillonner des paupières pour en atténuer les effets.

Il est plus tard que je ne l'avais prévu, alors je laisse tomber l'idée d'aller retrouver Jamie. À cette heure-ci, il ne serait probablement pas disponible et je n'ai pas envie de l'embêter.

En sortant de ma cabine, Mia m'attend, toujours avec ses documents à la main.

— Tu as été gé-nial ! s'extasie mon agente en accentuant bien ce dernier mot.

Je lui souris.

— Merci.

Je m'approche d'elle et remarque sa mine soucieuse.

— Qu'est-ce qu'il y a ?

Elle pince ses lèvres et détourne le regard un instant avant de revenir sur moi.

— Tu as quelqu'un en ce moment ?

Mia et son foutu œil de lynx...

Je souffle.

— Non. Je n'ai personne, objecté-je en masquant mon anxiété.

Elle fait la moue.

— Alors qui as-tu imaginé tout à l'heure ?

Comprenant que je n'échapperai pas à son interrogatoire, je décide de lui raconter.

— Je te dis la vérité. Je n'ai personne en ce moment... mais disons que j'aimerais bien.

— J'en étais sûre ! s'exclame Mia en tapant des

pieds sur le sol. Je me disais bien que ton regard était un peu trop «facile». Tu as tout de suite saisi ce que le photographe voulait. Comme si tu la voyais très distinctement.

Elle s'esclaffe comme une gamine, ce qui déclenche mon rire.

— Alors? C'est qui? Comment il s'appelle? J'imagine qu'il est très mignon.

Je n'ai jamais caché ma sexualité à Mia et à tout le monde. J'ai fait mon coming out il y a bien longtemps. Ça leur importe peu que je préfère les hommes aux femmes, tant que je reste soft derrière la caméra et en public. Je peux sortir sans problème avec un gars sans être remarqué. Mon agence est très ouverte et tolérante. J'ai bien de la chance sur ce coup-là. Beaucoup sont forcés de se cacher pour ne pas ternir l'image de la leur.

— Je ne l'ai vu qu'une seule fois alors ne t'emballe pas trop. Et d'ailleurs, je ne sais pas s'il est intéressé.

— Comment ça? Parce qu'avec un physique comme le tien, j'ai du mal à comprendre.

— Il est père d'une petite fille.

Elle hoche la tête.

— OK… mais ça ne veut sûrement rien dire.

Je hausse les épaules.

— J'ignore s'il est gay, bi ou hétéro.

— Il ne te reste qu'un seul moyen de le découvrir.

— Le stalker? plaisanté-je.

— Si tu veux te faire arrêter par ton frère, c'est une

bonne solution. Imagine, le pauvre... «Un policier se voit arrêter son propre frère, un sociopathe qui poursuivait un homme dans la rue». Ça ferait un bon titre, tu ne trouves pas?

Je ne prête pas vraiment attention à ce qu'elle vient de me raconter, mais je tique sur un mot.

— Pourquoi un sociopathe?

— Bah, parce que ce sont eux qui paraissent les plus «gentils», dit-elle en mimant les guillemets. Les psychopathes, en revanche, c'est une autre histoire. Leur attitude et approche sont très différentes.

Après un blanc, nous rions en chœur.

— Non, plus sérieusement. Parle-lui et essaye de lui poser des questions disons... discrètes.

Je fais mine de réfléchir en regardant un point invisible au-dessus d'elle avant de la fixer dans les yeux.

— «Tu veux coucher avec moi?»

Son porte-bloc finit par me taper le dessus de la tête, me décoiffant au passage.

Notre après-midi ensemble s'achève ainsi. Dans la joie et la bonne humeur.

Nous sortons de l'agence et je dis au revoir à mon amie pressée de rentrer chez elle.

Moi aussi.

Chapitre 5

William

Le jour que je redoutais le plus est arrivé.

On est lundi. J'ai envoyé ce samedi un message à ma cliente, Mme Henderson, pour lui demander si elle était disponible en début de semaine pour parler de son dossier et de son projet d'achat. Évidemment, je ne lui ai pas dit que son mari la trompait. Je ne le ferai pas, cela ne nous concerne pas, même si j'aurais aimé pouvoir le lui révéler. Apprendre qu'on est cocu n'est jamais agréable à entendre.

Je fais les cent pas dans mon bureau, attendant impatiemment son arrivée.

J'ai les mains moites, je transpire, je frissonne, mon cœur bat à cent à l'heure… Bref, je suis dans la merde. Je redoute sa réaction quand elle découvrira le projet d'achat de son époux. J'ai fait attention à bien ranger mon espace de travail et surtout tous les papiers qui traînaient dessus, au cas où.

Peut-être que j'exagère, ou peut-être pas.

Je m'arrête deux secondes de marcher et prends de grandes inspirations, à m'en vider les poumons.

Ça va bien se passer, Will.

Pour me donner du courage, je me mets à songer à Hope, qui doit être en classe à cette heure-ci. Quand le boulot sera terminé, je le retrouverai et on ira comme toujours au… café. Mon cœur rate un battement en repensant à ce charmant patron, Mark.

Mark.

J'ignore pourquoi, mais prononcer son nom dans ma tête me procure de la joie. Un sentiment de plénitude m'envahit. En vérité, je sais pourquoi. J'ai complètement flashé sur lui. Attention, je ne dis pas que je suis amoureux. Ça, c'est autre chose. C'est simplement que… j'éprouve de l'attirance envers lui. En même temps, difficile de ne pas en avoir. Et pour couronner le tout, il est mannequin. Quand j'ai appris cette nouvelle, j'étais tout retourné. En parlant de retourner, il doit faire tourner la tête de pas mal de personnes, hommes et femmes.

La porte de mon bureau s'ouvre et je sursaute jusqu'à presque me cogner au plafond.

C'est Alejandro.

Je m'avance vers lui et demande, complètement paniqué :

— Elle est là ?!

Alejandro m'étudie avant de me répondre sur un ton

qui se veut rassurant :

— Non, pas encore. Je souhaitais savoir si tu désirais boire quelque chose. Il faut vraiment que tu te détendes. On a l'impression que tu vas exploser d'une minute à l'autre. Thé ou café ?

Il plisse les yeux avant de reprendre :

— Tout compte fait, pas de café pour toi, tu es bien trop nerveux. Je te fais un thé.

Je n'ai pas le temps de réagir ou de m'opposer à sa décision, car il repart immédiatement en prenant soin de fermer la porte, déterminé à faire baisser la pression.

Je m'installe dans mon fauteuil et souffle un bon coup.

Si ça se trouve, Mme Henderson n'arrivera que dans une heure. Elle n'a pas précisé l'heure exacte de sa venue. Elle doit avoir d'autres obligations, même pour une personne aussi fortunée.

Alejandro revient avec un thé dans les mains ; je le prends et l'en remercie.

Il s'assoit sur le siège en face de moi.

— Tout va bien se passer.

Je bois une gorgée pour lui faire plaisir, n'en ayant aucune envie avec mon estomac qui se noue dès la première contrariété.

— Tu crois ?

— Mais oui, enfin ! Il faudra juste éviter d'évoquer tu sais quoi. Et si jamais elle l'apprend, tu seras son justicier. Le héros qui aide ceux qui en ont besoin, m'encourage mon ami d'une voix résolue, avec son accent hispanique.

— Ah ouais ? Je te rappelle que les héros se font à chaque fois rétamer avant de réussir à battre les méchants. Du moins, c'est ce que j'ai toujours vu dans les films, les séries, voire même dans les jeux vidéo. Tiens, prends l'exemple d'un héros Marvel : Wolverine. Il a été torturé, transpercé des milliers de fois, s'est noyé, il a perdu la femme qu'il aimait plusieurs fois et encore, ça c'est pas le pire. Il n'a pas mérité une seule seconde ce qui lui est arrivé malgré sa gentillesse... Bon, d'accord, il peut être un boucher de compétition de temps en temps, mais le pauvre...

Alejandro me regarde, stoïque et déterminé à me remonter le moral.

— On repassera plus tard pour regonfler ton optimisme.

C'est vrai qu'aujourd'hui il est à zéro.

Je pose la tasse de thé, convaincu que ça ne va pas m'aider, et je renverse ma tête en arrière pour lancer avec humour :

— Au pire des cas, j'ai une solution. On peut délocaliser notre agence à l'étranger. Au Canada, pourquoi pas ? Les gens sont beaucoup plus sympas et tolérants là-bas.

— Hum... Pourquoi pas, en effet.

— Hope adorerait aller au Canada. Elle se plaint de ne pas avoir beaucoup de neige par ici, alors... elle pourrait faire du patinage, qui sait. D'ailleurs, je pense l'emmener en faire. La ville a ouvert une patinoire éphémère pour la saison.

— Et toi, tu en as déjà fait?

— Oui.

— Et donc? T'es fait pour devenir un champion ou bien?

— La première fois que j'en ai fait, je me suis cassé la figure à peine après avoir fait un pas.

Alejandro pouffe de rire.

— Rigole pas parce que maintenant je suis devenu un expert. Je suis sûr que tu es aussi doué que moi à mes débuts.

— J'en ai encore jamais fait, mais invite-moi et tu verras.

Je pouffe moi aussi de rire et redresse ma tête.

— OK, pas de souci. C'est ce que nous ferons. Mais avant ça, il faut s'assurer que Mme Henderson ne sache pas, pour l'infidélité de son mari.

On échange une poignée de main pour sceller cet accord.

À l'instant où la porte s'ouvre lentement, l'espoir que ce soit Lindsey puisque Hana est en consultation s'évapore, un peu comme mon sourire. Mme Henderson se tient là, habillée d'un tailleur et portant son sac à main dont la bandoulière menace de lâcher. Je devine à son expression choquée qu'elle a tout entendu.

Ma cliente est arrivée et le timing ne pouvait pas être

plus mauvais.

Alejandro se tourne vers moi, à la fois désolé et troublé par son apparition.

— Qu'a... Qu'avez-vous dit ?

Je me lève précipitamment.

— Madame Henderson, je... Peux-tu nous laisser, s'il te plaît ?

Alejandro accepte sans hésiter. Il adresse un hochement de tête compatissant à cette dernière avant de refermer derrière lui.

— Asseyez-vous, je vous prie, lui conseillé-je en désignant le siège de la main.

Elle s'exécute volontiers mais avec lenteur, les jambes flageolantes.

— Puis-je... vous offrir à boire avant de tout vous expliquer ? Café, thé, eau ?

Ses yeux regardent dans le vide.

— Non... merci, répond-elle dans un murmure.

Ce rendez-vous s'annonce plus éprouvant que je ne le pensais.

Très vite, je me mets dans la peau de l'agent immobilier. L'atmosphère devient plus sérieuse, je joins mes mains et les pose sur la table.

— Madame Henderson... Si je vous ai demandé de venir aujourd'hui, ce n'était pas pour que vous appreniez cela, et surtout pas de cette façon. Je désirais vous parler de votre projet d'appartement.

— Il n'est plus à vendre, c'est bien ça ? dit-elle d'un

air détaché et surprenant.

Elle balaye l'expression de choc sur ses traits et arbore son masque habituel. Un sourire triste barre soudain son visage tandis qu'elle passe une main dans ses longs cheveux bruns.

Je fronce les sourcils, perturbé.

— Non, ce n'est pas du tout ce dont il s'agit. Madame Henderson ?

Elle prend une inspiration.

— S'il vous plaît, monsieur Allen, dites-moi tout ce qui vous pèse. Je le vois à votre attitude, mais ne vous en faites pas pour moi. Je peux encaisser la vérité.

Eh bien, si c'est ce qu'elle désire... Et puis, foutu pour foutu, autant tout avouer.

Je respire avant de continuer.

— Écoutez... Je ne sais pas comment vous l'annoncer, alors je vais faire comme je le sens pour vous épargner plus de peine. S'il y a bien une chose que je déteste faire, c'est me montrer malhonnête envers les personnes qui me font confiance. Quelque part, je suis rassuré que vous l'ayez entendu. Et si vous me détestez après ce que je vais vous révéler, qu'il en soit ainsi. Moi en revanche, je ne vous en voudrais pas. La vérité est que votre mari est venu la semaine dernière concernant le futur achat d'un appartement... Seulement, il ne souhaitait pas l'acquérir pour vous.

Elle ferme les paupières un instant.

— Il a donc une maîtresse... Pour tout vous

avouer, je le soupçonnais depuis quelque temps. Mais apparemment, j'étais trop aveuglée pour le réaliser.

Ce n'est pas uniquement de la tristesse que je sens dans sa voix, mais de la déception.

Je ne lui réponds pas, parce qu'elle sait déjà ce que j'en pense.

Silence dans la pièce.

Des secondes qui se transforment en minutes.

Je n'ose parler. Je préfère lui laisser le temps de digérer la nouvelle.

Elle reste assise là, à fixer le vide.

La seule chose que nous entendons est le bruit de l'extérieur malgré les fenêtres fermées.

— Tout compte fait, je voudrais bien un café, s'il vous plaît, demande ma cliente d'une voix calme, avec une pointe de tristesse.

— Bien entendu, je vous en apporte un tout de suite.

Je me lève et vais jusqu'à la machine à café. Sur le chemin, je croise le regard d'Alejandro qui semble désirer savoir comment ça s'est déroulé. En guise de réponse, je hausse les épaules et lui dis à voix basse que je lui en parlerai plus tard, de peur qu'elle ne nous entende. Il acquiesce et je retourne dans la pièce, les jambes chancelantes, me demandant si elle passera sa colère sur moi plutôt que sur son infidèle de mari.

Je lui donne sa tasse, qu'elle prend avec soin, et je remarque qu'elle ne tremble pas.

De retour à mon siège, elle me dit :

— Merci de m'avoir confié tout cela.

— C'est... J'allais vous répondre que c'est tout à fait normal, mais il n'y a rien de tout cela dans ce genre de situation. Vous me paraissez être quelqu'un de bien alors je suis désolé de vous avoir confirmé ce que vous avez entendu. Mais si vous n'aviez rien entendu, je n'aurais pu me le permettre, par rapport à ma société. J'espère que vous me comprenez. Et puis... il n'y a rien de pire que de se retrouver avec une personne qui vous trompe chaque jour.

Mme Henderson me regarde, touchée par mes mots.

— Cela vous est arrivé aussi ? s'enquiert-elle, sans reproche ni une once de méchanceté, avant de boire une gorgée.

— Non. Enfin, pas tout à fait. Je sais ce que ça fait de vivre sous le même toit que quelqu'un qui ne vous aime pas. Voilà tout.

Elle semble triste pour moi.

— J'en suis navré, admet-elle.

— Merci. Je le suis également pour vous.

Nous échangeons des regards emplis de compassion. Il n'y a rien de mieux que de se consoler à deux.

— Vous savez... Je connais l'homme avec qui j'ai partagé vingt ans de ma vie. Ça n'a pas été rose tous les jours, mais...

Elle ne finit pas sa phrase, tellement elle est émue. Ses yeux commencent à briller, alors pour lui faire passer l'envie de pleurer pour cet infidèle, j'essaye de la convaincre d'aller de l'avant.

— Il ne mérite pas vos larmes. Donc pourquoi lui donner ce plaisir ? confié-je avec un sourire, voulant que cette expression de souffrance disparaisse.

C'est réussi puisque ses yeux s'assèchent et le semblant de tristesse se noie dans l'espoir.

Elle me sourit en retour, reconnaissante.

Dans l'optique de chasser cette déception, nous discutons pendant plus d'un quart d'heure. Elle me raconte un peu sa vie, du moins ce qu'elle veut que je sache. J'apprends que sa famille est très riche et que c'est grâce à elle que ma cliente est si fortunée.

— Je suis sûre qu'il s'est marié avec moi dans l'unique but d'avoir un peu de mon argent. C'est un homme cupide, me dit-elle.

Ce ne serait pas impossible. En tout cas, j'espère qu'elle s'en sortira mieux sans lui. Elle m'informe également qu'elle va lancer une procédure de divorce.

Alléluia ! ai-je crié dans ma tête à ce moment-là.

Je l'ai de plus assurée qu'elle verrait la vie en rose une fois celui-ci conclu. Parole de divorcé !

Après avoir discuté près d'une demi-heure, elle est partie, quelque part satisfaite de notre entrevue. Elle a quand même économisé environ cinq cent mille dollars. Certes, je suis perdant dans cette histoire, mais ma conscience est soulagée.

Alejandro et Hana ont droit à mon compte rendu détaillé et ils sont du même avis que moi. Eux non plus n'auraient pas toléré cet arrangement.

Une matinée bien mouvementée qui s'achève, et ensuite un après-midi. J'ai passé tout celui-ci à éplucher les demandes des clients et à dénicher les biens qui les intéressent.

Le temps file si vite qu'il est déjà l'heure d'aller chercher mon rayon de soleil à l'école.

***

— La maîtresse nous a lu une histoire, aujourd'hui !

C'est drôle, mais maintenant je ne verrai plus le mot « maîtresse » comme avant.

— C'est super, ma Puce. C'était à propos de quoi, cette histoire ?

Nous sortons de la cour de l'école, main dans la main.

— D'un petit garçon qui est l'ami d'une rose et qui veut visiter les autres mondes.

— Un petit garçon... C'est pas « Le Petit Prince » ?

— Oui ! C'est ça. Tu la connais, papa ?

— J'en ai beaucoup entendu parler. J'aurais dû te la raconter, mais j'avais complètement oublié son existence.

— C'est pas grave. Tu m'en lis beaucoup déjà.

C'est pas faux.

— Et puis, je préfère quand c'est toi, déclare Hope en me lançant ce sourire irrésistible.

— Merci, ma Puce, réponds-je, ému, avec l'envie de

lui faire un énorme câlin. Moi aussi, j'adore quand je te les raconte.

Elle sautille de joie et d'impatience. Lorsque l'on voit la devanture du café, je ne peux plus l'arrêter. Je me fais embarquer de force, tiré par ses petits bras.

Mon cœur s'emballe à l'idée de pénétrer à l'intérieur. J'y ai songé tout le week-end et tout l'après-midi. Je n'ai pas cessé de ruminer. D'un côté, je suis impatient de le voir, mais de l'autre, je redoute ce moment.

Je reste là, devant l'entrée, tétanisé, jusqu'à ce que Hope me sorte de mes pensées parasitaires.

— Papa ! Tu viens ? insiste ma fille, qui a déjà la main sur la poignée.

Je me prépare mentalement et pousse la porte.

L'odeur des pâtisseries et du café imprègne les lieux.

Nous nous asseyons à notre table habituelle, mais nous n'apercevons pas Coline. Elle doit être en cuisine, mais va sûrement revenir après avoir entendu la clochette. Bingo. Le battant s'ouvre… mais ce n'est pas elle qui en sort. L'objet de mes désirs glisse quelques mots derrière lui, probablement notre commande, avant de s'avancer vers nous avec ce sourire chaleureux qui fait s'envoler tous mes soucis d'un simple battement d'ailes. Il est toujours aussi beau, c'est pas possible !

— Bonjour, vous deux !

— Bonjour ! salue Hope.

— Bonjour, monsieur Wade.

— Vous pouvez m'appeler Mark si vous voulez, et

même me tutoyer.

— D-D'accord... Mark, dis-je en expirant, tant il m'a pris au dépourvu. Dans ce cas, vous... euh... tu ou je ne sais pas...

Il rit face à la difficulté que j'ai à me présenter, et rien qu'à ce son, j'en ai des papillons dans le ventre.

— Pas de souci, William. Ravi qu'on puisse sympathiser.

Nom d'un chien... Entendre mon prénom sortir de sa bouche est presque irréel. Jamais je n'aurais cru qu'un homme tel que lui me ferait autant d'effet rien qu'en le prononçant. On dirait un adolescent qui découvre pour la première fois l'amour.

— Votre commande arrive. Je vais vous préparer vos chocolats chauds.

Il nous fait un clin d'œil et je me surprends à me retenir de gémir comme lorsque je suis face à un chat tout mignon. Mon amour pour cet animal est inconditionnel. Dès que j'en vois un, je ne peux m'empêcher de le caresser et le câliner. Nous n'en avons pas à la maison, Hope y est allergique. Même si elle en souhaite un, je ne peux me permettre de la rendre malade. C'est le pire qui puisse arriver pour un dingue des chats. Mais j'envisage de lui faire commencer une désensibilisation chez un allergologue. Je souhaiterais lui faire plaisir en adoptant dans un refuge. J'en ai déjà discuté avec elle et elle est partante, évidemment. Malheureusement, ça ne se fait pas comme ça. Le traitement est à prendre tous les jours pendant trois ans. Peut-être faudrait-il attendre qu'elle soit plus grande afin de mieux gérer ce traitement ?

— Papa, je vais aux toilettes.

— D'accord, ma Puce.

Hope sort de table et part dans la pièce à coté, mais au même moment, Mark surgit, le plateau chargé.

Oh bordel, je vais me retrouver seul avec lui. Pourquoi est-elle partie à ce moment-là ? Hope, reviens et aide-moi !

Ma fille est mon soutien psychologique. Elle est très douée pour détendre l'atmosphère, et le plus souvent, elle est le principal sujet de conversation. Mais là, je ne sais pas quoi dire. Trop tard, de toute manière.

— Et voilà, dit l'homme au corps de rêve en disposant les différentes assiettes.

— Merci.

Il doit remarquer que ça ne va pas dans ma tête puisqu'il penche la sienne.

— Est-ce que tout est OK ?

— Oui, tout va bien, pourquoi ? J'ai quelque chose sur le visage ? demandé-je, légèrement inquiet, en touchant ma joue.

— Non, du tout. Tu m'as l'air un peu nerveux, c'est tout.

— Oh oui… grosse journée.

— Ah… Tu bosses dans quoi, si ce n'est pas indiscret ?

— Je suis agent immobilier et je gère ma boîte avec mon associé.

— Intéressant, s'étonne-t-il. Je ne t'imaginais pas travailler dans ce domaine.

Toi non plus, à vrai dire.

Je souris bêtement et j'ai envie de me foutre une baffe pour me ressaisir.

— Ah bon ? Tu m'aurais vu dans quoi ?

Il fait mine de réfléchir en m'inspectant de la tête aux pieds.

— Aucune idée. Le genre de métier qui t'aurait plus mis en valeur.

Ça signifie quoi, ça ?!

— C-Comment ça ?

— Par là, je veux dire que tu es quelqu'un de très séduisant. Avec un visage comme le tien, tu n'aurais pas de mal à en jouer.

Je réalise ce qu'il sous-entend et soudain, je ne sais pas ce qui est en train de se passer, mais nous nous regardons intensément. Nos sourires et l'ébauche de son rire meurent progressivement. Le temps semble être au ralenti. Je n'entends plus rien hormis les battements réguliers de mon cœur. Aucun de nous n'a l'air de comprendre ce qu'il se produit.

Hope vient éclater la bulle dans laquelle nous sommes.

Mark se ressaisit, cligne plusieurs fois des yeux, sourit et nous souhaite un bon appétit.

Il part sans se retourner avec son plateau sous le bras et disparaît dans la cuisine, me laissant encore dans les nuages.

Que s'est-il passé ?

Je ne sais pas comment interpréter ça.

— Papa ?

Ma tête étant toujours orientée sur le côté, je me tourne vers elle.

— Oui, ma Puce ?

— Tu vas pas bien ?

— Pourquoi tu me dis ça ? Je vais très bien, confirmé-je à ma fille pour la rassurer.

— Bah, tu regardais rien.

Impossible de sauver les apparences.

— C'est rien. Je réfléchissais, c'est tout. Allez, bois avant que ça ne refroidisse.

Nous mangeons pendant que Hope me parle de sa journée. Je ne vais pas mentir si j'avoue l'écouter à moitié. Mes pensées, au lieu de se diriger vers elle, vont plutôt vers cet homme intrigant à la peau chocolat et au sourire ravageur. Tout du long, j'ai fait tout mon possible pour ne pas regarder derrière moi. De toute manière, je ne peux pas l'éviter éternellement puisque vient l'heure de régler l'addition et que, évidemment, ce n'est pas Coline qui est au bar.

Pitié, faites en sorte que je ne me ridiculise pas. Chaque fois que je suis nerveux, je dis quelque chose d'étrange ou de déplacé. Je n'y peux rien.

Je me lève, saisis mon manteau et pars en direction de Mark pendant que Hope finit sa dernière bouchée de gâteau.

Le superbe mannequin me sourit.

— Ça a été ?

— Oui, parfait, merci. Comme toujours, tu as été très bon.

Il stoppe ses gestes et me regarde, l'air amusé.

J'ai dit une bêtise ?

— « J'ai été très bon » ?

Oh non, je n'ai pas dit ça ?!

Je me mets à bégayer, les yeux complètement écarquillés et les joues en feu.

— Heu…. non… Pardon, je ne voulais pas dire ça ! Je suis juste un peu fatigué. Je voulais dire que c'était très bon et… Oh, c'est pas vrai…

Je passe une main sur mon visage. Ça y est, je sais quoi demander comme super pouvoir maintenant. Devenir invisible !

Il rit.

— Ne t'inquiète pas. Je m'en doute.

Il me tend la machine pour que je puisse régler par carte. J'essaie d'éviter de le regarder, sinon il n'y a pas que mes joues qui prendront feu.

Une fois le paiement effectué, je ne peux m'empêcher d'ajouter :

— Je suis désolé.

— Ne t'en fais pas pour ça. Il n'y a aucun mal. On a tous des jours sans.

— C'est certain. Merci.

Pitié, arrête de me sourire comme ça...

— Merci à toi.

Un autre moment de silence vient s'installer entre nous. Il n'est pas pesant, bien au contraire.

— Papa !

Je secoue la tête pour me remettre les idées en place.

— Merci et à demain... Mark.

— À demain, William. À plus, Hope ! prend-il le temps de la saluer en levant la main.

Ma fille lui dit au revoir et nous rentrons chez nous.

***

Le reste de la semaine se déroule normalement. Nous avons maintenant l'habitude de voir Mark tous les jours et l'attendons impatiemment. C'est devenu notre routine, et sans qu'on s'en aperçoive, deux autres semaines passent. Au vu de ma timidité, je n'ose pas l'interroger sur sa deuxième activité. J'ai peur de ressembler à un stalker. Il aurait vite compris que j'ai tapé son nom sur Internet et ce n'est absolument pas l'image que je veux lui donner de moi. Certes, techniquement c'est Élisabeth qui l'a fait, mais question bizarreries on ne pourrait pas faire pire.

La fin du mois d'octobre s'annonce magique avec Halloween. Hope adore cette fête, et chaque fois nous la passons à regarder des films avec tout un tas de sucreries. C'est la seule période de l'année où je l'autorise à en manger autant.

Autre bonne nouvelle : j'ai réussi à obtenir son premier rendez-vous chez un psychologue. J'espère que cette séance se déroulera bien et que ça l'encouragera à ouvrir son cœur et déballer ce qu'elle n'ose m'avouer. Hailey s'est montrée disponible un samedi où elle n'a pas Hope, un vrai miracle. C'est important d'avoir ses deux parents, au moins pour la première fois. Maintenant, il n'y a plus qu'à voir ce que ça va donner.

Chapitre 6
Mark

Aujourd'hui, en ce samedi midi, a lieu notre repas de famille. Je suis chargé d'aller récupérer Jamie à l'hôpital afin qu'il puisse aussi assister à notre petit rassemblement. Il a dû bosser ce matin par obligation, mais s'est rendu disponible pour passer un peu de temps avec nous. Il est des nôtres après tout. Depuis le temps qu'on le connaît… C'est simple, il est davantage fourré chez nous qu'avec ses proches. Malheureusement, ses parents et sa sœur habitent assez loin et avec son travail, il ne peut pas aller n'importe où et n'importe quand. L'hôpital l'appelle dès qu'il y a une urgence et il n'a pas son mot à dire, de plus il aurait répondu présent. C'est un homme qui a le cœur sur la main.

En tout cas, si je n'étais pas optimiste à l'idée de ce repas, être accompagné de mon meilleur ami rend les choses tout de suite plus intéressantes.

Nous serons légèrement en retard parce qu'un con nous a barré la route avec sa grosse voiture en plein carrefour. C'est pour ça que je déteste les grandes bagnoles. En ville, c'est une horreur. Elles prennent toute la place. Même un bus sait mieux s'y adapter que certains automobilistes.

Alors voilà, je suis bloqué dans mon véhicule, à attendre que ce connard bouge son cul et pour l'encourager, les autres ont décidé de rameuter tout le quartier avec leur klaxon. Un pur bonheur... Heureusement que mes vitres fermées m'épargnent un peu ce vacarme.

Une main sur le volant, je saisis mon portable dans la poche de mon pantalon pour prévenir Jamie que mon périple prendra plus de temps que prévu. Il me répond quelques secondes après :

Jamie : Pas de soucis ;) De toute manière, j'ai toujours ma blouse sur moi.

Je dépose mon téléphone à coté de ma boîte de vitesse et regarde vers la droite pour éviter de perdre patience en fixant cet abruti. Rapidement, mes yeux s'attardent sur une silhouette que je ne connais que trop bien à présent. Hope. Oh... J'en déduis que son père n'est pas loin. En scrutant plus attentivement, je réussis à le voir. Bingo ! En observant cette tignasse blonde, je me mets à sourire comme un pauvre débile. Sérieusement, je dois avoir le sourire le plus niais qui puisse exister. Je penche ma tête pour pouvoir mieux l'examiner. Il n'a pas ses vêtements de travail. Logique, car il n'a pas sa tenue d'homme d'affaires. Son pull bleu à manches longues me rappelle la couleur de ses yeux... Bon sang, c'est un homme absolument magnifique, irrésistible et super mignon.

Je me souviens encore du regard que nous avons échangé l'autre fois. Je ne saurais dire ce qu'il s'est passé, mais j'ai senti comme une connexion, un lien entre nous. Je me retenais surtout de l'embrasser devant tout le café, et plus particulièrement devant sa fille.

Tant que je ne suis pas sûr qu'il soit célibataire, et de ses préférences en matière de sexe, je ne ferai pas un pas vers lui. Lui sauter dessus comme un sauvage en manque d'amour n'arrangera en rien la situation, au contraire. Moi, si un mec me fait ça, je partirais loin, très loin.

En m'attardant sur sa silhouette, j'ai omis un léger détail... La dame qui les accompagne. Elle semble très familière avec eux et c'est après plusieurs secondes d'inspection que j'en conclus qu'il s'agit de la mère de Hope... et donc la femme de William.

Mon sourire s'efface et je me redresse sur mon siège, fixant le vide devant moi pour ne pas me torturer encore plus. Je ressens un pincement au cœur et pas qu'un petit.

Pourquoi j'avais espéré que ce ne serait pas ça? C'était si évident pourtant.

Son sourire et son regard sont ceux d'un homme timide, voilà tout. Pas de quoi en faire tout un film.

Mais je ne peux m'empêcher d'être déçu. Je me suis voilé la face durant tout ce temps et le prix à payer est difficile. Je passe une main sur mon visage, me sentant complètement idiot.

Un coup de klaxon me fait revenir à la réalité et m'informe que je bloque à mon tour la circulation, puisque la voie s'est dégagée pendant que je me perdais dans mes réflexions. C'est avec le cœur et l'esprit tout retournés que je prends la direction de l'hôpital. Je pars tellement en hâte que j'en oublie d'avertir Jamie que j'arrive dans très peu de temps.

Après ces quelques minutes écoulées tant bien que mal, je suis déjà devant l'entrée où mon ami patiente sur le trottoir.

Je descends la vitre automatique et lui lance :

— Vous avez commandé un taxi ?

Il rit et ouvre la portière.

— Je te préviens, ma mère nous attend impatiemment, dis-je en démarrant alors qu'il est en train de mettre sa ceinture. Mon petit doigt me dit qu'elle va appeler pour me demander quand est-ce qu'on arrive... Seigneur... Heureusement que mon père est plus cool. Il essayera de faire diversion.

Jamie s'esclaffe à nouveau parce qu'il sait très bien que j'ai raison.

On a peine le temps de faire cent mètres que mon téléphone sonne. Jamie et moi échangeons un regard amusé. Il prend mon portable.

— Laisse, je m'en occupe. Toi, conduis, et évite de nous avoir un accident. J'ai assez vu l'hôpital pour aujourd'hui.

Il décroche et la voix de ma mère m'arrive aux oreilles.

— *Ah enfin ! On t'attend tous, tu sais ?*

Ce n'est pas vraiment une question mais plutôt un reproche.

— Bonjour, Brenda, dit Jamie d'un ton plus qu'aimable malgré la matinée de dingue qu'il s'est tapée.

Il doit avoir l'habitude avec certains patients.

— *Oh, Jamie !* s'extasie ma mère, cette fois-ci beaucoup plus douce. *On a hâte de te voir, mon garçon.*

— Moi aussi, Brenda, vous me manquez tous.

Je tourne brièvement la tête en direction de mon ami pour ne pas dévier mon attention de la route et lui adresse un regard surpris.

— Elle est jamais comme ça avec moi. Pourquoi elle est plus aimable avec toi qu'avec moi ? demandé-je d'une voix proche d'un murmure.

— *Parce qu'elle ne reçoit pas beaucoup de nouvelles de son propre fils et qu'il ne répond pas à ses appels…* peste ma mère qui a entendu malgré le fait que je ne le voulais pas.

Merde…

— Il y avait le haut-parleur ? lui chuchoté-je discrètement.

— *Oui, mon grand... Tu devrais songer à l'enlever dans ce cas.*

Double merde.

— Coucou, maman, la salué-je un peu tard d'une voix moins assurée, mais en même temps à la limite du rire.

Jamie, lui, ne se retient pas.

— *Alors c'est comme ça qu'on dit bonjour à sa mère, jeune homme ? Tu verras, une fois à la maison, ce que...*

— Oh, maman ! On arrive sous un pont donc... c... pas... bientôt, feins-je en imitant une coupure de réseau pour ensuite raccrocher.

Cette fois-ci, Jamie explose de rire.

— Tu es courant qu'il n'y a pas de pont, qu'on est presque arrivés et que tu vas devoir lui rendre des comptes en personne ?

— Chut. J'ai paniqué et dit ce qu'il me passait par la tête. Fais comme si cette conversion n'avait jamais existé. Et de toute manière, à la minute où elle te verra, elle oubliera tout ça et moi aussi par la même occasion, alors plus un mot, mimé-je en fermant ma bouche. Montre ton plus beau sourire et ça va le faire.

Avant qu'on ait le temps de dire ouf, nous sommes déjà arrivés.

Mes parents possèdent une belle et grande demeure en plein centre-ville. Ils ont très bien gagné leur vie avec leur travail respectif. Et depuis deux ans, ils jouissent d'une retraite plus que méritée dans une maison qu'ils chérissent et où on s'y sent comme dans un cocon.

Je me gare devant et nous sortons de la voiture. Nous n'avons pas le temps de parvenir à la porte que ma mère se pointe, bras croisés et faussement mécontente. Mais je sais qu'elle m'aime trop pour être fâchée contre moi.

— Salut, maman, dis-je, tout sourire, avant de lui faire un bisou sur le front.

Elle me pardonne immédiatement en m'embrassant la joue. C'est son point faible. Personne ne peut résister à mon sourire. Surtout pas elle. D'ailleurs, c'est comme ça que j'ai pu aller à une soirée étudiante au lycée. Je dois remercier mon père pour cet héritage, car oui, ce sourire vient de lui. Je suis sûr que c'est grâce à ça qu'il a réussi à la faire craquer. Leurs caractères sont très différents. Le feu et la glace. Jamais on n'aurait pu croire que leur rencontre donnerait lieu à cette union fusionnelle. Ils s'aiment à en crever et en les observant tout au long de ma vie, j'ai toujours envié leur relation. Je me suis promis un jour de traiter ma moitié aussi respectueusement et tendrement que le font mes parents. Ils sont mon modèle. Tout ce que je souhaite, c'est d'avoir la chance de partager ça et d'exprimer tout mon amour.

— Coucou, mon Jamie ! s'exclame ma mère en le prenant dans ses bras, et ce dernier est plus qu'heureux d'en profiter en me renvoyant un sourire pour me narguer.

« Mon Jamie », carrément…

— Ah ouais, d'accord… Et moi, je n'ai pas le droit à cette démonstration d'affection ?

— Tu aurais dû faire attention au téléphone, fiston, me signale mon père qui apparaît soudainement.

— Salut, papa.

Il me sourit. Oui, j'ai définitivement le même que lui, pas de doute là-dessus.

— Allez, les enfants, entrez, ne restez pas devant la porte.

Nous avançons dans le salon où tout le monde est présent. Tous mes frères et sœurs, mes nièces, mes neveux, mon beau-frère Evan et ma belle-sœur Kaïla. Sans oublier Volt[3], un golden retriever et accessoirement le chien d'assistance de mon neveu Jude. On l'a diagnostiqué épileptique il y a deux ans et depuis, ils sont inséparables. Mes parents le considèrent même comme leur petit-enfant et comme tous, il est pourri gâté. À commencer par l'immense cabane qu'ils ont construite pour eux dans le jardin et où Jude y trouve refuge lors de petits coups de mou.

— Eh bah ! C'est pas trop tôt, soupire ma sœur cadette, Phoebe.

— C'est pas de ma faute, cette fois-ci. Si un abruti n'avait pas bouché la route avec son gros pick-up, on n'en serait pas là.

Volt s'approche de moi, réclamant une caresse, que

---

[3] NDA : petite référence à « Volt, star malgré lui », un dessin animé Disney.

je lui donne avec joie.

— Oh, mais ne sois pas trop dur avec lui. Il avait peut-être quelque chose à compenser... si tu vois ce que je veux dire, me lance mon frère, Cameron.

Sa femme secoue la tête en signe de dépit, mais sourit malgré elle.

— Je t'avais prévenue de ne pas l'épouser, mais tu ne m'as pas écouté.

Elle rit.

— C'est pas faux. Mais que veux-tu ? Il a réussi à me convaincre.

— Je dirais plutôt qu'il t'a soudoyée, rétorque Jesse.

— Eh ! se dédouane Cameron. Arrêtez ou elle va me demander le divorce, se défend-il en enlaçant son épouse.

— Et ce serait une mauvaise nouvelle ? balance Jesse.

Nous éclatons tous de rire sauf le principal concerné et notre mère ; notre père, lui, essaye de se retenir.

Je finis de saluer tout le monde, y compris les petits monstres qui me sautent dessus pour avoir un câlin. Je le leur donne avec grand plaisir.

— Allez, les enfants, à table ! crie tant bien que mal ma mère dans tout ce brouhaha.

Nous suivons les ordres de la cheffe et nous asseyons autour de la table où est disposé tout un tas de biscuits appétitifs, de cacahuètes et de petits fours. C'est tout notre mère ça, prévoir à manger pour un régiment. Elle a peut-être oublié qu'il y a l'entrée, le plat et le dessert juste après.

Les enfants et Volt sont tous rassemblés dans un coin. Je me retrouve entre mon père et Kaïla avec en face de moi Jesse, qui lui est assis à côté de Jamie. Je le sens très nerveux. Pour les autres il paraît tout à fait normal, mais je connais notre frère. Phoebe, qui est installée près de lui, le remarque aussi. Je lui lance un regard amusé, elle me répond avec un sourire et un haussement de sourcil. Nous savons tous les deux que Jesse éprouve des sentiments pour mon meilleur ami. Mais cet imbécile n'a jamais osé faire le premier pas. En réalité, ce sont tous les deux des idiots, car Jamie non plus n'est pas indifférent. Il ne me l'a jamais avoué, mais je l'ai deviné. Il se trahit lui-même. Dès que je parle de Jesse, il est pris d'un soudain intérêt et ne peut s'empêcher de sourire. Faut-il vraiment que je joue les cupidons et leur mâche le travail ?

— Comment ça va, mon petit Jamie ? demande maman avec tout l'amour du monde dans la voix et le regard.

« Petit » ? *Il a trente-quatre ans, voyons !*

Jesse, en entendant ce surnom, lève discrètement les yeux au ciel. Lui et moi échangeons un clin d'œil, l'air de dire : « Je sais pas quand elle comprendra qu'il n'est plus si petit que ça ».

Peut-être un jour.

Mon père nous sert à tous un verre de vin blanc, sauf

aux enfants bien entendu. Eux ont le droit à du jus de pomme pétillant sans alcool.

— Tout va bien… Enfin, disons que je n'ai pas le temps de m'ennuyer, ces temps-ci. Je ne sais pas trop ce qu'il se passe, mais les gens ont décrété que le mois d'octobre serait réservé à rendre complètement fou le service de santé.

— J'imagine que tu dois en entendre et voir des vertes et des pas mûres… compatit ma mère en tenant son verre dans la main.

Jamie, ne pouvant pas être plus d'accord, hoche la tête.

À chaque fois qu'il parle, je fixe discrètement Jesse, pour ne pas éveiller les soupçons. Mais surtout parce que mon père est juste à côté. Mes parents ne le savent pas et si c'était le cas, ils les auraient déjà poussés à se marier. Les pauvres… Je suis tellement mauvais que je prends plaisir à les voir embarrassés.

Nous prenons l'apéro et chacun donne de ses nouvelles et raconte ce qu'il s'est passé depuis le dernier repas ensemble. Phoebe est UX designer au sein d'une société de jeux vidéo mondialement reconnue. Et c'est peu de préciser qu'elle adore son métier. Elle peut également télétravailler et c'est devenu indispensable depuis qu'elle a sa vie de famille. Ses soirées préférées se résument à elle jouant à la console ou sur le PC, au grand dam de ce pauvre Evan. Je dis ça, mais c'est avant tout cette partie d'elle qui l'a séduit. Lui, en revanche, exerce dans la finance en tant que banquier. Tout va parfaitement bien de son côté.

Concernant Cameron, il a toujours été attiré par les lettres et les langues. Attention, pas de blagues là-dessus. Le pauvre, déjà qu'on le chambre depuis ses études... Bref, il est devenu traducteur dans une maison d'édition regroupant beaucoup de livres francophones. Eh oui, il parle couramment le français, notre petit Cam ! Effectivement, j'ai dit le mot « petit », mais avec lui ça va encore, il a trente-deux ans et est le benjamin avec Phoebe. Sa femme, Kaïla, est fleuriste et tient une boutique avec sa meilleure amie. Avec leur fille, ce n'est pas difficile à gérer puisque Cameron travaille lui aussi très souvent à domicile.

Maintenant que toutes ces personnes ont pris la parole, il ne reste plus que Jesse et moi. Alors... qui va passer à la casserole en premier ?

— Et toi, Jesse, quoi de neuf ? s'enquiert notre mère poule. Aujourd'hui, tu aurais normalement dû travailler, non ?

Bingo ! Ça sera toi, frangin. Bon, bah il n'y aura plus que moi ensuite. J'ai intérêt à me tenir prêt et préparer des phrases toutes faites. Quelque part, j'aurais préféré ne pas être le dernier.

Jesse prend une grande inspiration.

— Tout va parfaitement bien et non, je ne bossais pas de base, aujourd'hui. Ils m'ont déjà fait le coup l'autre week-end, alors ils se sont peut-être dit qu'il était temps de me laisser tranquille. Sinon, tout roule. On a affaire à quelques petites infractions, mais rien de bien important.

— Tant mieux, je suis rassurée... Le calme ne peut te faire que du bien... Pardon, ce n'est pas ce que j'ai voulu dire, s'excuse ma mère avec un visage décomposé.

— Il n'y a pas de mal, maman, lui répond mon grand frère d'une voix douce qu'il espère bienveillante, mais accompagnée d'un sourire forcé.

Jamie, en le sentant mal à l'aise, lui adresse un regard compatissant.

C'est une histoire encore fraîche dans le cœur de Jesse. Il y a maintenant bientôt cinq ans, jour pour jour, il était sur une affaire de trafic de drogue et d'armes. Jesse travaillait sous couverture et était parvenu à sympathiser avec leur chef, Zaid Petrov. La police, aidée du FBI, a réussi à démanteler ledit trafic, mais non sans conséquences... Jesse a été gravement blessé par balles et son pronostic vital a été engagé. On l'a emmené à l'hôpital en urgence, où il a pu être sauvé. Jamie a participé à son opération. On a tous eu extrêmement peur. Maintenant, le salaud croupit en prison et j'espère qu'il souffre le martyre. C'est tout ce qu'il mérite. La peine de mort serait une délivrance pour un type comme lui. Il mérite d'en baver pour le restant de sa vie. Toute ma famille est d'accord avec ça.

Malgré cette malencontreuse affaire, mon frère a quand même préféré continuer à travailler. Nous l'encourageons au quotidien et il se dit chanceux de nous avoir comme béquilles. Il bénéficie d'un suivi psychologique régulier, et nous en sommes tous soulagés. Nos parents, et plus particulièrement notre mère, sont devenus encore plus protecteurs envers Jesse. Même s'il la trouve quelque peu étouffante par moments, il apprécie son inquiétude, mais il a interdiction de louper ses appels, au risque de la retrouver devant sa porte.

Mon père se racle la gorge pour combler le silence de mort qui règne.

— Je vais bien, vous savez ? nous rassure Jesse avec le sourire pour détendre l'atmosphère. Ça fait cinq ans maintenant.

— Oui, bien sûr. Je n'ai pas dit le contraire, mon chéri.

— Et sinon, à part ça ? lance notre père pour dévier du sujet.

Jesse hausse les épaules.

— Rien de nouveau.

— Tu as rencontré quelqu'un ? demande notre mère de façon abrupte.

Petit échange de regards avec Phoebe.

— … Non. Et de toute façon, tu seras la première au courant si ça se produit.

Tu es sûr ? Déjà qu'elle n'arrive pas à deviner ce qu'il se passe entre toi et Jamie.

— J'espère bien. Je veux que mes deux grands trouvent l'amour. D'ailleurs et toi, mon chéri ? dit-elle en se tournant vers moi. Tu as quelqu'un à nous présenter ?

Je surprends Jesse à sourire malicieusement, caché derrière son verre de vin, et Jamie se pince les lèvres. Je reste de marbre face à cet interrogatoire qui ne fait que débuter.

— Non, rien non plus.

Mes frangins, mon meilleur ami et ma mère plissent les yeux.

— Quoi ? C'est vrai, je n'ai personne.

— Hum… Tu as quelque chose à nous dire, frérot ? se moque Phoebe avec les coins de sa bouche qui se redressent.

Traîtresse.

— Tonton, t'as un amoureux ? me sort Jude, le sourire jusqu'aux oreilles, en train de jouer avec son frère.

La saleté ! Elle embarque son fils dans ma descente aux Enfers.

— Non, je…

— Tu as quelqu'un en vue alors ? Oh, et arrête, on peut lire en toi comme dans un livre ouvert, continue d'enfoncer Cam.

— Il est mignon ? rajoute ma mère.

Très maman, très.

— Il fait quoi dans la vie ? enchaîne mon père.

— C'est pas vrai, toi aussi tu t'y mets ? bondis-je, abasourdi par le seul homme que je considérais de mon côté.

— Bah quoi ? Il faut que je sache, moi aussi, se défend-il, absolument pas prêt à lâcher le morceau.

— Il est comment ? m'interroge Jesse qui, j'en suis certain jubile, content de ne plus être le centre de l'attention.

— Il est...

— Pourquoi tu ne m'en as pas parlé ? demande Jamie.

Parce que !

— Comment était votre rencontre ? s'empresse de rajouter Cam.

Euh...

— Il faudrait l'inviter à la maison, termine ma mère.

Absolument pas !

— Il est hétéro ! m'exclamé-je en haussant la voix sans le vouloir. Voilà, c'est dit.

— Oh... fait tout le monde en baissant la tête ou en regardant ailleurs.

Super, un autre moment de malaise.

S'il y a bien une chose que je désirais éviter, c'était ça. Je déteste quand le blanc s'installe et que l'ambiance devient morose. Avec Jesse, on en tient une couche. Je n'ose pas les fixer, mais je devine que certains préfèrent boire plutôt que de rester stoïques. J'entends mon père se racler la gorge, sa superbe astuce pour ce genre de situation.

— Je suis désolée, mon chéri. Je... On ne voulait pas paraître si indiscrets, souligne ma mère, et tous autour de la table hochent la tête en signe d'approbation.

— C'est rien. Maintenant, vous savez.

Il est vrai que j'aurais préféré apporter une bonne

nouvelle.

— Eh bah… c'est toujours si enrichissant, les repas de famille. Aïe ! fait Cam qui récolte un coup de coude de la part de sa femme et se frotte l'épaule.

Phoebe lui adresse silencieusement un merci muet.

— Eh ! s'offusque l'intéressé.

— Quoi ? Tu dis à chaque fois les choses qui faut pas. Tu devrais apprendre à fermer ta bouche, ça ne te fera pas de mal.

— Les enfants ! Vous êtes parents, je vous le rappelle, alors comportez-vous comme tels, nous sermonne notre mère quand notre père se retient de rire.

— Tu ferais mieux de l'écouter, mon cœur, insiste Kaïla, amusée, en lui tapotant la cuisse.

— Mais, maman ! Tu ne vois pas qu'il ne peut pas s'en empêcher ? C'est dans sa nature, apparemment. Impossible qu'il change.

— Mes paroles s'adressaient aussi à toi, ma chérie.

— Bien fait ! renchérit Cam, qui reçoit un regard noir de Phoebe.

Elle en envoie un aussi à Evan en train de se marrer et qui ne s'en cache pas.

Ma mère se redresse de manière théâtrale avec les deux paumes sur la table, épuisée par les gamineries de ses enfants.

— Bon, je vais chercher le plat.

Son mari se lève pour l'accompagner, et Jamie et moi l'imitons.

— Non, restez là, on s'en occupe, somme mon père.

Nous ne nous faisons pas prier et nous rasseyons. Je sais pourtant qu'elle n'apprécie pas qu'on l'aide. Elle est plutôt du genre à nous bichonner et à faire tout toute seule.

— Du coup, tu n'as pas répondu... Il est mignon ou pas ?

— Phoebe ! crient nos parents à l'unisson depuis la cuisine.

En réponse, elle lève les deux mains en signe de reddition pendant que les autres se fendent la poire. Jesse réajuste son chignon. Les enfants, eux, restent en dehors de ça et continuent de jouer et parler entre eux. Enfin, parler est un bien grand mot pour Tracy, la fille de Cam. Elle a trois ans et est mignonne à croquer. Sa peau est légèrement moins foncée que celle de son père, car sa mère a la peau blanche. Il en va de même pour Jude et Finn qui ont hérité non seulement d'un teint plus clair, mais aussi de cheveux bruns. Ils sont tous si adorables. Quelque part, j'envie leur vie de famille. Je sais que dans mon cas, ça sera plus compliqué d'avoir un enfant, mais je ne désespère pas. Jamais. Du moins, c'était avant que je ne voie cette femme tenant la main de Hope. Rien que de songer à cette scène, la nervosité s'empare de mon corps.

Bon sang, on dirait que je suis jaloux...

Mais qu'est-ce que je m'imaginais au juste ? Je dois seulement oublier cet homme et le reconsidérer comme un client. C'est aussi simple que ça. Je ferme cette fenêtre et passe à autre chose. Oui, c'est exactement ce qu'il faut faire.

Ai-je vraiment un autre choix ?

Un coup sur mon pied me sort de ma rêverie. C'est Jesse. Je croise son regard interrogateur et je peux interpréter ce qu'il veut me dire. Il hausse les sourcils. Je lui fais signe que tout va bien, même si dans ma tête ce n'est pas le cas. Je ne couperai pas à notre discussion entre le plat et le dessert. En général, on fait une pause pour pouvoir mieux respirer et bénéficier d'un peu de calme, sans cris d'enfants.

Ma mère revient en soulevant une grande marmite, son mari la suivant de près avec les différents accompagnements.

Nous profitons du repas comme il se doit. Le sujet ne tourne plus autour de nos relations inexistantes, mais de tout et de rien. Mon père, comme à son habitude, joue le rôle de clown. Il nous narre tout un tas de blagues. Disons qu'il s'agit plutôt de *jokes* de papa. Le genre d'humour naze réservé aux parents, visiblement. Mais, malgré le fait qu'elles soient « nulles », on arrive toujours à en rigoler. Peut-être que ça vient de son rire communicatif ou alors de la façon dont il les raconte. Je ne sais pas, mais c'est magique. Grâce à sa manière de réchauffer l'ambiance avec ses blagues, je peux oublier mes préoccupations. La seule chose qui ne me perturbe pas, c'est le travail. Quand on me demande de parler de mes deux occupations, j'y réponds avec plaisir. Le boulot n'a jamais été un sujet tabou. Mais je préfère lorsque ma famille me parle d'elle. Être sous les feux des projecteurs parmi eux n'est pas ma tasse de thé. En tant que mannequin, je n'ai pas le choix et je l'accepte parce qu'il y a cette barrière professionnelle. Adopter un « nom de scène », si je puis dire, est la meilleure solution que j'ai trouvée pour protéger ma vie privée.

À peine ai-je fini d'avaler ma dernière bouchée que je me lève en direction de la terrasse pour prendre l'air, en évitant de percuter les enfants qui eux aussi souhaitent se défouler. Je vois du coin de l'œil Jesse me suivre. Jamie, lui, est engagé dans une conversion qui semble passionnante avec mon père. Je m'appuie contre la rambarde et me penche légèrement, le regard rivé sur l'horizon. Il fait de même.

Sans plus attendre, il me lance :

— Tu veux en parler ?

— Nope.

Je reporte mon attention sur lui.

— Et toi ?

Il pouffe de rire, mais je ne détecte pas de joie.

— Allez, Jesse… Ça fait un bail, maintenant. Quand comptes-tu prendre les devants ?

Il jette un œil derrière lui, en direction de Jamie, et se retourne aussitôt comme si le simple fait de le voir le faisait souffrir. Mais c'est déjà le cas.

— Je sais pas… J'ai l'impression que ce n'est pas

118

le bon moment, se justifie mon frère en verrouillant ses yeux anxieux, trahissant son inquiétude, aux miens.

Hélas, j'ignore quoi faire à part continuer à les encourager. Je ne peux pas les forcer à être ensemble. S'ils ne souhaitent pas se découvrir de façon plus approfondie, alors qu'il en soit ainsi. Ce qui me tue, c'est qu'ils s'aiment. J'en suis persuadé. Je le sens.

— C'est à toi de voir. Mais fais attention. Peut-être qu'un jour il sera trop tard. Que feras-tu une fois qu'il rencontrera quelqu'un ? Le supporteras-tu ? Est-ce que tu pourras tolérer qu'un autre homme le contemple comme tu le fais ?

Mes mots sont durs, j'en suis conscient. Mais ne pas les dire serait d'autant plus une erreur de ma part.

Le regard de Jesse est désespéré. Il est complètement perdu.

— Je ne sais pas...

Je n'ai rien de plus à ajouter. C'est à lui de jouer à présent. Il a toutes les cartes en main. Il faut maintenant les jouer.

— Les enfants ! Le dessert de mamie est sur la table.

Cette interruption nous fait souffler tous les deux. On se redresse.

Je lui propose de les rejoindre, il hoche la tête et nous partons nous rasseoir, réconfortés par l'aura familiale et chaleureuse.

C'est drôle. Je donne des conseils, mais je ne suis pas foutu de les appliquer. C'est facile de dire aux autres quoi faire, mais pour prendre exemple, il n'y a plus personne. Est-ce que moi aussi je dois déclarer ma flamme bien que ce soit perdu d'avance, et au risque qu'il ne remette plus jamais les pieds au café ? Dois-je prendre les devants ?

Soudain, ses magnifiques yeux bleus apparaissent comme lors du shooting photo. Ils m'ensorcellent en dépit de la distance qui nous sépare.

C'est tout ce dont j'ai besoin pour me convaincre d'essayer.

Chapitre 7
William

— C'est un bel appartement qui a été entièrement rénové depuis peu. Il bénéficie d'un très grand balcon exposé plein sud avec vue sur Central Park, idéal pour profiter du soleil tout au long de la journée.

Il ne se passe pas un jour d'ailleurs sans que je ne pense à lui. Depuis une semaine, il se comporte différemment. Je ne saurais pas comment l'expliquer, mais c'est comme s'il m'évitait. Je n'ai absolument aucune idée du pourquoi du comment. Quand nous venons au café, il s'arrange toujours pour que ce soit Coline et non lui qui nous serve. Pourquoi ? Aurait-il remarqué mon attirance pour lui alors qu'il est loin d'en éprouver ? Je ne l'intéresse pas à ce point ? Est-il gay ou bien hétéro ? Je n'en sais rien et vu la manière dont il se conduit, je ne serais pas surpris qu'il soit hétéro, ou bien il a déjà quelqu'un dans sa vie et essaye simplement d'être poli ?

C'est vrai, ça ! Pourquoi n'y ai-je pas songé ? C'est une évidence à présent. Je me monte la tête pour un rien, c'est dingue…

— C'est en effet un très bel appartement, commente mon client, me faisant sortir de mes pensées si sombres qu'on aperçoit presque un nuage noir qui virevolte au-dessus de ma tête.

Le couple se promène un peu partout dans le salon, l'admirant sous toutes ses facettes, et assez grand pour y accueillir un beau canapé d'angle.

— Je suis ravi que cela vous plaise, dis-je en m'approchant d'eux.

Mon esprit est clairement ailleurs aujourd'hui. Je dois me concentrer et me remettre dans la peau du professionnel, de l'agent immobilier. Après tout, nous avons raté deux gros contrats la dernière fois. Qui sait quand se représentera une telle occasion…

— Si vous voulez bien me suivre, je suis sûr que si avec tout ça je n'ai pas réussi à vous convaincre, vous allez tout de suite changer d'avis.

J'ouvre la porte-fenêtre et les laisse passer. Au même moment, mon portable se met à vibrer. Un texto. Je délaisse mes clients pendant quelques instants, le temps pour eux d'admirer la vue avec enthousiasme, et me positionne un peu en retrait. Étant en rendez-vous, je préfère communiquer par message. Je clique dessus et vois qu'il s'agit d'Alejandro.

Alejandro : Tu as bientôt fini ?

Moi : Tu ne devrais pas être en entretien, toi ?

Alejandro : C'est une façon de me dire « Va bosser, espèce de feignasse » ?

Je ris.

Moi : C'est toi qui l'as dit, pas moi : p

Alejandro : Eh ! Tu verras, *cabrón*, une fois rentré.

Heureusement que j'ai une personne comme Alejandro dans ma vie, sans lui, elle serait un peu morose.

Alejandro : Et sinon, tu n'as pas répondu à ma question.

Moi : Toi non plus, je te ferai dire. Oui, j'ai bientôt fini.

Je rejoins mes clients sur la terrasse. Je frissonne tellement il fait froid malgré la veste que je mets en période d'hiver. Ils se tournent vers moi, tout souriants.

— Alors ? Est-ce que j'ai réussi à vous convaincre ?

— Plutôt, oui, me confirme la femme en partageant un regard complice avec son mari.

Espérons qu'ils soient fidèles ces deux-là, je ne pourrais pas supporter un nouveau drame. Une fois c'est déjà assez, je ne suis pas un thérapeute spécialisé dans les problèmes de couple. Je ne le suis même pas moi-même, et vu comme c'est parti, ce n'est pas près d'arriver…

Nous clôturons cette visite qui aura pris plus d'une heure et je remercie le ciel que cette journée soit terminée. Cette semaine aura été tout aussi épuisante que la dernière. Durant tout ce temps, j'étais sur le pied de guerre à guetter la moindre petite contrariété qui croiserait notre route. Maintenant que cela s'achève, je peux enfin respirer.

Avant de quitter mes clients, je leur donne tous les papiers nécessaires à remplir pour le futur achat de cet appartement. Nous prenons ensuite l'ascenseur, et une fois dehors, je les regarde monter dans leur voiture, tout contents d'avoir pu trouver la perle rare. Il n'y a pas qu'eux qui soient contents, à l'intérieur de moi je jubile.

Mon téléphone sonne et cette fois-ci c'est un appel. Ça vient d'Alejandro. Je décroche et lui dis :

— J'espère pour toi que tu n'es pas en train de bavasser. J'ai réussi à obtenir un contrat en premier, alors c'est toi qui payes la prochaine tournée.

— *Will...*

Je perds mon sourire dès que j'entends l'inquiétude dans sa voix. Ce n'est pas normal. Il soupire. Quelque chose cloche. Je me dirige en vitesse vers ma voiture tout en laissant le téléphone collé à mon oreille. J'ouvre la portière après l'avoir déverrouillée à l'aide de ma clé mains libres. En m'asseyant, je balance mon porte-documents sur le siège passager sans aucune délicatesse, l'heure n'est plus à ça désormais.

— Alejandro, qu'est-ce qu'il se passe ? Tout va bien ? m'empressé-je de demander alors que je mets ma ceinture de sécurité et la clé sur le contact, prêt à partir.

— *Oui, je vais bien... Enfin... je sais pas comment*

dire... mais ce n'est pas ça le problème. Il est là, Will.

Je peine à comprendre ce qu'il veut dire.

— Comment ça « là » ? Et c'est qui ce « il » ?

— *Mais enfin, de qui crois-tu que je te parle ?! Je te parle de M. Henderson qui est à l'agence, et il est... Est-ce qu'on peut dire d'une personne qui renverse un bureau qu'il est de mauvaise humeur ?*

Oh bordel ! Non, non, non. Il ne manquait plus que ça !

Excédé, je passe une main sur mon visage, me pinçant l'arête du nez comme si ça allait réussir à canaliser mes pensées. Je souffle un bon coup pour reprendre mes pleines capacités. Je refuse que cet homme me gâche la vie aussi facilement.

— J'arrive ! Je suis là dans dix minutes, pendant ce temps essaye de le faire patienter, dis-je en mettant le contact.

— *Le faire patienter ? Avec quoi ? Il se retient déjà de nous en coller une, alors je ne souhaite pas me porter volontaire pour le divertir. Je tiens à ma belle gueule, moi !* tente de plaisanter Alejandro comme à son habitude. *Faut que je prévienne les flics.*

Son humour n'arrive pas à me détendre, mon cœur palpite.

— Alejandro, s'il te plaît, essaie de rester sérieux deux secondes et fais ce que je dis, l'imploré-je, sachant pertinemment qu'il a du mal à l'être.

Il souffle, mais de dépit.

— *Tu ne penses pas qu'on devrait appeler la police ? C'est à eux de régler tout ça.*

— Alejandro, s'il te plaît... Je préfère que l'on gère ce conflit à l'amiable avant de se retrouver dans un poste ou pire au tribunal, crois-moi ce n'est pas ce que je souhaite. Et toi non plus d'ailleurs.

— *T'as raison sur ce point, je hais les forces de l'ordre, moins je les vois, mieux je me porte.*

— Très bien, alors fais ce que je t'ai demandé. J'arrive.

Je raccroche en me rendant compte que nous avons assez perdu de temps au téléphone. Plus tôt on arrête de parler, plus tôt je serai à l'agence. Je jette – oui c'est bien le mot – mon portable sur le siège avant et enclenche la première. Les rues défilent sans que je les voie, les yeux rivés devant moi sans porter attention à tout le reste. Les passants et les autres automobilistes semblent invisibles, disparus de mes radars. Je me focalise sur ce que je vais dire à mon client, ou plutôt ex-client, vu sa façon de se comporter avec mes collègues. D'ailleurs, mon ami n'a pas précisé si Hana et Lindsey étaient aussi sur place. Je me souviens juste que Lindsey avait une visite en début de matinée. Plus le temps d'y penser puisque je suis arrivé. Ces dix minutes ont été à la fois les plus longues et les plus courtes de toute ma vie. Je me gare en vitesse et sors sans omettre de fermer la portière. Mon cœur s'emballe, j'ai chaud, je suis en hyperventilation, je ne sais plus comment respirer. Ma main se pose sur la poignée, sans la tourner, je n'en trouve plus la force. Ce n'est pas la même pression que la dernière fois au café, non, c'est autre chose, beaucoup plus oppressant. Puisqu'il ne s'agit pas d'un homme adorable, magnifique, doux et gentil, mais d'un mari en colère et pas particulièrement doté de bonté. Je m'oblige à entrer, forçant mon courage, affrontant mes peurs. Mes pieds se retrouvent maintenant à l'intérieur, plus de retour possible. Je n'ai pas le temps de voir où il est parce que je me fais happer par Alejandro. Il fonce vers moi, le soulagement se lit sur son visage.

— *Gracias a dios que estás aquí*[4], s'exprime mon ami qui a perdu son anglais sous le coup de la panique.

J'inspecte du regard les environs, mais aucune trace de M. Henderson.

— Où est-il ?

— *En tu oficina*[5]...

Il continue à parler dans sa langue natale, mais je n'y prête pas vraiment attention tant je suis en proie au stress.

— Dans mon bureau ?!

— *Sí !* Enfin, je veux dire oui, *lo siento, ya no puedo hablar ingles*[6].

— Oui, j'entends ça, mais on s'en fout là, c'est pas le problème ! tranché-je sans méchanceté. OK, OK...

---

[4] Dieu merci, tu es là.
[5] Dans ton bureau.
[6] Je suis désolé, je ne peux plus parler anglais.

soufflé-je pour reprendre mon calme. Tu sais ce qu'on va faire ?

— Quitter la ville ? répond Alejandro qui m'a interrompu.

Je hausse les épaules.

— C'est une possibilité, en effet… Mais je pensais plus à…

— Ah, je vois… quitter le pays ?

— S'il te plaît, laisse-moi finir.

Il opine.

— Je vais lui parler seul à seul. Je v-vais essayer de le raisonner. Si jamais ça ne se passe pas comme prévu, ne préviens pas la police, à moins que je te le demande. S'il te plaît, le prié-je tout en sachant qu'il serait capable de les appeler, sans hésitation.

Mon ami réfléchit. Il ne souhaite pas que je sois dans cette pièce avec cet homme, à juste titre, connaissant son caractère parfois violent. Quelque part, j'en suis heureux, car cela veut dire que je compte pour lui autant qu'il compte pour moi.

Après plusieurs secondes de réflexion qui mettent mes nerfs à vif, et impatient d'en finir, il acquiesce, certes difficilement, mais c'est tout ce que je peux souhaiter de mieux en ce temps imparti.

Je l'en remercie silencieusement et pars vers le peloton d'exécution. Non, je n'exagère pas. C'est l'image que je me fais de ce bureau à présent et j'espère que cette première fois sera la dernière.

En tournant la poignée, ma main tremble. On dirait un étudiant à la remise des diplômes. Elle est également moite comme si je m'étais lavé les mains sans les avoir essuyées. Hors de question de paraître devant lui comme ça. Je les frotte derrière mon pantalon pour que cela ne se remarque pas. Elles sont de nouveau sèches, mais plus pour très longtemps. Je pousse la porte et entre. La première chose que je vois, ce sont ses yeux exorbités par la colère, rouges ; on y distingue les vaisseaux sanguins se rejoignant au centre. Ses mains qui étaient dans ses poches s'en retirent et j'aperçois ses poings ; ils sont si fermés que les jointures de ses doigts sont blanches. Son visage est la caricature même des affiches si souvent placardées dans les écoles pour distinguer toutes sortes d'émotions uniquement par la figure. J'essaie à cet instant de ne pas montrer que je suis effrayé.

— J'espère que vous êtes fier de vous ! tonne mon interlocuteur d'une voix trahissant sa colère.

J'arrive à refréner une déglutition.

— Bonjour, monsieur...

— Je ne veux pas de votre bonjour !

Je passe outre.

— Je vous en prie, installez-v...

— Arrêtez de me donner des ordres, espèce d'insolent ! cingle-t-il en esquissant deux pas vers moi. Je fais ce que j'ai envie et je n'ai pas à suivre les directives d'un sale petit emmerdeur d'agent immobilier.

Bizarrement, cette remarque ne me fait pas reculer.

Son ton et son air supérieur ne sont rien de plus qu'une façade, j'en suis certain. J'ai envie de l'affronter, de lui montrer que je vaux bien plus qu'«un sale petit emmerdeur d'agent immobilier».

Je bombe métaphoriquement mon torse.

— Vous n'avez pas à me parler de la sorte. Jamais je ne me suis permis de vous insulter et vous ferez de même à partir de maintenant. Vous êtes ici chez moi, dans mon agence, et plus précisément dans mon bureau, alors je vous somme de me respecter comme il se doit.

L'ex-client n'en revient pas, moi non plus d'ailleurs.

Ses poings se desserrent et il se recule légèrement, mais il ne faut pas crier victoire trop vite.

— Vous ne voulez toujours pas vous asseoir ? Pour être très clair, je ne vous proposerai ni café ni thé.

Il grince des dents.

— Non.

— Très bien, alors on va jouer cartes sur table pour que vous sortiez le plus rapidement possible d'ici, nous sommes d'accord ?

— Parfait, je n'aime pas voir votre gueule, de toute façon.

Si tu savais comme c'est réciproque.

— Vous avez bafoué le serment du secret professionnel.

— Le secret professionnel ? dis-je en plissant les yeux. Je n'ai pas révélé votre identité bancaire ou quoi que ce soit d'autre à une personne extérieure. Votre femme, ou dois-je plutôt dire ex-femme, aurait tôt ou tard remarqué vos agissements. Ce qui s'est passé était purement fortuit.

Il s'avance et attrape le col de ma chemise. Je sens son souffle sur son visage.

— C'est tout de même une violation de mes droits et croyez-moi si je vous dis que je n'en resterai pas là.

— Faites-le et nous nous retrouverons tous les deux dans une impasse. Moi, pour n'avoir pas respecté l'obligation de confidentialité et vous, pour m'avoir menacé. J'ai déjà une petite idée qui votre ex-femme va soutenir.

Sa main me lâche enfin, une expression abasourdie barre son visage.

Il sait pertinemment que son épouse est plus riche et plus puissante que lui.

Putain que c'est bon de le sentir se raidir, vaincu.

Je réajuste le col de ma chemise et resserre ma cravate en arborant un air calme.

— Si vous avez autre chose à me dire, allez-y, c'est le moment.

Avant que je ne t'envoie dehors, ai-je envie de rajouter.

L'infidèle me regarde droit dans les yeux et pouffe d'un rire sans humour.

— Vous avez ruiné mon mariage.

— Sauf votre respect, monsieur, vous l'avez ruiné vous-même. Je n'ai fait que confirmer la triste vérité à

131

une cliente complètement bouleversée et déçue par les vices de son mari. Ce n'est pas l'agent qui a parlé mais l'homme qui se cache en dessous. Si vous aviez été un minimum intelligent, vous auriez pu constater que votre femme est une personne extraordinaire qui ne demandait qu'à être aimée en retour.

Je la remercie silencieusement de m'avoir écouté et je suis sûr qu'elle sera bien plus heureuse sans lui.

— Vous allez me le payer cher, très cher, rajoute-t-il, les dents serrées.

— Je n'ai pas peur de vous.

Il s'approche dangereusement et me murmure à l'oreille :

— Tu devrais.

Je pivote légèrement ma tête pour affronter son regard, et suis surpris de constater que je ne faiblis pas ; au contraire, le mien est froid, débordant d'assurance.

Après quelques secondes à se fixer droit dans les yeux, il s'en va en claquant violemment la porte.

L'air glacial de la pièce semble s'échapper par tous les côtés, la pression retombe et je sens mes jambes flancher. Je n'ai pas le temps de parvenir jusqu'à la chaise qu'Alejandro, Hana et Lindsey apparaissent. Elles étaient là finalement ? Je ne les ai pas vues lorsque je suis entré. Peut-être qu'elles sont arrivées pendant que j'agonisais dans cette pièce devenue aussi étouffante qu'un sauna.

— Alors ? me demande Alejandro.

À ma mine de déterré, ils devinent que ça ne va pas fort.

Je les invite donc tous à s'asseoir pour leur dresser le topo. Tous les trois me regardent avec des étoiles dans les yeux. Ils me confient qu'ils ont entendu quelques bribes de notre conversation et n'en reviennent pas que je me sois positionné en attaque et non sur la défensive. Ça ne me vexe pas, ils me connaissent et savent pertinemment que jamais je ne m'engage dans ces eaux-là. Je préfère toujours rester en retrait des conflits et éviter le plus possible les répercussions.

J'ai le droit, à plusieurs reprises, aux félicitations de la part de Alejandro. Hana et Lindsey me les adressent aussi, mais ça n'a pas le même impact venant de la bouche de mon meilleur ami. J'en suis heureux.

Sans en rajouter, je me sens comme le superhéros qu'on applaudit quand le film se termine. Oui, bon… Finalement, j'en fais des caisses, je sais, mais c'est bien la première fois que ça m'arrive alors j'en profite. Ça serait dommage de ne pas tirer parti de cette situation pour briller en société, non ?

Néanmoins, dès que la pression retombe et que ce moment d'euphorie passe, je ne peux réprimer un mauvais pressentiment. La dernière phrase qu'il a prononcée à mon égard tourne sans cesse dans mon esprit comme la Terre autour du soleil, jusqu'à avoir la nausée. Je n'écoute plus ce que me dit Hana. C'est comme si on m'avait privé de mon ouïe, seule ma vue reste présente. Ses lèvres s'ouvrent et se referment mais je n'entends rien, je la regarde et la gratifie de quelques hochements de tête qui semblent la convaincre.

Mon esprit divague.

Dois-je le croire sur parole ?

Du moins, son attitude le soulignait.

Au fond de moi, je suis conscient que je me suis engagé sur un chemin sombre et parsemé d'embûches. Son air déterminé me l'a bien démontré, mais comme un idiot j'ai foncé tête baissée dans un piège. Quelque part, je suis sûr qu'il voulait que je le provoque, histoire de faire monter les enchères. Car oui, nous avons beaucoup à perdre, moi ma carrière, lui sa fortune, et le divorce lui coûtera très cher.

*

— Tu vas bien ? me questionne Alejandro, le timbre de sa voix bas et inquiet.

Mon ami me sort de ma léthargie, je suis à moitié affalé sur mon fauteuil depuis que les filles sont parties. Pour être honnête, s'il ne m'avait pas adressé la parole, je ne lui aurais jamais prêté attention.

— Ouais, ça peut aller, réponds-je sans grande conviction pour lui faire plaisir, mais il n'est pas naïf à ce point-là.

— Arrête, Will, pas de ça avec moi.

Je pivote mon fauteuil dans sa direction pour croiser son regard.

Il passe nerveusement une main dans ses cheveux courts.

— Tout n'est pas perdu.

Je me redresse sur mon siège.

— Comment tu peux le savoir? Enfin, Alejandro... j'ai commis...

— Nous, rectifie-t-il en me coupant la parole.

Je soupire.

— Non, c'est ma faute. J'ai commis une grave erreur en le provoquant. J'ai révélé une information qui était censée rester confidentielle à une cliente, info susceptible de mener à une grosse amende, voire une liquidation judiciaire...

— Will, arrête. Ce n'est pas ta faute, défend-il d'une voix douce. Ton seul crime, si je puis dire, c'est que tu es trop gentil. Tu n'as fait que réparer une injustice et je te rappelle que je suis en grande partie responsable, c'est moi qui ai laissé fuiter l'info, alors ne porte pas le blâme. Ce mec est un *hijo de puta* doublé d'une ordure bonne à jeter à la poubelle, donc tu as rendu service à cette femme en le lui révélant. Ne culpabilise pas. Ne le laisse pas t'atteindre.

Je suis profondément touché par les mots d'Alejandro et je remercie le ciel de l'avoir mis sur mon chemin.

Je lui souris, reconnaissant, et il m'en retourne un.

N'ayant rien d'autre de prévu ou d'urgent à faire, nous passons la fin de ce vendredi après-midi à essayer de trouver une solution. Malheureusement, aucune ne surgit. Je ferme les yeux et me masse les tempes comme si ça allait transformer mon état de stress en bien-être le plus total. Nous sommes beaucoup trop éreintés pour réfléchir, alors pour réveiller le semblant de force qu'il me reste, je pense à ma fille, ma vie, mon cœur. Elle doit attendre impatiemment que je vienne la chercher pour aller goûter.

Argh, ça y est... Impossible de songer au café sans que son visage me revienne.

Je pousse un soupir qu'Alejandro entend, bien évidemment, et je m'ébouriffe les cheveux pour éloigner cette vision tentatrice.

Lui qui était fourré dans sa paperasse – bien que je n'aie aucune idée de pourquoi il y avait autant de feuilles – verrouille son regard sur moi.

— *Qué pasa ?*[7]

— Rien... je suis juste fatigué, c'est tout. J'ai hâte que cette journée se termine.

— Hum... dit-il en plissant les yeux. Toi, tu as quelque chose ou quelqu'un en tête.

C'est pas vrai ! Il a un radar ou quoi ? Il est pire qu'Élisabeth.

Mes mains s'arrêtent et se figent dans ma tignasse, Alejandro sourit malicieusement.

— C'est qui ? Oh attends, je sais ! Ça ne serait pas le gérant d'un café par hasard ?

---

[7] Qu'est-ce qui se passe ?

Maudit soit mon visage si expressif, on peut lire en moi comme dans un livre ouvert. Beaucoup ne voient pas le désavantage que ça a. Impossible de faire une surprise. J'y arrive encore avec Hope, mais quand elle grandira ça ne fonctionnera plus, la magie se sera évaporée.

Je me pince l'arête du nez.

— Je te hais…

Il rit sans vergogne, savourant ma gêne.

— T'as toujours pas fait le premier pas ?

— Je ne sais même pas s'il est gay, ou bi comme moi !

— T'es vraiment nul, s'exaspère Alejandro. Il te suffit de poser quelques questions furtivement et puis c'est tout.

— Ce n'est pas aussi simple.

— Pourquoi ? T'en es pas à ta première drague.

— C'est pas ça…

— Alors quoi ?

Je soupire.

— J'ai l'impression qu'il m'évite.

— Comment ça, « l'impression » ?

— Tu veux que je te fasse un dessin ou que je cite la définition du mot « éviter » du dictionnaire ?

— Toi, t'as vraiment besoin de baiser, mon pote.

— Alejandro !

— Quoi ? C'est vrai en plus. Depuis combien de temps tu ne l'as pas fait ?

Je me racle la gorge.

— Là n'est pas la question…

— Tut tut tut, n'essaye pas de changer de sujet et réponds à la question.

Merde, moi qui voulais à tout prix l'éviter…

J'ai envie de me cacher dans un trou de souris, il y en a bien une qui me laisserait une petite place, non ?

— … depuis le divorce, murmuré-je.

Alejandro siffle.

— La vache, ça doit commencer à peser là-dedans !

— Alejandro !

Il lève les deux mains en l'air.

— Désolé… Ça fait un bail alors. Je ne m'en souvenais pas à ce point.

— Faut dire qu'on ne parle pas beaucoup de ça.

— À voir le mec, il n'est sûrement pas du genre à se la mettre dans le cul, dit-il, en pleine introspection.

Bon sang, Alejandro…

Je secoue la tête.

— Sa queue doit être énorme.

— Stop ! Stop ! Je ne veux plus entendre le mot queue ou bite ou cul ou je ne sais quoi d'autre sortir de ta bouche.

Le même sourire malicieux.

— Monsieur joue les prudes ? Tu préfères que je dise « sabre laser » ? Je suis sûr que tu t'es déjà branlé en pensant à lui. Peut-être que tu l'imagines te la mettre dans le…

138

Le stylo part tout seul et atterrit en plein dans son visage avant de retomber sur le bureau.

— Aïe !

— Ça t'apprendra.

Cette petite parenthèse nous a fait du bien, je me sens plus détendu.

J'observe mon ami qui a un drôle d'air... Pourquoi ai-je un drôle de pressentiment ?

— Plus sérieusement, Will, j'ai un moyen pour t'aider.

— Ouais... et c'est ? demandé-je, méfiant, les yeux légèrement plissés.

— Je sais pas si ça va te plaire, mais...

— Mais quoi ?

Il commence vraiment à me faire peur, là. Ce regard ne m'est pas inconnu, et chaque fois qu'il me l'a fait, je n'ai pas aimé la suite...

— Tu la craches ta pastille ou bien ? m'impatienté-je.

— Rohhh, Monsieur est ronchon.

Je préfère ne pas épiloguer là-dessus.

— Bon, très bien, je vais te le dire. Tu connais le bar gay de la ville ?

Oh, bon sang... j'en étais sûr.

Je passe une main lasse sur mon visage.

— Non, Alejandro, c'est hors de question ! Je sais ce que tu vas me proposer et c'est non. Je n'irai pas là-bas.

— Pourquoi pas ?

— Parce que…

Il plisse les yeux.

— Tu vois, tu n'as aucune excuse. Viens avec moi, Will, je t'assure que tu ne le regretteras pas, au pire je suis là et si c'est trop on s'en va, promis ! En plus, Hope est chez sa mère ce week-end, ça serait dommage de devoir attendre deux semaines de plus pour y aller.

Voilà qu'il me dégaine cet argument. Il a raison quelque part. Je refuse de sortir même quelques heures quand elle est là. Même si je sais qu'Élisabeth et Amanda adorent Hope et vice-versa, j'ai du mal à la laisser pour une soirée. Peut-être que ça me ferait du bien, cette fois-ci ? J'ignore pourquoi, mais j'aimerais tenter.

Mes yeux se posent sur mon ami qui attend ma réponse.

— Bon, OK.

Son visage s'illumine d'un sourire et il se lève pour célébrer sa victoire.

— OUIIII ! Tu vas voir, ça va être génial !

Je souhaiterais en être autant sûr que lui. Je n'arrive pas être aussi optimiste et me connaissant, je vais finir par tout gâcher. Alejandro a l'air de deviner ce que je pense, son sourire se dissipe, ses bras qui étaient levés s'abaissent.

— Hé, ça va bien se passer, tu verras. N'oublie pas que je suis là.

— Ouais, justement…

— Comment ça, *justement* ? Je suis très responsable

et je sais me tenir.

Je le gratifie d'un haussement de sourcils.

— Bon… j'avoue que parfois je me laisse aller, mais pas cette fois-ci, se persuade-t-il comme il le peut.

Il finit par m'arracher un sourire et je pouffe de rire.

J'ai envie de le croire.

J'ai envie aussi de goûter au plaisir, ne serait-ce que le temps d'une soirée.

Le lendemain, tout redeviendra normal.

Pas de compagnon.

Pas de problèmes.

Seulement moi.

Chapitre 8
William

Tout en me regardant dans le miroir de la chambre, je boutonne ma chemise jusqu'en haut en épargnant les deux restants pour ne pas avoir la sensation d'étouffer. Mes gestes sont hésitants. Je tremble légèrement. Il faut dire que la dernière fois que je suis allé dans ce genre de bar remonte à l'époque où j'étais encore à l'université. Mon appréhension est donc tout à fait normale.

En m'attardant devant la glace, je remarque une petite souris qui m'observe à travers la porte entrouverte, et qui essaye tant bien que mal de se cacher. Pour la prendre à son propre jeu, je me retourne brusquement, la faisant sursauter.

— Bouh ! Je t'ai vue.

Elle se met à courir en riant et je la suis dans tout l'appartement. Nous tournons autour du canapé et ensuite autour de la table. Je finis par l'attraper et l'encercler avec mes bras pour ne pas la laisser s'échapper. Je dépose un baiser sur son front.

— Je t'ai eue.

— Non, tu as triché !

— Ah oui, et comment ?

— Tu as de plus grandes jambes que moi, alors c'est de la triche.

Je ris. J'adore sa logique.

— C'est vrai, j'ai de plus grandes jambes, mais toi tu es la plus maligne donc c'est normal que je compense. Tu n'es pas d'accord ?

— Hihihi ! C'est vrai que je suis la plus maligne.

Décidément, que de modestie, ma fille.

Je la relâche.

— Allez, va finir de préparer tes affaires, dis-je en caressant ses cheveux.

Elle n'a pas le temps de parvenir à sa chambre, que déjà la sonnette retentit. Étrange, c'est bien la première fois qu'Hailey arrive aussi tôt. Elle n'est pas à l'heure non plus, mais elle est là plus tôt que d'habitude. Dommage, encore quinze minutes de moins et elle aurait remporté le prix de la ponctualité pour la première fois en six ans.

Je me dirige vers la porte, regarde par le judas et vois cette chevelure brune que je reconnaîtrais entre toutes, puis lui ouvre.

— Bonsoir, Hailey.

— Salut.

Toujours ce même ton froid, dépourvu d'intérêt,

comme si je n'étais qu'un vulgaire étranger ou bien le boulanger au coin de la rue.

Je m'écarte légèrement sur le côté pour l'inviter à entrer. Elle ne se fait pas prier et avance.

Ses yeux balayent l'appartement avant de revenir sur moi. Ses sourcils se creusent, elle me détaille de la tête aux pieds.

— Tu as prévu quelque chose ce soir ? interroge-t-elle comme si c'était improbable, voire impossible.

— Eh bien... oui, réponds-je en me regardant, tout à coup hésitant. Pourquoi ? Ça ne me va pas ?

Je ne sais pas ce qui m'a pris de poser cette question, ce n'est pas comme si je souhaitais avoir son avis. Je replonge dix ans en arrière lorsque je lui demandais à chacune de nos sorties si j'étais bien apprêté. Le pire, c'est qu'elle me complimentait à chaque fois.

Que s'est-il passé, Hailey ? Comment nous en sommes arrivés là ?

— Si, ça va, c'est juste que... je n'ai plus l'habitude de te voir comme ça.

Que veut-elle dire par « comme ça » ? Insinue-t-elle que j'ai l'air encore plus négligé dans mon quotidien ? Oh, et après tout je m'en fiche, c'est fini, ce temps-là.

— Merci... lancé-je, ne sachant pas trop quoi rétorquer.

Un silence tout à fait gênant s'abat sur nous.

Je me racle la gorge et interpelle Hope.

— Ma Puce, tu veux que papa t'aide ?

— Non, c'est bon, j'arrive !

Je la remercie intérieurement mais pourtant si fort qu'Hailey se retourne vers moi. Je fuis son regard et vais vers la cuisine. Au même moment, elle me lance :

— Je ne te reproche pas d'avoir une vie.

Il ne manquerait plus que ça.

Sans pouvoir me contrôler, je pouffe de rire.

— J'ai dit quelque chose de drôle ? demande amèrement la mère de ma fille.

— Non.

— Pourtant, j'en ai bien l'impression.

— Arrête d'être toujours sur la défensive, Hailey. Je ne suis pas ton ennemi et je te rappelle que notre enfant est juste à côté, dis-je en pointant la direction avec mon doigt..

— C'est plutôt toi qui es sur la défensive.

— Oh, je t'en prie, stop. Je ne te reproche rien sur ta vie sentimentale. Ça ne regarde que toi.

— Elle a quoi, ma vie sentimentale ? Stefan prend très bien soin de Hope, je te ferai dire.

— Encore heureux.

— Quoi, t'as peur qu'on s'en prenne à elle ? C'est aussi ma fille !

— Chut ! cinglé-je en m'avançant vers Hailey.

— Oh, mais ne me dis pas chut !

Cette discussion devient ridicule, mais je refuse qu'elle me marche sur les pieds. On ressemble à deux gamins qui se disputent pour un jouet.

Dans un murmure, je lui balance ses quatre vérités.

— Tu sembles avoir la mémoire courte. Ce n'est pas moi qui me suis mis en couple quelques mois après notre divorce, laissant l'autre s'occuper d'un bébé parce qu'elle n'était pas foutue de préférer sa fille à son travail.

— J'ai fait un choix ! Et tu as fait le tien. Alors ne me rejette pas toute la faute dessus.

Ça me fait mal de l'admettre, mais quelque part elle a raison. Je lui avais donné la possibilité d'opter pour ce qu'elle préférait. Soit elle devenait une business woman, comme j'aime l'appeler, soit elle devenait la mère qu'Hope mérite.

Je hausse les épaules.

— Tu sais quoi, Hailey ? C'est fini. J'en ai marre de ton comportement, non seulement vis-à-vis de moi, mais aussi de ma fille.

— Oh, maintenant c'est la tienne ? Tu oublies que c'est moi qui l'ai mise au monde.

— Oui, mais ce n'est pas toi qui l'as principalement élevée. J'ai tort ? Tu n'as pas eu à devoir te lever au beau milieu de la nuit pour emmener ta gamine malade aux urgences, ou bien à lui expliquer pourquoi elle voyait peu sa mère. À un moment, elle se demandait si sa maman l'aimait vraiment… C'était douloureux, Hailey. Ça l'est toujours.

Elle me regarde avec cette expression de stupéfaction. Elle sait très bien que j'ai raison sur ce point.

— Je m'évertue à faire ce qui est bon pour Hope, y

compris l'amener à son foutu psy.

J'ai des tas de commentaires à faire sur cette première entrevue, mais je préfère m'abstenir et garder ça enfoui. Je déteste les conflits et je suis convaincu qu'elle aussi. Des parents divorcés ne devraient pas parler de manière si colérique, il ne devrait pas y avoir de rancœur. Ce qui est fait est fait. On ne peut pas revenir en arrière. Nous ne sommes plus ensemble après tout, alors pourquoi continuer ainsi ?

Je secoue la tête et ferme les yeux quelques instants.

— Hailey… Il faut qu'on arrête de se disputer. Tu ne penses pas que ce serait mieux pour nous tous ?

Elle soupire, lasse, et passe une main dans ses cheveux.

— Peut-être.

Je lui adresse un mince sourire et au même moment, Hope débarque avec son sac.

— Je suis prête ! fait-elle gaiement, ce qui me fait croire qu'elle n'a pas dû entendre notre conversation.

Fort heureusement.

Hailey s'approche d'elle et lui caresse la tête en guise de geste d'affection.

J'ai le droit à un dernier bisou de Hope avant qu'elle ne parte. Après avoir fermé derrière elles, un sentiment de vide s'accroche à mes tripes. Je sais que je ne serai pas seul ce soir, mais ça ne suffit pas à me convaincre d'y aller. J'appuie ma tête contre la porte d'entrée, tiraillé entre rester cloîtré à la maison avec comme compagnon

Netflix et un pot de glace à la vanille, ou aller sortir avec Alejandro.

Mes pensées sont interrompues par la sonnerie de mon téléphone. Avant de prendre d'appel, je m'aperçois que c'est ma mère. Zut ! Ça fait longtemps que je ne l'ai pas appelée, elle doit se dire que je l'ai oubliée. Je décroche.

— *Coucou, mon ange*, chantonne-t-elle avec sa douce voix.

Rien que de l'entendre suffit à soulager mes nerfs. Je souris comme un idiot.

— Salut, maman.

— *Comment vont mon bébé et mon petit bébé ?*

— Maman…

— *Oui, pardon, comment vont mon grand garçon et ma petite-fille ?* se rattrape-t-elle.

Mon sourire s'agrandit.

— Hope va bien, tu l'as manquée de peu, elle vient de partir chez Hailey il y a cinq minutes.

— *Zut ! J'aurais voulu entendre sa petite voix. Sinon et toi, mon chéri ?*

— Ça va très bien.

— *Hum…*

Ah oui, j'oubliais que ma mère aussi est dotée d'un radar.

— Je t'assure, ce n'est rien. Juste un peu de fatigue.

— *Tu sais que tu peux tout me dire ?*

— Oui, je sais.

— *Parfait, alors je ne t'embête pas plus longtemps. Je voulais simplement avoir de vos nouvelles. Nous ne nous sommes pas beaucoup appelés, dernièrement,* constate-t-elle tristement.

— Je sais... Je suis désolé.

— *Ne t'en fais pas, mon poussin, ce n'est pas ta faute.*

Une part de moi n'en est pas certaine. Il est loin le temps où on passait nos week-ends l'après-midi ensemble chez mes parents à regarder des documentaires animaliers en profitant des commentaires aussi constructifs qu'amusants de mon père tout en l'aidant à faire son gâteau. Hope adore mettre la main à la pâte, pas étonnant qu'elle apprécie autant les pâtisseries.

Je promets à ma mère que je ferai tout mon possible pour que nous allions les voir samedi prochain. Nous n'avons rien de prévu, alors *why not*? Ça leur fera tellement plaisir et je parle également pour nous deux. J'imagine déjà la tête de Hope quand je lui annoncerai la nouvelle. Elle serait capable de sautiller dans tout l'appartement. Ma mère commence à exprimer toute sa joie et je dois écarter le téléphone de mon oreille. En le faisant, mon regard tombe sur l'horloge. Merde, je vais être en retard ! Je continue de la fixer, légèrement paniqué, tout en informant ma mère que je dois raccrocher. Bien évidemment, elle n'en reste pas là et s'amuse à poser toutes sortes de questions. N'ayant aucune envie de lui mentir, je lui raconte que je dois sortir avec Alejandro ce soir, ce qui n'est pas un mensonge. Par contre, j'omets d'ajouter que je compte essayer de me trouver quelqu'un. Pas pour le temps d'une vie. Non. J'en serais tout bonnement incapable. Mais pour le temps d'une soirée, ça ne peut pas me faire de mal.

J'arrive enfin à raccrocher après lui avoir envoyé des centaines de «je t'aime». Je place mon téléphone dans la poche arrière de mon pantalon. Je fonce dans ma chambre, et plus précisément devant le miroir pour vérifier que je n'ai pas d'épis dans les cheveux ou de taches sur mes vêtements. Quelques coups d'œil et tout va bien.

En sortant de la pièce, j'enfile à toute vitesse mon manteau, prends ma clé, tourne la poignée, claque la porte et ferme à double tour mon petit cocon qui, je suis sûr, va terriblement me manquer. Mais bon, quand il faut y aller !

***

Je me laisse entraîner à l'intérieur de ce bar par mon ami un peu trop ravi à mon goût d'avoir réussi à me convaincre. Ça se voit à son petit sourire en coin.

Nom d'un chien, que je l'aime, mais je ne peux m'empêcher de le détester à cet instant !

À peine après avoir ouvert la porte, la chanson *Bad liar* du groupe Imagine Dragons me perce les tympans tellement elle est forte. C'est quoi cette manie de mettre le son à fond jusqu'à ne plus pouvoir s'écouter ? Le pire, c'est que ce genre de soirée est organisé pour faire des rencontres. Je peux tout juste percevoir la voix d'Alejandro alors qu'il se tient à mes côtés, c'est dire. Un point positif néanmoins, on ne pourra pas entendre ceux qui préfèrent passer leur temps dans les toilettes à jouer au Monopoly.

Tandis que je donne ma veste à l'entrée et récupère un ticket, mes yeux scrutent la salle, sans grande conviction étant donné qu'elle est bondée d'hommes visiblement en manque de sexe puisqu'ils se frottent les uns aux autres comme des chattes en chaleur. Oui, c'est une piètre image que mon esprit a ficelée. Je me demande où je vais gentiment m'installer, le temps nécessaire pour me mettre à l'aise. Et bingo, je repère un siège de libre près du bar. C'est parfait ! Je vais pouvoir profiter des boissons sans être dérangé étant donné que la plupart des mecs se trouvent au centre de la piste de danse, ou de drague, chacun voyant midi à sa porte.

Je me tourne vers Alejandro.

— Eh, dis, ça ne te gêne pas si…

Qui est déjà en train de flirter.

— … je m'installe là-bas, terminé-je, un brin impressionné par le talent qu'a mon ami pour mettre le grappin sur un type aux cheveux rasés sur les côtés.

Il a cette petite particularité d'attirer les regards, ce que je comprends, bien que ce soit mon meilleur ami. Je n'ai jamais été tenté par lui et c'est réciproque, non pas qu'on ne se corresponde pas, mais parce qu'il y a toujours eu cette barrière, ce lien qui unit deux potes. Nous sommes la preuve que peu importe notre sexualité, deux personnes qui partagent la même peuvent développer une relation saine et purement amicale.

Alejandro et son partenaire de la soirée se dévorent du regard. Il vient déjà de m'abandonner, mais je suis loin d'être surpris. Je mets les mains dans les poches de mon pantalon et me racle la gorge pour faire éclater la bulle dans laquelle ils sont. Alejandro parvient à se tourner, papillonne des yeux, encore sous l'emprise de cet homme à la magnifique peau noire et au sourire diaboliquement séduisant. On peut dire qu'il a un physique d'enfer. Alejandro, tu es un sacré petit chanceux.

— Hein ? Oh, attends ! Heu… Will, voici Joe. Joe, voici Will.

Des rides se forment sur le front de Joe.

— Est-ce que vous deux… vous…

Ahhh, je vois ce qu'il veut sous-entendre. Ce n'est pas la première fois que cela nous arrive.

— Non ! Non, du tout, je suis son ami, tout simplement. Pas une menace, alors ne t'en fais pas.

Cette fois-ci, c'est un sourire qui apparaît.

— Oui, c'est complètement platonique entre nous. Il est comme un frère pour moi, rajoute Alejandro en croisant mon regard, et ses paroles me réchauffent si intensément le cœur que mes lèvres s'étirent dans un sourire.

Ne voulant pas le retarder davantage, je lui fais signe d'y aller et de ne pas se préoccuper de moi. L'alcool le fera à sa place. C'est le seul moyen pour que cette soirée ne soit pas un fiasco total. Je ne me sens pas prêt à avoir quelqu'un dans ma vie, et sûrement pas à long terme. Mais une petite discussion avec un inconnu le temps de quelques heures ne peut faire de mal à personne. Et boire me permettra d'être plus détendu.

Les minutes défilent à une allure folle en restant assis au bar sur cette chaise en bois. J'en suis déjà à mon deuxième verre de whisky, mais j'ai toujours l'esprit clair. Pour cela, je dois remercier mon père qui acceptait, quand j'étais plus jeune, que je m'enfile de la bière. Mais ça, c'était l'ancienne époque. J'ai beaucoup de chance d'en avoir un comme lui, à l'écoute et tolérant. Aujourd'hui, si des parents font consommer de l'alcool à leur gosse, ils peuvent se retrouver au tribunal. Un gros progrès, n'est-ce pas ? Dommage que les crimes les plus graves demandent moins d'attention. Quelqu'un qui vole une montre a une peine plus lourde que celle d'un violeur... Quel triste monde.

Un type s'installant près de moi me sort de mes pensées. Je tourne la tête. Les yeux clairs de l'homme me happent malgré l'obscurité de la pièce et des projecteurs émettant des lumières colorées. Il m'adresse un sourire en coin. Je ne vais pas mentir, il est plutôt canon.

— Salut ! me lance l'inconnu.

Je mets du temps à réagir.

— S-Salut. Excuse-moi, je n'ai pas l'habitude de ce genre d'endroit.

Espèce d'idiot, tu n'es pas obligé de le dire !

Son sourire s'élargit.

— Je peux comprendre. Je m'appelle John.

Il tend sa main, que j'accepte.

— Moi, c'est William, dis-je, gêné.

Sa peau est légèrement plus foncée que la mienne. Je ne saurais deviner si c'est grâce à ses origines ou simplement les effets du soleil. Sa poigne est ferme, la mienne est plus faible. Nos mains se séparent après quelques secondes à se fixer dans le blanc des yeux.

— Alors, William, que fait ici un homme non habitué à... tout ça ? dit-il en balayant la salle du regard. Ça doit être impressionnant.

J'ouvre la bouche pour répondre, mais les mots ont du mal à sortir. Je vois qu'il attend ma réponse, mais j'ignore ce qui m'arrive. En fait si, je sais. Ce mode de vie n'est définitivement pas fait pour moi.

Ça me fait peur.

John, devant mon hésitation, relance la conversation.

— Tu n'es pas obligé de répondre, t'inquiète. Désolé si je suis un peu curieux, je ne peux pas m'en empêcher. Surtout quand il s'agit d'un homme aussi magnifique que toi...

Eh bah, ça c'est du direct !

— Je t'offre à boire pour me faire pardonner. Qu'est-ce que tu veux ? Un autre whisky ?

— Non, ça ira, merci. C'est gentil, mais…

— Pas de «mais» qui tienne, je veux vraiment me faire pardonner.

Je ne proteste pas. Il commande un nouveau verre de ce bon whisky pour moi et pour lui une bière brune dont je reconnais la marque. Mais qui boit de la brune, sérieux ? La blonde est bien meilleure, mais ça reste mon avis. Nous trinquons à… je ne sais pas trop quoi. Nous sirotons tous les deux une gorgée de notre boisson. L'alcool commence à m'irriter la gorge, elle est en feu. Je devrais sans doute m'arrêter à ce troisième verre.

— Tu es venu seul ?

J'essaie de repérer Alejandro, mais la foule rend la tâche impossible.

— À vrai dire non, mon ami est quelque part par là à danser sur des musiques qui n'ont rien d'exaltant.

Il s'esclaffe.

— Tu sembles être quelqu'un de très divertissant, complimente John, ce qui me fait rougir, et je ne sais pas si c'est dû à l'alcool ou à lui.

Je pouffe d'un rire timide.

— C'est ce qu'on me dit souvent.

Le regard carnassier de John devient plus brûlant. Il humidifie ses lèvres en passant sa langue dessus, et je devine ce qu'il veut de moi tant ses manières sont très explicites. J'ai l'air d'une proie entre les mains d'un prédateur. En tout cas, c'est l'effet qu'il me fait, et le malaise s'installe progressivement comme la pluie après un temps ensoleillé.

— J'imagine… Bon, je ne vais pas y aller par quatre chemins.

Parce que là, ce n'était pas assez clair ?

— Tu me plais, énormément même, alors je me suis dit, si tu es d'accord, qu'on pourrait…, insinue plus qu'explicitement John en caressant ma main qui est sur ma cuisse.

Pas besoin d'un dessin.

Je me raidis, un frisson traverse mon corps, c'est désagréable comme un vent frais en plein hiver. Je retire ma main de la sienne.

— Je suis désolé si je t'ai donné de mauvais signes, mais je ne suis pas intéressé.

Pas par lui en tout cas.

Son attitude change du tout au tout. Il semble outré que je puisse refuser ses avances.

— J'en connais d'autres qui aimeraient être à ta place. Pourquoi faire le difficile quand on m'a moi ?

OK… Très présomptueux de sa part.

Je tente de fuir cette conversation en lui répétant que je souhaite en rester là, mais c'est sans compter sur sa ténacité. Il me prend la main tandis que je m'apprête à me lever de ma chaise. Je la chasse d'un revers, mais mon verre se renverse sur mes cuisses. Mon pantalon est recouvert d'alcool à vingt dollars, et heureusement que je n'ai pas payé celui-ci. John, que je qualifierais de parasite, refuse toujours que je parte. Je me débats.

Personne n'intervient, personne ne voit la scène qui est en train de se jouer sous leurs yeux tellement la musique est forte et que les personnes sont ivres.

— Pourquoi tu ne veux pas coucher avec moi ? Je te promets les cinq minutes les plus intenses de ta vie.

Cinq minutes ? Parce qu'en plus d'être un harceleur, tu es aussi un radin ?

Je comprends tout à fait le genre de mec qu'il peut être. Le même que j'ai connu plus jeune. Ces gens-là n'en ont rien à faire du plaisir de leur partenaire.

— Non, John ! me surprends-je à crier. Je te le répète : je ne suis pas intéressé. Maintenant, lâche-moi.

Je me lève afin de me diriger aux toilettes pour sécher mon pantalon. Je sens un bras entourer ma taille. Pas besoin d'être devin pour savoir à qui il appartient. Encore une fois, je le chasse d'un revers.

— J'ai dit non ! Tu devrais réviser tes méthodes de drague parce que d'après ce que j'ai vu ce soir, tu es bien parti pour te retrouver dans la section « faits divers » de tous les journaux de la ville pour agression sexuelle.

Il renifle avec dédain, son rire est sans humour.

— Et toi, tu devrais moins ouvrir ta bouche et plus tes cuisses.

Ce n'est pas une claque que je prends, mais un ouragan de méchanceté. Je ne m'attendais pas à ça venant de sa part, surtout qu'à première vue, il m'avait l'air d'être plutôt sympathique. Je n'arrête pas de me fourvoyer. À quoi je pensais en atterrissant ici, bon sang ? Ce n'est pas d'aventures sans lendemain que je souhaite. Serait-ce trop prétentieux de dire que je mérite mieux comme attention ? Pourquoi est-ce un homme tel que lui que le destin met constamment sur ma route ? Je suis sous le choc, je ne sais pas quoi rétorquer. À quoi bon, finalement ?

Décidé à ne pas laisser passer mon impudence, John avance de quelques pas, je recule et bute contre quelque chose. Ce n'est pas un objet mais quelqu'un. Merde. Une main serre mon avant-bras. C'est curieux, sa poigne est puissante, mais elle ne me compresse pas. Elle est comme... protectrice. Je ne vois qu'une seule personne, Alejandro.

— Un problème, William ? quémande mon sauveur d'un ton rauque et menaçant, et quelque chose m'intrigue.

Ce n'est pas la voix de mon ami.

Je la reconnais.

Cette voix provoque une vague de frissons dans mon être.

Cette voix que je crève d'entendre depuis des jours.

Cette voix qui réchauffe mon cœur comme un bon chocolat chaud après une longue journée à braver le froid hivernal.

Mark.

Une ampoule s'allume dans mon esprit.

Attends une petite minute... Mark ?!

Ce dernier me place à ses côtés, cette fois-ci c'est son bras qui est sur ma taille. Et ça ne me pose aucun problème, au contraire.

John, un peu moins rassuré par la situation dans laquelle il se trouve, change d'attitude et nous avons droit au même show que lors de notre rencontre, mais en moins… disons, confiant. Je fixe le regard de mon sauveur et prends en pitié tous ceux qui ont un jour croisé ce regard. Il ne quitte pas des yeux sa proie. John déglutit de plus en plus, mal à l'aise. Tant mieux, maintenant tu sais ce que ça fait. Dans un élan de courage ou d'idiotie, il tend sa main à Mark. Mais il est con, ma parole.

— Désolé, j'ignorais qu'il était avec toi. Moi, c'est John.

Mark ne prend pas la peine de lui jeter un œil. Son regard ténébreux ne quitte pas ses iris.

— Si je te la serre, tu ne vas plus la reconnaître.

Oh !

— Oh… fait John, les yeux écarquillés.

Le pire, c'est que j'ai l'impression qu'il ne plaisante pas.

— Tu ferais mieux de présenter des excuses valables.

— J-Je suis vraiment désolé.

— Toi, t'as pas les neurones qui se touchent. Ce n'est pas à moi que tu dois des excuses.

John se tourne vers moi.

— Oui, pardon… William, je suis vraiment désolé, je n'aurais jamais dû te parler comme ça. Je vais vous laisser, dit-il avant de détaler tel un lapin et de se fondre dans la masse.

Ses excuses sont si déconcertantes que j'en oublie qui se tient à côté de moi.

Est-ce que si je croise ses yeux, je vais m'embraser ? N'est-ce pas la meilleure façon de mourir ? Je suis prêt à courir le risque et à braver des tempêtes pour me noyer dans ses prunelles.

Ma tête se met à tourner d'elle-même vers ses iris aussi étincelants que les étoiles dans un ciel vide de nuages.

Il me sourit.

— Alors comme ça, le gentil papa de Hope sort en soirée ? dit l'objet de mes fantasmes d'un ton taquin.

Chapitre 9
Mark

Je n'en crois pas mes yeux. Lorsque j'ai aperçu cette silhouette, je n'ai pas cessé de la dévisager. Je me suis tout d'abord demandé ce qu'il faisait dans un endroit pareil. Comment ne pas être surpris ? Mais quand je l'ai vu dans cette situation compromettante avec cet homme plus que dérangeant, je me suis interposé comme je l'aurais fait avec n'importe qui.

À présent, nous nous retrouvons plus que tous les deux malgré la foule qui s'amasse sur la piste de danse arrangée pour l'occasion. Il ne dit rien, mais ses yeux parlent pour lui. Il me remercie silencieusement d'un seul regard avant qu'un sourire ne vienne remplacer cette expression chamboulée. Je le comprends et je maudis cet homme de lui avoir infligé ça. Ses propos blessants le heurtent toujours, je le vois dans ses belles prunelles bleues qui vacillent.

Mon bras quitte malheureusement sa taille et cette perte de contact arrive presque à m'arracher une plainte. Je m'accroche à son odeur. Je l'adore. Un mélange de vanille et de cannelle qui lui correspond parfaitement. C'est subtil et exaltant à la fois.

— Tu vas bien ? m'inquiété-je, espérant recevoir une réponse positive.

— Oui, ça va, grâce à toi. Merci, Mark.

Sa douce voix m'avait manqué.

— Je n'allais tout de même pas te laisser avec cet abruti sans bouger, me justifié-je pour ne pas lui faire croire que la simple idée de le voir avec un autre homme m'agace au plus haut point. En parlant de ça, tu m'excuses une minute ? Je reviens, dis-je en posant délicatement ma main sur son épaule.

Je m'éloigne et fais signe au barman que je connais. Je me penche légèrement, il abandonne le verre qu'il avait pris, sans doute pour préparer un cocktail, et il tend l'oreille. Je l'informe qu'un certain client a voulu forcer un autre à avoir un rapport. Je regarde en arrière et mon doigt pointe le coupable. Le barman n'est pas surpris lorsque je lui précise que j'ai été contraint d'intervenir. Il acquiesce et m'affirme qu'il en parlera avec le gérant qui, manque de bol, n'est pas là cette nuit, en espérant que ce dernier le foutra dehors si l'occasion se présente. Connaissant le patron de ce bar, il n'appréciera pas qu'un forceur profite de son établissement pour venir harceler ses clients. Je le remercie en lui serrant la main et retourne vers Will.

Il m'interroge du regard, se demandant ce que j'ai bien pu lui dire.

— Ne t'en fais pas, ça m'étonnerait qu'il remette un jour les pieds ici, au risque de se faire éjecter par le boss en personne. En général, ce type de comportement ne passe pas avec lui. Si jamais tu décides de revenir, tu ne seras pas dérangé par ce type. Et à toi la piste de danse.

— C'est gentil, merci, mais tu n'avais pas besoin de le faire, je…

— Non, William, il ne devrait pas profiter du système impunément. Je l'aurais fait pour n'importe qui, ce n'est pas mon genre de ne pas intervenir.

Il hoche lentement la tête et m'offre un sourire compréhensif.

Maintenant que tout est clair à ce niveau, une question me brûle les lèvres.

— Pardonne-moi si je te parais indiscret, mais… que fais-tu ici ?

— Je pourrais te poser la même question, rétorque-t-il.

Il cligne plusieurs fois des yeux, réalisant qu'il a la réponse depuis longtemps.

— Si tu es là, alors ça veut dire que tu es…

— Gay ? terminé-je pour lui.

Sa bouche si parfaite forme un « o ».

— Attends, tu n'es pas hétéro ?

— C'est ça, tu as tout compris. Toi non plus d'ailleurs.

— Je suis bi en réalité, mais… Je pensais que tu l'étais… Non pas que ça me dérange ! se rattrape-t-il. Oh merde, je suis désolé, je m'enfonce, dit-il en passant une main sur son visage.

— Figure-toi que je croyais exactement la même chose te concernant. Je me suis dit que si tu étais dans ce bar, c'est que tu n'étais probablement pas un hétéro curieux.

Will ne comprend pas où je veux en venir.

Je m'assois sur un des tabourets du comptoir et William le fait également. Je commande une bière pour moi ; dans son élan, Will en commande une aussi.

— Il faut dire que ce n'était pas évident en te voyant. Tu es le père d'une petite fille aussi adorable qu'intelligente qui, si elle le souhaite, pourrait obtenir toutes les étoiles de la galaxie avec sa bouille d'ange. Sans parler de toi qui agis comme si tu étais en couple.

Mes paroles semblent le toucher.

Merde, est-ce qu'il est en train de rougir ? Ça le rend encore plus désirable.

— Qu'est-ce qui t'a mis la puce à l'oreille ?

— Eh bien… Je t'ai aperçu un samedi avec Hope et une femme qui, selon ta réaction, ne t'était pas inconnue, pas du tout à vrai dire.

Il tique, se remémore le tableau que je peins sans plus de précisions.

— Oh, je vois ! Non, ce n'était pas ce que tu crois. Cette personne était mon ex, la mère de Hope. Nous ne

166

vivons pas du tout ensemble. Nous avons même divorcé à l'époque où Hope n'était encore qu'un bébé, bien qu'elle le soit toujours à mes yeux. Nous accompagnions simplement notre fille pour son premier rendez-vous chez le psychologue.

Merci, Seigneur !

Je feins l'indifférence, ne voulant pas lui exprimer ma joie, mais la dernière partie de sa phrase m'interpelle.

— J'espère que tout va bien ? J'aime beaucoup ta gamine, elle a cette facilité à communiquer avec le monde qui l'entoure. Je suis sûr et certain qu'elle s'en sortira à merveille quand elle sera plus grande.

— C'est gentil de t'en inquiéter, merci. Oui, ça se passe bien, même si j'aurais préféré ne pas en avoir besoin.

— Il n'y a aucun mal à consulter un psychologue, surtout à son jeune âge. D'ailleurs, j'ajouterais que tout le monde devrait en bénéficier au moins une fois dans sa vie. Je sais de quoi je parle, j'y ai eu recours à un moment donné. Mon grand frère aussi en voit un régulièrement et on peut dire que ça l'a sauvé. Je suis reconnaissant envers les personnes exerçant dans ce corps de métier qui est loin d'être facile.

— Oui, tu as sans doute raison, je dois arrêter de me prendre la tête, acquiesce Will dans un sourire, et qui se remet peu à peu de ses émotions, heureux d'avoir cette conversation.

Il faut dire que cette soirée n'a pas débuté sous les

meilleurs auspices.

Je bois une gorgée de ma bière.

— Et tu es du genre à te prendre la tête tout le temps ?

— Plutôt, oui… C'est vraiment handicapant. Par exemple, je peux rester dix bonnes minutes dans un rayon à choisir le condiment parfait pour une recette de pâtes, pour au final faire la même chose que d'habitude.

Ma bouche s'étire en un sourire.

— Ah d'accord, tu as raison, c'est vraiment handicapant, m'amusé-je à le torturer avec mon sarcasme.

Will me gratifie d'une tape sur l'épaule.

— Moque-toi ! Toi, tu n'as pas l'air de savoir ce que ça fait d'être comme ça, dit-il d'une voix qui frise le rire.

Le voir aussi détendu et naturel rend mon cœur plus léger, comme s'il possédait des ailes.

— Hum… Et comment peux-tu le prétendre ? m'interrogé-je en portant la bouteille à mes lèvres.

— C'est facile, tu dois être habitué puisque tu fais face aux objectifs. Tu parais tellement à l'aise.

Je stoppe mon geste et dépose ma boisson sur le comptoir, happé par ce qu'il vient de me dire, ou plutôt avoué. Je me tourne vers lui et arque un sourcil. Il croise mon regard et se demande ce qu'il a pu dire qui susciterait mon attention.

Je souris.

— Tu as tapé mon nom sur Google, Will ?

Son expression passe de l'incompréhension à

l'étonnement en quelques secondes. Je vois dans ses yeux qu'il réalise avoir reconnu faire des recherches sur moi.

Il est tellement adorable.

J'admets que si ça avait été quelqu'un d'autre qui m'avait stalké sur Internet, j'aurais pris peur.

— Je suis désolé…

— Will, s'il te plaît, arrête de t'excuser en permanence. Ce n'est pas grave du tout, pour être franc c'est même très amusant.

— Ça dépend pour qui.

— C'est pas faux.

Nous rions en chœur.

— Tu aimes te jouer de moi, avoue.

— Je ne peux pas le nier, confessé-je en me perdant dans ses prunelles bleutées, et nos rires s'évanouissent, laissant place à un silence des plus déroutants, comme la première fois où nous nous sommes rencontrés.

Mon attention se concentre sur ses lèvres aussi gourmandes qu'une glace sur la plage en été. En remontant vers ses yeux, je remarque que lui aussi fixe les miennes. L'ambiance devient peu à peu électrique. William décide de rompre ce contact visuel en balayant d'un coup d'œil le bar, ne sachant pas vraiment quoi rechercher. Je le mets mal à l'aise. Ou peut-être est-il accompagné ? Je n'avais pas pensé à cette éventualité, sinon cette personne serait probablement intervenue, ou alors elle est occupée avec un autre homme. Je ne connais pas bien William, mais je le vois mal aller dans ce genre d'endroit seul.

— Tu es ici avec quelqu'un ? Je ne veux pas ruiner ta soirée si c'est le cas.

— Oh non, ne t'inquiète pas. Mais oui, je suis venu avec mon ami qui d'ailleurs est… là, dit-il en pointant du doigt un gars faisant un collé-serré avec un autre.

— Et celui qui est avec lui est son mec ?

— Non, ils se sont rencontrés tout à l'heure.

— Il est plutôt rapide.

— M'en parle pas ! C'est pour ça que j'ai beaucoup hésité à le suivre. Il m'a fortement conseillé de le faire, mais malheureusement je le connais et j'étais persuadé qu'il ne passerait pas la soirée seul.

— Mais il ne l'était pas à la base puisqu'il y a toi.

— Oui, justement, d'où le mot « malheureusement ».

Je m'esclaffe, suivi de Will.

Un peu de bière vient adoucir les muqueuses de ma gorge asséchée par les délicieux rires qu'il me procure. J'avais raison de me fier à mon intuition. William est quelqu'un de drôle, adorable, c'est un père exceptionnel et j'en suis heureux pour Hope. Elle ne pouvait pas avoir mieux comme papa, elle le mérite et vice-versa. En plus d'être un ange, Will est, et je l'avoue sans hésiter, terriblement séduisant. Si séduisant que ça frise l'impossible. J'ai envie d'en apprendre plus sur lui. Tout. Bien entendu, je ne serais pas contre avoir une relation amoureuse, mais pour l'instant je me contenterai d'être son ami, c'est amplement suffisant.

— Vu que tu es au courant de ce que je fais en dehors du café, pourquoi ne pas me parler de toi ?

Il pose sa bouteille sur le bar.

— Que veux-tu savoir ?

Je hausse les épaules.

— Tout, rien, ou ce que tu veux.

— Très bien alors, va pour ce que je veux, balance-t-il avec un sourire taquin. Comme je te l'ai déjà dit, je suis agent immobilier depuis maintenant plusieurs années et le mec là-bas est mon associé. On gère ensemble un cabinet avec deux autres collègues. Sinon, à part ça j'ignore quoi rajouter. Ma vie n'est pas si intéressante.

Je l'observe et frotte ma fine barbe. Ça me tue qu'il pense ça de lui.

— Il y a tellement de choses à dire sur une personne, comme par exemple… quel genre de musique aimes-tu ?

— Pas celle qui est en train d'être jouée, c'est certain ! Mon style c'est, et depuis aussi longtemps que je m'en souvienne, les musiques des années 70-80.

Hum… Intéressant.

Il dit ça avec tant d'enthousiasme que ça me donne une idée, alors je lui annonce :

— Bouge pas, je reviens.

Ses yeux se plissent tandis que je m'éloigne. Je touche deux mots au mec qui s'occupe de la sono.

Ma demande est tout de suite bien accueillie. Peut-être que lui aussi apprécie ces morceaux. Ma mission

171

terminée, je retourne voir mon papa célibataire. *Don't stop me now* de Queen se lance et sa réaction ne tarde pas.

— Du Queen ! M-Mais comment as-tu su ?

— Il faut être malade pour ne pas aimer Queen.

— Et toi alors, quel est ton genre de musique ?

— J'aime absolument tout. Je ne sais pas si ça te renseigne sur ta question.

— Hum… fait mine de réfléchir Will. Pas sûr.

— D'accord, mais prépare-toi à ce que ça aille dans tous les sens.

— Prêt !

Je ris.

— Le plus souvent, il m'arrive d'écouter de la pop, du rock, de la musique française, du jazz, même du classique quelquefois. Et sinon, de la musique qu'on appelle du jawaiian, qui est du reggae, mais hawaïen. Ça, c'est à cause de mon paternel qui m'en a fait bouffer toute mon enfance, sans compter l'adolescence.

Ses yeux s'émerveillent.

— Tu es d'Hawaï ? Depuis que je te connais, je me suis toujours posé la question sur tes origines.

— Maintenant, ça n'a plus aucun secret pour toi, dis-je en lui adressant un clin d'œil sans ambiguïté. À vrai dire, je ne suis pas cent pour cent hawaïen, ma mère est une native américaine.

— C'est un magnifique métissage, bien qu'improbable.

— Vraiment ? demandé-je, voulant le titiller.

— Eh bien oui, il faut être aveugle pour ne pas voir ta beauté, balance-t-il sans se rendre pleinement compte de mon trouble.

C'est dingue comme il réussit à me déstabiliser avec sa bouche si enchanteresse et ses yeux si profonds que j'aimerais m'y noyer.

Avec une maîtrise presque parfaite, je lui confie :

— Toi aussi tu es magnifique, et je me permets de rajouter également que celui qui te persuadera du contraire serait un menteur.

Pour le coup, c'est à son tour d'être perturbé.

Il s'éclaircit la gorge. Je remarque qu'il souhaite parler mais n'y arrive pas, quelque chose se bloque. Comme je le comprends… Moi aussi, je veux oser. Lui dire que je maudirai toutes les personnes qui lui feront de telles allusions déplaisantes. Je veux être celui qui prendra soin de lui, qui lui répétera plusieurs fois par jour s'il le faut qu'il mérite tout l'or du monde, qu'il se sente aimé au plus profond de son être. Voilà ce qui me brûle les lèvres depuis des semaines. Je n'ai pas eu de coup de foudre pour un homme avant. Jamais. À part lui.

Nous nous fixons dans les yeux. Je romps le contact le premier.

— Désolé si je te mets mal à l'aise.

— Non… c'est pas ça, se justifie-t-il d'une voix tendre. Personne ne m'a dit de choses aussi gentilles, pas même mon ex-femme lorsque nous étions ensemble, pouffe-t-il d'un rire sans humour et mon cœur se serre.

— Ravi d'être le premier.

Plus de gêne.

Plus de timidité.

Seulement nous.

Nous passons le reste de la soirée à nous découvrir. Nous nous mettons rapidement d'accord sur le fait que la famille est très importante dans notre vie. À partir de là, nous en évoquons les membres. Celle de William, plus courte que la mienne, ne nécessite pas beaucoup de temps de parole. J'apprends qu'il est fils unique et a un seul cousin. Moi en revanche, il faudrait bien une journée pour dresser mon arbre généalogique. Bien entendu, je ne parle que vaguement de mes nombreux cousins pour qu'il ne tombe pas de sommeil, surtout de mes parents ainsi que mes frères et sœurs. Les membres de ma famille proche, ceux à qui je dis tout… ou presque. Maintenant que j'y pense, je ne pourrai pas cacher plus longtemps à ma mère cette soirée. Elle possède une sorte de sixième sens qui peut se montrer parfois effrayant. Non, pas parfois, à chaque fois.

La venue d'un homme interrompt notre échange. En l'observant, je remarque qu'il s'agit de son fameux ami. Il tape l'avant-bras de William et son bras s'enroule autour de son cou pour toucher l'extrémité de son épaule. En faisant ça, veux-tu signifier que tu es le seul à pouvoir faire cela? Mon petit doigt me dit qu'il a dû me prendre pour un type lourd et de ce fait, il se comporte comme si c'était son mec.

— C'est que maintenant que tu te rends compte que j'existe ? le sermonne Will, mais pour le moins, pas sévèrement.

— Oh, ça va, je ne t'ai pas abandonné, se dédouane son ami avec un léger accent hispanique en me jetant un drôle de regard.

— Alejandro, voici Mark. Mark, voici Alejandro, nous présente William en faisant un signe de la main.

Alejandro paraît surpris.

— Oh ! Salut, Mark, je ne t'avais pas reconnu, excuse-moi. Will m'a parlé de toi… vaguement, rectifie son pote après avoir récolté un avertissement de la part de William.

Je lui tends la main et fais semblant de ne pas savoir qu'il a dû, lui aussi, faire des recherches sur Google.

— Ravi de te connaître, mec. Il m'a également parlé de toi, très légèrement, rajouté-je avec une pointe d'humour.

— Toi, je t'aime bien, ça se voit que t'as de l'humour ! Vous ne risquez pas de vous ennuyer tous les deux, c'est exactement quelqu'un comme toi qu'il lui faut dans sa vie.

Will et moi échangeons un regard perplexe et son ami réalise sa bourde.

— Oh… C'est trop tôt ?

— Bon sang, Alejandro… s'exaspère mon petit agent

175

immobilier.

Alejandro pince ses lèvres et rajoute :

— Désolé, j'avoue qu'il arrive de me laisser emporter et de dire tout haut ce que je pense.

Je lui fais signe qu'il n'y a pas de problème.

— Ouais, et si ce n'était que ça ! D'ailleurs, qu'est-ce que tu fous là ?

— Dis tout de suite que je te dérange !

— Bien sûr que non, imbécile. Ce que je veux savoir, c'est où est… Joe, c'est bien ça ?

Son ami cherche le fameux Joe du regard.

— Yep ! Bonne question. Il est… j'en sais foutrement rien, se ravise Alejandro qui manque de me faire rire.

Will semble habitué, à voir son peu de réaction.

— Vous aviez l'air de bien vous entendre tous les deux, rajouté-je. Je n'ai jamais vu un collé-serré aussi… disons, serré.

— Que veux-tu que je te dise, on est sur la même longueur d'onde lui et moi, confie-t-il avec un clin d'œil.

— Donc ça signifie que je ne t'attends pas pour partir ?

— Oh que non ! Je ne vais pas dormir seul ce soir.

Alejandro lui donne un coup de coude.

— Je suis sûr que tu n'es jamais rentré seul après ce genre de soirée, présumé-je.

— Bingo ! C'est parce que je ne suis pas difficile. Enfin, si c'est un connard, tu peux être certain qu'il ne touchera pas mon cul.

En parlant de connard, il en a raté un tout à l'heure. Will ne semble pas avoir envie de lui en faire part. Je respecte ça et ne dis mot.

— Je sens qu'avec Joe ça va être génial. Il a l'air d'être un bon coup.

— On n'a pas besoin de le savoir...

— Je vais lui demander s'il voudrait bien aller dans le sex-shop de la ville.

— Pourquoi ? interviens-je, curieux. Enfin, je veux dire pourquoi l'idée te vient à l'esprit ? Ils ont sorti un autre gadget ou ?

Je sens le regard surpris de Will sur moi. Il doit se demander pourquoi ça m'intéresse.

— Figure-toi qu'il propose un nouveau service très très chouette. Dans ce magasin, on peut désormais mouler le sexe de son partenaire pour pouvoir en faire un gode personnalisé. C'est plutôt pratique quand l'un doit s'absenter pour plusieurs jours, voire semaines...

— Seigneur, Alejandro... se désole Will en se cachant la tête dans les mains. Excuse-le, il raconte n'importe quoi.

— Ouais, exactement ! D'ailleurs, Mark, tu devrais tester.

— Alejandro !

— Peut-être, lancé-je en haussant les épaules. Ça dépend si le piercing ne pose aucun problème.

Les deux se tournent vers moi, les yeux exorbités et la bouche ouverte à s'en faire décoller la mâchoire.

Je n'aurais probablement pas dû dire ça, mais voir leur réaction vaut bien tout l'or du monde et je peine à garder mon visage impassible.

La seule chose qu'Alejandro parvient à prononcer est :

— C'est comment ?

— C'est-à-dire ?

— J'ai toujours rêvé de baiser un mec qui a un Prince Albert. Ça t'a fait mal ou ça allait ? En combien de temps ça cicatrise ? Comment est décrite la sensation par le *bottom* ? C'est compliqué pour enfiler des capotes ? Est-ce que…

— Stop ! Alejandro, sérieux, c'est trop, là ! s'interpose Will en se levant de sa chaise, rouge tomate.

— Quoi ? Tu n'es pas curieux ?

— Pas pour ça, non ! Tu viens de le rencontrer il y a même pas cinq minutes et tu lui parles de son… de sa…

— Queue ? termine-t-il, au grand dam de son ami qui se cache le visage, embarrassé.

Cette fois-ci, je ne me contiens plus. Je ris à gorge déployée. Il sort instinctivement, à m'en faire manquer d'air, et mes poumons se réchauffent à force de travailler. Je sens leur attention portée sur moi. Ils ne devaient pas s'attendre à ce que j'éclate de rire, mais comment ne pas le faire avec eux. Mes yeux s'humidifient, je réprime une larme à l'aide de mon index. Je parviens à me calmer, progressivement.

— Tu vois qu'il prend ça à la rigolade, contrairement

à toi...

— « Contrairement à moi » ? Mais enfin, Alejandro, il ne t'est pas venu à l'idée qu'il ne souhaitait peut-être pas parler de ce sujet très personnel ?

— À vrai dire, non, répond-il du tac au tac.

Will soupire.

— Ça ne m'étonne pas. Mais la prochaine fois, s'il te plaît, essaye de te contenir, le supplie William à l'aide de ses yeux doux.

Si tu m'adressais ce regard, je pourrais te décrocher la lune et plus encore.

Les prières silencieuses de William se font attendre puisque Alejandro décide de s'en aller. Le fameux Joe sort de nulle part et l'enlève afin de prolonger leur soirée ensemble. On se salue comme de bons amis alors que ça ne fait même pas une heure qu'on se connaît. Will lui souhaite de passer une bonne nuit. Nous nous retrouvons à nouveau seuls. Il me surprend en titubant légèrement. Il doit être épuisé, mais pas uniquement à cause du travail. Mes doutes se confirment.

— Désolé, je crois que les effets de l'alcool persistent. Je ferais mieux d'appeler un taxi et de rentrer avant de m'écrouler sur le sol.

Je regarde ma montre. Elle affiche 1 h 42. En effet, il commence à se faire tard.

— Laisse-moi te déposer.

— C'est gentil, mais ne te dérange pas. Je suis venu comme ça, alors je saurai me débrouiller.

Je lui prends la main.

— Je t'en prie, permets-moi de te ramener. Je serais plus rassuré. Après tout, on ne peut pas savoir dès le premier regard sur qui on tombe. Le chauffeur est peut-être un tueur en série, tenté-je de plaisanter pour le convaincre subtilement d'accepter mon offre.

Il sourit.

— D'accord. Mais ce n'est pas parce que tu m'as fait croire à cette histoire de serial killer.

— OK, concédé-je, amusé.

Je décide de régler l'addition et demande à William de me suivre. Nous prenons nos vestes, quittons rapidement le bar et l'air froid lui procure des frissons. Les portières de ma voiture s'activent et nous nous réchauffons avec le chauffage, pour son plus grand bonheur. Il m'indique son adresse, le quartier m'est familier donc pas besoin de GPS. Un silence s'installe dans l'habitacle. Il semble si fatigué, à somnoler, alors je n'insiste pas et laisse la route le bercer. Le son de la radio remplace ce calme. Nous parvenons rapidement à destination. Il émerge progressivement et détache sa ceinture.

— Merci infiniment. J'aurais bien aimé t'offrir un verre, mais j'ai peur de tomber immédiatement dans les bras de Morphée.

Si tu savais le nombre de choses que je ferais pour toi.

— Pas de problème. Repose-toi bien.

Il me sourit, quitte la voiture, et la solitude commence

déjà à pointer le bout de son nez. Je le suis du regard. Il est prêt à se diriger vers son immeuble, quand il se retourne vers moi et revient. Je baisse la vitre pour l'entendre murmurer un :

— Bonne nuit, Mark.

Cette simple formule de politesse, qui je suis sûr est pleine de sous-entendus, fait bondir mon cœur.

— Bonne nuit, William.

— À lundi.

Je lui fais un clin d'œil.

Sa silhouette rétrécit et disparaît lorsqu'elle entre dans le hall du bâtiment.

Je soupire, son odeur a imprégné chaque recoin de ma voiture. Je tiens mon volant des deux mains et appuie ma tête là où se situe le klaxon.

Cette soirée était la meilleure de toute ma vie. Il me tarde d'en avoir d'autres en sa compagnie.

Chapitre 10

William

Je n'ai pas cessé de penser à Mark tout le week-end et même encore aujourd'hui. Y compris depuis le retour de Hope. Je m'efforce de paraître comme à mon habitude, mais rien n'y fait. Par chance, elle ne remarque rien, ou du moins elle ne m'interroge pas. Mais j'ai bien vu qu'elle avait senti mon changement depuis son départ. Ma fille est beaucoup trop maligne pour se laisser berner, ce n'est qu'une question de temps avant qu'elle ne s'en aperçoive. Pourvu que cela ne soit pas aujourd'hui, car dans quelques instants je la retrouverai à la sortie de l'école et nous irons tout droit au café. C'est comme s'avancer vers un peloton d'exécution en traînant des pieds.

Installé dans ma Ford et regardant les voitures statiques devant moi et sur le côté, j'en déduis que ce moment arrivera plus tard que prévu. Je soupire, les deux mains sur le volant à cause de ces saletés de bouchons ! Je vais être en retard. À vrai dire, je le suis déjà un peu, mais là ça empire de minute en minute. Plus le temps passe et plus la circulation se fait dense. À croire qu'on s'est tous donné rendez-vous en même temps. J'ignore s'il y a un accident. Quoique, je ne pense pas, sinon on entendrait la sirène de la police ou bien d'une ambulance. Tant mieux, j'ai envie de dire.

Je tape nerveusement mes doigts sur le volant tandis que mes yeux s'aventurent sur le tableau de bord où est indiquée l'heure. Je suis parti du boulot à l'heure, mais ai fini par une visite dont l'appartement se situait à l'autre bout de la ville. Je peux au moins me consoler en me disant que le client s'est positionné sur ce bien. Hélas, ça m'empêche de récupérer ma fille. C'est bien la première fois que ça m'arrive. Moi qui ai pris l'habitude d'être disponible n'importe quand pour elle.

— C'est pas vrai, mais bougez-vous…, marmonné-je en tapant cette fois-ci du pied.

Le bruit incessant des klaxons va avoir raison de moi. Je ne sais pas pourquoi ils s'acharnent. Ça ne va pas nous permettre d'avancer davantage. Comme si nous n'étions pas au courant de l'embouteillage… Voilà le genre de personne qui m'insupporte, à croire qu'en exprimant leur mécontentement, tout va finir par s'arranger alors que non. Ça fait juste chier tout le monde et je commence à avoir les nerfs à vif. Bien évidemment, pile au moment où je pensais que ça ne pouvait pas être pire, la pluie se met à tomber. Les petites gouttes qui s'abattent sur mon pare-brise se transforment en un véritable torrent, à tel point que je ne vois plus les nuages d'un gris orageux.

Je gémis et pose mon front sur le volant en me rappelant que j'ai oublié mon parapluie au bureau. Mais ce n'est pas grave tant que Hope a le sien dans son sac. Je pense plus à elle qu'à ma propre personne. Est-ce que cela fait de moi un papa poule légèrement excessif?

Je lève ma tête pour me tenir au courant de l'heure. Hope va sortir dans dix minutes et il est impossible que j'y arrive à temps, même si la circulation se rétablit. Je n'ai pas le choix que de demander à quelqu'un d'autre de venir la chercher mais qui, étant donné que l'école ne peut pas la garder jusqu'au soir? D'habitude, je me débrouille pour qu'une personne de confiance la récupère, sauf que tous ceux que je connais sont pris. Élisabeth et Amanda se retrouveront coincées elles aussi et sont probablement déjà retenues ailleurs. Alejandro est en visite et mes parents sont trop loin…

Merde, merde, merde.

Je me redresse en collant mon dos au siège. Toujours en tapant du pied, je laisse mes yeux vagabonder à ma gauche où des passants se dépêchent pour s'abriter dans un bar. Ma jambe s'immobilise.

Un bar.

Mes derniers neurones se connectent. Il n'y a qu'une seule personne capable de m'aider. Quelqu'un qui se situe à quelques pas de l'école.

Nerveux, je dégaine mon téléphone et navigue sur le moteur de recherche, d'une main tremblante, afin de trouver le numéro d'un certain café. Je l'obtiens très facilement. Je prends une grande inspiration, puis une lente expiration avant de cliquer dessus.

Mark

— Coline, tu peux t'occuper du bar, s'il te plaît ? Je gère les clients, lui demandé-je en sortant mon petit calepin et mon stylo.

— OK, pas de souci, répond-elle en se mettant immédiatement derrière le comptoir.

L'endroit se remplit peu à peu et je suis persuadé que le temps y est pour quelque chose. Je sais que nous sommes en fin d'après-midi, mais beaucoup préfèrent se terrer dans un café et savourer une boisson chaude pour se réchauffer en attendant que la pluie cesse. Y compris moi.

Arborant un sourire, je me dirige donc vers la table où sont installés deux clients.

— Bonjour, que puis-je vous servir ?

Ils me dictent leur commande tandis que je prends des notes. Ils ont tous les deux opté pour un expresso ainsi qu'un croissant. Rien de très original, mais qui en bouche devient extraordinaire. C'est la magie de Jason, tout simplement. Sans déconner, tout ce qu'il fait est excellent. Et je parle en connaissance de cause puisque je suis son testeur numéro un. Je ne peux même pas l'emmerder en avouant que c'est horrible. Ce serait un mensonge et ce petit malin arrive à lire sur mon visage. Autrement dit : je suis foutu. Il n'aura le droit qu'à des compliments.

Une fois la commande prise, je demande à Coline de préparer les deux expressos et je fonce en cuisine en répétant à Jason ladite commande à voix haute. En fait, les papiers nous servent principalement de contrôle. À la fin de la journée, nous pouvons facilement les compter pour qu'elles soient identiques aux tickets de caisse.

— Deux croissants, c'est parti !

Jason les retire de la grille pour les disposer sur de belles petites assiettes, assez grandes pour y ajouter une tasse. Je les prends, sors de la cuisine et attends au bar. Coline aussi est d'une efficacité exemplaire. Je n'ai pas le temps de souffler que les autres tasses se remplissent. Une dosette de sucre, une cuillère sur le côté, et c'est prêt. Je pars au moment où le téléphone du café se met à sonner. Je laisse à Coline le plaisir de répondre.

— Et voici, messieurs dames. Bonne dégustation, et vous verrez que vous ne pourrez plus vous passer de nos croissants, plaisanté-je à moitié en leur faisant un clin d'œil, ce qui les fait sourire.

Avant de travailler en salle, jamais je n'aurais pensé aimer autant le contact avec la clientèle. Surtout la nôtre. Il est vrai que c'est différent de ce que je faisais d'habitude. Avant, j'étais beaucoup plus concentré sur ma carrière de mannequin que mon café. À courir à droite à gauche, voyager, découvrir la ville de Paris ou encore de Londres. Mais bizarrement, ça ne me rendait pas si heureux que ça. Je sais que comparé à d'autres, j'ai eu beaucoup de chance et je la mesure chaque jour, mais je me sentais terriblement seul. C'est paradoxal, non ? C'est sans doute le fait de voir rarement ma famille et mes amis qui a suscité ce ressenti. Alors aujourd'hui, je suis plus que ravi de travailler aux côtés de mes employés. Peut-être que j'envisagerai d'y rester, même au retour de Noé et Christy. L'ambiance n'en sera que plus belle. Et puis, il ne faut pas omettre un détail. Sans eux, je n'aurais probablement pas rencontré William. Will. Cet homme aussi beau à l'intérieur qu'à l'extérieur.

En me retournant, je vois Coline au téléphone m'adresser des signes afin que je vienne. Je ne me fais pas prier et approche du bar où j'écoute quelques bribes de la conversation.

— Oui, il est là, je te le passe, fait-elle en me tendant l'appareil.

Je fronce les sourcils dans une question silencieuse.

— C'est William, me révèle-t-elle, déclenchant les battements erratiques de mon cœur.

Quand on parle du loup !

J'attrape le combiné tandis que Coline part vaquer à ses occupations. D'une voix tantôt assurée, tantôt inquiète – car j'ignore la raison de son appel, mais ça m'a l'air très important – je dis :

— Allo ? William, est-ce que tout va bien ?

— *Salut, Mark... Oui, ça va,* m'affirme-t-il sur un ton empreint de gêne. *Excuse-moi si je te dérange en plein travail, mais... j'ai besoin de ton aide.*

S'il essaye de ne pas m'inquiéter, eh bah c'est raté.

— Non, tu ne me déranges absolument pas. Dis-moi ce que je peux faire pour remédier à ton problème, dis-je, distrait, en regardant la porte d'entrée qui s'ouvre sur un nouveau client.

— *Eh bien... Je suis coincé dans les bouchons et Hope va bientôt sortir de l'école. Je ne pense pas qu'ils puissent la garder le temps que j'arrive. Alors je me demandais si tu pouvais aller la chercher à ma place. Je suis affreusement désolé de cela, mais je...*

— William, le coupé-je calmement en percevant son anxiété gagner du terrain et je me surprends même à sourire. Je m'en charge.

Je l'entends soupirer.

— *Oh, merci, Mark. Tu ne sais pas à quel point je me sens soulagé !*

Si, je sais.

— *Je vais tout de suite prévenir l'école pour qu'ils te laissent partir avec elle.*

Je suis touché qu'il me confie sa fille adorée. Peu de parents – et notamment de papas poules tels que lui – seraient capables de prendre une décision comme celle-ci.

— OK, ça marche. Elle finit dans dix minutes, c'est bien cela ? me renseigné-je en regardant la grande pendule près du comptoir.

— *Oui, c'est exactement ça.*

— Très bien. Dans ce cas, je récupère un parapluie et j'y vais. Tu nous retrouveras ici autour d'un bon chocolat chaud. Tu l'auras amplement mérité.

— *Mille mercis, Mark ! Tu es mon sauveur, je te revaudrai ça, sois-en sûr.*

Oh, vraiment ?

Un large sourire étire mes lèvres. Mon cerveau, apparemment machiavélique, a une petite idée en tête. S'il savait dans quelle galère il s'est mis...

— Tu en es certain ? m'étonné-je d'un ton moqueur. Parce que j'ai bien une proposition à te faire si le cœur t'en dit.

Le silence s'installe pendant quelques secondes avant qu'il ne reprenne la parole, quelque peu perturbé par la situation.

— *B-Bien sûr... Je t'en prie, en quoi je peux te rendre service ?*

Taquin, je fais durer le suspense un peu plus longtemps.

— Eh bien, en échange, j'aimerais dîner avec toi. Qu'en dis-tu ? Toi, moi, autour d'une table ?

— *Je... Euh...*

Bon sang, ce qu'il est adorable ! Je l'ai laissé sans

voix et putain que c'est satisfaisant.

Il se racle la gorge.

— *Oui. D'accord, mais… uniquement quand Hope ne sera pas à la maison.*

— Bien entendu, et ne t'inquiète pas pour ça. Je comprends parfaitement que tu veuilles profiter de ta fille au maximum.

— *Merci beaucoup, Mark.*

La façon dont il prononce mon nom, avec tant de douceur, fait ramollir mon cœur déjà tout en guimauve depuis qu'on s'est rencontrés. C'est dingue l'effet que peut avoir une personne sur nous.

— *Je vais tout de suite prévenir l'école. À tout à l'heure.*

— À toute, Will.

Nous raccrochons et malheureusement, je n'ai pas le temps de m'extasier comme un ado après qu'il a discuté avec son crush.

— Coline? l'interpellé-je quand elle revient vers le bar, un plateau vide en main.

Elle s'arrête, l'expression inquiète.

— Oui? Tout va bien?

— Oui, il a un juste un petit imprévu et je dois aller récupérer Hope à l'école. Tu peux t'occuper du café, s'il te plaît? Je serai là dans un quart d'heure.

— *Yes, Sir*! fait-elle en mimant le salut de l'armée.

Je secoue la tête en souriant et me dépêche de trouver un parapluie. Je quitte enfin l'établissement, vêtu d'un

191

manteau, et paré après deux minutes de recherches.

*

Les grilles de l'école ouvertes, je pénètre à l'intérieur après avoir secoué mon parapluie. Certains parents se sont également réfugiés ici pour pouvoir échapper au maximum de l'humidité.

Je repère facilement une employée et longe le couloir jusqu'à l'atteindre. Elle se tourne dans ma direction, l'air tout à fait aimable.

— Bonjour, que puis-je faire pour vous ?

— Bonjour, le papa de Hope, William Allen, m'a demandé d'aller chercher sa fille. Je suis Mark Wade, ajouté-je en sortant ma carte d'identité, parce que je sais que le monde est de plus en plus méfiant au vu des kidnappings qui ont lieu directement dans les écoles.

Elle la prend et l'examine.

— Oh oui, monsieur Allen nous a informés de votre venue il y a quelques minutes. Mais il me semble vous avoir déjà vu quelque part, commente-t-elle en plissant les yeux dans sa réflexion.

— Vous me connaissez peut-être. Je tiens le petit café juste à côté de l'école.

Son visage s'illumine.

— Ah, tout s'explique. Hope m'a parlé de vous et de cet établissement. En bien, évidemment.

— Merci, dis-je en souriant, ravi du compliment.

— Ne bougez pas, je vais chercher Hope, m'informet-elle en me redonnant la carte que je replace dans la poche de ma veste.

À peine entré dans la salle, qu'un tourbillon à salopette rose en sort, le cartable sur le dos. C'est sa tenue préférée on dirait, parce que ce n'est pas la première fois que je la vois ainsi. Elle doit probablement en avoir une dizaine dans son armoire.

— Mark ! crie-t-elle avec euphorie en fonçant droit sur moi.

Je mets un genou à terre pour être à sa hauteur, mais je suis agréablement surpris par le câlin qu'elle m'offre et que j'accepte avec joie en resserrant mon étreinte.

— Hey, Princesse !

C'est elle qui met fin en premier à notre accolade.

— Papa a dit à la maîtresse que c'était toi qui venais me chercher. Au début j'étais triste, mais plus maintenant. Ne le répète pas à papa ! Sinon il va bouder.

Je ne peux stopper mon sourire débile tellement elle est adorable. Je comprends de mieux en mieux pourquoi il souhaite tant la protéger.

— Motus et bouche cousue, mimé-je avec mes doigts. Allez, Princesse, c'est l'heure de ton quatre heures. Et n'oublie pas ton parapluie.

Je me redresse et dis au revoir à sa professeure.

— À demain, madame, dit Hope en accompagnant sa parole par un geste de la main.

— À demain, Hope, et profite bien de ton goûter.

Nous lui faisons un dernier signe de tête avant de

partir.

Pendant que nous traversons la rue, main dans la main, Hope me raconte sa journée, ce qu'elle a appris et tous les petits dramas de sa classe. Un garçon lui a offert quelques petites fleurs, apparemment prises dans la cour avant de lui déclarer sa flamme. Mais elle n'y a pas répondu favorablement, car je cite : « la seule personne avec qui je veux me marier est mon papa ». Personne n'arrivera donc à la cheville de William. D'ailleurs, je me demande comment il réagira quand elle aura un ou une petite amie. Le connaissant, il s'arrachera les cheveux. Cette image manque de me faire rire. J'imagine Will la suppliant à genoux de rester pour toujours son bébé et prier pour qu'elle reste ainsi. Ce genre de comportement ne m'étonnerait pas. J'ai beau n'être qu'un oncle, je sais que mon frère et ma sœur pensent la même chose. Ils s'amusent à dire que quand leurs enfants auront leur premier crush, chacun passera une batterie de tests et un interrogatoire digne de la CIA avant de pouvoir sortir avec eux.

Voilà une des raisons pour lesquelles je suis épanoui dans mon rôle de tonton. Je n'ai pas à me soucier de ça. En revanche, si on nuit au bonheur de ma famille, je n'hésiterai pas à intervenir.

Enfin arrivés au café, nous nous débarrassons de nos parapluies ainsi que de nos vestes.

— Va t'installer près de la cuisine, Princesse, ton goûter est prêt.

— Ouiiii !

Il ne faut pas lui dire deux fois. Elle part s'asseoir sur la banquette juste à côté de la porte, comme ça nous aurons facilement un œil sur elle. Je demande à Coline de faire attention, au cas où mon regard s'éloigne un peu trop d'elle. Elle la rejoint tout de suite après.

*

— Euh… Laisse-moi deviner, réfléchis-je en même temps que je prépare une tasse de café au bar.

Cela fait à présent vingt minutes que nous patientons ensemble. Hope a eu le temps de manger tranquillement. Nous jouons aux devinettes et je cherche la réponse depuis cinq minutes.

— Donc, j'ai quatre pattes et un dos, mais je ne peux pas marcher… Non, vraiment, je sèche. T'as une petite idée, toi ? demandé-je à Coline qui récupère ma tasse.

— Eh ! Il ne faut pas tricher, me réprimande Hope, toujours assise sur sa chaise, et balançant ses pieds qui ne touchent pas le sol.

Coline hausse les épaules.

— T'as entendu la Boss ? Débrouille-toi comme un grand ! lance-t-elle en prenant le café pour aller le servir au client.

Je réprime un rire et me retourne vers la petite terreur.

— Ce n'est pas de la triche. J'ai bien droit à un joker, non ?

— Si, c'est tricher.

195

Cette fois-ci, je ne peux me retenir de rire. Après quelques secondes, je donne ma langue au chat. Je dépose sur le comptoir la serviette qui était sur mon épaule.

— J'abandonne, Princesse. Quelle est la réponse ?

Elle lève le menton, fière de sa victoire.

— Une chaise.

J'ouvre la bouche, comprenant enfin le sens de cette devinette, et souffle un : « Ahhhh ».

— Pas mal, pas mal.

— Je sais.

— Où as-tu appris ça ?

— À l'école, dans un livre de blagues à la bibliothèque.

Je n'avais pas ça moi quand j'étais petit. D'un côté, je trouve cela plutôt bien que, de nos jours, les enfants aient accès à ce genre de culture. C'est mieux que d'aller les chercher sur Internet.

— J'en connais une autre, tu veux écouter ?

— Rien ne me ferait plus plaisir.

Et c'est vrai, j'aime passer du temps avec Hope. Elle est si... À vrai dire, je ne sais pas. Je me sens bien à ses côtés.

— Je porte des lunettes, mais je ne vois pas. Qui suis-je ?

Je fronce les sourcils et penche la tête à gauche comme si ça pouvait m'aider à réfléchir.

— Hum... Tu en poses des colles, toi dis donc.

— Hihihi, c'est parce que je suis trop forte à ce jeu.

Modeste, en plus de ça.

Je continue de me triturer l'esprit, lorsqu'un mouvement vif à l'extérieur du café attire mon regard, comme si une personne courait et j'ai vu juste. La porte s'ouvre sur William, trempé de la tête aux pieds et essoufflé. Ses yeux parcourent la salle et se verrouillent sur nous.

— Papa ! s'exclame joyeusement sa fille. Mais, pourquoi t'es tout mouillé ?

Je quitte le bar.

— Hope, je suis désolé, et j'ai... oublié mon parapluie. Je n'ai pas pu me garer près d'ici.

Après avoir fait un bisou sur le front de Hope, il reporte son attention sur moi.

— Merci infiniment, et je suis affreusement désolé de t'avoir dérangé. Je ne sais pas quoi dire d'autre à part que je suis gêné. Vraiment, je...

— William, l'interrompé-je doucement. Détends-toi. Tout va bien.

— Papa, tu es beaucoup trop stressé.

— Ta fille n'a pas tort là-dessus, plaisanté-je à moitié.

Cette réplique a le mérite de dessiner un léger sourire sur son visage.

— Nous avons passé un bon moment, n'est-ce pas, Princesse ?

— Oh que oui ! Après le goûter, on a joué aux devinettes.

— Et elle est sacrément douée.

— À qui le dis-tu ! rétorque-t-il d'une voix amusée.

Il caresse délicatement sa joue et je vois dans son regard l'amour qu'il a pour elle. Cela continue plusieurs secondes après qu'il le plante dans le mien.

— Encore merci pour ton aide, je te le revaudrai.

— Oh, mais j'y compte bien ! Bientôt, dis-je subtilement, lui rappelant notre rendez-vous.

Il peine à garder un contact visuel, ce qui m'amuse bien sûr. Mais ne voulant pas trop le gêner, je romps ce petit instant en lui proposant de s'asseoir.

— Non, merci, je ne vais pas vous embêter plus longtemps.

Il commence à sortir son portefeuille et je l'arrête immédiatement en le couvrant de ma main.

— Non, ce n'est vraiment pas la peine, c'est la maison qui offre.

Ses yeux s'écarquillent.

— Oh non, Mark, je ne peux pas accepter. C'est déjà trop.

— Ça me fait très plaisir. Installe-toi, tu dois te réchauffer par ce temps. D'ailleurs, tu ferais mieux de te sécher avant d'attraper froid. Viens, suis-moi, j'ai des serviettes.

— Mark, je…

— C'est bon, viens, s'il te plaît.

Il n'insiste plus, sachant à présent que toute tentative est vaine avec moi. J'attire l'attention de Coline en train de nettoyer une table.

— Coline ? Tu surveilles la petite, s'il te plaît ? On revient.

Elle me fait un clin d'œil.

— Hope, ça te dit de voir Jason au travail ?

— Oh oui alors ! fait-elle en sautant de sa chaise pour aller le rejoindre dans la cuisine.

Son père la regarde s'éloigner, serein et amusé. Il me suit dans la pièce d'à côté, qui nous sert principalement de salle de pause. Il y a une grande table avec des chaises, une télévision, et même quelques jeux de société. Je l'entraîne dans une autre où est disposé tout un tas de linge, dont des serviettes. Ayant l'espace nécessaire, il retire son manteau, révélant une chemise blanche transparente qui ne laisse pas place à l'imagination. Ma main tendant une serviette enroulée se fige, tout comme mes yeux en voyant ses tétons, et ses abdos finement taillés. Je me fais violence pour détourner le regard, mais visiblement c'est déjà trop tard car le sien est fuyant et ses joues sont empourprées. Je reprends peu à peu mes esprits.

— Tiens, insisté-je.

— Merci.

Il la saisit timidement et s'essuie les cheveux. Je m'appuie contre le meuble et croise les bras. Il s'écoule un certain temps pendant lequel ni lui ni moi ne prenons la parole.

Nous finissons par lancer tous les deux simultanément :

— Alors, je…

— Concernant le…

Nous nous taisons, mais j'ouvre la bouche en premier.

— Oui ?

— N-Non, toi d'abord.

— Non, vas-y, je t'en prie.

Il soupire, doublement gêné.

— Comment dire… En fait, je…

Je décide de mettre fin à sa misère.

— Tu n'es pas obligé d'accepter. Je comprendrais si tu ne voulais pas me dire oui.

— Non, ce n'est pas ça, m'affirme-t-il avec conviction, provoquant mon étonnement. J'en ai envie. De passer du temps avec toi, je veux dire.

Les bras m'en tombent, littéralement. Il me laisse sans voix.

— Je n'ai pas dit oui sous la contrainte, si ça peut te rassurer.

— Et moi, je ne te l'ai pas proposé pour plaisanter, avoué-je tandis que je me redresse. Pour être honnête, ça fait un petit moment que je voulais te poser la question.

La surprise se lit de nouveau dans ses yeux magnifiquement bleus.

— Vraiment ?

Je fais de mon mieux pour me retenir de sourire, mais c'est peine perdue. Je dévie mon regard vers la porte une ou deux secondes pour une raison que j'ignore avant de lui répondre d'un ton rieur :

— Je n'ai pas pour habitude de flirter avec mes clients.

Il arrête de se frotter l'arrière du crâne et dispose la serviette autour de son cou tout en la maintenant.

— Et moi qui pensais que je rêvais, me révèle-t-il avec amusement.

Cette réflexion pique ma curiosité.

— Pourquoi ça ?

— Eh bien, je me demandais ce que tu trouvais d'exceptionnel en moi. Je ne suis qu'un père célibataire un peu largué.

Seigneur, comment ne peut-il pas voir ce que moi je vois ?

— Will ? Tu veux un conseil ?

Il hoche la tête.

— Tu devrais songer à porter des lunettes.

Un rire s'échappe de sa gorge et rien qu'à l'entendre, il déclenche le mien. Je suis soulagé que la gêne ait disparu. Et quand nos rires finissent par s'estomper, nos yeux se cherchent. J'ai l'impression que je pourrais rester des heures ainsi à l'admirer, telle une œuvre d'art. C'en est presque illégal.

Le brouhaha de la salle me renvoie sur terre, à mon plus grand regret. Je me décolle du meuble.

— Il faut que j'y aille, sinon je crains que Coline et Jason ne tentent une mutinerie.

— Oh oui, bien sûr ! Je ne voulais pas te retenir plus longtemps, pardon. Et merci pour… la serviette.

— Mais je t'en prie. Prends le temps qu'il te faut, je me charge de ta commande.

— Merci, Mark.

Je lui souris et me dirige vers la porte, quand soudain je me retourne vers lui.

— Oh, et c'est toi qui choisis le restaurant. Moi, ça m'est égal, tant que je suis en bonne compagnie.

Ses lèvres s'ouvrent et se referment à plusieurs reprises.

— OK, ça marche.

— Je vais te filer mon numéro, comme ça si jamais tu as besoin d'un autre service, tu pourras me joindre directement.

J'illustre mes propos par un clin d'œil avant de filer.

Ce que j'ai hâte d'y être !

Chapitre 11
William

Quelques jours plus tard

Voilà plus d'une semaine que j'attendais ce jour. Mon premier rendez-vous avec Mark, alias Monsieur Trop Parfait, sorti tout droit d'un téléfilm romantique de Noël. Je n'en reviens toujours pas qu'il m'ait avoué être attiré par moi, un papa célibataire, un agent immobilier…

Bien qu'on se soit échangé nos numéros de téléphone, nous les avons rarement utilisés. Peut-être que nous n'osons pas faire le premier pas, ou tout simplement parce qu'on se voit tous les jours, excepté le week-end, bien entendu.

Seulement, avec Hope à côté, il est difficile de pouvoir tenir une vraie conversation et de rester discrets. Je ne souhaite pas lui en parler, il est beaucoup trop tôt. Mais les regards ne trompent pas, ni personne. Hope est très intelligente et observatrice pour son âge. Deux aptitudes dont je me serais bien passé.

Nous nous sommes donc contentés de brèves œillades. Il m'était compliqué de me concentrer sur ce que disait ma fille lorsqu'il se promenait dans la salle. Il faisait en sorte de me frôler, un demi-sourire aux lèvres.

Que voulait-il exactement ? Que je devienne dingue ? Eh bah, c'est réussi.

Et quand venait le moment de partir, nous nous rendions au comptoir. À partir de là a surgi l'idée d'un petit jeu. Tous les jours jusqu'à aujourd'hui, je lui posais une question pour tenter de deviner ses préférences culinaires. Il avait beau me dire que l'endroit importait peu, néanmoins je n'en démordais pas. Je voulais à tout prix trouver la bonne adresse pour que cette soirée se passe à merveille. Le premier jour, je lui avais demandé :

— Végétarien ou carnivore ?

Il avait haussé les sourcils, sans doute parce qu'il ne s'attendait pas à une telle question sortie de nulle part.

— Ça dépend, avait-il répondu.

— Ça dépend de quoi ?

Il s'était penché vers moi et d'une voix mi-sérieuse, mi-amusée, il avait répliqué :

— Si tu parles de nourriture ou bien d'autre chose.

À ce moment précis, et ne comprenant que trop bien son sous-entendu, mon cœur avait raté un battement. J'avais avalé ma salive le plus discrètement possible, et sans le quitter des yeux, senti une chaleur dans mon ventre. Heureusement, ou malheureusement, Hope nous avait rejoints, mettant fin à ce feu d'artifice. Toutefois, ça ne l'a pas empêché de répondre à mon interrogation. Mais pas de manière très fair-play.

— Carnivore. Pour les deux.

Je vous laisse imaginer dans quel état était mon cerveau durant le trajet du retour. J'ai dû prendre une douche froide en rentrant pour calmer mes ardeurs et évidemment, mon esprit fut occupé par Mark.

Sa voix.

Son sourire ravageur.

Son corps.

Sa bouche.

Bref, tout.

Il me faut une claque mentale pour revenir à l'instant présent.

Debout devant le dressing, je mets un certain temps à sélectionner et ne sortir qu'une seule chemise.

— Que pensez-vous de celle-ci? demandé-je à Élisabeth et Alejandro qui sont assis sur mon lit, regardant avec attention mon choix.

— Hum... Non, je verrais mieux la blanche avec ton pantalon crème.

— D'accord avec elle.

J'examine de nouveau celle que je tiens, l'air dubitatif.

— Vous trouvez?

— Oui. Elle fait plus... «wouah», rajoute Alejandro

en mimant une explosion avec ses mains et en écarquillant les yeux.

Je marque une pause.

— Je vous signale que je vais à un simple dîner et non pas rencontrer le président des États-Unis.

Ils se regardent.

— Mon chéri, d'une : on dirait que tu vas aller à un enterrement, et de deux : c'est ton premier vrai rendez-vous depuis la naissance de Hope. Tu l'as reconnu toi-même, ce n'est pas dans tes habitudes de te laisser tenter par une relation, alors c'est plus qu'une grande occasion de te mettre sur ton trente-et-un.

— Dit comme ça, j'ai l'air désespéré, mais je ne le suis pas.

Ils s'adressent un clin d'œil aussi discret qu'un mec déguisé en lapin dans une église, comme si je n'existais pas.

— Je ne suis pas désespéré, m'entêté-je. D'ailleurs, je peux tout à fait annuler le rendez-vous.

— Non, répondent-ils calmement en chœur.

— Bon, d'accord. Peut-être pas, mais…

— Mon cul, tu ne veux pas y aller, oui ! explose-t-elle de rire. C'est qui qui m'a téléphoné le soir même, tout affolé parce que son crush l'avait invité à un rendez-vous ?

Je savais qu'elle allait me le balancer au visage.

Pendant que Hope était en train de dessiner dans le salon, je m'étais enfermé dans ma chambre pour appeler

Élisabeth. C'est elle que je contacte en premier dans ce genre de situation. Alejandro éprouverait un malin plaisir à me rendre dingue à force de rire. Il est rare qu'il réussisse à prendre les choses au sérieux. La dernière soirée que nous avons passée ensemble dans le bar en est la preuve.

Je n'y crois toujours pas qu'il ait osé demander à Mark des détails sur son piercing ! J'ai les joues en feu à ce souvenir. En plus de ça, ça n'a pas eu l'air de déranger ce dernier, au vu de son sourire. Je n'avais jamais eu autant honte de toute ma vie qu'à cet instant. C'est une aubaine que Mark ne m'ait pas reparlé d'Alejandro, notamment de ça. Même si au fond de moi, j'ai été très curieux... Comment ne pas l'être avec lui ? Il est si parfait qu'il paraît tout droit sorti d'un conte de fées.

La manière dont il s'est occupé de ma fille l'autre jour m'attendrit encore. Hope m'a tout raconté dans les moindres détails tandis que je l'écoutais avec attention, ne voulant rien manquer. Mark est en effet très doué avec les enfants. Impossible de regretter de lui avoir demandé un tel service.

Ses neveux et nièces ont bien de la chance de l'avoir pour oncle, pas de doute là-dessus. C'est ce qui m'a conforté dans mon choix, celui d'accepter ce rendez-vous. J'aimerais nous laisser découvrir où ça nous mène. Si la présence de Hope ne le rebute pas – bien au contraire – alors qu'est-ce qui m'empêche de goûter à ce petit bonheur ? Et pourquoi suis-je aussi stressé ?

Je relâche mes épaules et un profond soupir s'échappe de mes lèvres malmenées, car je n'arrête pas de les mordre pour extérioriser.

— D'accord, vous avez gagné. J'ai peur.

Ils froncent les sourcils, puis soudain, leurs regards s'adoucissent.

— Mais voyons, de quoi ? demande Élisabeth.

Je hausse les épaules.

— Will, intervient Alejandro, et le connaissant, ça m'inquiète. Si t'étais pas mon pote, il y a longtemps que j'aurais mis le grappin sur toi. N'importe qui se sentirait chanceux de t'avoir dans sa vie. Moi, je le suis en tout cas.

— Moi également, ajoute-t-elle en souriant tendrement.

Des picotements au niveau des yeux m'amènent à réaliser que mes émotions ont pris le dessus. Je suis extrêmement touché de les entendre prononcer ces mots, notamment de la part d'Alejandro. Il n'est pas si démonstratif en apparence, mais quand on le connaît bien, on a droit à de belles déclarations qui feraient pleurer n'importe qui. C'est réciproque. Je les considère comme ma famille et Hope le ressent aussi. Pour elle, ils sont sa tante et son oncle. Pour moi, de véritables anges gardiens.

— Si vous saviez à quel point je vous aime, soufflé-je en retenant mon sanglot.

Je ne suis pas le seul apparemment puisque Élisabeth

cligne plusieurs fois des paupières pour contenir son émotion.

— Arrête ça, se ressaisit-elle. Tu sais combien de temps il m'a fallu pour me maquiller ?! Ma soirée n'est pas finie, alors je te prierai de ranger cette bouille de cocker.

— Combien de temps il te faut ? se renseigne notre ami, tout à coup intrigué.

— Je dirais entre dix et vingt minutes si je mets mes crèmes.

Alejandro prend un air choqué.

— Tout ça ?! Mais c'est affreux le temps que tu perds.

— Ça veut dire quoi ? Que je suis à la traîne ?

— Non, ça veut dire que tu n'as pas besoin de maquillage et de… je ne sais combien de putains de crèmes pour être belle.

Beth porte une main à son cœur.

— Awww, merci, mon poussin, souffle-t-elle d'une voix émue en prenant son visage en coupe pour lui déposer un baiser sur la joue. Tu vois que tu peux être adorable.

— Mais sérieusement, pourquoi t'utilises d'autant de crèmes ? Ta peau se putréfie ?

L'expression d'Élisabeth change du tout au tout. Ses lèvres forment une barre et ses paumes quittent les joues d'Alejandro. Elle regarde droit devant elle et peste en croisant les bras :

— Saleté, va !

Qu'ils se chamaillent comme des frères et sœurs continue de m'amuser. Dès notre rencontre à tous les trois, ça a tout de suite matché. Nous n'avions pas besoin de meubler la conversation ou de paraître intéressés par la personne qui se trouvait devant nous. N'est-ce pas la meilleure sensation que de se côtoyer si souvent qu'on en oublie que nous ne sommes pas liés par le sang?

Un rire transperce l'ambiance bon enfant de la pièce que ces deux-là ont alimentée par leurs pitreries ô combien attachantes.

— Et ça t'amuse, après ce qu'il a osé insinuer?

— Rhooo, mais tu sais bien que... s'interrompt-il à cause de la main d'Élisabeth sur sa bouche.

— Tais-toi où je mettrai la musique de Lady Gaga[8] chaque fois qu'on se verra.

Elle retire sa main.

— Décidément, vous n'allez jamais me lâcher avec ça.

— Compte sur nous pour te le rappeler jusqu'à la fin de ta vie, glissé-je en rangeant la chemise non élue par le public.

Désolé, mais ça ne sera pas ton grand jour.

— Vous ne voulez pas changer de disque un peu?

— Pourquoi, alors que c'est si amusant? feint-elle de façon innocente.

---

[8] Le titre est «Alejandro» (c'est pour ça que je l'ai nommé ainsi). Allez, ne me faites pas croire que vous ne la connaissez pas...?

Alejandro ne dit plus un mot, préférant comploter sa vengeance en silence.

Ça, c'est la mienne de vengeance !

— À quelle heure avez-vous rendez-vous ? s'enquiert Élisabeth.

Je tourne mon poignet et fixe les aiguilles de ma montre.

— À 19 h 30, mais je dois partir avant pour aller le chercher.

— Ohhh, Monsieur va chercher son Beau au bal ?

Je leur fais face.

— Oui, c'est la moindre des choses après l'énorme service qu'il m'a rendu. Il a insisté pour que ce soit lui qui conduise, mais je voulais qu'il profite un maximum de la soirée.

— C'est adorable et bienveillant de ta part. Comme ça, il pourra te contempler tout le long du trajet.

Euh... je n'avais pas pensé à ça.

Je sens que ça va me perturber. Je n'ai pas l'habitude qu'on m'observe de cette façon. Avec lui, c'est comme si j'entrais dans une pièce et que toute l'attention se portait sur moi. Ça peut paraître prétentieux dit ainsi, pourtant ce n'est pas du tout voulu. C'est dingue comment on peut être aussi vulnérable.

— Notre Will est devenu grand, plaisante Alejandro en essuyant de fausses larmes.

Je roule des yeux et secoue la tête.

— Au fait, tu ne m'as pas raconté ce que tu avais

pensé de Mark, réalise Beth en se tournant vers lui.

— Oh, mais c'est vrai ça ! J'ai oublié de te raconter, mais bon, Will a dû le faire à ma place.

— Ouaip ! rajoute-t-elle après m'avoir lancé un regard. Mais il a dû omettre quelques détails.

Elle est beaucoup trop perspicace, c'est bien ma veine… Maintenant, il va s'amuser à m'embarrasser. Il est temps pour moi de me faufiler dans la salle de bain pour m'habiller. Je prends en vitesse mon ensemble et m'enferme. Ils sont trop occupés pour s'en rendre compte.

La porte close, je ne prête plus attention à ce qu'il se passe dans la chambre. Je retire mes vêtements d'intérieur et enfile ma tenue de soirée. Je m'approche du grand miroir situé près de la douche italienne qui fait un peu plus de ma hauteur. Je réajuste mes boutons de manchettes et redresse mon pantalon.

Je soupire, ayant pensé que ça allait évacuer toute mon anxiété, mais hélas ce n'est pas le cas.

Je ne sais pas comment va se dérouler cette soirée.

Je ne sais pas s'il va toujours me trouver intéressant.

Ni ce que j'attends exactement de ce rendez-vous, de cette relation…

Je ne sais pas ce que je suis en train de foutre.

Je passe une main dans mes cheveux.

Pourtant, cela fait bien longtemps que je ne me suis pas senti comme un homme à part entière et non un père. On oublie vite que l'on a le droit d'avoir une identité autre que celle de papa ou bien de maman. On s'enfonce dans notre quotidien qui se résume à chérir nos enfants, au détriment du reste. Parce qu'il n'y a que ça qui importe. Nous les aimons si fort que rien ne peut affaiblir notre amour pour eux. Du moins, c'est ce qu'un parent devrait ressentir. Et j'espère que ma fille sait à quel point je serais prêt à tout pour elle, y compris faire une croix sur ma vie amoureuse. J'ai l'espoir que ça n'arrivera pas. Pas avec Mark.

Je suis sorti avec ce garçon à l'université, Connor, avant de connaître mon ex-femme. Oui, nous nous sommes rencontrés quand nous étions jeunes. J'en garde une bonne expérience, mais malheureusement nous n'étions pas compatibles. Connor était une personne différente de moi. J'étais calme et réservé alors que lui était impulsif et jaloux. Je ne m'en suis aperçu que trop tard, quand il a envoyé bouler une gentille fille qui était intéressée par moi. La pauvre. J'ai eu mal pour elle et j'ai même dû m'excuser de sa part. Je lui ai donc clairement fait comprendre que ça ne marcherait jamais entre nous. Il a fini par accepter après une semaine rythmée de disputes incessantes. Je ne me suis jamais senti aussi libre de toute ma vie en le quittant. C'est comme si on m'avait arraché une épine du pied. Et puis, côté sexe... ce n'était pas l'éclate non plus. Il était du genre à jouir sans faire attention à ce que moi je voulais. Il ne suffit pas de pénétrer quelqu'un pour qu'il ait un orgasme. Il faut aussi prendre le temps de le toucher, savoir ce qui le fait vibrer au point de percevoir les étoiles simplement en fermant les yeux. Les sensations sont bien meilleures, si ce n'est incroyables, quand elles sont partagées.

Un peu trop fleur bleue, hein ?

Je remplis mes poumons d'air et quitte la salle de bain pour rejoindre mes amis. En franchissant la porte, les rires se taisent, remplacés par des sifflements. Je lève les bras et fais un tour sur moi-même, de sorte de leur montrer le nouveau produit. Le « William va essayer d'emballer un mec pour la première fois en je ne sais plus combien de temps ».

— Tu. Es. Canon ! Je t'avais dit que ça t'irait.

Je trouve aussi.

— Ton date est un sacré chanceux, siffle Alejandro en jouant avec ses sourcils.

— Et très bien foutu, d'après ce que j'ai compris.

Et voilà...

— Il a une musculature d'enfer.

Élisabeth lui prend le bras pour quérir son attention.

— M'en parle pas, j'ai regardé ses photos lors d'un shooting pour une marque de sous-vêtements.

— Sur quel site ?

— Attends, je vais tout de suite te montrer ça, dit-elle en sortant son téléphone.

Là, c'est trop pour moi.

— Non !

Ils me fixent, tout décontenancés.

— Bah quoi ? fait-elle, incrédule. Tu ne veux pas

voir la marchandise ?

Bon alors OK, outre cette appellation qui nous ferait croire que nous sommes au marché devant un étal de légumes – a priori d'aubergines – je trouve cela impensable de devoir me poser cette question à quelques minutes de mon rencard.

— Mais bien sûr que non ! La dernière chose dont j'ai envie avant d'aller chercher Mark, c'est de voir des photos de lui en sous-vêtements. Je ne pourrais jamais effacer cette image de mon esprit durant tout le dîner. Je serais incapable de le regarder droit dans les yeux. Et je ne suis même pas sûr d'arriver à profiter du repas.

— Justement, ça te donnera de l'appétit, conclut Alejandro que je fusille du regard.

Bref, je continue.

— J'aurais l'impression d'avoir maté un porno dont il est l'acteur principal.

— Il n'est pas à poil, là, Will, sourit-il en perdant progressivement son sourire, en pleine réflexion. Tu aurais préféré qu'il le soit ? Tu sais qu'avec l'IA, on peut faire tout un tas de choses.

Je cligne des yeux.

— Tu insinues que je pourrais obtenir des nudes… ses nudes, à l'aide de l'intelligence artificielle ?

— J'ai un site qui pourrait te plaire, répond-il si sérieusement que j'en perds mon anglais.

— Q-Quoi ? M-Mais… Ça ne va pas, non ?!

Il lève ses paumes en l'air.

— Au temps pour moi, j'avais mal compris.

Oui, j'ai vu ça.

— Là n'est pas le problème et de toute façon, je ne vais pas tarder à y aller, constaté-je en observant ma montre.

— Je crois que ça veut dire « foutez le camp », devine Beth en se levant. Bon, on s'arrache. Je te dépose ?

— Avec plaisir, *mi amor*[9].

Tous deux me donnent des encouragements avant de quitter l'appartement.

— Tout va bien se passer, ne t'inquiète pas, m'assure-t-elle en me faisant la bise.

— Tu nous raconteras ! lance-t-il, accompagné d'un clin d'œil et d'une tape sur l'épaule.

Je leur fais comprendre que oui et en l'espace de quelques secondes, je suis seul avec mes pensées. Je ne me laisse pas le temps de réfléchir. J'attrape mes clés, ma veste, et pars.

*

Garé devant son appartement, je lui envoie un message.

Moi : Ton carrosse est arrivé.

Merde, pourquoi j'ai écrit ça ? C'est à cause d'eux. Deux minutes en leur compagnie et ils réussissent à me

---

[9] NDA : pas besoin de traduction non plus, je suppose.

laver le cerveau.

À mon grand étonnement, sa réponse ne tarde pas à venir. Attendait-il mon message ?

Mark : Je descends dans une minute. J'ai hâte de voir ce fameux carrosse ;).

J'expire. Sans que je le sache, je m'étais retenu de respirer.

Je range mon téléphone dans la poche de mon pantalon et patiente en silence, même si la musique m'aurait aidé à surmonter cette épreuve.

Calme-toi, ça va bien se passer.

Chapitre 12
Mark

Je reste là, debout, tenant mon portable et le contemplant avec attendrissement alors que je devrais déjà être en route. Mais je n'y peux rien. C'est l'effet que William produit sur moi.

J'avais tellement hâte de recevoir ce message que je me suis préparé il y a une heure. Je compte rendre cette soirée inoubliable pour nous deux. Je sais qu'elle le sera même si je ne connais pas encore le programme. Je lui fais entièrement confiance, car Will est un homme très surprenant. Rien qu'avec les questions qu'il m'a posées durant ces derniers jours, je ne peux qu'essayer de deviner ce qui m'attend. D'après ce que j'ai compris, il a prévu autre chose après le dîner.

Pour l'occasion, je porte un pantalon noir et une chemise d'un bordeaux très foncé, légèrement déboutonnée sur le torse. La température extérieure ne me permettant pas de sortir tel quel, j'attrape ma veste de la même couleur ainsi que mon pantalon et mes chaussures avant de quitter l'appartement.

Les secondes qui me séparent de lui me paraissent si longues. Néanmoins, il est hors de question d'y aller en courant. Ça lui ferait peur. En fait, ça ferait peur à n'importe qui.

C'est d'un pas détendu que je quitte le bâtiment. Je repère très vite sa voiture. Non pas parce que des chevaux tirent un carrosse, mais parce que sa vitre est baissée, laissant entrevoir ses cheveux blonds éclairés par les lumières des lampadaires.

Il tourne enfin la tête dans ma direction lorsque je ne suis plus qu'à quelques mètres. Un sourire se dessine sur ses lèvres et le mien s'agrandit. Je suis si heureux de le revoir alors que ça ne fait que quelques heures qu'on s'est quittés au café. C'est là que je comprends qu'il me serait difficile de l'oublier, s'il le fallait, si les événements ne se mettent pas à tourner dans notre sens. Je ne le veux pas. Je préfère tout me rappeler, y compris les mauvais moments, si ça me permet de l'avoir encore dans mon esprit.

Ni une ni deux et ayant assez attendu, je contourne la voiture pour m'installer sur le siège passager.

— Très beau carrosse, le complimenté-je en attachant ma ceinture et en déviant mon regard sur ses vêtements.

Et très belle tenue !

Cet ensemble lui va parfaitement au teint. Je le vois

bien grâce à la lumière intérieure automatique qui s'est déclenchée lorsque je suis entré. *Bon sang, ce qu'il peut être sexy en toutes circonstances !* C'est le genre de personne qui peut s'habiller comme elle le veut et qui sera toujours aussi irrésistible. À mes yeux en tout cas.

— Ça te va bien, lui fais-je savoir en prenant garde de ne pas trop montrer mon admiration.

Il se jette un rapide coup d'œil, comme si ses vêtements avaient été mis sans qu'il le sache ou qu'il ait tout simplement oublié.

— Je te retourne le compliment, dit-il d'un ton timide qui envoie une bouffée de chaleur dans mon ventre.

Oui, tout ça rien qu'en entendant le son de sa voix. Je suis déjà complètement piqué, ma parole !

Nous nous observons un petit moment avant qu'il ne tourne la clé. À peine avons-nous démarré qu'une question me hante.

— Alors ? Où va-t-on ?

Il me regarde furtivement, de sorte à ne pas quitter la route, puis me répond :

— Tu ne préfères pas garder la surprise jusqu'à la fin ?

Je hausse les épaules.

— Tu as sans doute raison. Et je dois dire que je n'ai absolument aucune idée de l'endroit où nous allons. Il faut dire que ton petit interrogatoire – souligné-je non subtilement étant donné le nombre de questions – m'a laissé perplexe.

Ses sourcils se lèvent.

— Tu n'as vraiment aucune idée ?

Je lui fais signe que non de la tête.

— Oh, alors ça veut dire que je suis sur le point de réussir mon pari.

— Qui est ?

Ses lèvres s'étirent et le bleu de ses iris se met à briller.

— De te surprendre.

Maintenant, ce sont mes yeux qui brillent.

Durant tout le trajet, je suis davantage subjugué par son visage que par le paysage nocturne, convaincu que tous les mystères du monde se trouvent à ses côtés.

*

C'est tout près de la plage que sonne notre arrivée. En face se trouve un restaurant avec vue sur la mer. Le style est plutôt traditionnel, il ne possède pas de murs en baies vitrées, par exemple. Je ferme la portière tout en lisant le nom affiché sur la devanture d'un air surpris et en même temps ravi de son choix.

William fait le tour de sa voiture pour me rejoindre sur le trottoir.

— J'espère que tu aimes l'Italie, sourit-il en prenant les devants.

— Bien joué, le félicité-je en le suivant.

Il a visé juste, et tout ça sans me le demander directement. J'adore la cuisine italienne, c'est une

222

de celles que j'apprécie le plus et je ne dis pas ça uniquement pour la pizza. Leurs recettes de pâtes offrent un large choix. L'indétrônable reste pour moi celle à la carbonara. La vraie. Pas la factice où il y a de la crème fraîche que l'on peut trouver facilement au supermarché. Rien que d'en parler, j'en ai l'eau à la bouche.

Ce qui est plus surprenant, c'est que je ne connais pas cette adresse.

En passant la porte, je lui demande :

— C'est pour ça que tu m'as interrogé l'autre jour sur les quartiers que je fréquentais le plus ?

— Peut-être.

L'air fier qu'il arbore m'indique très clairement que oui.

En nous approchant, un serveur vêtu d'une chemise blanche et d'un nœud papillon vert nous accueille.

— *Buonasera e benvenuti alla « Perla Rossa »*[10]. Avez-vous une réservation ?

— Bonsoir. Oui, au nom de William Allen.

Le serveur regarde un instant sa tablette pour vérifier, et revient rapidement à nous.

— Parfait, veuillez me suivre, je vous prie.

Il nous entraîne au fond de la salle, avec une décoration qui me plonge dans le pays, et se poste devant une table avec deux couverts.

— Avec vue sur la mer, comme demandé.

---

[10] Traduction : bonsoir et bienvenue à la « Perle rose ».

— Merci beaucoup.

— Je vous en prie. Très bonne soirée, messieurs.

Nous le remercions tandis que mes yeux admirent le paysage, notamment la plage lumineuse décorée comme si on se trouvait en Italie. Je suis extrêmement touché par les efforts qu'il a réalisés pour nous réserver un dîner dans ce magnifique endroit.

— J'espère que ça te convient ? dit-il, me tirant de ma contemplation.

Si tu parles de ce superbe restaurant, et surtout de l'homme semblable à un dieu vivant assis en face de moi dans une tenue qui me donne envie de tout lui retirer pour entrevoir sa peau et l'embrasser... Oui, ça me convient totalement.

Bien entendu, je garde cette réflexion pour moi. Au lieu de ça, je me contente d'une réponse somme toute normale.

— C'est parfait, merci, William, lui fais-je savoir en enlevant ma veste pour la poser sur le dos de la chaise comme il l'a fait, puis m'assois.

Il m'adresse un sourire timide et j'ignore si c'est à cause de la lumière de couleur chaude, mais ses joues paraissent empourprées.

Putain... La soirée ne fait que commencer et j'ai déjà envie de me jeter sur lui. Il va falloir que je me calme, et vite ! Mon pantalon n'est pas encore serré, mais ça ne saurait tarder.

Un serveur – ou pour être plus précis, un sommelier

– arrive avec ce qui semble être du vin blanc. Will a dû leur donner des directives. J'aime ça, le fait qu'il soit entreprenant malgré son côté timide.

— *Buonasera*, messieurs, voici une bouteille de Vermentino[11], une spécialité de la région de Toscane qui, j'espère, titillera vos papilles.

Il verse un soupçon de ce précieux liquide dans le verre de mon rencard avec une telle élégance qu'on dirait qu'il s'est entraîné toute sa vie. Puis il patiente le temps que Will goûte le vin et donne son accord. Ce dernier hausse les sourcils.

— C'est parfait, merci, annonce William au sommelier qui nous sourit avant de nous servir, puis nous quitte en nous souhaitant un excellent repas.

Nous trinquons, et dès le premier contact avec ma langue, je ne peux que savourer l'arôme fruité. Nous le faisons rouler dans notre bouche comme de vrais experts. Je préfère être honnête en avouant que je ne suis absolument pas calé en vin, toutefois faire ce mouvement permet de sentir toutes les saveurs.

Je pose mon verre et l'interroge :

— Tu t'y connais ? Parce que ça a été bien sélectionné.

— Pas le moins du monde. Je leur ai demandé quel était leur meilleur vin et ils m'ont confié que celui-ci faisait l'unanimité.

---

[11] NDA : J'ai chopé ce nom au hasard dans un site représentant les différents vins d'Italie et ça m'a donné soif. Pour info : non, je ne suis pas une alcoolique (pas comme Jack en tout cas).

— Tu mises sur les valeurs sûres, à ce que je vois. Très intéressant, répliqué-je en reprenant une gorgée tout en maintenant mon regard ancré au sien.

Et cette lueur que je perçois dans ses yeux m'annonce une suite particulièrement prometteuse.

*

— Non, je t'assure que jamais, au grand jamais, je n'ai croisé une personne aussi décérébrée que ce jour-là, rit-il, provoquant le mien au passage, après avoir dégusté la dernière cuillerée de sa panna cota.

Je n'arrive pas à le croire, cela fait plus d'une heure que nous discutons. Le temps file entre nos doigts sans que nous puissions y faire quoi que ce soit. Nous échangeons sur tout et rien. La famille, nos expériences... tout ce qui nous permet d'approfondir nos connaissances de l'un et de l'autre, de nous découvrir différemment. Ce que j'apprends sur lui m'encourage à continuer. C'est un homme très intéressant, drôle et terriblement séduisant. Oui, je sais, je l'ai sans doute déjà dit, mais il est important de le souligner une nouvelle fois.

— Au fait, il y a une question que je voulais te poser depuis un certain temps, dit-il.

— Je t'écoute.

— Comment t'est venue l'idée de devenir patron de café ?

Il est loin d'être la première personne à me le demander. C'est avec joie que je lui explique.

— C'était le business d'un de mes oncles, mais quand il est parti en retraite, cela lui faisait mal de le vendre. Il y était très attaché, donc j'ai décidé de lui offrir une seconde vie. D'autant plus que ça tombait bien. J'avais mis de côté le mannequinat suite à un... petit incident.

Son visage démontre son inquiétude.

— Que s'est-il passé ?

— Rien de grave, juste un de ces fans obsessionnels suivant le moindre de mes gestes. J'ai dû aller au tribunal pour obtenir une ordonnance restrictive. Mais je n'ai jamais rien eu de tel depuis, alors tout va bien.

Mes paroles le rassurent. Je lui narre dans les grandes lignes comment ce type s'était introduit dans les défilés sans y être autorisé, jusque dans les coulisses. Je m'étais même retrouvé bloqué dans ma loge tandis qu'il me racontait ô combien il m'appréciait. J'étais terrifié. J'ai senti dans ce regard qu'il était prêt à tout, y compris à me faire du mal sans qu'il le veuille vraiment.

Après cette histoire, Will se remet à alimenter la conversation, cette fois plus joyeuse.

Ses lèvres pulpeuses que je rêve de mordre continuent de bouger. Pourtant, il m'est impossible de me concentrer sur ce qu'il est en train de me dire tant cette vision est hypnotisante. Je me demande d'ailleurs de quoi j'ai l'air en l'écoutant à moitié parler. D'un drogué en manque ? D'un adolescent face à son premier coup de foudre ? Peut-être un peu des deux. Heureusement qu'il ne semble pas le remarquer.

Bien que le repas ait été délicieux, je crois que je ne retiendrai qu'une chose de celui-ci : lui. Il est aussi plaisant à le regarder savourer son dîner que de manger. Je pourrais passer des heures ainsi sans problème. C'est dingue de…

— Mark ? interrompt-il mes pensées dans un doux rappel. Est-ce que ça va ?

Je me repositionne sur ma chaise et cligne des yeux pour m'extraire de ce rêve.

— Quoi ? Oh oui, ça va, ne t'en fais pas.

— Tu avais l'air ailleurs.

Oui, je te le confirme.

— Désolé, j'étais dans la lune, mais je t'écoute.

— Vraiment ? demande-t-il d'un ton taquin qui laisse supposer qu'il ne me croit pas.

Et en plus, il est perspicace.

— Bon, d'accord. Je ne t'écoutais pas. J'ai été distrait.

Assez paradoxal quand on y pense.

— Par quoi ?

Il prend son verre d'eau et boit une gorgée.

Il l'ignore réellement ou il le fait exprès ? Est-ce qu'il me tend une perche ? Il n'y a qu'un moyen de le savoir…

— Par toi, avoué-je, confiant, l'empêchant d'accéder une nouvelle fois à son verre qui reste dans sa main, le geste suspendu.

Nous y voilà, finalement. Depuis le début de notre

discussion, nous avons parlé de tout sauf de ça. De cette attirance réciproque. De cette étincelle qui pétille en nous.

Pour être honnête, j'avais hâte d'arriver à cette partie-là. Rien que son expression faciale actuelle, qui résulte de ma réponse directe, vaut bien cette longue attente. De toute façon, il mérite plus qu'il ne le pense. Je le connais assez maintenant pour le deviner. Toutefois, je ne parviens toujours pas à comprendre comment il peut avoir si peu foi en lui. C'est un véritable mystère, du même niveau que celui de l'Atlantide.

OK, j'exagère un peu.

Il dépose son verre sans le boire, un léger pli amusé sur les lèvres possiblement généré par la gêne.

— Q-Qu'est-ce que tu veux dire par là ?

Je me penche, mets mes coudes sur la table, mes mains soutenant mon menton, et lui souffle :

— Que tu occupes toutes mes pensées.

William en perd son humour, tout à coup. Les secondes filent et aucun mot ne passe ses merveilleuses lèvres. Il est comme abasourdi par mes propos qui ne sont plus un secret entre nous. Il le savait, néanmoins, l'entendre comme cela de ma bouche s'avère différent car ce n'est pas sous-entendu. Il est temps d'être clair. Alors je poursuis.

—Tu les occupes depuis la première fois que je t'ai vu. Tu m'as tout de suite beaucoup plu et je ne parle pas que de ton aspect physique, car tu es un homme magnifique, aussi bien à l'intérieur qu'à l'extérieur. Il suffit de voir comment tu prends soin de ta fille, aussi mignonne et surprenante que son père. Et plus on échange, plus j'ai envie de te connaître. J'aimerais vraiment que tu me laisses cette chance. Si tu es d'accord.

Maintenant, je comprends l'expression « avoir la mâchoire qui tombe ». Will en est un très bon exemple.

Malgré mon besoin irrépressible de lui redemander s'il serait partant pour approfondir notre relation, je me tais et lui octroie le temps nécessaire pour rassembler ses esprits. J'ai hâte de…

— Moi aussi.

Quoi ?

Je colle mon dos à ma chaise et dépose mes mains sur les accoudoirs.

Il relâche ses épaules et ses traits se détendent, comme rassuré.

— J'aimerais en apprendre davantage sur toi.

Il marque une pause.

— Au début, je pensais être le seul… à ressentir cette connexion. À vrai dire, cela fait bien longtemps que je n'ai pas expérimenté tout ça. C'est sans doute bête à dire, mais c'est comme si on se connaissait depuis longtemps.

— Ce n'est pas bête, au contraire, assuré-je avant qu'il ne reprenne.

— Je croyais être dingue.

— Dans ce cas, nous le sommes tous les deux.

Nous échangeons un sourire et cette nouvelle

ambiance me pousse à la confession.

— Je souhaiterais que cette soirée ne finisse jamais.

Il adopte un air malicieux.

— Ça tombe plutôt bien, puisque j'ai une surprise qui nous attend.

— Ah oui? m'étonné-je en haussant un sourcil. Laquelle?

— Pour le découvrir, il va falloir me suivre... On y va?

Il se lève, enfile sa veste et je sors automatiquement mon portefeuille, ce qu'il remarque aussitôt.

— Range-le. Nous n'en avons pas besoin.

— Ah, c'est ça la surprise? Un resto baskets, plaisanté-je, lui arrachant un rire.

Je me lève et attrape aussi ma veste.

— Ça aurait pu, mais le dîner a déjà été payé.

Je stoppe mes mouvements.

— Comment ça? Attends, quand as-tu... m'interrompé-je en devinant. Tu n'as pas été aux toilettes tout à l'heure, n'est-ce pas?

— Si, mais je n'ai pas fait que ça.

Petit malin. J'aurais dû me douter. Qui ne connaît pas cette technique? Nous avions l'habitude de l'utiliser avec mes frangins, mais depuis, nous ne nous aventurons plus dans cette partie du restaurant, ou alors il y a toujours quelqu'un pour s'assurer qu'un de nous y va sans faire de détour. Mais je ne pensais pas que Will le faisait aussi.

— OK, mais la prochaine est pour moi.

La joie se lit sur son visage, car oui, je compte bien lui rendre la pareille.

Nous quittons les lieux, prêts pour la destination suivante.

*

Le ding de l'ascenseur retentit. Les portes s'ouvrent sur le rooftop de ce building. En sortant, une brise glaciale me fait frissonner. J'ignore ce qu'il a prévu de faire ici et je suis de plus en plus curieux. J'avance derrière William, là où un homme en gros manteau est présent, près d'une petite cabine.

— Oh, bonsoir, William, salue chaleureusement l'inconnu. Comment allez-vous ?

William s'approche et lui serre la main.

— Bonsoir, très bien et vous ? Je vous remercie pour cet immense service que vous me rendez.

Leurs mains se détachent.

— Il n'y a pas de quoi, ça me fait plaisir. C'est moi qui dois vous remercier pour avoir soutenu mon dossier. Ma femme et mes enfants tenaient vraiment à cette maison.

Oh, d'accord, j'ai saisi. C'est un de ses anciens clients.

— Tant mieux qu'elle soit à vous dans ce cas, rétorque William avant de se tourner vers moi. Je vous présente Mark, mon... ami.

La façon dont il a prononcé le dernier mot, avec cet air de défi, ne fait que me confirmer qu'il pense à plus que ça.

— Enchanté, souris-je.

— De même. Bon, maintenant, je vais vous laisser profiter de cette soirée. N'hésitez pas si vous avez besoin de quoi que ce soit.

Je fronce les sourcils tandis qu'il s'en va.

— On va faire quoi au juste ?

Will me fait signe de le suivre. Il nous suffit de quelques pas pour que le flou se dissipe.

Une patinoire.

Mais pas n'importe laquelle. Une patinoire avec une vue imprenable sur la ville. C'est tout simplement…

— Sublime, soupiré-je d'admiration.

— Je suis content que ça te plaise. J'avais peur de te décevoir.

Il s'assoit sur une banquette et retire ses chaussures.

— Tu plaisantes, j'espère ? m'étonné-je en englobant l'endroit de mes bras. C'est le rendez-vous le plus sensationnel que j'aie eu jusqu'à présent.

— C'est… vrai ?

— Un peu, oui ! Ça va être difficile de faire mieux. Tu as placé la barre haute.

Son doux rire – que dis-je, cette douce mélodie – me chatouille les oreilles.

— Je suis persuadé que tu trouveras une solution pour m'époustoufler. En attendant, dépêche-toi de mettre tes patins.

Moi sur la glace ? Ça promet d'être amusant !

*

— Essaie de tenir en équilibre, m'encourage mon charmant professeur.

— C'est ce que je suis en train de faire.

Mes jambes flagellent sur la piste. Je manque de tomber à plusieurs reprises. William, lui, semble particulièrement à l'aise sur la glace. Il tournoie dans une détente déconcertante, tandis que je n'ai pas fait un mètre, préférant m'accrocher au rebord et le longer.

Une musique résonne, se diffusant à travers des haut-parleurs invisibles où une playlist de Noël est lancée à l'approche des fêtes. Sans ce détail, j'oublierais carrément le temps qui s'écoule. D'ailleurs, il va être bientôt l'heure d'aller acheter des cadeaux.

— Rappelle-moi. Combien de fois as-tu pratiqué cette activité ?

Il s'arrête de tourner et met ses mains derrière le dos.

— Je ne sais plus. Je dirais moins de six fois.

Je hoche la tête et me positionne face au muret, les bras en arrière.

— Six fois, hein ? répété-je. On dirait plutôt que tu t'es entraîné toute ta vie.

Il pince les lèvres pour se retenir de rire et d'étaler sa fierté.

— Mais non, tu verras, ce n'est pas si compliqué.

— Dixit le mec qui me nargue depuis tout à l'heure sur la piste.

Ses épaules tressautent dans un rire silencieux, puis il glisse vers moi et me tend ses mains.

— Viens, je vais te guider.

Il est si proche que je perçois le nuage de condensation quand il ouvre la bouche. Cette bouche si tentante…

Merde, je m'égare.

Difficile d'en faire abstraction étant donné le nombre de semaines – de mois, pour être plus exact – que je fantasme d'y poser la mienne dessus. Je parie qu'elle est aussi exquise que dans mon imagination. Imagination qui va parfois très loin, notamment lors de mes shootings photo en sous-vêtements où il m'est interdit de bander. Ce qui fut presque le cas au cours de la dernière séance…

— Je te confie ma vie, Will, exagéré-je en acceptant son aide.

La chaleur de ses mains réchauffe aussitôt mon être. Je crains de dérober la sienne en le tenant ainsi fermement, dû à ma frayeur de tomber le cul à plat sur cette surface glaciale. L'image que je donnerais dans ce cas-ci serait indélébile. William aurait alors l'occasion de me le rappeler quand il le jugera nécessaire. Ma famille possède déjà plusieurs dossiers et il n'est pas question de les alimenter, surtout par lui, car j'espère sincèrement qu'ils se rencontreront. Ma mère va l'adorer, c'est certain. Autant qu'elle aime Jamie.

Encouragé par mon instructeur, j'avance, petits pas

par petits pas coordonnés.

— Voilà, c'est ça. Surtout, vas-y doucement. Le plus dur est de tenir tout seul. Le reste devient instinctif.

Toujours main dans la main, je réponds de manière sarcastique :

— Oui, bien sûr.

— La deuxième fois sera plus facile. Si tu savais le nombre de personnes qui sont comme toi la première fois.

Tiens, en parlant de ça... J'observe un peu partout autour de moi, mais n'y vois personne, hormis l'homme qui gère cet endroit et qu'on entend à l'arrière.

— Pourquoi sommes-nous seuls ?

William baisse la tête pour éviter mon regard un instant.

— Parce que j'ai privatisé la piste.

Oh.

— Je trouvais ça plus sympa qu'on soit... rien que tous les deux. Je n'aurais pas dû ? s'inquiète-t-il soudainement.

— Non ! m'écrié-je sans le vouloir, avant de rattraper le tir. Non, ce n'était pas le but de ma question et au contraire, c'est bien mieux comme ça. Nous avons la patinoire rien que pour nous et si je me vautre par terre tel un éléphant, il n'y aura pas de témoins. À part toi, mais tu comptes garder le secret, n'est-ce pas ?

— Je pourrais, en effet. Mais tu ne tomberas pas avec moi.

— Y a intérêt, Coach.

— Ton coach sait y faire. Maintenant, on va essayer de bouger. Suis mes mouvements sans opposer de résistance. Comme si…

— … je me laissais porter par le courant, complété-je en saisissant parfaitement l'idée.

— Exactement !

Nous commençons la leçon. Mes yeux observent ses pieds et mon corps se relâche. Je ne suis plus qu'une marionnette tirée par des fils. Nous faisons tout le tour sans que je flanche une seule fois, grâce à lui. Il est si appliqué dans son rôle qu'il ferait un excellent professeur.

Mon regard quitte la glace pour s'abreuver de ses yeux. Ils finissent par se verrouiller aux miens et c'est à ce moment précis que mes pieds décident de me pencher en avant. Will me retient aussitôt et je m'accroche comme je peux à lui en enserrant sa taille. Il réussit à me stabiliser en me tenant par les épaules, puis l'instant d'après, nous explosons de rire.

— C'était moins une. Une seconde de plus et je t'aurais servi une vision que tu ne serais pas près d'oublier.

— Dommage, se moque-t-il pour en rajouter une couche.

Mon Dieu… Il est tellement beau quand il rit.

Nous nous fixons, et très rapidement, nos rires s'éteignent, de même que le monde extérieur s'efface autour de nous, sans réelle explication.

Je n'entends plus la musique.

Je ne sens plus le froid sur mes joues.

Mes yeux se trouvent irrémédiablement attirés vers le bas de son visage... et sa bouche qui s'entrouvre lentement à mesure que j'en approche signe ma capitulation. Je fonds sur elle comme un affamé. Je happe sa lèvre inférieure et je ne peux qu'affirmer qu'elle est aussi douce que mon esprit me l'a laissé penser. Mes mains le plaquent tout contre moi pendant que les siennes s'engouffrent dans mes cheveux. Il répond à mon baiser avec la même ferveur. Nos langues se joignent rapidement à la danse, nous permettant de nous goûter l'un l'autre. Sa saveur... Putain ! Il a justement la saveur sucrée de la panna cota à la framboise. C'est doux, chaud, addictif, grisant et tellement... bon ! Je crois que je vais devenir dingue. Ni lui ni moi ne mettons fin à ce langoureux baiser et à vrai dire, je pense que c'est impossible. Je me penche, lui offrant un meilleur accès, et pour qu'il soit plus confortable. Le gémissement qu'il lâche envoie une décharge dans mon entrejambe. Je me sens de plus en plus à l'étroit dans mon pantalon et lui aussi à en juger par la friction de nos sexes. L'air me manque tant nous sommes perdus dans l'action. Nous finissons par nous séparer à contrecœur pour reprendre notre respiration erratique.

La joie m'inonde lorsque ses pupilles dilatées voilées par le plaisir et ses lèvres rougies ainsi que gonflées par nos baisers me sautent aux yeux.

Seigneur, cette vue est décadente.

Sentant que ça pourrait aller loin – très, très loin – je colle mon front au sien.

— C'était..., haleté-je.

— Incroyable, termine Will dans un souffle tout aussi laborieux.

— Ouais, et encore, le mot est faible.

Je dirige ma main vers son menton pour caresser sa lèvre, lorsque des bruits de pas retentissent. Nous nous écartons et je manque de glisser. Fort heureusement, William me retient à temps.

L'homme revient et Dieu merci, il n'a pas l'air d'avoir vu quoi que ce soit.

— Désolé d'interrompre votre soirée, mais je vais bientôt devoir fermer.

— D-D'accord, et encore merci.

Il repart aussitôt après un dernier sourire. Will et moi nous jetons une œillade gênée et amusée.

— On l'a échappé belle, soupire-t-il.

— À qui le dis-tu !

*

Le bruissement des pneus de la voiture s'arrête devant mon appartement, inaugurant la fin de ce premier rendez-vous.

Je me tourne dans sa direction.

— Merci. J'ai adoré passer ce moment en ta

compagnie.

— Moi aussi, me confie-t-il, m'hypnotisant.

Enfin, j'en suis sûr, et ça marche puisque ma bouche se presse automatiquement sur ses délicieuses lèvres. Il gémit en posant une main sur ma joue. Ce contact me fait frémir d'excitation. Il me suffit d'un rien pour m'embraser.

Je m'éloigne avec difficulté. Aucun de nous ne souhaite que cette nuit se termine.

— Crois-moi, j'aurais aimé t'inviter à entrer, mais je crains d'être incapable de te laisser sortir. Sans vouloir être un psychopathe. Sans compter mon shooting matinal. Si je me montre dans cet état, je n'imagine pas comment je serais reçu.

Il pouffe de rire. Le William réservé n'est plus qu'un vague souvenir. Je suis content qu'il soit à l'aise avec moi. Cela démontre que nous avons passé un cap important.

— Je comprends, ne t'en fais pas. On se verra lundi.

Je pose ma main sur la portière.

— À lundi, Will, l'embrassé-je une dernière fois avant de quitter la voiture.

Je ne peux m'empêcher de jeter un œil en arrière lorsque je pénètre dans le bâtiment.

Voilà que j'attends ce jour avec impatience, contrairement à certains.

Chapitre 13
William

Le lendemain

— Et voici pour vous. Bon appétit et excellente journée, nous souhaite le vendeur de gaufres dans sa camionnette.

— Merci, à vous aussi, dis-je en récupérant la mienne et celle d'Alejandro sur le comptoir.

Aussitôt refilée, ce dernier ne perd pas de temps pour croquer sa première bouchée.

C'est ici, dans la quarante-deuxième rue, une des plus fréquentées du quartier de Manhattan, que nous avons décidé de nous promener aujourd'hui. À peine rentré de ma formidable soirée, que je me suis empressé de la raconter à Élisabeth et Alejandro sur notre conversation groupée. Ils ont été plus que ravis que cela se soit bien passé, si ce n'est plus, étant donné l'état où je me trouvais avant notre rendez-vous. C'est-à-dire tétanisé.

Beth, qui est une fervente adepte des vocaux, m'en a envoyé plusieurs où elle ne cessait d'exprimer sa joie et son excitation, autrement dit, en criant. Elle était intenable. À croire que c'était elle qui avait été à ma place. Place que je n'aurais laissée sous aucun prétexte. Enfin, je dis ça maintenant parce que je sais comment ça s'est terminé…

Élisabeth a tellement monopolisé la conversation qu'Alejandro n'a eu la possibilité de glisser que deux messages sur les dizaines. C'est alors qu'il m'a demandé si j'étais libre le lendemain, et de fil en aiguille, on a décidé de passer l'après-midi ensemble. Pas le matin, car monsieur n'était pas chez lui. Il fut un temps où je me posais la question de savoir comment il faisait pour enchaîner les relations – non sérieuses, j'entends bien – si rapidement, mais à présent, je comprends.

D'une : c'est un très bel homme. Et de deux : c'est nettement plus pratique, si je puis dire, de ne pas s'attacher à l'autre.

Je sais que j'aurais du mal avec ça parce que sans ce lien, il m'est impossible de trouver le bonheur. J'aurais l'impression d'être toujours aussi seul. Se contenter d'un coup d'un soir sans sentiments me paraît très solitaire. C'est mon côté romantique qui me le fait comprendre. Alejandro, lui, n'a pas été bercé par les romances, que ce soit de Noël ou bien classiques. Il faut dire aussi qu'il n'a pas eu le bon exemple. J'ai la chance d'avoir des parents amoureux depuis le premier jour, pas lui, et ça m'attriste. Hélas, lutter contre son parcours personnel n'est pas aussi facile qu'on le pense. Fort heureusement, cela n'a rien enlevé à sa joie de vivre.

— Alors ? Tu comptes me raconter comment s'est déroulé votre premier date, en détail bien évidemment, ou je dois le deviner ? suggère-t-il tout en marchant et en tenant sa gaufre. Avec tous ses cris, je n'ai rien pigé à la conversion. Mais rien qu'à voir ton sourire débile, je suppose que tu as beaucoup apprécié.

— Un peu, oui ! Bon sang, c'était... réfléchis-je, cherchant les bons mots qui ne viennent pas.

— Bandant ?

Je passe outre cet adjectif qui fait partie intégrante de son vocabulaire.

— Non, pas ça...

Même si mon corps était en parfait accord sur ce point.

— Je dirais plus... irréel, terminé-je.

— Ohhhh, à ce point ? roucoule-t-il en enfournant une nouvelle bouchée, tandis que je n'ai pas encore touché à la mienne, trop pris par mes souvenirs.

— Oh que oui ! Tu n'imagines pas à quel point. Même si je me suis senti étrange de voir Mark en dehors du café, et habillé comme s'il s'apprêtait à défiler, ça a été le plus beau rendez-vous de toute ma vie. Jamais je n'aurais imaginé avoir notre premier baiser sur une patinoire avec vue sur la ville. C'était magnifique.

Autant qu'il l'était.

— Très romantique et très bon choix.

Je sors de mon euphorie en relâchant les épaules.

— Tu trouves ?

Alejandro tourne la tête vers moi.

— Il n'y a que toi pour faire ça.

— Et encore, je pensais que je ne serais pas à la hauteur, avoué-je en croquant dans ma gaufre au chocolat fondu.

— Mais il s'avère que si. D'ailleurs, comment t'est venue l'idée de contacter un de nos anciens clients ? J'ai beau y réfléchir, je n'arrive pas à percer ce mystère.

— Je me suis documenté sur un site Internet pour savoir quelles étaient les activités les plus romantiques pour un premier rendez-vous, et apparemment la patinoire est un excellent moyen de briser la glace, ajouté-je avec un sourire en coin, fier de ma blague.

Alejandro hausse les sourcils, étonné, mais en même temps amusé.

— Je vois maintenant que ce petit tête-à-tête avec Mark t'a complètement changé. Ça fait longtemps que tu n'avais pas été d'aussi bonne humeur.

Le maigre sourire qui illuminait mon visage s'estompe en réalisant qu'il a raison. Je ne me rappelle plus à quand remonte la dernière fois où je me suis montré autant optimiste en parlant d'une autre personne que ma fille. Je pourrais entretenir une discussion dont elle serait le seul sujet et ça, sans aucun souci. En revanche, quand il s'agit de moi, j'ai autant de conversation qu'un poisson rouge. Pourtant, lorsque j'étais en compagnie de Mark, j'ai réussi à parler de moi sans évoquer Hope. Une part de mon être trouve cela indigne d'un père.

— Eh, m'arrête mon meilleur ami en pleine rue, d'un air attristé. Je ne disais pas ça pour plomber ton moral. C'était juste une…

— Déduction? complété-je en relançant la marche. Je sais et ce n'est pas à toi que j'en veux, mais à moi.

— Pourquoi?

— Parce que j'ai l'impression de passer à côté de quelque chose en étant aussi centré sur elle. J'ai peur que, si je ne le fais pas, je passe à côté de sa vie.

Il marque une pause avant de répliquer d'un ton semblable au mien :

— Comme elle l'a fait avec Hope et avec toi?

Nous nous regardons simultanément.

Nul besoin d'en rajouter. Oui, il a parfaitement compris. En choisissant cette voie, Hailey a dû faire un sacrifice. Qu'elle le réalise ou non, peu importe, mais les faits sont là. Ce n'est pas moi qui suis parti vivre pleinement ma carrière à des kilomètres de Hope. Voilà sans doute pourquoi je suis ainsi. Je ne voulais pas que ma fille se retrouve seule. Déjà qu'avec des parents divorcés ce n'est pas de la tarte, alors que les deux soient absents, ça me semble inconcevable. Je désirais combler la place de la mère qu'elle aurait dû avoir. Une triste constatation puisque Hailey vit toujours…

— Ne t'en fais pas, Will. Avoir un mec ne diminuera pas l'amour que tu portes à ta fille. Et elle le sait très bien. Tu ne lui as pas encore dit ?

Je secoue la tête.

— Non, c'est beaucoup trop tôt.

— Je comprends. Quand tu te sentiras prêt, tu verras qu'elle sera tout simplement heureuse pour toi. Ça se trouve, elle voudra même te le piquer.

Je pouffe de rire face à cette possibilité qui pourrait très certainement arriver.

Plutôt une fatalité.

— D'après ce que j'ai entendu, il sait y faire avec les gosses.

Je lâche un profond soupir en me les remémorant au café, partageant des blagues autour d'un chocolat. Mon Dieu… c'était tellement mignon ! Mon cœur se transforme en guimauve lorsque je les vois ensemble. Mark a réussi à se frayer une place dans le cœur de ma petite puce. Elle m'a dit qu'elle était pressée de quitter l'école pour déguster son goûter préféré fait avec amour par lui. Peut-on faire plus adorable que ça ? J'en doute fort.

— Je te le confirme.

En résumé : il est très doué avec les enfants, il apprécie de passer du temps avec nous, il est incroyablement gentil en plus d'être sexy à tomber par terre, et le fait d'être papa ne le dérange pas du tout.

Suis-je en plein rêve ?

— Il te rend complètement dingue, mon pauvre.

Ne comprenant pas comment il l'a deviné, je pivote ma tête dans sa direction.

— Qu'est-ce qui te fait dire ça ?

— Oh, je ne sais pas... C'est peut-être parce que tu es muet depuis plus de vingt secondes en arborant un sourire niais ?

Oh, zut.

— Je suis si transparent ?

— T'es comme un gosse à qui on a promis d'aller à Disneyland au lieu du vilain dentiste.

Un propos parfaitement illustré donc.

*

— Non, son attraction préférée est celle de « Monstres et Compagnie ».

— Tu rigoles, j'espère ? me demande-t-il alors que nous entrons dans Bryant Park après avoir fini de manger.

Honnêtement, je ne sais pas pour quelle raison on en est venus à débattre sur la meilleure attraction de Disneyland.

— Je t'assure que non.

— Mais pourquoi celle-ci ? s'indigne-t-il de la même manière que celle avec laquelle on gère nos problèmes d'adultes. Il y en a tant d'autres bien meilleures qu'elle.

— Que veux-tu que je te dise ? Parles-en avec elle.

— Tu sais quoi ? La prochaine fois, je viens avec

vous et je la ferai changer d'avis.

— Pourquoi pas, mais ça sera à ton tour de te farcir toutes les anecdotes de films.

— Ça me va, accepte-t-il facilement, ne se doutant pas qu'il va le regretter plus tard.

Nous repérons un banc et nous nous asseyons pour reposer nos pieds ainsi que nos jambes éprouvés après une heure de marche.

Soudain, je remarque que la mine enjouée d'Alejandro a disparu. Je tente donc de détendre l'atmosphère et de lui rendre son sourire.

— Est-ce la perspective de notre prochain séjour à Disney qui te préoccupe autant ? Tu as parlé trop vite ? ris-je tout seul, sans provoquer un quelconque amusement sur ses traits inquiets.

Je fronce les sourcils, non par son manque de réponse, mais par la manière dont il évite mon regard. Il se contente de fixer droit devant lui ou bien le sol rempli de graviers.

— Eh, soufflé-je doucement en sortant mes mains des poches de mon manteau. Qu'est-ce qui ne va pas ?

— Rien, dit-il sans grande conviction après un silence. Rien de gravissime.

La précision ajoutée n'enlève rien à mon inquiétude.

— En tout cas, tu ne le montres pas. Non mais, plus sérieusement, qu'y a-t-il ?

Il relâche un soupir, probablement retenu depuis un certain temps.

— J'aurais dû t'en parler plus tôt, alors ne m'en veux pas, OK ? Je ne peux pas garder ça plus longtemps pour moi.

Je bouge ma tête de bas en haut pour lui faire comprendre que ça n'arrivera pas. Comment le pourrais-je ?

Alejandro se redresse, le dos droit, et appuie ses mains sur le banc en bois.

— Hier en fin d'après-midi, j'ai reçu les mails de deux de mes clients. Ils se sont désistés de leur offre du jour au lendemain.

Je me tourne vers lui. Cette information qu'il a volontairement omis de me dire ne fait qu'accroître mon anxiété. La clientèle d'une agence immobilière n'a rien à voir avec celle d'un simple vendeur de vêtements. Ici, on parle de milliers de dollars, voire millions par tête. Un client suffit pour faire la différence, mais deux d'un coup... c'est une des pires choses qu'il puisse nous arriver.

— Merde... Mais pour quel motif ? Ils n'étaient pas emballés la première fois ?

— Non, c'est tout le contraire, affirme-t-il en secouant la tête.

Ne pigeant toujours pas, je penche la mienne.

— Je... Je ne te suis pas. S'ils étaient si conquis, pourquoi se sont-ils défilés ?

— Je n'en sais rien, mais n'empêche qu'ils étaient vraiment étranges. Ou disons que c'est cette situation qui l'est.

— Pourquoi ne m'en as-tu pas parlé avant ?

— *Porque…* Parce que, se reprend-il, je n'avais pas envie de t'embêter avec cette histoire qui n'était peut-être pas si grave que ça en avait l'air. Ça aurait gâché ta soirée et c'était la dernière chose que je souhaitais. Enfin, regarde comme tu étais heureux de me parler de lui.

— Merci d'avoir pensé à moi, vraiment, mais tu n'aurais pas dû me le cacher. Il ne faut pas qu'on ait des secrets comme celui-ci. Surtout s'ils mettent en péril notre société. Et en parlant d'eux, Hana et Lindsey n'ont pas eu ce genre de soucis ?

— Non. Du moins, pas que je sache.

Je courbe mon dos, pose mes coudes sur mes cuisses et rassemble mes poings pour soutenir mon menton.

J'ai le terrible pressentiment que cette situation ne va pas s'améliorer de sitôt.

— Je suis désolé… murmure-t-il.

— Tu n'as pas à t'excuser, ce n'est pas de ta faute, le rassuré-je en le pensant réellement. On va arranger ça. Fais-moi confiance, souris-je tristement après avoir ancré mes yeux aux siens.

— Oui, mais comment peux-tu les persuader de revenir sur leur décision alors qu'ils ont été plus que clairs à ce sujet ?

— Dès lundi matin, je les appellerai afin d'obtenir plus d'explications. Ensuite, nous verrons bien ce qu'il

250

se passe.

— C'est tout ? demande-t-il en plissant les yeux.

— C'est tout ce que je peux te proposer pour l'instant.

Il expire en croisant les bras, puis les jambes, et dit d'une voix non convaincue :

— T'as intérêt à avoir des super pouvoirs, parce que je ne vois que ça.

— Ouais… Eh bah, il ne nous reste plus qu'à prier.

Chapitre 14
Mark

La machine finit de déverser le café dans la seconde tasse prévue pour mon invité qui attend dans le salon. J'ouvre le tiroir pour en sortir deux cuillères et les mets sur les petites coupelles.

— Tu veux du sucre ? demandé-je assez fort pour être entendu depuis ma cuisine.

— Non, merci, me répond Jamie.

Je suis content de l'avoir à la maison ce dimanche, depuis le temps qu'on ne s'est pas vus. Pas facile avec nos boulots respectifs qui nous pompent. Lorsque je suis dispo le week-end, c'est lui qui ne l'est pas ou inversement. Jongler entre patron de café – faisant également serveur – et les shootings photo, ce n'est pas de la tarte.

Heureusement que Noé, notre second serveur, revient dans une semaine. Ce qui veut aussi dire que je ne verrai plus William tous les jours. Et ça, ça me peine énormément… Toutefois, je suis actuellement en train d'échanger avec mon personnel pour savoir si ce serait sage que je parte alors qu'il nous manque encore deux bras. Ceux de Christy qui est, et restera, difficilement disponible après la naissance du bébé. La pauvre, je ne vais tout de même pas lui refuser son congé maternité[12]. J'ignore si c'est mon côté altruiste ou égoïste qui me souffle cette idée, mais elle me plaît !

Je prends les tasses de café, les emporte dans le salon en faisant attention à ne rien renverser, puis les pose sur la table basse en face du canapé où est confortablement installé mon ami, prêt pour que je lui raconte tout ce qu'il s'est déroulé à compter de notre dernier moment passé ensemble. Bien sûr que je l'ai tenu au courant de mon avancée avec Will, notamment nos petits échanges, mais j'ai laissé la surprise pour la fin.

Ses lèvres montent jusqu'à ses joues.

— Alors ? s'impatiente-t-il en récupérant sa boisson fumante.

S'il s'attend à ce que je lui dise ce que nous avons fait hier soir, il se met le doigt dans…

— On s'est embrassés, avoué-je sans tergiverser en me posant lourdement à sa droite.

---

[12] Par souci de cohérence avec l'histoire, on va dire que les Américains ont des congés payés sans questionner l'ancienneté du salarié, etc. Autant réaliser leur rêve, même dans un texte fictif.

Eh merde !

Parfois j'aimerais me taire, mais c'est plus fort que moi. Il faut croire que je suis plus impatient que lui.

La bouche de Jamie s'ouvre et forme un «O», sans pour autant perdre son sourire. Il est surpris et en même temps avide de détails. Je vois clair dans ses yeux brillants malgré ses lunettes. Parce que oui, maintenant il en porte. Il m'a confié souffrir de fatigue oculaire et avoir eu du mal à lire les panneaux d'indications à l'hôpital, dans des coins qu'il n'avait pas l'habitude de prendre alors qu'il était à cinq mètres. Ce qui fait que Jamie a atterri dans la buanderie au lieu du bureau de son collègue. J'étais plié en deux quand il m'a dépeint la scène. Un homme et une femme étaient en train de… jouer aux échecs – ou au Twister – lorsqu'il a ouvert la porte. Eh bien, il ne l'a jamais refermée aussi rapidement de sa vie.

Bref, ça lui va super bien ! Cela renforce son côté intello et geek que je trouve très attachant. Pas étonnant que mon frère craque sur lui. S'il le voit avec des lunettes, son cerveau va vriller. Pauvre petite chose… Je le connais par cœur.

— Ne lésine sur aucun détail, me commande Jamie d'une voix trahissant son excitation. Je ne veux rien louper.

Il va être servi.

*

— Je n'ai qu'un mot à dire : waouh ! s'exprime-t-il après ma longue tirade.

Nous sommes toujours assis sur le canapé, nos tasses froides et vides, exceptées de marc de café. À peine lancé dans mon récit, je n'ai tout simplement pas pu m'arrêter. Je retenais ça en moi depuis déjà une journée. Me confier à mon meilleur ami, mon confident, me libère d'un poids immense. Je craignais de devenir fou si je ne le racontais pas. J'aurais été capable d'aller sonner chez un de mes voisins pour tout déballer. À présent, ce poids s'est enlevé, tel celui d'un individu accusé à tort au tribunal et qui se voit innocenter. La situation n'est certes pas comparable, mais le ressenti est bien là.

— C'est un des plus beaux premiers rendez-vous qui ait un jour existé. Sérieusement, une patinoire sur le toit d'un building ? Mais comment l'idée lui est venue ?

Je hausse les épaules et pose mes pieds sur la table basse.

— C'est un de ses anciens clients qui gère ce business, mais en ce qui concerne le « comment il a eu l'idée de le contacter », je n'en sais trop rien. À vrai dire, je ne lui ai pas demandé. Je n'y manquerai pas quand je le verrai lundi.

— Il est sacrément doué pour avoir organisé ce genre de soirée. Et toi, que comptes-tu faire la prochaine fois pour l'égaler ?

Je fais mine de réfléchir.

— Louer un jet privé pour l'emmener à Hawaï.

Il laisse échapper un léger rire en secouant la tête.

— Commence par m'y emmener et tu verras après, rétorque-t-il en reposant sa tête sur le dos du canapé, se mettant à rêver. J'en ai grand besoin. Plus besoin que lui, plaisante-t-il en me jetant un coup d'œil.

— Est-ce un chantage que vous me faites là, Docteur Bailey ?

— Ça se pourrait bien… Depuis le temps que je vous côtoie et que vous me parlez d'Hawaï, j'estime avoir le privilège d'y aller. Non ?

— Pose tes vacances et on en rediscutera, le taquiné-je, récoltant une expression choquée.

Jamie est connu pour être l'inaccessible de la famille, toujours occupé par son boulot qui est plus que ça pour lui. C'est une vocation, un devoir et une chance de pouvoir venir en aide aux personnes qui en ont le plus besoin. Il ne refuse quasiment jamais les heures supplémentaires, que ce soit rémunéré ou non. Pour lui, l'argent importe peu. Ce qui l'est, c'est sauver des vies.

Au détriment de sa santé.

Nous avons beau lui dire de ralentir le rythme, rien n'y fait. Il est comme ça, et après une des expériences les plus traumatisantes qu'il ait vécues, il se tient encore debout, le sourire aux lèvres. Par expérience, j'entends « l'accident » qu'a eu mon grand frère et qui a bien failli nous quitter ce terrible jour…

Rien que d'y penser, j'en ai la chair de poule. Je le revois encore dans ce lit d'hôpital, des fils branchés de partout sur son corps ensanglanté et parsemé de pansements, à tel point que la peau de son torse en était recouverte presque intégralement, et le bruit incessant du moniteur cardiaque indiquant que son cœur battait toujours par miracle. Et cela, grâce à Jamie.

— Tu sais pertinemment que ça sera compliqué d'en poser, objecte-t-il.

— Ça le serait moins si tu arrêtais d'être gentil. Sois égoïste. La voilà la porte de sortie pour te faire dorer la pilule sur une île paradisiaque à goûter les mets les plus succulents que tu n'aies jamais man...

— OK, ça va ! m'interrompt-il en levant les mains. Tu as gagné, je vais poser mes congés, alors ne me tente plus.

Je soupire d'aise, content que ça ait fonctionné.

— Je le savais. Personne ne peut résister à l'appel des vacances sous le soleil.

— C'est vraiment cruel de ta part, souligne-t-il en me donnant un coup de pied tant il est avachi sur le canapé.

Ça ne m'atteint pas.

— Ce n'est pas avec ce coup de pied de bébé que tu vas me faire mal. Je te rappelle que j'ai grandi avec des frères et sœurs turbulents.

Les fameuses batailles qui se transformaient en « chacun dans un coin de la pièce sans se retourner sinon tu te prends un coup de claquette sur les fesses ». Et encore, c'était une maigre punition. La privation de sorties ou l'interdiction de regarder la télévision nous calmaient davantage. Le regard perçant de notre mère aussi.

— Ce n'est pas ça qui va me faire peur, objecte-t-il, quand soudain, la sonnette de mon appartement retentit, et nous nous observons en silence avant que je ne décide de me lever.

Sauf que ce qu'il ne sait pas, c'est que je l'ai fait venir pour une autre raison que de parler de Will. Une raison qui risque de le perturber.

— C'est qui ? Tu attends quelqu'un ?

D'un air malicieux, je lui dis :

— Peut-être.

Je me dirige vers la porte et l'ouvre.

— Salut, frérot, lui souris-je en m'écartant pour l'inviter à avancer.

— Salut, c'est moi ou tes voisins sont tous bizarres ? me demande-t-il en essuyant ses chaussures sur le paillasson avant d'entrer.

— Non, qu'est-ce qui te fait dire ça ? me renseigné-je en refermant derrière nous tandis qu'il s'arrête dans la cuisine, ignorant complètement la présence de Jamie.

— Je ne sais pas, dans l'ascenseur il me regardait comme si j'étais un malfrat.

— Peut-être qu'il n'est pas friand des flics. Je te signale que tout l'immeuble est au courant que tu l'es.

Et pourtant, il est immense.

— À croire qu'il n'y a que des commères ici, balance-t-il en marchant jusqu'au salon, et je le suis de très près. Les flics ne sont pas tous des… s'immobilise-t-il en croisant le regard de Jamie.

Ce dernier partage son ressenti si l'on en croit ses yeux écarquillés.

Jesse réussit à se reprendre en arborant un sourire que je sais nerveux.

J'en étais sûr que tu le trouverais craquant avec ses lunettes.

— Salut. Je n'étais pas au courant que tu venais.

— Salut, répond Jamie avec la même mimique. Moi non plus.

Oh, bordel, mais mettez-vous ensemble qu'on en finisse !

Mon frère se tourne vers moi.

— Notre petit Mark est un sacré cachottier, dit-il, les dents serrées, en me donnant une tape sur l'épaule, puis il me pince.

Oups, je sens que ça va chauffer pour mon matricule.

— Je peux te parler une minute ? énonce-t-il avant de reporter son attention sur Jamie. C'est par rapport à un… truc que lui seul comprend, alors il est inutile de t'ennuyer avec ça.

Ne sachant pas trop quoi dire, il hoche la tête.

Je prends les devants et ouvre la porte de ma chambre qui se trouve à côté du salon. J'entre en premier, Jesse la ferme et son visage change du tout au tout.

— Tu peux m'expliquer ce que tu es en train de foutre ? m'engueule-t-il en murmurant, de peur que ses remontrances ne traversent les murs.

S'il croit me faire culpabiliser, c'est peine perdue pour lui, je m'amuse comme un petit fou.

Je croise les bras et tente de garder mon sérieux.

— Bah quoi ? J'ai invité mon meilleur ami à la maison ainsi que mon frère en leur faisant la surprise. Parce que je devine que vous ne vous êtes pas vus depuis un bail.

Inutile de rajouter que ça se devine à leurs têtes.

— Ne fais pas ton innocent, je sais ce que tu fabriques et je t'ai déjà dit d'arrêter ça. Pour la simple et bonne raison que je n'en ai pas besoin.

Je décroise les bras.

— Tu crois ? suggéré-je d'une voix calme. Quand est-ce que tu vas continuer à te mentir ? Ça a assez duré, tu ne penses pas ?

Les rides sur son front disparaissent et la tempête s'apaise.

— Dois-je te rappeler que ça ne te regarde pas ? Ce n'est pas ton rôle de veiller sur ma vie potentiellement amoureuse. Toi, vous tous, vous vous pliez en quatre pour des choses que je n'ai même pas demandées. Je ne suis pas un enfant ni un infirme.

Ça me tue qu'il pense de cette façon. Pourtant, je ne peux lui en vouloir, car il a raison. Nous l'avons trop longtemps couvé, à commencer par nos parents. Tout ce qu'on fait...

— Nous le faisons parce qu'on t'aime.

— Moi aussi, je vous aime. Plus que tout au monde.

Mais ça ne vous donne pas le droit d'empiéter sur ma vie personnelle. Il faut que vous le compreniez. S'il te plaît, Mark, pour moi.

Je relâche un soupir, quelque peu soulagé qu'on ait cette conversation, mais aussi attristé. Triste d'entendre la souffrance dans sa voix.

— OK, il n'y a aucun problème si tu ne souhaites pas aller plus loin avec lui, mais au moins, parlez-vous comme vous le faisiez avant que... Enfin, je veux dire...

Merde, mais qu'est-ce que je suis con !

— Que je me fasse presque tuer ? termine-t-il dans un calme sidéral.

— Bon sang, je suis désolé...

Il m'arrête d'un signe de main.

— Ce n'est rien, je peux encaisser ce genre de conversation, surtout quand ça vient de ma propre famille. Et pour en revenir à ta requête : je ferai ce que je pourrai.

J'imagine que c'est mieux que rien.

— Parfait dans ce cas.

Il s'écoule plusieurs secondes sans que nous ne disions rien. C'est Jesse qui rompt le silence en premier.

— Tu as Mario Kart sur ta console ?

— Évidemment.

— Eh bah, c'est parti ! s'exclame-t-il en ouvrant la porte. En plus ça tombe bien, j'ai envie de me défouler.

— Ça ne veut pas forcément dire que tu vas gagner.

— Tu paries ? Eh, Jamie, ça te dit qu'on se ligue pour

lui faire mordre la poussière ?

Je le regarde s'asseoir sur le canapé près de mon ami et cette vision me comble de joie.

Ça ne s'est pas trop mal déroulé, finalement.

Chapitre 15
William

— Je vous prie de bien vouloir m'écouter, ne serait-ce que quelques minutes afin qu'ensuite vous m'expliquiez clairement la raison de ce revirement, me démené-je au téléphone avec une des personnes dont m'a parlé Alejandro samedi.

Je fais les cent pas dans mon bureau dans l'unique but de détendre mes nerfs. C'est le troisième coup de fil que je passe. Oui, trois, car un autre client a décommandé, ce matin. J'ai tenté de tous les joindre le plus tôt possible, mais entre ceux qui ne répondent qu'à la troisième sonnerie et ceux qui ignorent les appels… je suis bien rendu ! Mon ami a essayé de son côté, sans succès.

— Non, ce que je ne comprends pas, c'est que vous étiez très satisfait de cette visite. J'ai contacté le propriétaire et je ne… Oui, tout à fait, et c'est pour ça que… Je vous demande pardon ? dis-je en fronçant les sourcils. Non, je… Allo ?

J'éloigne mon téléphone de mon oreille et constate avec stupéfaction qu'il m'a bien raccroché au nez.

Espèce de sale…. Non, je ne vais pas terminer cette phrase. Je dois montrer l'exemple à Hope en contenant ce vocabulaire fleuri.

Je pose mon portable sur le bureau – bien que le mot jeter soit plus correct – et je couvre mon visage de mes mains au moment où la porte s'ouvre après que la personne a toqué, juste assez pour me prévenir. Je remballe ma nervosité face à Alejandro et adopte une posture faussement détendue, les mains sur mes hanches.

— Alors ?

Je hausse lentement les épaules.

— Alors… je crains que l'on ne doive trouver de nouveaux clients.

Alejandro laisse échapper un léger soupir dans lequel je peux sentir son exaspération. Son regard est sérieux. C'est d'ailleurs une des seules fois où je le vois ainsi, lui qui a pour habitude d'avoir une attitude positive.

Il ferme la porte derrière lui.

— Ça tombe plutôt mal. Déjà qu'avant, nous n'explosions pas nos ventes…

Je fais le tour de mon bureau pour m'asseoir lourdement sur ma chaise, épuisé par cette bataille alors que nous ne sommes que lundi.

— Je sais, soupiré-je.

Mon ami se déplace et vient occuper le siège en face

de moi.

Un silence de mort s'abat dans la pièce. Ni lui ni moi ne voulons continuer cette discussion aussi déprimante qu'un éloge funèbre. À mon sens en tout cas.

Pourtant, je ne deviens plus très sûr de moi quant à notre volonté d'arrêter cette conversation quand j'examine la tête d'Alejandro. Le regard perdu, il fronce les sourcils.

— Qu'est-ce qu'il y a? l'interrogé-je, curieux.

Il sort tout à coup de sa transe et me fixe.

— Non, rien. Je réfléchissais, c'est tout.

— Par rapport à quoi?

Il marque une pause suspicieusement bien trop longue pour répondre :

— Ce n'est rien, je t'assure. C'est encore une de mes réflexions *what's the fuck*, trop improbable pour que ce soit vrai.

Ah oui, c'est quelque chose en effet, les pensées d'Alejandro. Une fois, par exemple, il a cru qu'un de ses voisins était un tueur à gages parce qu'il rentrait très tôt le matin, s'habillait toujours très sombre et avait une arme attachée à sa ceinture. *Spoiler alert*, il était veilleur de nuit dans un hôpital. Dans son dos était marqué « sécurité ». Tu parles d'un tueur à gages…

Et encore, cette histoire, ce n'est rien par rapport à d'autres. Heureusement que le gars a été compréhensif lorsque Alejandro a tenté de prévenir la police.

— Dis-le-moi pour que je jauge ton niveau

d'improbabilité.

— Non, parce que tu vas te foutre de ma gueule.

Une fois de plus, tu veux dire ?

— Mais non, je ne me moquerai pas de toi, assuré-je sans grande conviction.

C'est plus fort que moi, il me fait tellement rire avec un rien parfois que j'ai beaucoup de mal à retenir mon hilarité. C'est comme une bombe à retardement lorsqu'on sait que c'est fichu d'avance. Cela va exploser.

Il arque un sourcil.

Je m'avoue vaincu et lève les deux paumes.

— Bon, d'accord, je ne garantis rien, mais au moins ça aura le mérite de détendre l'atmosphère.

Il souffle et réajuste sa veste de costume en se redressant, adoptant une position sérieuse.

— N'en sois pas si certain, Will, me contredit-il d'un ton morne. Ma réflexion n'est sans doute pas si improbable que ça.

Je relâche mes muscles, je sens mes épaules s'affaisser et cela ne me dit rien qui vaille.

— Tu ne t'es jamais demandé pourquoi et surtout comment toutes ces merdes sont arrivées en même temps ?

Ne voyant pas où il veut en venir, je plisse les yeux. Je comprends alors qu'il en connaît sans doute la raison et ma curiosité est piquée.

— Nos ventes ont toujours été correctes, continue-t-il. Aucun souci de prix du marché ou de vendeurs avec des prix exorbitants qui auraient de quoi nous éloigner de la concurrence. J'ai été fouiller toutes les nouvelles informations et je n'ai rien trouvé, mais en cherchant bien... il n'y a qu'une seule explication possible, et logique, à notre gros problème.

Il illustre son propos en tapotant sa tempe de son index.

Je décolle mon dos du siège et dépose mes coudes sur la table, penché dans sa direction, happé par sa manière de développer la situation et ayant vraiment hâte de découvrir le dénouement.

— Réfléchis bien. À ton avis, qui a pu causer ça ? Qui a eu autant de colère envers nous ces derniers temps ? Qui nous a menacés suite à un désagrément pour lequel nous ne sommes pas coupables ?

Mes yeux s'agrandissent. Je crois que je sais ce qu'il va dire, ou plus précisément, quel nom il va prononcer. Une personne dont je ne voulais plus parler, tant ce moment passé avec m'a marqué.

— Henderson, dit-il avec une certitude sonnant comme un glas.

Mes paupières se ferment plusieurs fois pour digérer cette hypothèse qui, oui, est dingue je trouve. Je me pince l'arête du nez, puis me concentre à nouveau sur Alejandro.

— Tu es au courant de ce que cela signifie ? clarifié-je.

Il me fait signe de la tête que oui.

— Que c'est bien un taré de cocu qui a encore du mal à réaliser que sa femme… pardon, ex-femme, l'a jeté comme une merde.

Son ton est étonnamment calme.

— Et que si c'est le cas, il pourrait aisément être traîné en justice et perdre le peu d'argent qu'il lui reste afin de payer une amende? ajouté-je sur le même ton pour que cela colle mieux à la triste réalité avant de reprendre, cette fois-ci plus sérieusement. Non mais enfin! Ça ne peut pas venir de lui. Comment veux-tu qu'il fasse pour convaincre des inconnus de ne plus faire appel à nous?

— Tu sais que c'est pareil pour les célébrités et les hommes politiques? Donald Trump a un jour assuré sans aucune preuve que le certificat de naissance de Barack Obama était un faux[13]… et des gens l'ont cru, alors… est-ce si étonnant que ça?

Je réfléchis, puis me prononce.

— C'est vrai que dit ainsi… Mais cela ne veut pas dire pour autant que Henderson est le responsable. Je ne pense pas qu'il ait une telle notoriété. Il doit bien y avoir une explication plausible et moins farfelue.

— Parfois, j'ai l'impression que t'as oublié qu'il t'a menacé. Avec un couteau, ça aurait mieux fonctionné, je pense.

---

[13] NDA : cette histoire est vraie et complètement lunaire. Je n'arrive toujours pas à croire qu'il a été de nouveau élu président. C'est comme élire Monsieur Patate. Et encore, lui se serait mieux débrouillé que l'autre débile.

— Alejandro, grondé-je. Je suis on ne peut plus sérieux.

— Bah moi aussi, figure-toi, se penche-t-il. Tu ne dois pas écarter cette piste, Will. Nous devons rester vigilants, parce que si ça continue, qui sait ce qu'on va devenir ?

Mon esprit s'emballe à cette question et impossible de stopper cet éboulement.

Des gens ont fait faillite et ont dû mettre la clé sur la porte. Dans ma situation, ne pouvant pas payer l'appartement, il me faudra ensuite déménager et trouver moins cher, ce qui va nous contraindre à quitter notre environnement, ce qui signifie changement total d'existence pour Hope. Elle va être complètement déboussolée, perdre ses amis, ses repères, et je vais m'en vouloir toute ma vie. Elle va continuer à voir son psy chaque semaine et plus ça va aller, moins elle va être heureuse. Je vais cumuler des emplois sans réellement m'y attacher, le strict minimum pour pouvoir vivre. Du coup, fini, les goûters. Fini, Mark. Fini, notre histoire. Fini, le bonheur. Notre vie sera foutue !

J'aperçois Alejandro agiter sa main devant mes yeux. Je reprends peu à peu mes esprits.

— T'es sûr que ça va ? T'étais parti où là ?

En enfer.

Je me racle la gorge.

— Nulle part, pourquoi ?

— Parce qu'on aurait cru que tu faisais un mauvais

trip.

— Je suis parfaitement conscient, crois-moi. J'étais simplement perdu dans mes pensées.

Il hoche la tête d'un air pensif.

Ou à la rigueur, fait semblant de l'être.

— Ce n'est pas ce que me disait ton regard de poisson rouge.

Je passe outre le fait qu'il m'ait comparé à cet être dont l'intelligence suinte de ses... écailles, lorsque la porte s'ouvre sur Hana, une main sur la poignée et l'autre sur le montant.

— Tu ne devais pas partir pour aller chercher Hope ? demande-t-elle.

— Quoi ? réponds-je en jetant un œil à ma montre affichant «je vais être en retard si je continue de la regarder».

Flûte !

Je me lève d'un bond, faisant rouler ma chaise qui tape contre le mur, chope ma veste sur le dossier et l'enfile à la va-vite.

— T'as raison, presse-toi. Après tout, ça serait dommage d'appeler Mark à la rescousse pour aller la récupérer et obtenir un second rendez-vous. Heureusement qu'elle est là pour t'y faire penser, insinue Alejandro en partageant un drôle de regard avec Hana.

Décidément, je me demande ce qu'ils mijotent dès que j'ai le dos tourné, ces deux-là... ou ces trois-là. Lindsey est peut-être de mèche. Mais bon, tant pis, ce n'est pas maintenant que je vais le découvrir. J'ai ma fille à récupérer et un patron de café à voir !

Je quitte l'agence et cours jusqu'à ma voiture.

*

— Papa, j'ai faim ! s'écrie mon petit monstre sur le chemin menant au café, à peine avons-nous quitté l'école.

— Je sais, ma Puce. On arrive dans quelques minutes. Tu crois que ton ventre peut attendre ?

— Hum... Non !

— Oui et bah, il n'a pas trop le choix.

Nous traversons le passage clouté, main dans la main en étant vigilants, et mon cœur s'emballe de plus en plus. J'ai pensé à lui durant toute la journée.

À notre rendez-vous.

Au dîner que j'avais du mal à avaler, tant j'étais subjugué par lui.

À notre baiser sur le toit et sous les étoiles avec une vue imprenable sur la ville nocturne.

Notre si incroyable et inattendu baiser...

Je me souviens encore de son goût. Exaltant et jouissif.

Perdu dans mes pensées, je manque de trébucher lorsque nous entrons dans l'établissement. C'est le bruit de la sonnette qui me permet de revenir sur terre. Hope me lâche la main et part s'installer à notre table tandis que je la suis plus calmement. Au passage, elle salue

Coline en train de servir un client et Mark qui sort de la cuisine, un plateau sous le bras. Nos regards ne tardent pas à se croiser. Il est habillé d'une chemise vert forêt dont les premiers boutons sont défaits, révélant sa peau et sa musculature parfaites. Nul besoin de me demander de quoi il a l'air en dessous. Pour cela, je peux remercier Internet.

Je m'embrase et mon cœur rate un battement sous son sourire ravageur et lorsque ses iris d'un vert gris intense dévorent les miens. Sans le réaliser, ma respiration s'accélère. Cet homme est définitivement dangereux pour ma santé.

Par miracle, j'arrive à me rapprocher de lui pour lui souffler un :

— Salut.

— Salut, répond-il en portant son attention sur mes lèvres avant de remonter.

Bon sang… Je suis capable d'avoir une érection rien qu'avec ça.

— Bah, papa ? Pourquoi t'es pas assis ?

Nous nous tournons vers Hope qui a ôté son manteau, prête à se mettre à table.

— Je crois que ton papa est un peu fatigué, aujourd'hui, s'esclaffe-t-il, déployant des papillons dans mon ventre en l'entendant rire si chaleureusement.

Je retire ma veste et m'en débarrasse sur le dos de ma chaise.

— Dis, poursuit-il, ça ne te dérange pas que

j'emprunte ton papa cinq petites minutes ?

Il dévie son regard sur moi, le même qu'il m'a adressé lorsque je suis entré.

— J'ai quelque chose à lui montrer.

Je suspends mon geste, attendant la réponse de ma fille et surtout les questions qu'elle pourrait poser.

— D'accord, mais après tu me le rends. C'est mon papa à moi !

Je laisse échapper un soupir rassuré et attendri.

Oui, je suis et serai toujours ton papa.

Apparemment, je ne suis pas le seul à être sous le charme de ma petite puce.

— Promis, je te le rendrai.

Il lui fait un clin d'œil, puis me demande de le suivre dans la pièce d'à côté que je connais suite à la douche prise dehors l'autre jour. En passant devant le bar, il en profite pour déposer son plateau. Nous franchissons une porte, puis deux. J'entre le premier et me place près de la table au moment où le battant se ferme.

Je me retourne.

— J'ai beaucoup apprécié notre petite soirée, la der... commencé-je, mais Mark me coupe lorsque sa bouche s'empare possessivement de la mienne.

Sa main attrape mon visage et son bras s'enroule autour de ma taille, me collant à lui, mais la force qu'il met dans son attaque me fait reculer et buter contre la table. Je réponds instantanément à son baiser en me tenant à ses bras... *Seigneur, ce qu'ils sont fermes !*

Mes gémissements se meurent entre ses lèvres. Sa langue me cherche et me trouve. Notre brasier gagne en température quand il me soulève pour m'asseoir sur la table. C'est tout naturellement que mes jambes l'emprisonnent, souhaitant que cette proximité n'en finisse jamais.

J'ai besoin de son toucher. Mon corps et mon âme le réclament si fort que je prends le dessus. Je mords sa lèvre inférieure férocement, comme un affamé, me délectant de sa douceur, de sa chaleur, de son goût sucré semblable à du citron. Ou plus précisément à une tarte au citron meringuée. Lui aussi est un sacré gourmand. Mais pas autant que moi quand il s'agit de lui.

Il se presse davantage contre moi, frictionnant nos deux érections prisonnières de leurs chaînes en tissu que je rêve d'arracher pour éteindre ce feu qui brûle douloureusement en nous. Nom d'un chien, je suis si dur que ça fait vraiment mal... L'éprouve-t-il aussi ?

Nos bouches ne parviennent pas à se séparer l'espace de deux secondes. Pas même pour respirer puisque notre nez prend le relais.

Mark soulève ma cuisse pour attiser son emprise. Mes mains se dirigent vers sa nuque.

— Mark..., gémis-je sans retenue, à moitié étouffé.

— Putain, tu me rends complètement dingue, halète-t-il, son front contre le mien. Je ne peux pas m'arrêter de penser à toi.

— C'est plutôt à moi de dire ça.

Son visage se détache du mien et je perçois mieux la lueur de ses pupilles dilatées plongées dans le plaisir et bercées par le désir. Ses mains se posent sur mon entrejambe en gardant un contact visuel. Je sursaute et ne devine que trop bien ses intentions. Comme si ce n'était pas assez clair, il ajoute :

— Je veux te goûter... Je t'en prie, permets-le-moi.

Ma mâchoire se décroche. J'ai l'impression que de la fumée sort de mes oreilles tant mon cerveau est court-circuité.

Il me propose une fellation?? Ce qui signifie que je pourrai sentir ses lèvres, sa bouche chaude autour de ma queue ?

— Nous n'avons pas beaucoup de temps, Will, me rappelle-t-il en prenant en coupe mon menton.

Il n'a pas tort. Si nous restons trop longtemps ici, les autres vont forcément se demander ce qu'il se passe et potentiellement entrer nous surprendre.

— Mais... la porte ? réalisé-je.

— Ne t'inquiète pas pour ça, je l'ai verrouillée.

Nous ne pouvons tout de même pas..., me glisse ma conscience, car derrière ces murs se trouve une salle remplie de monde qui pourrait nous entendre.

Totalement guidé par mon instinct primaire, je hoche lentement la tête et lui murmure :

— Oui. Oui, fais-le, s'il te plaît.

Ses mains s'affairent à retirer ma ceinture et quand c'est fait, il s'occupe de la fermeture Éclair, puis vient le tour de mon boxer, libérant mon sexe tendu.

Ses yeux ne me quittent pas alors qu'il se baisse.

— Ils vont nous entendre, pantelé-je.

— Dans ce cas, ne crie pas, sourit-il. Bien que j'aurais adoré que tu le fasses, mais je me réserve ça pour une prochaine fois.

Je n'ai ni le temps d'enregistrer ce qu'il me dit ni de répondre, car il m'avale. Ma tête se renverse en arrière et un gémissement s'échappe de ma bouche sans que je puisse le contrôler.

Putain de... ! Je crois que mon sexe va finir par fondre avec cette chaleur et cette humidité grisantes.

Je m'accroche à ses doux cheveux en les empoignant de toutes mes forces quand il va et vient tout le long de ma verge dure. Il dépose une de mes jambes par-dessus son épaule pour sans doute avoir le champ libre afin de me rendre incapable de penser. Je mords mes lèvres et couvre ma bouche pour ne laisser aucune chance à ma voix de passer.

Il continue cette lente torture en enroulant sa langue autour de mon gland. Si jusque-là, j'avais choisi de ne pas le regarder, je ne peux plus me retenir. Il faut que je le voie en pleine action, me dévorant dans le sens littéral du terme. Et quand je le fais, j'étais à mille lieues d'imaginer que cette vue serait si... incroyable ! La bouche de Mark s'étirant sur ma queue, descendant presque à la base. Ses yeux luisant d'envie fixant les miens, me suppliant de jouir. Ça ne saurait tarder.

— Mark, si tu continues, je vais jouir…, le préviens-je en plantant mes dents dans mon poing.

En réponse, il augmente la vitesse, me faisant basculer en moins de temps qu'il n'en faut pour le dire. Je mords si fort ma lèvre inférieure qu'un goût métallique vient remplacer celui de Mark. Mes yeux se ferment et mon corps est parcouru de spasmes. Pourtant, je n'ai pas le sentiment qu'il se soit retiré puisque j'entends un bruit de déglutition ainsi qu'un gémissement au-dessus des martèlements de mon cœur.

Je rassemble mes esprits, encore sous les effets de cette dopamine naturelle, pour me concentrer sur lui. Sa chaleur me quitte tandis qu'il se redresse pour me faire face. Nous sommes tous les deux essoufflés par cette séance de… Je ne sais pas comment la qualifier.

Avec son pouce, il essuie les coins de sa bouche et me lance un sourire satisfait tout en se penchant vers moi. Il s'approche de mon oreille et me chuchote :

— Merci pour cette douceur. Maintenant que je sais quel goût tu as, je ne pourrai plus m'en passer.

Là, ce n'est plus de la fumée qui s'échappe de mes oreilles, mais bien du feu.

Les urgences ! J'ai besoin d'aller aux urgences !

Cet homme va causer ma perte…

*

Nous nous remettons en ordre. Je réajuste ma chemise et mon pantalon tandis que Mark se recoiffe.

— Désolé pour… tes cheveux, lancé-je timidement.

Il s'en amuse.

— Oh, mais ça ne me dérange pas du tout. La prochaine fois, je ne prendrai pas autant de temps pour m'en occuper le matin.

Cette petite plaisanterie a le mérite de détendre l'atmosphère, du moins la rendre moins excitante. Ou dérangeante, étant donné où était sa bouche il y a quelques instants.

Nous décidons de rejoindre la salle. Jamais je ne me suis habillé aussi rapidement.

— Papa! s'exclame joyeusement ma fille en me voyant arriver devant Mark qui repart bosser comme si de rien n'était.

Je ne sais pas comment il fait. Même pour marcher droit, cela me demande une concentration maximale.

Je m'assois en face d'elle en arborant mon sourire habituel.

— Ton chocolat chaud va être froid, papa, me fait-elle remarquer.

J'examine la table et m'aperçois qu'elle a déjà commencé à boire et à manger.

OK, focus, Will.

Je bois une gorgée.

— De quoi vous avez parlé? Vous en avez mis du temps.

Ma tasse reste en suspens devant moi quelques secondes.

— Euh... De rien en particulier, ce sont des trucs d'adultes.

Des choses qui ne sont pas de ton âge et dont je ne serai jamais prêt à discuter avec toi quand tu seras grande.

Un magnétisme étrange m'attire vers le bar où Mark prépare des boissons chaudes tout en me reluquant non discrètement. Évidemment, il affiche toujours cet air fier. Il peut ! Vu la manière et la vitesse avec laquelle il m'a fait jouir.

— Papa ? Allô ?

Je secoue la tête.

— Oui, ma Puce ?

— Est-ce que t'es malade ? s'inquiète Hope.

Je souris. Les enfants sont si innocents à croire que l'on est malade dès que notre attitude devient inhabituelle. C'est beaucoup trop mignon.

— Non, ma Puce, je ne le suis pas. J'ai simplement passé une drôle de journée.

— Hum... réfléchit-elle. Je connais le médicament pour ça.

— Ah oui ? Lequel ?

— Une soirée pyjama avec film et pop-corn à volonté !

Je ris.

— Je vote pour, trinqué-je avec nos tasses. Mais tu te souviens de ce qu'on a dit sur le « à volonté » ?

— Oui, papaaaa..., soupire-t-elle d'un ton dépité.

C'est que pour les légumes.

— Exactement !

— Ça veut dire que pour les films aussi ?

Je dépose ma boisson après avoir bu une autre gorgée.

— Ma Puce, ce n'est pas bon de veiller si tard devant les écrans. Les gens qui le font se retrouvent avec des problèmes de vue et donc des lunettes. Ton corps a besoin de se reposer.

— Je sais… Mais j'aurais trop aimé regarder un film avec toi et me coucher à l'heure des grands.

Par là, elle veut dire plus de vingt-trois heures. Elle appelle cette plage horaire comme ça à la suite d'une règle que j'ai imposée il y a longtemps et qui est restée.

— Quand tu seras grande, tu feras ce que tu souhaites.

— Alors j'ai hâte de grandir.

Je souffle du nez en pouffant.

— Crois-moi, tu ne diras pas ça dans quelques années.

Et je n'ai pas envie de te voir devenir adulte si rapidement.

*

Le goûter terminé, nous allons au bar régler la note. Je sais que Mark insiste pour nous faire un prix, mais je refuse catégoriquement. Après tout, il a des employés à payer, même s'il ne fait pas partie des foyers modestes.

— Merci pour… tout.

Il récupère le ticket de la machine et me le tend.

— Merci à toi, Will.

Sa voix est rauque.

— À demain, Mark !

— À demain, Princesse, la salue-t-il accompagné d'un clin d'œil.

Tel un aimant, c'est compliqué de poser le regard ailleurs que sur lui. Toutefois, j'y parviens grâce à Hope qui prend mon bras et le tire. Arrivés à l'extérieur, mon portable vibre dans ma poche. Je m'arrête pour lire le message.

Mark : La prochaine fois, faisons en sorte de n'être que tous les deux. Il me tarde de savoir quel genre de sons sortent de ta magnifique bouche.

Oh, bon sang...

Je tourne la tête et l'aperçois à travers la baie vitrée, le téléphone à la main, me fixant.

Il va finir par me tuer.

Je tapote sans réfléchir.

Moi : C'est à toi de voir puisque tu organises notre second rendez-vous. Évite les endroits trop publics.

Aussitôt mon message envoyé qu'il réagit.

— Papa, tu viens ?

— Oui, j'arrive.

Je le regarde une dernière fois, puis me retourne.

Chapitre 16

William

Les rayons du soleil ne parviennent pas à réchauffer ma peau. Rien qu'à la température extérieure, nous pouvons deviner à quelle période de l'année nous sommes. Je dois mettre les mains dans les poches ou bien des gants, comme aujourd'hui, pour m'octroyer ne serait-ce qu'un minimum de chaleur.

Hope, quant à elle, n'a pas l'air d'être dérangée par ce froid. Elle marche à mes côtés sur le trottoir d'une des rues commerçantes où de nombreuses tentations la tiennent souvent en otage devant les boutiques.

— Papa ! Papa ! s'extasie-t-elle en s'arrêtant devant un magasin de jouets décoré pour les fêtes de fin d'année. Regarde, une licorne taille réelle !

Je me poste derrière elle. La fameuse licorne prend la largeur de la vitrine. À ses pieds – enfin, ses sabots – il y a des petits trains, une grande maison de poupée, des Playmobil, un énorme ours en peluche qui est plus grand que ma fille, ainsi que tout un tas de jouets en tous genres.

— Je la veux !

Mais évidemment, c'est la licorne qu'elle désire et rien d'autre.

— Euh, ma Puce ?

Merde, comment le dire sans lui briser le cœur ?

— *Cariño*, intervient mon sauveur, je ne crois pas qu'elle soit à vendre.

Eh oui, ce samedi, c'est sortie en famille !

Hope fait la moue et croise les bras.

— C'est nul !

— Qu'est-ce qui est nul ? demande Élisabeth, arrivant avec Amanda, lesquelles étaient un peu en retrait.

La faute à Hope qui se balade de vitrine en vitrine sans nous attendre. J'essaie de la rattraper pour éviter de la perdre de vue, mais elle n'a vraisemblablement aucune pitié pour son pauvre père.

— Je ne peux pas avoir la licorne…

— Ma crevette, souffle Beth avec douceur, comment veux-tu qu'elle rentre dans ta chambre ? Ton père va devoir sinon détruire le mur pour l'agrandir.

Je la zieute d'un air paniqué, parce que je sais d'avance ce que Hope va dire. Personne à part moi ne sait prédire l'avenir.

— Il peut ?! C'est vrai, papa ? On peut agrandir ma chambre ?

J'entends mon amie murmurer un « oups » tandis que je me tourne vers ma fille, un sourire triste étirant mes lèvres.

— Non, ma Puce. Je crains que ça ne soit pas possible.

— Oh...

Hope fixe de nouveau la vitrine et j'en profite pour chuchoter à Élisabeth :

— Mais qu'est-ce qui t'a pris de dire ça ?

— Bah quoi ? Ce n'est pas si impossible en fin de compte.

— Sauf que tu oublies que je ne m'appelle pas « Bob le Bricoleur »[14].

— T'es pas obligé de le faire toi-même, tu sais ? plaisante-t-elle à moitié. Je connais un bon ouvrier qui pourra t'arranger ça en moins de deux.

— Tout ça pour y mettre une licorne ?

Elle hausse les épaules.

— Si c'est ton délire, pourquoi pas ?

Je secoue la tête. J'ai l'impression d'avoir deux enfants au lieu d'un.

— Je pourrais t'aider si tu veux, me propose Alejandro.

Trois, à vrai dire.

— Vous êtes incroyables, tous les deux, fait savoir Amanda à sa femme et Alejandro.

— Oh, merci, chérie, s'émeut Beth, tandis que lui

---

[14] NDA : je ne sais pas, j'avais juste envie de caler ce dessin animé quelque part.

287

met une main sur son cœur.

— Ce n'était pas un compliment.

Je ne peux m'empêcher de rire lorsque je vois les têtes déconfites des intéressés qui le remarquent aussitôt et me lancent un regard noir. Je reprends mon air sérieux.

— Désolé, m'excusé-je sans le penser.

— Mouais... bien sûr, marmonne Élisabeth en plissant les yeux.

— Bon, les enfants, ça suffit ou le petit papa Noël ne va pas vous délivrer de cadeaux cette année, déclare Amanda.

— Je ne crois plus au père Noël, se manifeste Hope, qui jusque-là dévorait des yeux la licorne.

Oups, c'est ma faute... La veille du vingt-cinq décembre, il y a un an, cette chipie m'a surpris en train de placer ses présents sous le sapin. Je n'ai pas eu d'autre choix que de lui avouer la vérité. Elle ne m'aurait jamais cru si j'avais maintenu le contraire. Pourtant, j'avais fait en sorte d'être le plus discret possible. Seulement, c'était mal la connaître. Elle avait fait semblant de dormir lorsque j'étais venu vérifier. Ce n'est qu'après le repas que j'ai trouvé sa réaction louche. Je ne l'avais jamais entendue dire qu'elle était fatiguée... Depuis, je me méfie.

— Mais je veux quand même la licorne.

Elle ne perd pas le nord !

— Je peux peut-être tenter de convaincre les vendeurs, suggère Alejandro.

288

— Oh oui ! S'il te plaît, tonton !

Je lance un regard qui signifie « Oh, vraiment ? ».

Cette enfant est et sera toujours pourrie gâtée.

Mon portable se met à vibrer dans la poche de ma veste. Je le sors et tombe sur un message des plus surprenants et perturbants puisqu'il vient de lui.

Mark : Privé ou public ?

Je souris.

Depuis lundi et notre… petit moment ensemble au café, il m'en envoie chaque jour un comme celui-ci. Il s'est pris à mon jeu.

Moi : Pourquoi cette question ?

Mark : Je ne sais pas… À toi de deviner. Alors ?

Comprenant ce qu'il veut dire par là – au diable la retenue – j'avale ma salive.

Moi : Privé, pour changer ;-)

Mark : Intéressant… Dans ce cas, je te conseille de ne pas trop te couvrir. J'ai une solution pour te réchauffer.

Cet homme va me rendre dingue.

Et dire que ses investigations étaient assez soft au début. Nous avons pourtant commencé innocemment. Ce n'est peut-être pas le bon mot étant donné qu'il m'a sucé. Mais notre attirance est si forte que ni lui ni moi ne pouvons attendre plus longtemps. Le souvenir de sa bouche sur ma queue suffit à m'arracher un frisson. Il est très, très doué pour me procurer du plaisir. Je ne peux imaginer ce que ce sera de faire l'amour avec lui. De ce que je ressentirai quand son sexe s'enfoncera profond...

— Will ? m'interrompt Beth dans mes pensées.

Je suis prêt à passer à l'acte. Du moins, pas complètement.

— Oui ? m'enquiers-je en rangeant mon portable.

— Ça n'a pas l'air d'aller ? Avec qui tu discutais ?

Inutile de lui cacher la vérité.

— Mark. C'est pour notre, me coupé-je pour reprendre en chuchotant afin que Hope, qui parle avec les autres, ne se doute de rien. Notre rendez-vous de vendredi prochain.

La taquinerie se lit sur son visage. Une vraie diablesse.

— Et qu'est-ce qui te tracasse au juste ? Tu n'as pas à l'être avec Monsieur Sexy.

Elle joue avec ses sourcils, mais redevient tout à coup sérieuse lorsqu'elle s'aperçoit que je ne ris pas. Au contraire, je demeure inquiet.

— Eh, souffle Élisabeth avec douceur en mettant sa main sur mon bras. Qu'y a-t-il ?

Je soupire.

— Disons que j'ai hâte que ce jour arrive et en même temps, pas du tout.

— Pourquoi ?

— Parce que...

Les mots ont du mal à sortir de ma bouche. Pour une quelconque raison, je me sens honteux. Honteux de ne pas être à la hauteur, et ce, à mon grand âge.

— Parce que ma dernière relation remonte à très longtemps et ça me fait peur. Pourquoi ça me fait peur, Beth ? Je n'arrive plus à me comprendre par moments. J'ai l'impression de devoir revivre ma première fois.

Elle marque un temps avant de répondre, préférant réfléchir pour pouvoir poser les mots justes.

— La peur est humaine, Will. Il est inutile de te monter la tête pour ça. D'après ce que j'entends, parce que tu ne me l'as toujours pas présenté et j'attends, Mark est quelqu'un de bien. Compréhensif et à l'écoute. Je suis certaine qu'il saura trouver les bons mots ou gestes pour te rassurer. L'amour n'est pas fait pour se torturer l'esprit, mais pour éprouver du bonheur. Aie confiance en lui, en toi, et tout ira pour le mieux. Je te le promets.

L'inquiétude semble quitter mon corps comme par magie. C'est fou et pourtant, en quelques phrases, elle a réussi à alléger ma peine, ma peur, pour les rendre inexistantes. Mon amie a toujours été très douée pour cela. Derrière son côté taquin, c'est une fabuleuse conseillère.

— Merci, souris-je.

Élisabeth me le renvoie. Un peu trop d'ailleurs… Oh, elle a quelque chose en tête et mon petit doigt me dit que ça risque de ne pas me plaire. Comme la plupart de ses idées.

— J'ai un bon moyen de te préparer pour ton rendez-vous et qui va te permettre de mieux l'appréhender.

Je fronce les sourcils.

— C'est-à-dire ?

— Eh bien, lance-t-elle en se rapprochant. As-tu déjà essayé les sextoys ?

Mes yeux s'écarquillent. Par réflexe, je vérifie que Hope n'entend pas notre conversation. Fort heureusement, ce n'est pas le cas, donc je reporte mon attention sur mon amie.

— Non, je n'ai jamais essayé et c'est pas demain la veille que ça va changer, chuchoté-je.

— Mais enfin, pourquoi ? s'immisce Alejandro qui me fait sursauter.

Évidemment qu'il a écouté, surtout quand il s'agit de sexe.

— Ce n'est pas pour rien que ce fabuleux objet a été inventé. Oh, d'ailleurs, j'ai le magasin parfait pour ça ! Tu te souviens du sex-shop dont je t'ai parlé et où tu peux mouler ton propre... engin ?

— Tu veux dire la fois où tu m'as humilié devant Mark en l'invitant à le faire ?

— Oui ! s'exclame-t-il sans faire attention à mon ton sarcastique. Il est juste à côté, ça tombe bien !

Hum... C'est beaucoup trop spontané, cette affaire me paraît très suspicieuse.

Soudain, mes neurones arrivent à établir la connexion.

— C'est pour ça que tu tenais tant à ce qu'on vienne dans ce quartier ?! réalisé-je, car oui, c'est ce mesquin qui nous a conduits ici. Depuis le début, tu prévoyais de m'y emmener !

Il regarde à droite, à gauche.

— Peut-être, qui sait ? C'est sûrement le fruit du hasard.

— Tu sais ce qu'il me dit ? Que je connais une meilleure menteuse que toi. Et elle n'a que six ans.

Il pouffe de rire.

N'empêche que c'est vrai. Hope a un don pour me cacher des choses, tel le fait qu'elle se sentait malheureuse depuis notre divorce et l'éloignement de sa mère. Je m'en veux toujours de ne pas avoir remarqué sa souffrance, même si le psy m'a dit de chasser ma culpabilité. Certains enfants préfèrent la dissimuler pour éviter d'inquiéter leurs parents.

— Étant donné que nous ne sommes pas très loin de la boutique, on peut envisager d'y jeter un œil. Tu ne crois pas ? tente de me convaincre Élisabeth.

La seule qui ait pitié de moi, c'est Amanda. Elle est avec Hope en train d'observer tous les jouets.

— Non, mais peut-être une autre fois.

Alejandro fait la moue.

— Oh, voyons, Will. Y aller nous fera du bien, tu verras.

—Ah oui ? Et Hope alors ? On ne peut pas l'emmener dans ce genre d'endroit.

— Tu as absolument raison là-dessus. Le monde du X n'est pas de son âge, mais Amanda peut rester avec elle pendant ce temps-là. Hein, Hope ? Ça ne te dérange pas qu'on kidnappe ton papa quelques minutes pendant que tata Amanda et toi allez faire les magasins ?

Les deux s'avancent vers nous.

— Ça veut dire quoi « X » ? intervient Hope au pire moment.

Je lève les bras pour les faire tomber lourdement le long de mon corps.

— Ah bah bravo, vous êtes contents ?

— Tu comprendras quand tu seras plus grande, cariño.

— Vous allez faire comme Mark la dernière fois ? Ils sont allés dans la pièce d'à côté et sont revenus plus tard.

Les trois me sourient.

Évidemment que je leur ai dit ce qu'il s'était passé, tout en restant soft. Notre messagerie n'a jamais été si mouvementée. J'ai dû mettre mon portable en mode silencieux à force de l'entendre vibrer.

— Je ne pense pas, ma crevette. Nous allons simplement faire un petit tour.

— Je veux venir avec vous.

— Euh… Crois-moi, ma Puce, tu seras beaucoup mieux dans les magasins de jouets.

— Mais nous aussi, Will, nous allons t'acheter un jouet. Ou plus, si tu le souhaites, rajoute Alejandro en me faisant un clin d'œil.

Gêné et exaspéré par son insinuation, je couvre mes yeux et me frotte le front.

Il claque des mains et nous balance un « Allez, on y

va ! ».

— Bon, Hope, laissons les soi-disant adultes faire leur truc d'adultes. Allons faire les boutiques et après, manger une crêpe.

— Ouiiii !

— Et moi ? Je n'ai pas le droit à une crêpe ? demande Alejandro.

— Sois tu viens avec nous, sois tu restes avec eux et rates une occasion d'embarrasser notre pauvre Will.

— Je vais définitivement les accompagner, n'hésite aucunement Alejandro.

— Merci… réponds-je très sarcastiquement. Moi qui pensais que tu étais mon ami.

J'ai quand même des proches plutôt atypiques.

*

Je regrette déjà d'être venu en apercevant la devanture du magasin au loin. Mes amis me traînent rapidement à l'intérieur comme s'ils craignaient que je ne parte en courant. Cela dit, ils n'ont pas tout à fait tort.

Dans la boutique, nous sommes tout de suite plongés dans l'ambiance. Toutes sortes d'objets et de vêtements recouvrent les murs. Des vitrines sont également exposées dans la grande pièce possédant un escalier sur la gauche, menant sans doute à plus d'espace. Le nombre de godes est impressionnant. Il y en a de toutes les tailles et couleurs. Et, oh bon sang ! Il y a vraiment des personnes qui achètent de cette taille-là ? C'est être monté comme un cheval! Celles qui les choisissent doivent être courageuses. En tout cas, il est hors de question que j'introduise ça dans mon postérieur. Faut pas abuser.

Un jeune homme habillé dans son élément, et avec un joli maquillage mettant en valeur sa peau noire, nous accueille tous les trois en souriant.

— Bonjour et bienvenue chez *Sex Paradise*, que puis-je faire pour votre plus grand plaisir?

Qu'on me sorte de là, s'il vous plaît, monsieur! Vous ne voyez pas que je suis pris en otage?

Mes deux ravisseurs se tiennent à mes côtés et Alejandro met sa main sur mon omoplate. Nous le saluons, puis mon «ami» prend la parole.

— Nous sommes venus vous voir pour notre ami ici présent. Nous cherchons quelque chose qui lui permettrait de se préparer en vue d'un rendez-vous et…

— Alejandro! m'indigné-je.

— Fais-moi confiance, Will. Monsieur a l'habitude, n'est-ce pas?

— Vous pouvez y aller, confirme-t-il. Il n'y a aucun tabou ici, sinon je ne travaillerais pas dans ce magasin.

Heureusement qu'il n'y a pas un chat.

— Merci beaucoup. Alors, je disais donc qu'il a bientôt rendez-vous avec un homme et il s'inquiète. Cela fait des années qu'il n'a pas eu de rapport avec un mec, vous comprenez.

Mes joues sont en feu. Je ne sais plus où me mettre.

— Oui, je comprends parfaitement ce que vous insinuez. J'ai ce qu'il vous faut et dans un très large choix, si vous voulez bien me suivre.

C'est ce que nous faisons. J'avance d'un pas très incertain comparé aux autres qui, je suis sûr, jubilent en me voyant mal à l'aise.

Va falloir que je change d'amis si ça continue.

Nous nous arrêtons devant une large vitrine présentant des jouets très colorés et tous pour le moins différents. C'est à se demander combien de modèles il existe dans le monde. Trop pour les compter.

Le vendeur ouvre la vitrine et prend un plug avec en guise d'embout un faux diamant.

— Nous avons celui-ci que je conseille, non seulement pour s'habituer à la présence d'un corps étranger, mais aussi pour sa discrétion. Vous pouvez le porter toute la journée. Vous asseoir ne sera pas un problème, au contraire. Vous ressentirez tout le plaisir de la pénétration bien qu'il n'y ait pas de sensation de va-et-vient.

Ce qui me fait rire, c'est qu'il le présente comme le tout dernier iPhone.

Je tourne la tête en direction d'Alejandro, lequel est émerveillé par cet objet.

L'homme le dépose pour en prendre un deuxième, qui cette fois-ci, n'est pas de la même taille. C'est un gode tout ce qu'il y a de plus classique, sans picots ni autres fantaisies.

— Si vous souhaitez une expérience qui se rapproche plus de la pénétration, je peux vous conseiller ceci. Comme vous pouvez le constater, il est tout à fait normal. C'est ce qui se vend le plus avec les vibromasseurs. Et je rebondis sur ça en vous montrant notre modèle-phare.

Il en sélectionne un qui paraît aussi normal que le dernier.

— Ce magnifique petit joujou possède une fonction vibreur. Parfait pour augmenter le plaisir. Alors, qu'en pensez-vous ?

Ce que j'en pense ? Honnêtement, je ne sais pas trop, là.

— Euh… c'est…

— Fantastique ! se réjouit mon ami. Je ne connaissais pas cette nouveauté. Vous l'auriez en rouge ?

Oh, bon sang…

— Il doit m'en rester, oui. Je peux aller regarder dans la réserve, si vous voulez.

— C'est trop aimable, merci.

— Excusez-moi, intervient Élisabeth. J'en profite pour vous demander où sont les vibros pour couples.

Mais voyons, vas-y, continue.

— C'est juste derrière vous, dit-il en montrant du doigt.

Beth le remercie.

— Et toi, Will, qu'est-ce qui te ferait plaisir ?

Qu'on m'achève, par pitié, ou qu'on efface ma mémoire. Ça aussi c'est bien.

Là, c'en est trop. Impossible de me concentrer ou de

faire quoi que ce soit tant qu'ils sont dans mes pattes.

— Est-ce que vous pouvez nous laisser seuls un instant ? soufflé-je à mes amis.

Tous deux lèvent les mains en l'air en reculant, avec un air joyeux.

— Excuse-nous, on va s'éloigner, nous informe Élisabeth.

Une fois assez loin, je reporte mon attention sur le vendeur qui affiche toujours un sourire.

— Je suis désolé qu'ils soient aussi envahissants. Mais bon, vous avez dû en voir, des clients !

— Oh que oui, s'amuse-t-il avant de me confier. Ne vous inquiétez pas. Si vous saviez le nombre de personnes qui viennent ici pour acheter des cadeaux à leurs amis.

— Je parie qu'ils ne doivent pas être aussi extrêmes que ces deux-là.

— Est-ce que ça vous rassure si je vous dis que j'ai vu pire ?

— Pire ? répété-je. Je vous plains ainsi que leur entourage alors.

Nous rions et je me sens apaisé, nettement plus à l'aise. Mis en confiance par son professionnalisme, je me laisse aller à de petites confidences. Je lui explique clairement mes craintes et je finis par choisir un lot de sextoys. Il y a un plug, un gode simple et un vibromasseur. Ça me permettra, et je cite ses dires, de «tester pour trouver ce qui me convient le mieux». Quant à mes amis, eux non plus ne ressortent pas les mains vides. Nous quittons la boutique après une vingtaine de minutes, avec un sac chacun.

*

Nous rejoignons Amanda et Hope devant le même magasin de jouets – pour enfant – que lorsque nous les avons quittées. Hope affiche une mine radieuse en nous apercevant et je remarque qu'Amanda s'est laissé attendrir par ma petite puce, si j'en crois le sac qu'elle tient fièrement.

— Avant que tu ne dises quelque chose, oui, je sais, se dédouane-t-elle. Mais tu aurais dû voir sa bouille quand elle a vu cette poupée licorne.

— Oh, mais je n'en doute pas. Tu comprends ce que j'endure chaque jour maintenant.

— Vous aussi, vous avez des jouets ? demande Hope. Je peux les voir ?

— Non ! crions-nous tous les quatre simultanément, soudain paniqués.

Ma fille penche la tête et fronce les sourcils, ne comprenant pas notre réaction. Tant mieux, j'ai envie de dire.

— D'accord, mais alors en échange je veux ma crêpe !

— Tu sais marchander, toi, lui fait remarquer tonton Alejandro. Elle fera une très bonne agente immobilière.

C'est dans un fou rire général que nous reprenons

300

notre chemin.

J'adore ces moments simples. En général, ce sont les meilleurs.

Chapitre 17

Mark

Enfin vendredi ! Le jour que j'attendais le plus depuis une semaine. Je me retiens de sautiller dans mon salon pendant que je me prépare. Travailler au café a été beaucoup moins éprouvant grâce au retour de Noé. J'y officie toujours, tout en étant assez disponible pour les shootings. Je préfère garder un œil sur mon établissement. Travailler après autant de mois d'absence n'est pas si évident que ça en a l'air. On croit qu'on pourra retrouver le rythme du jour au lendemain, mais non. Si seulement c'était aussi simple.

L'autre raison pour laquelle je veux continuer de me rendre là-bas est pour pouvoir y croiser William. Je ne vais pas mentir sur le sujet. Malheureusement, je dois bosser en fin d'après-midi, pile lorsque lui et Hope arrivent. C'est bien ma veine… Du coup, nous avons dit adieu aux petits moments tranquilles dans la salle de pause, parce qu'évidemment, quand j'ai été présent, c'était le rush !

Je ne sais pas qui m'a maudit, mais il va le payer cher, cet enfoiré.

Néanmoins, cela va nous permettre de mieux apprécier nos retrouvailles et la magnifique surprise qui l'attend. Je ne compte pas le nombre de fois où j'ai pensé à lui, que ce soit devant l'objectif, ou en train de servir des cafés. Ni où j'ai rêvé de presser mes lèvres contre les siennes, ou… bien plus en bas. Je mentirais si je disais que c'est loin d'être la meilleure fellation que j'ai donnée. De base, je ne suis pas un fervent adepte, pourtant avec lui, je n'ai pas réfléchi. Ça s'est fait le plus naturellement possible, et quand il m'a fait comprendre qu'il voulait que je le fasse, mon cerveau a complètement vrillé. Je n'entendais plus mes pensées, uniquement les battements de mon cœur qui m'ordonnait de continuer.

Ce jour-là, j'ai pu découvrir une autre facette de William. Une qui régalait mes oreilles et mes yeux. Bon Dieu, ses gémissements… C'était si érotique ! Pas très étonnant venant d'un homme à la beauté étourdissante. Je me demande bien combien de refus de rendez-vous il a eus. Parce qu'on ne va pas se mentir, il en a sûrement eu des tas. Nous n'avons pas encore franchi l'étape d'évoquer nos ex ou de simples conquêtes. Je m'en fous à vrai dire. Le passé, c'est le passé, et s'il me pose la question, je lui répondrai le plus honnêtement possible. La seule relation qu'il a eue et dont je suis au courant, c'est avec la mère de sa fille. Il n'en parle pas des masses et je ressens une certaine tristesse quand Hope mentionne sa maman. Ça se comprend après avoir fait un enfant avec son ou sa conjointe que l'on a côtoyée pendant plusieurs années et à qui on a donné sa confiance.

Je ne peux pas affirmer que je sais ce qu'il traverse, toutefois, je peux toujours le soutenir. Ça, c'est dans mes cordes, et je serais on ne peut plus ravi de le faire.

Mon pull beige mis, j'enfile mes chaussures noires, de la même couleur que ma ceinture. Pour le reste de la tenue, j'ai opté pour un pantalon marron et une longue veste d'un vert forêt particulièrement foncé se rapprochant du kaki. Je l'ai choisie car elle est la plus chaude et la plus classe que je possède. Il est hors de question de me pointer en doudoune ou parka.

Je me regarde une dernière fois dans le miroir du salon avant de quitter l'appartement, aussi excité qu'un sportif sous dopage.

Cette soirée s'annonce incroyable !

**

Assis dans ma voiture, j'attends patiemment qu'il sorte de chez lui. D'après l'envoi de mon message, il met exactement deux minutes, ce qui signifie qu'il était prêt bien avant que je vienne. Je l'imagine saisir ses clés et se diriger vers l'ascenseur, ou bien les escaliers, d'un pas décidé.

En ne le voyant plus qu'à quelques mètres, je me dis que son sourire vaut bien toutes les attentes du monde. Il ouvre la portière et s'installe.

— Hey, souffle-t-il, le regard perdu dans le mien.

— Hey, réponds-je avec la même tonalité avant qu'il ne prenne les devants et m'embrasse.

C'est un baiser tendre, d'une tendresse dont nous n'avons pas l'habitude à force de nous jeter dessus. De cette façon, je peux mieux apprécier le contact de ses lèvres toutes cotonneuses tant elles sont douces. J'accompagne cette intimité en posant ma main sur sa joue. Nous nous séparons à contrecœur pour qu'il puisse mettre sa ceinture et que je fasse vrombir le moteur.

— Alors ? Où va-t-on au juste pour que tu me demandes de m'habiller encore plus chaudement ?

Comme moi, il porte un pull en dessous sa veste.

— Tu verras, déclaré-je d'un air mystérieux et satisfait avant que les roues ne commencent à tourner sur le bitume.

*

La route s'arrête au port où le fleuve Hudson nous sépare du New Jersey. En sortant de la voiture, William n'en croit pas ses yeux. Il s'avance jusqu'à apercevoir le bateau qui va nous transporter tout au long de cette soirée qui se révélera magique, j'en suis certain. Il se tourne vers moi et l'expression qu'il affiche est déjà un beau cadeau.

— Une croisière nocturne ? Vraiment ?!

On dirait un enfant quand il s'extasie, c'est trop chou.
Je le rejoins.

— Il n'y a qu'un seul moyen d'en être sûr, dis-je en tendant mon bras pour l'inviter à y aller, tel un gentleman des années je ne sais plus combien.

Cela l'amuse autant que moi. Il commence à marcher et je le suis de très près. Au moment où nous traversons le petit pont, une femme nous accueille et me demande le nom de la réservation. Elle nous guide à notre place et nos yeux se trouvent émerveillés par cette ambiance romantique. Des guirlandes lumineuses sont dispersées un peu partout au plafond. Plusieurs tables de diverses tailles pouvant recevoir différents nombres de couverts occupent cette grande pièce. Sur celles-ci, des pétales de roses rouges et un bouquet.

Nous sommes loin de n'être que tous les deux, mais ça je le savais bien à l'avance. Cette festivité est exceptionnelle et j'ai eu beaucoup de bol ! Les seules réservations possibles ce mois-ci étaient soit en tout début, le vendredi et samedi, soit aujourd'hui et demain. Bien évidemment que je les ai prises tout de suite sans me poser de questions. C'était l'unique moyen pour atteindre le niveau de Will avec sa patinoire. Cet homme m'oblige à redoubler d'efforts afin de lui offrir ce qu'il mérite. C'est-à-dire le meilleur.

En voyant les invités prendre place, nous faisons de même en prenant soin de retirer nos manteaux étant donné que le lieu est chauffé. Par chance, notre table se situe près de la terrasse dans un coin assez isolé des autres pour davantage d'intimité. Mon regard part en exploration et visualise une scène au fond de la salle où sont disposés instruments et pupitres. Si j'ai bien compris, il n'y a pas que le repas qui soit inclus dans le prix, mais également un concert donné par un groupe de musique classique avec violon, basse, et j'en passe.

— C'est vraiment magnifique. Merci, Mark.

Pas autant que tes yeux qui pétillent. Je pourrais m'y noyer sans me plaindre.

— J'espère que je suis remonté à ton niveau.

— Oh oui, et pas qu'un peu ! Maintenant, ça va être difficile, voire impossible de faire mieux.

— C'est toi qui as commencé, je te signale.

Nous rions sans faire attention au serveur habillé de façon chic, tenant dans sa main une bouteille de champagne. Il nous sert puis nous souhaite une agréable soirée avant que le monde ne s'efface de nouveau autour de nous. Nous faisons tinter nos coupes sans oublier de glisser un petit mot comme le veut la tradition.

— À nous, prononcé-je d'une voix à la limite du murmure.

Il sourit.

— À nous.

Et à cette belle soirée en ta compagnie.

Peu de temps après, le bateau se met en route et nous permet ainsi de quitter la terre ferme à la recherche d'évasion grâce à cette croisière.

**

Les heures défilent sans que ni lui ni moi nous en rendions compte. Le repas est délicieux, au même titre que la musique. Pourtant, ce ne sont pas eux qui rendent ce moment le plus agréable possible.

Je propose à Will d'aller sur le pont avant de rentrer au port, histoire de régaler nos yeux avec ce paysage nocturne. Nous enfilons donc nos vestes et quittons la salle. En haut, la température extérieure nous fouette le visage. J'en avais même oublié qu'il faisait si froid lorsque nous étions dans cette salle chauffée. Certes, ce n'est pas la meilleure période pour faire du bateau, mais ça en vaut largement le coup. Observer Manhattan à cette distance m'est rarement arrivé.

William pose ses mains sur la barre métallique en contemplant la vue. Je le rejoins aussitôt, mais il m'est impossible de ne pas le regarder. Il finit par s'en apercevoir. Évidemment, j'ai envie de dire. Il doit me trouver trop collant ou bien... À vrai dire, je n'en sais rien.

Mais au lieu de me prendre une remarque, ses lèvres se pressent contre les miennes. Je réponds presque instinctivement en augmentant l'intensité. Sa main s'agrippe à ma hanche tandis que je tente de m'approprier sa chaleur en recouvrant sa joue à l'aide de ma paume. Malgré les secondes qui passent, aucun de nous ne veut

309

lâcher. C'est si bon, putain !

Nous sursautons et arrêtons de nous embrasser lorsque des bruits de pas nous parviennent de l'escalier. Un couple en sort, mais semble ne pas faire attention à nous, comme s'ils étaient dans leur propre monde. Ils s'éloignent et nous laissent de nouveau seuls.

Nous relâchons un profond soupir avant de pouffer de rire.

— J'ai perdu l'habitude d'être bécoté en public, me révèle-t-il timidement.

Je couvre sa main et lui souffle :

— Je pourrais être celui qui t'habituera à ça, si tu le veux.

Son regard descend au niveau de mes lèvres un petit instant.

— J'aimerais beaucoup, m'avoue-t-il.

Cette tension entre nous ne cesse de croître. Mon corps est parcouru de frissons, non causés par la température. Je suis à bout et je sais que lui aussi. Voilà des semaines, des mois, que nous nous connaissons. Notre attirance et notre désir nous submergent. Depuis le début, nous nous laissons ballotter par ce courant, preuve que nous n'avons aucun contrôle dessus. Jamais je n'ai ressenti cela avant lui et je commence à comprendre pourquoi mon petit frère et ma sœur n'envisagent de quitter leur moitié pour rien au monde. Je pensais que c'était ridicule, une chose qu'on lâche sur le moment, mais qu'on finit par regretter. Ça ne l'est pas et je prie pour que ça n'arrive pas.

Front contre front, Will murmure :

— Je n'ai pas envie que cette soirée se termine. Pitié, dis-moi que tu as prévu autre chose au programme ?

La frustration dans sa voix est évidente. Tout comme l'excitation.

— Ça se pourrait bien, le taquiné-je en le caressant du bout de mon nez.

Il déglutit, assez bruyamment pour que je l'entende.

— À quoi penses-tu ?

À parcourir tout ton corps de mes lèvres après avoir arraché tous tes vêtements. À te faire crier si fort que même les personnes sourdes sauront ce que je te fais.

Je devrais sûrement le lui dire, mais je crains qu'en le faisant, mon amant ne se transforme en tomate et que sa barre de fer ne transperce son pantalon.

— Ça... c'est à toi d'en décider. Que souhaites-tu, Will ?

Je peux sentir son souffle chaud et ça me rend dingue.

Nos bouches se frôlent.

— Je... Je te veux.

— Putain... expiré-je en mordant sa lèvre au lieu de l'embrasser, tant je ne peux retenir mon excitation, ce qui le fait gémir. Et où me veux-tu ? Dis-le-moi.

— Peu m'importe. J'ai envie de toi, tu ne peux pas savoir à quel point.

Je ris.

— Oh que si, je crois avoir une petite idée.

Mes mains glissent jusqu'à ses fesses et je me rapproche de son oreille pour lui chuchoter :

— Si ça peut t'aider à faire pencher la balance, je n'ai aucun rendez-vous de prévu demain et les murs chez moi sont parfaitement insonorisés. De cette manière, nous n'aurons pas à nous retenir…

Je sens les poils de son cou se hérisser dès l'instant où je finis de parler.

Je m'écarte pour pouvoir lire dans son regard. Sa bouche est légèrement entrouverte, faisant passer un minimum d'air afin de refroidir son cerveau.

Il se contente de hocher lentement la tête.

Une voix venant des haut-parleurs retentit.

— *Mesdames et messieurs, notre voyage touche bientôt à sa fin. L'équipe et moi-même sommes ravis de vous avoir accueillis pour cette croisière. L'arrivée est estimée à quinze minutes. Veuillez faire attention à ne pas oublier vos affaires. Merci, et nous espérons, à très bientôt.*

Je me retiens de soupirer face à cette annonce. Celle-ci ne pouvait pas mieux tomber, car dans moins d'une demi-heure, nous serons dans mon appartement à nous entraîner à faire des vocalises pour participer à *The Voice*[15]

_____

[15] NDA : célèbre émission télévisée retransmise un peu partout dans le monde (flemme de vous citer tous les pays, au pire vous avez Google) où de futurs talents, et dans ce cas précis des chanteurs, se font évaluer par un jury. Je déteste la regarder. La première fois c'était cool, mais à un moment donné, faut arrêter les saisons, les gars !

Chapitre 18
William

Quand nous posons enfin les pieds en dehors du bateau, Mark s'empresse de me ramener à la voiture en me tenant la main pour être certain que je le suive. Heureusement qu'il le fait d'ailleurs. Il court presque alors que moi, je peine à réguler ma respiration depuis qu'il m'a chuchoté ces mots.

Ma réaction est légitime, non ? Il y a de quoi devenir fou après m'avoir annoncé que l'on pourra baiser sans retenue une fois qu'on sera chez lui.

Il parvient à garer sa voiture dans le parking souterrain en un temps record. Je n'ai pas le temps d'ouvrir ma portière qu'il m'attend devant et l'ouvre à ma place. Sans un mot, il me tend sa main. Je l'attrape avec la mienne, tremblotante. Nous nous précipitons vers l'ascenseur. Il appuie sur un bouton dont j'ai du mal à voir le chiffre tant ma vision est embuée par le désir, avant de se tourner vers moi. Il pose sa paume sur mon torse et me plaque contre la paroi, puis prend possession de ma bouche. Je lui laisse volontiers libre accès. Une chaleur vient englober et pincer délicieusement mes fesses. Nous sommes si proches que je sens son érection se frotter à la mienne. C'est douloureusement dur. Trop pour ne pas être assouvi sur le moment, alors je tente de le repousser, mais mon corps ne veut pas.

— Mark, soufflé-je entre deux baisers.

Il me rapproche encore plus de lui, faisant décoller mes fesses de la paroi.

Lui non plus n'en a pas envie.

Pourtant, quand l'ascenseur s'arrête, Mark aussi. Il retrouve un air sérieux tandis que je halète bruyamment. Nous mettons une distance raisonnable entre nous. Mon cœur tambourine. Les portes s'ouvrent sur un jeune homme tenant dans ses mains ce qui semble être un plat au vu du papier aluminium.

— Oh, bonsoir, Mark, sourit-il.

— Salut, Alexis, répond mon amant, décontracté.

Le voisin entre, appuie sur le bouton de son étage et les portes se referment. Il me salue d'un signe de tête que je renvoie avec un sourire. Je réajuste ma veste pour cacher mon érection.

Mark se racle la gorge.

— Soirée ciné, d'après ce que je vois.

— Exact ! Et une nuit blanche de prévue pour mater les Avengers.

Ah, voilà qui explique son t-shirt Iron Man et ses chaussons Captain America.

Les deux voisins échangent brièvement sur le débat Iron Man versus Captain America, notamment sur qui a raison. N'y connaissant rien et ayant du mal à avoir une simple pensée, je reste en retrait jusqu'à ce que l'ascenseur s'immobilise et que le jeune homme disparaisse après nous avoir souhaité une bonne soirée.

Moi aussi, j'espère qu'elle sera bonne. C'est déjà bien parti.

À présent seul à seul, je le gratifie d'un avertissement.

— S'il te plaît, ne refais plus jamais ça.

— Pourquoi? se retourne-t-il, les lèvres étirées. Tu n'as pas trouvé ça excitant?

— Si par excitant, tu veux dire me flanquer la plus grande frousse de la décennie, alors oui, j'ai trouvé ça excitant.

Il rit.

— Désolé. Je n'ai pas pu m'en empêcher. C'est toi qui me rends ainsi, m'accuse-t-il d'une voix rauque en s'avançant dangereusement dans ma direction.

Seul problème : je ne peux pas reculer, dans le sens littéral du terme.

— Mark, tenté-je pitoyablement de le raisonner et moi aussi par la même occasion.

Sa bouche caresse mes lèvres et ses mains me tiennent par la taille.

— Pas ici. Je suis d'accord pour faire tout ce que tu

veux, mais pas ici…

Je lis dans ses pupilles dilatées une certaine impatience quant à cette promesse.

— Je réalise que je ne te l'ai jamais demandé, mais… passif ou actif ?

Il est vrai que nous n'avons jamais abordé la question. Peut-être avons-nous supposé le rôle de chacun.

— P-Passif, m'étranglé-je en avalant ma salive.

Pourquoi cet ascenseur est aussi long ?

— Tu es sûr de toi ?

Je hoche frénétiquement la tête.

Il veut s'assurer que c'est bien ce que je veux.

— Parfait. Dans ce cas, si je souhaite te prendre sur le plan de travail de ma cuisine ou directement contre la porte d'entrée, qu'en dirais-tu ?

Putain ! Qu'on appelle les pompiers, parce qu'il y a le feu en bas !

— J'en dirais… que cet ascenseur est beaucoup trop lent.

Ma petite plaisanterie qui n'en était pas vraiment une a le mérite d'accroître son amusement.

Comme si mes prières avaient été entendues, nous arrivons enfin à son étage. Il ne nous faut que quelques pas pour atteindre sa porte, et à la seconde où nous la passons, il me plaque contre elle.

C'est moi ou il adore faire ce genre de chose ?

Nos baisers sont chargés d'impatience, de semaines de fantasmes, de frustration. Nos dents s'entrechoquent pendant que Mark m'aide à retirer ma veste. Ensuite, c'est autour de la sienne de rejoindre la mienne à terre. Si je n'avais pas été sous le coup de l'émotion, je l'aurais au moins posée sur le portemanteau, mais maintenant que j'y pense, je n'en vois pas. En vérité, je ne vois rien mis à part lui. Et il faut dire qu'il ne m'en laisse pas l'occasion tant il est occupé à m'embrasser.

Nos mains se promènent un peu partout. Au fur et à mesure – ou plutôt comme par magie –, nous réussissons à enlever nos chaussures.

Soudain, il arrête de me dévorer la bouche pour se baisser et me soulever sans effort. Je hoquette en m'accrochant à son cou et en enroulant mes jambes autour de ses hanches.

Oh mon Dieu, je crois que je vais faire un AVC !

Mon corps ne me répond plus.

Je ne résiste plus.

Tout simplement parce que je n'en éprouve ni le besoin ni l'envie.

Dans cette position, je peux sentir sa bosse sous mes fesses. Et quand il se met à marcher, je suis immédiatement parcouru d'un frisson. Je ne sais pas comment il fait pour me porter sans aucune difficulté. Certes, je ne suis pas en surpoids, mais je suis avant tout un homme adulte. N'importe qui s'essoufflerait. Mais pas lui. Pas cet homme qui – maintenant que je m'en rappelle – m'a dit qu'il faisait du sport pour se maintenir en forme.

Et pas que du footing, si je comprends bien.

— Mark, je...

— Désolé de ne pas te laisser visiter mon appart, mais j'ai autre chose en tête, si tu le veux bien.

— Oui... Oui, je le veux... lâché-je en fondant sur sa bouche pour je ne sais la combientième fois.

On s'en fout de l'appartement, là. La seule pièce qui m'intéresse, c'est la chambre et c'est exactement là où il me mène, car j'ai pu apercevoir la cuisine à l'entrée. Donc, ce qu'il m'a dit tout à l'heure était un moyen de me faire perdre pied. C'est une sacrée réussite. Même s'il n'avait pas besoin de faire cela. Un simple baiser a suffi.

Je l'entends qui pousse la porte en donnant un coup de pied. Oui, bon, j'avoue que les mots « pousser » et « donner un coup » ne sont pas compatibles, mais on saisit l'idée.

Il me dépose délicatement sur son lit. Ma tête est au niveau des oreillers. Ses mains caressent ma peau sous mon pull. Comprenant parfaitement ce qu'il veut, je lève les bras. Je fais de même avec le sien. J'adore le fait de se déshabiller mutuellement. C'est tellement sensuel.

Il commence à s'attaquer à mon pantalon tout en me déposant des baisers brûlants dans le creux de mon cou, sur mon torse puis mes tétons. Je gémis et rejette la tête en arrière. Mes doigts se mettent à triturer ses cheveux.

Même perdu dans le brouillard de plaisir que me procurent ses baisers et ses caresses, je parviens à sentir mon pantalon ainsi que mon sous-vêtement glisser le long de mes jambes. Je le sais aussi car l'air ambiant me chatouille l'entrejambe. À moins que ce ne soit ses mains.

Ou sa langue !

Sa langue lèche ma verge. Les battements de mon cœur se font erratiques, comme si on pouvait faire pire. Les poils de sa barbe me piquent, toutefois, ce n'est pas si désagréable. Loin de là. Je le dois sûrement à sa bouche qui est en train de m'engloutir tout entier.

Par réflexe, une de mes mains cherche à s'agripper à la tête de lit. Et Dieu merci, il y en a bien une.

— Mark… Mark ! Oh, putain ! Oui !

Je me mords les lèvres pour me retenir de hurler, car je crains que ces murs ne soient pas à la hauteur de nos espérances.

Par curiosité, je me redresse un peu pour entrapercevoir les agissements de mon amant. Le moins que l'on puisse dire, c'est que cette vue est tout bonnement grisante. Mes traits se figent en ne distinguant pas un seul centimètre de mon sexe et je n'ai aucune idée de quand il a ôté son pantalon.

C'est tellement bon !

— M-Mark, je vais jouir si tu continues.

— N'est-ce pas le but ? me taquine-t-il en se retirant.

Son visage est à présent devant le mien. Je ne peux résister à caresser sa joue.

— Si. Bien sûr que si, mais…

— Mais ?

Son regard brûlant se mêle à son souffle pour mieux m'enflammer.

Je suis déjà assez chaud comme ça, tu sais.

Je verrouille mes yeux aux siens, soudain pris d'un courage effaçant la timidité qui m'habite depuis toujours et lui soupire :

— Mais ce n'est pas comme ça que je m'imaginais jouir.

Ses pupilles s'agrandissent comme celles d'un chat lorsqu'il veut jouer.

Mais qu'est-ce qui me prend de faire cette comparaison ?!

— Et comment l'imaginais-tu ?

— Avec ta queue enfoncée profondément en moi.

Sa bouche s'entrouvre, visiblement surpris par mon rentre-dedans. Je le comprends, pour moi aussi c'est étonnant. Je ne me reconnais plus quand je suis avec lui. Tout ce qui se trouve autour de moi n'existe plus.

Cet air choqué sur son visage me tire un sourire et provoque le sien.

— T'es tellement sexy quand tu parles sur ce ton !

Il happe mes lèvres en gémissant – et moi de même – d'une manière que je devine possessive tant elle est intense. Je me fais violence pour interrompre ce baiser.

— Mark, je suis sérieux. Je te veux en moi.

— Ça tombe bien parce que moi aussi. J'en ai envie depuis le premier jour.

Bordel ! Pourquoi je fais le choqué ? Il est loin d'être le seul à avoir fantasmé pendant tout ce temps.

— Alors fais-le. Maintenant.

Sa pomme d'Adam monte et descend à ces mots.

Il me gratifie d'un dernier regard rempli de promesses avant de tendre la main vers sa table de nuit afin d'en sortir un tube de lubrifiant et des préservatifs.

Voilà une qualité à rajouter dans cette longue liste qui fait de cet homme le prince charmant.

Il verse le gel sur ses doigts. Instinctivement et sans honte, j'écarte les cuisses. Jamais je ne me sentirai honteux devant Mark. Jamais quand il s'agit d'amour.

Ses phalanges viennent taquiner mon entrée. Ma respiration s'accélère. Rapidement, mais soigneusement, il parvient à élargir mon anus en y infiltrant ses doigts. Pour m'y habituer, je souffle bruyamment. Il le remarque et me demande s'il me fait mal. Je lui réponds que non et l'embrasse pour le rassurer en l'attirant vers moi. À mesure que ses doigts s'affairent à me préparer, je perds patience.

— Mark, s'il te plaît… Baise-moi.

— Non, pas tout de suite, lutte-t-il. Tu n'es pas encore prêt. Si jamais je…

— Si, je suis prêt. Plus que prêt.

— Tu dis seulement ça sur le moment, mais tu ne peux pas en être sûr.

Je prends son visage en coupe.

— Détrompe-toi, j'en suis certain. J'ai pris mes

dispositions…

Hésitant, il retient ses gestes.

— C-Comment ça ?

Je n'en reviens pas de ce que je vais lui dire. Le William timide se serait caché sous la couverture.

— Je me suis procuré un tas d'objets dans un sex-shop et je me suis entraîné toute la semaine pour toi.

— Ça veut dire que t'as joué avec ton cul en pensant à moi ? s'enquiert-il d'une voix rauque.

Je mentirais si je disais que ce n'est pas le cas.

— Hum, hum… acquiescé-je en me mordant la lèvre. Et j'ai adoré chaque seconde.

La lueur qui emplissait ses yeux jusque-là change. Elle est soudain sauvage, excitante.

— Raconte-moi. Raconte-moi ce que tu as ressenti lorsque tu t'es enfoncé ça dans tes jolies petites fesses, illustre-t-il en les soulevant pour les empoigner.

Mes gémissements se meurent dans sa bouche.

— M-Mark…, réussis-je à placer difficilement car il m'empêche de parler.

— Dis-le-moi.

— Je vais te le dire, mais pas tout de suite. Là, j'aimerais vraiment que tu me baises. S'il te plaît.

Il se redresse, retire son boxer, révélant la taille imposante de son sexe, mais aussi son piercing.

Jamais je n'ai expérimenté ça. Je suis de plus en plus curieux. Tout ce que je sais, ce n'est que par des ouï-dire. Mais entre cela et le vécu, c'est différent. La majorité des mecs qui se percent à ce niveau le font pour procurer du plaisir à leur partenaire. Le frottement dans la paroi intime, que ce soit homme ou femme, provoque un plaisir intense. Un plaisir que j'ai hâte d'expérimenter…

Il saisit le sachet du préservatif et l'ouvre avec les dents, car ses doigts doivent être trop humides. Il le déroule avec une facilité déconcertante malgré son piercing tant sa verge est dure.

— Comment tu la veux ? Sur le dos… ou bien sur le ventre ?

Putain…

— Je veux pouvoir te voir.

Son sourire réapparaît.

— C'est ce que je souhaite aussi.

J'ai l'impression que je vais fondre.

Il dirige sa hampe vers mon entrée et me pénètre avec douceur. Je retiens ma respiration au fur et à mesure qu'il s'enfonce en moi. Il émet des petits grognements en me tenant les hanches pour accompagner son mouvement. La brûlure se fait sentir et je me félicite d'avoir pris la décision d'acheter ces sextoys. Je n'imagine pas la douleur que ça aurait été après tant d'années sans relation ni pénétration. Je chasse le souvenir de ma première fois lorsque sa longueur continue d'étirer divinement mes muscles. Mes paupières se ferment, cachant mes yeux révulsés tandis que je m'accroche à l'oreiller et à sa cuisse.

— Sei… gneur, gémis-je.

Une vague de frissons me traverse. Le rythme de mon cœur s'affole. Le sang pulse le long de ma verge jusqu'au gland.

Il s'immobilise.

— Est-ce que ça va ? s'inquiète-t-il en haletant.

J'ouvre les yeux et hoche frénétiquement la tête.

— Oui, oui, oui. Plus que bien. Continue. S'il te plaît.

Il se baisse pour se retrouver en face en moi.

— J'aime que tu me supplies. Tu es libre de le faire ou non, mais sache que je serais incapable de me retenir si tout ce qui sort de ta bouche sont des supplications.

— C'est censé freiner mes ardeurs ? le provoqué-je en pinçant ma lèvre.

— Ça l'était, oui... mais apparemment, je me suis trompé.

Tout à coup, ses doigts s'agrippent fermement à mes cuisses et un cri perçant s'échappe de moi au moment où il me pénètre avec force, tapant pile là où il faut. Ma prostate est stimulée par son bijou. Putain. De. Merde. Alors, en voici les effets...

— Merde, Will... tu es beaucoup trop sexy.

Il poursuit ses va-et-vient avec la même intensité. L'air devient irrespirable. L'ambiance, électrique.

Je vais mourir.

Le bruit des claquements de nos peaux et de nos gémissements emplit la pièce. Et j'espère que ce qu'a dit Mark à propos des murs est vrai. Autrement, je serais incapable de croiser le regard de ses voisins. Plus jamais.

Sans que je lui en fasse la demande, nos langues se touchent et se dévorent.

Je ressens tout à chaque coup de reins.

Sa chaleur grisante.

Sa taille imposante dans les moindres millimètres.

Son gland.

Son piercing.

Je ne suis plus que spasmes et lamentations. Un corps et une âme pris dans une délicieuse tourmente.

Ses coups de boutoir se font plus hâtifs. Je pose mes mains derrière son dos, et sans le vouloir ni le contrôler, mes ongles se plantent dans sa peau. Le piercing tape juste là où il faut et ce contact me fait voir des milliers d'étoiles. Jamais je n'aurais pensé qu'il me ferait autant de bien et je comprends mieux la décision de Mark.

Pile quand je croyais être au bord du gouffre, sa main humide caresse ma queue.

— Mark ! Mark !

Crier son nom vide presque l'entièreté de mes poumons.

— Will ! Tu es tellement bon… putain !

— Prends-moi. Prends tout de moi. Vas-y… plus profond ! Han !

Il se retire de mon antre, provoquant une sensation de vide, puis me balance sur le ventre pour à nouveau s'insinuer en moi. J'étouffe mes jurons dans l'oreiller.

Oh, Seigneur ! Il va finir par me tuer.

Son bassin claque contre mes fesses dans un rythme

soutenu, sans me laisser le temps d'encaisser. Il est sans merci. Est-ce que je m'en plains ? Bon Dieu, non !

— Est-ce que ton cul avalait aussi bien ton jouet que ma queue, Will ?

— N-Non, parviens-je à souffler en gémissant.

— J'espère bien pour toi. Comme ça, aucun risque que tu t'amuses sans moi.

Comme si je préférais l'inverse.

C'est ce que j'aurais dit si je ne m'étais pas senti venir.

— Mark… je vais jouir ! Laisse-moi jouir, s'il te plaît ! Bon sang… s'il te plaît.

— Oui, accepte-t-il d'un son guttural. Jouissons ensemble.

Bercé par sa proposition plus que tentante, mes abdos se contractent et mon plaisir grimpe au sommet en même temps que ses coups de reins diminuent et s'arrêtent. Nous basculons simultanément. Ma semence se déverse sur le drap.

Son souffle caresse mon dos. Il s'appuie contre moi sans apposer une quelconque force. Nous restons plusieurs secondes dans cette position avant qu'il ne décide de se retirer et de s'allonger à mon côté. Je tourne la tête, et nous sommes à présent face à face. Un sourire se dessine sur nos visages repus et profondément heureux.

Non seulement je le suis, mais je ne m'étais jamais senti aussi vivant. Tel un phénix qui renaît de ses cendres.

Chapitre 19

Mark

Les rayons du soleil, partiellement filtrés par les rideaux, me font papillonner des paupières. La première chose que je vois en les ouvrant, ce sont les cheveux soyeux et blonds du bel endormi. Je le devine grâce à sa respiration détendue et régulière. Mon torse est collé contre son dos et un de mes bras entoure sa taille. Sa peau est aussi douce qu'une pêche, mais également chaude.

Cela fait un sacré petit moment que je n'ai pas passé la nuit aux côtés de quelqu'un. Je n'ai rien dit à personne – à part mon meilleur ami, *of course* –, mais je n'ai pas couché jusqu'à William. Oui, bon, dans mon cas c'est beaucoup plus qu'un petit moment. Pas étonnant que je me sois montré aussi excité la nuit dernière, et les cris et supplications de Will n'ont rien arrangé. Comment fait-il pour être autant désirable ? Je me serais cru à ma première fois au lycée tellement je ressemblais à un ado en manque de cul depuis qu'il a goûté le fruit défendu.

Nous étions si épuisés par la soirée que nous venions de passer, qu'après nous être douchés, nous sommes tombés dans un profond sommeil.

Bien que je ne souhaite pas le réveiller, mon nez prend l'initiative de humer l'odeur de ses cheveux, puis de descendre sur sa nuque pour y déposer un baiser chaste. Il réagit instantanément dans un gémissement ensommeillé qui se répercute dans ma queue. Elle durcit et se frotte entre ses lobes. Je rêve d'y plonger à nouveau, encore et encore, jusqu'à ce que nous soyons incapables d'émettre la moindre pensée cohérente.

Ma main qui était sur sa taille vagabonde plus au sud et c'est avec une agréable surprise que je constate que sa hampe est rigide sous mon toucher. Je m'applique dans des mouvements de va-et-vient sans oublier son gland quand il pose ses mains sur la mienne, mais pas pour m'arrêter, bien au contraire.

Il gémit et respire de plus en plus vite. Moi de même tandis que je rajoute une torture supplémentaire. Je remue les hanches et fais coulisser mon sexe le long de sa raie.

— Hum... Mark...

La tonalité de sa voix m'indique qu'il risque de ne pas tenir longtemps comme ça. Une immense fierté vient gonfler mes poumons à l'idée qu'il puisse jouir rien qu'avec la masturbation.

J'augmente le rythme des deux côtés en ne lui

laissant aucun répit. Les poils de son cou se hérissent et une de ses mains se pose sur la courbe de ma fesse pour accompagner mes mouvements et sans doute m'encourager à continuer. Son corps est pris d'un spasme et sa semence recouvre mes doigts. La mienne peint son cul et son dos. Je serre les dents, mais ça ne suffit pas à retenir le son guttural qui sort de ma gorge. Will, lui, ne s'en donne pas la peine, comme si nous n'étions que tous les deux sur une île déserte à des milliers de kilomètres des zones habitables.

Les bruits qu'il émet alimentent mes fantasmes les plus enfouis. Jamais avant lui je n'avais eu envie de tout tester. Je ne parle pas de bondage ou un truc du genre, mais le fait d'échanger nos rôles. Je n'ai été passif qu'une seule fois et ça n'a pas été une expérience très agréable. Mais je ne refuserai pas de tenter à nouveau si c'est Will qui m'offre cette opportunité. Je n'en reviens pas de ce à quoi je suis en train de songer. Cet homme me rend non seulement fou, mais en plus de ça, j'envisage une chose impensable jusqu'à aujourd'hui. Bien évidemment, s'il préfère que l'on reste ainsi, je ne lui dirai rien. J'adore lui faire l'amour, m'enfoncer dans son cul chaud et bandant, le faire hurler de plaisir.

À présent, je crois qu'il me sera impossible de me lasser de lui. Je suis déjà foutu.

Il tourne la tête dans ma direction, respirant par la bouche. Ses yeux sont encore voilés par l'extase que nous venons d'avoir. Il est magnifique.

Je presse mes lèvres contre les siennes, nos langues se joignent à la danse dans un ballet sensuel auquel il met fin le premier, voyant que je ne suis pas près de m'éloigner.

Dans un sourire plus que satisfait, il soupire :

— C'est le meilleur réveil que j'aie eu de toute ma vie.

Mes lèvres s'étirent.

— Ravi de l'apprendre. On peut le refaire quand tu veux.

Il se tourne complètement, cette fois-ci. Ses cheveux sont désordonnés, lui donnant une allure sauvage et je trouve ça tellement sexy. Faut que j'arrête de dire ça. Il l'est en toutes circonstances.

Nos doigts s'entrelacent pendant que nous nous embrassons langoureusement, quand un gargouillis provient de son ventre. Je ris, coupant court à notre petit moment, ce qui n'a pas l'air de le déranger.

— Petit-déjeuner ? proposé-je.

— Avec plaisir, même si une deuxième douche ne serait pas de refus. Surtout que tu as joui sur mon dos.

— Et ton cul, rajouté-je, tout content, en claquant ses fesses bombées à souhait.

Ses éclats de rire font s'envoler des papillons dans mon ventre. Avant, je ne comprenais pas pourquoi on faisait cette comparaison. Je suis heureux de le découvrir avec lui.

*

L'odeur du bacon demeure dans la cuisine, même après avoir fini de déjeuner. Nous avons d'ailleurs opté pour un brunch, étant donné l'heure à laquelle nous sommes sortis du lit.

Je bois les dernières gorgées de mon café, debout, en l'observant siroter une tasse de chocolat chaud à la main et penché sur le plan de travail, le torse dénudé comme moi, avec un bas de pyjama que je lui ai prêté. Je dois sûrement le lorgner tel un gosse devant un magasin de bonbons.

Son pantalon, bien trop grand pour lui, tombe au creux de ses reins. On y voit la naissance de ses fesses.

Pourquoi ou comment est-il si calme ? Espère-t-il que je me jette sur lui, ici, dans cette cuisine ? Si oui, il commence à me connaître par cœur.

C'est tout naturellement que je me poste derrière William après avoir posé ma tasse vide dans l'évier.

— Il faut que tu me donnes ta recette de chocolat chaud, me demande-t-il en ne se doutant pas de là où je me tiens. À cause de toi maintenant, quand j'en fais à la maison le week-end, Hope refuse d'en boire. Elle dit qu'il manque l'ingrédient magique. Au fait, c'est quoi cette histoire d'ingrédient ?

Mes bras s'enroulent autour de sa taille et mon menton se pose sur son épaule. Aucun sursaut, preuve qu'il m'a vu venir, ou simplement qu'il a assez confiance en moi pour baisser sa garde.

— Je crois que c'est bien à cause de moi. Pour le deux, je veux dire. J'ai peut-être insinué que nous rajoutions un aliment rare que l'on ne peut trouver que dans un seul endroit.

Ses doigts caressent mes bras.

— Ah oui, et où ça ?

J'entends un sourire dans sa voix, qui fait bondir mon cœur.

— Dans une île que l'on appelle Magic Island.

— Dis-moi que tu ne lui as pas dit ça, rit-il.

— Oups…

— Tu es au courant que même si elle ne croit pas au père Noël, elle saura très rapidement l'odieux mensonge que tu lui as servi.

En même temps, le père Noël est une grosse arnaque quand on y pense. Un vieil homme qui habite au pôle Nord et qui délivre des cadeaux dans le monde entier en une seule nuit avec son traîneau et ses rennes. On dirait une histoire qu'un mec sous crack aurait racontée.

— Eh bien… je compte sur toi pour garder le secret.

Je baisse ma tête pour atteindre sa nuque et je ne prends pas la peine de résister. Ça commence par un baiser, puis deux, puis trois…

Des complaintes enflammées sortent de sa bouche. Son corps frémit lorsque je dirige mes attaques derrière son oreille. Cela semble lui faire beaucoup d'effet si je me fie à son petit sursaut. Ai-je fait exprès ? Totalement. Cet endroit est réputé pour être une zone érogène chez certaines personnes. Pour d'autres, ce sont les tétons ou encore le bas des reins. Chez Will, c'est tout à la fois. Il n'est pas compliqué à satisfaire, tout comme moi. Un rien nous suffit pour plonger dans les tréfonds du plaisir. Mes doigts parcourent son torse pendant que les siens s'engouffrent dans mes cheveux en les empoignant.

— Mark... j'ai envie de toi... maintenant.

Je stoppe mes baisers pour lui chuchoter d'une voix rauque :

— Allons dans la chambre. Malheureusement, je n'ai pas pensé à foutre des capotes dans cette cuisine.

— Maintenant, tu le sauras.

Sa réponse est si spontanée que j'en ris avant de lui prendre la main et de l'emmener dans notre antre dans lequel nous passerons l'après-midi et la soirée à faire l'amour. Nous ne sommes plus que deux corps avides de désir, suants, gémissants et tremblotants sous les effets de cette dopamine salvatrice. Impossible de se séparer plus de deux minutes sans quémander. C'est sans aucun doute le résultat attendu après cette privation tortueuse.

Il est devenu ma drogue.

*

La chaleur de la pièce est insoutenable, semblable à celle que l'on peut retrouver dans un sauna. La chambre sent le sexe. Une odeur musquée causée par la sueur et notre semence. C'est bestial et tellement érotique.

Seuls des râles et le claquement de nos peaux font

la musique. Je suis à moitié assis sur le lit. William me chevauche et s'empale sur ma queue dans un rythme effréné. J'apporte toute l'aide dont il a besoin pour le mener à la jouissance. De là où je me tiens, j'ai vue sur son cul qui coulisse le long de mon sexe. Je pourrais repartir uniquement en le voyant ainsi. Sa bouche ouverte est un appel et je fonce pour l'assaillir. Ses cris meurent dans la mienne alors que je contracte mes fesses et soulève mes hanches pour le pénétrer toujours plus profondément en appuyant mes mains sur ses cuisses rougies et terriblement chaudes.

— Baise-moi... S'il te plaît, continue ! Je veux te sentir en moi pendant des jours.

Je m'écarte de son visage, assez pour croiser son regard embué, tout en remuant le bassin.

— Ça sera le cas, crois-moi. Et chaque fois que tu t'assoiras, tu te souviendras de moi. De cet instant.

Nous accélérons jusqu'à ce que je voie l'obscurité recouvrir ma vision, mais cette sensation s'évanouit peu à peu. Nous redescendons. Je jouis dans le préservatif quand les muscles de son corps m'emprisonnent. Will rejette sa tête en arrière en hurlant et en se tenant à mes épaules. Un filet blanchâtre et chaud gicle et atterrit sur mon torse. Essoufflés, le cœur battant à mille à l'heure, nous essayons de reprendre une respiration normale. Je passe une main dans son dos pour l'inviter à se reposer sur moi. Il le fait instinctivement et se loge dans mon cou. Je caresse sa peau, délicatement.

Deux minutes s'écoulent sans dire quoi que ce soit. À vrai dire, ce n'est pas qu'on ne veut pas, mais plutôt qu'on ne peut pas. C'est lui qui finit par rompre ce silence haletant.

— Je crois... que je serai incapable de remettre ça tout de suite.

Je pouffe de rire.

— Moi non plus, je t'avoue, et de toute manière, nous avons vidé la boîte de préservatifs.

C'est à son tour de rire. Étant toujours en lui, je vous laisse imaginer l'effet que ça me fait.

— Tu m'as complètement épuisé, m'accuse-t-il comme s'il ne m'avait pas supplié il y a quelques minutes de cela.

— Heureux de l'apprendre, et toi aussi je te ferai dire.

— On va devoir reprendre une douche.

Sa voix devient plus ensommeillée. Il est prêt pour faire son Beau au bois dormant.

— Tu peux t'endormir, je m'occupe de toi.

— Hum...

Moi aussi il va falloir que je dorme, car après tout, demain en début d'après-midi, j'ai un shooting photo et il est hors de question de me ramener... shooté, justement. Tiens, en parlant de ça.

— Will ?

— Hum ?

— Ça te dirait de m'accompagner demain ?

Il se redresse et quitte mon cou, provoquant soudainement une vague de froid. Il ne paraît plus à moitié endormi, mais parfaitement réveillé malgré ses cheveux en pétard.

— Seulement si tu le souhaites et que tu n'as rien de prévu, bien entendu, précisé-je pour ne pas que ça ait l'air d'un ordre.

Ses yeux pétillent et un timide sourire étire ses lèvres.

— Je-j'aurais adoré, mais je ne suis pas sûr qu'ils...

— Ils ont déjà dit oui, le coupé-je. J'ai le droit de ramener qui je veux à une condition : que ce ne soit pas tout le temps. Ils ont peur que la présence d'un proche perturbe la séance.

— Et... je ne risque pas de la perturber ? demande-t-il en cachant son amusement.

Je louche sur sa bouche.

— Tu la perturberas même si tu n'y es pas. Donc autant que tu viennes, tu ne trouves pas ?

Il se mord les lèvres. J'ai remarqué qu'il le fait parfois sans s'en rendre compte. Là, pas sûr que ce ne soit pas intentionnel.

— Alors... c'est d'accord !

Cette annonce fait monter en moi un sentiment d'accomplissement, de joie intense. Je me retiens de hurler. Mes murs sont bien isolés, certes, mais sait-on jamais...

— J'ai hâte de découvrir là où tu travailles en dehors du café.

— Je suis content que tu sois aussi enthousiaste.

Un silence complice s'installe, puis une tension palpable la remplace. J'effleure la peau du bas de ses reins. Pris par ce qui semble être des chatouillis, il frémit. Je me régale de ses réactions. Will est si facile à lire. Je peux voir le désir renaître dans ses iris bleutés. Mais je sais que ni lui ni moi ne pourrons tenir une minute de plus. Nous avons grand besoin de repos. Pourtant, j'ai la forte impression qu'il en redemande.

À moins que…

— En passant, on va devoir faire quelques courses, souffle-t-il, ce qui a le don de raffermir ma queue.

… ce soit dans le but de remettre ça à plus tard.

Il pince ses lèvres, dû à la sensation.

— Tu m'ôtes les mots de la bouche.

***

Comme convenu la nuit dernière, c'est ensemble que nous franchissons les portes d'*Elite Agency* après avoir fait un saut par chez lui pour qu'il puisse changer de tenue. Peut-être que la prochaine fois, il amènera des affaires de rechange. En tout cas, j'espère pour lui parce qu'il est hors de question qu'il rentre sous ce prétexte.

Putain, me voilà possessif maintenant.

Le regard curieux et émerveillé de Will sonde le hall d'entrée. Merde, il est si mignon. Hope a exactement le même regard quand on lui apporte son goûter. Désormais, je sais de qui elle tient ça.

Je lui fais signe de me suivre, sinon il risque de se perdre dans sa contemplation. Très vite, au détour des couloirs, nous tombons sur Mia. Toujours bien habillée, munie de son porte-dossiers et d'un stylo, elle nous repère aussitôt. La présence de mon amant ne la surprend pas, car je l'ai prévenue tôt dans la matinée et non pas dans la soirée de peur de la déranger. La pauvre a déjà tellement à faire avec moi, alors inutile d'en rajouter. Elle interrompt sa discussion avec son interlocuteur et avance dans notre direction. Sa démarche est féminine et témoigne d'une assurance comme on en possède rarement. Ça ne m'étonne pas d'elle, elle est géniale. C'est en quelque sorte la Wonder Woman des agentes. À croire qu'elle me soudoie pour le penser.

Je lui fais la bise pour la saluer et rapproche mon ami. Voilà une chose que je lui cache pour le moment. Je ne veux pas tout compliquer, même si je suis autorisé à avoir une relation amoureuse en public.

— Mia, voici William. William, je te présente ma formidable agente.

— C'est un plaisir de vous rencontrer, lance-t-elle, tout sourire.

— De même, il m'a beaucoup parlé de vous.

Elle hausse les sourcils, surprise.

— Ah oui ? Vraiment ? Quand ? Et qu'a-t-il dit ? Que j'étais la meilleure, j'espère.

Je lève les yeux au ciel, amusé. Cela dit, elle n'aura pas tort s'il lui avoue. Mais ce qu'elle ne sait pas, ce sont les qualités que je lui ai attribuées, comme par exemple...

— Bon, Mark, tu as une grosse séance, aujourd'hui, alors je te prierai de bouger tes jolies fesses jusqu'à ta loge.

...sa capacité à être très directive.

— Oui, Cheffe, réponds-je en lui faisant un salut de l'armée.

Étant habituée, elle réagit à peine.

Je montre le chemin à Will et nous croisons le personnel et d'autres mannequins dans les couloirs. Mia nous rejoint quelques secondes plus tard. Je retrouve ma « loge », comme elle l'aime l'appeler, et commence par retirer ma veste pour la mettre sur le portemanteau. J'encourage Will à se débarrasser de son manteau de saison. Nous avons la chance d'avoir une bonne climatisation pour l'été ainsi qu'une bonne isolation pour l'hiver. Après tout, c'est une agence très réputée. Ce n'est pas surprenant d'y trouver autant d'atouts.

— William, vous... On peut se tutoyer, au fait ?

— Oui, bien sûr.

— Veux-tu boire quelque chose ? demande Mia sur le pas de la porte.

Hésitant, il me regarde.

— Ça risque d'être long, interviens-je, donc tu devrais prendre un truc. Notre machine fait du chocolat chaud si tu préfères.

Là, ce n'est plus du doute que je perçois, mais bien

une terrible envie. Il est tellement adorable, putain ! Il suffit de lui donner cela pour le rendre heureux. Si c'est ça, je lui en offrirai autant que son cœur désire.

William acquiesce, bien évidemment. Mia interpelle un des employés dans le couloir et lui dicte sa commande, toujours avec respect et politesse. L'homme revient quelques instants après, une tasse – oui, une tasse et non pas un gobelet en papier – chaude à la main, accompagnée d'une bouteille d'eau pour moi. Nous le remercions chaleureusement. Will part s'installer sur le canapé pour siroter sa boisson favorite, quand une maquilleuse arrive et dispose son nécessaire sur la table où je suis assis. Quant à moi, j'ôte mon haut devant le miroir afin de me préparer à enfiler ma tenue. Mon attention dérive vers la tête de Mia qui fixe mon dos, les yeux écarquillés et la bouche légèrement entrouverte. Curieux de la raison qui la pousse à réagir ainsi, alors qu'elle m'a vu quasiment nu de nombreuses fois, je me tourne.

— Quoi ? Qu'est-ce qu'il y a ?

Sans bouger d'un iota, elle parvient à verrouiller son regard au mien. Elle avale une goulée d'air sans l'expirer par la bouche, décontracte sa mâchoire et prend une mine sérieuse, mais ô combien amicale.

— Émilie, peux-tu nous laisser deux petites minutes, s'il te plaît ?

Elle accepte et se retire en refermant la porte, s'épargnant par la même occasion les foudres de Mia qui dépose fermement son porte-dossiers sur la table.

— Je peux savoir ce que tu fous au juste ?

Je fronce les sourcils.

— Pardon ? rétorqué-je, confus.

— Écoute. Je soupçonne deux causes à ce problème, mime-t-elle avec ses doigts. Soit tu as combattu un tigre qui se serait échappé d'un zoo par je ne sais quel miracle. Soit tu as un peu trop taquiné la bête à deux dos.

Euh... Qu'est-ce qu'il se passe ? Pourquoi elle insinue que j'ai couché, cette nuit ? Aurait-elle des dons de voyance ? Je savais qu'elle n'était pas nette !

— Mia, je...

— Ton dos. Ose me dire que c'est la première possibilité qui est juste et je t'étrangle.

Je me lève et essaye de me contorsionner pour voir ce qu'il y a sur ma peau.

Oh...

— J'ignore qui t'a fait d'aussi belles griffures, mais... s'interrompt-elle lorsque le coupable avale de travers en recrachant son chocolat, nous faisant reporter notre attention sur lui.

William toussote difficilement et tape sur sa poitrine avec son poing. Je me retiens de rire au moment où le regard exaspéré de Mia me fusille.

— Bien sûr... Un ami, hein ? T'es au courant que cette petite incartade risque de retarder la séance et donc le planning ? Tu n'imagines pas le nombre de marques célèbres qui souhaitent voir des mannequins dans la collection du Nouvel An. Sauf que nous n'en avons pas assez qui se tiennent tranquilles et qui font ce qu'on leur dit.

Je baisse les yeux, honteux. Ça ne me ressemble pas, mais pour ma défense, comment aurais-je pu réagir lorsque j'étais perdu dans le plaisir ? Je n'ai rien senti.

— Je suis sincèrement désolé, Mia.

— Non, intervient Will en nous rejoignant, l'air contrit. C'est moi qui devrais l'être. Je m'excuse, ça ne se reproduira pas.

— Hmm… Ne fais pas de promesses que tu ne pourras tenir, lui souris-je pour l'embarrasser.

Il évite mon regard et je peux jurer qu'il rougit ! Putain, il me donne envie de recommencer. Je pourrais affronter la tempête Mia de bon cœur si ça me permet de retrouver le bonheur que j'avais dans ses bras.

— Je suis vraiment, vraiment désolé.

— Pas moi, lâché-je du tac au tac.

— Mark, me reprend-il.

S'il espère que je cesse de le faire s'empourprer, il a autant de chances de voir un éléphant voler.

Mia lève les yeux au ciel.

— Je ne vous reproche pas d'avoir une vie sexuelle parfaitement épanouie. Ce que je veux, c'est que vous fassiez très attention. Nous avons besoin de son corps intact, surtout si c'est pour de la lingerie. N'oublie pas que tu es notre vitrine, alors… ?

— Oui, madame. Je sais. C'est juste que cette fois… Eh bien… je n'étais pas en mesure de me contrôler.

— Oh Seigneur…, soupire-t-il en cachant son visage d'une main.

Je ris et la carapace de Mia s'effrite puisqu'un beau sourire vient illuminer sa figure. Elle me regarde tendrement. Là, ce n'est plus l'agente, mais mon amie.

— Je suis heureuse pour toi. Il y a bien longtemps que je ne t'avais pas vu ainsi.

Elle reporte son attention sur Will.

— Tu as une sacrée chance, William. Fais attention à lui, j'y tiens beaucoup.

La gêne laisse place à la douceur.

— Merci, dit-il d'une voix timide, j'en suis effectivement conscient.

— Tu n'es pas le seul à l'être, rétorqué-je sans réfléchir.

Ses lèvres s'étirent jusqu'aux oreilles.

Mon amie a raison. Il y a bien longtemps que je ne m'étais pas senti aussi heureux. Ça, je le lui dois. En l'espace de quelques mois, il a su se frayer un chemin jusqu'à moi. Un chemin que peu de personnes ont emprunté. À force de ne vivre que d'histoires d'un soir, j'ai perdu cette habitude. Je n'étais plus moi, seulement un passager.

— Mohhh, c'est mignon. Bon allez, maintenant, au boulot ! nous réveille-t-elle en tapant des mains. Je ne suis pas assez payée pour assister à vos déclarations d'amour.

Nous nous rasseyons immédiatement chacun de

notre côté tandis que la maquilleuse revient. J'entends Mia lui donner quelques petites instructions pour cacher les marques. Devant le miroir, nos regards se cherchent et se trouvent. Cette complicité durera le temps de la préparation pour la caméra.

*

Durant la séance, du début à la fin, j'éprouve des difficultés à me concentrer. Par chance, aucun ne semble le remarquer. Je le sens. Nos yeux se dévorent à chaque seconde, nous remémorant nos ébats, car j'en portais les stigmates.

Fort heureusement, le lieu et la situation ne sont pas propices à avoir une érection. Encore moins alors que je suis en boxer.

À la fin du shooting, quand l'attention n'est plus fixée sur nous, je glisse quelques mots à son oreille. Des mots qui le font frissonner.

— Je pourrais clouer tes mains au-dessus de la tête de lit la prochaine fois que je me retrouverai en toi. Ça t'irait ou tu en as vraiment besoin pour jouir ?

Et alors que je pensais qu'il serait le seul à rougir, il me répond sur le même ton :

— Nous n'avons qu'à essayer…

Je ne le savais pas si allumeur. Il cache bien son jeu.

Chapitre 20

William

Retourner bosser après ce week-end fabuleux est une véritable torture. Mon esprit est resté avec lui depuis la seconde où nous nous sommes quittés. Juste après sa séance, nous sommes passés dans une pharmacie récupérer ce dont nous avions besoin avant de revenir chez lui. La tension qui émanait de nous lors de son shooting était explosive et les mots glissés à mon oreille à la fin m'avaient laissé pantelant et fiévreux. À peine la porte fermée, il m'a conduit jusqu'à la chambre, comme si je ne connaissais pas le chemin. Impossible, vu le nombre de fois où nous nous sommes retrouvés à l'intérieur en l'espace de deux jours.

Mon corps, lui, s'en souvient.

Mais nos parties de jambes en l'air n'ont pas été sans séquelles. Si Mark a des traces de griffures dans le dos, ce sont mes fesses qui sont douloureuses. J'en ai l'éternel rappel quand je m'assois. Je le sens toujours en moi et cette sensation me grise. On peut dire qu'il a su tenir sa promesse et c'est loin de me déplaire. Sur le coup, ça fait un mal de chien, mais ensuite, je me souviens de la délicieuse brûlure.

Est-ce que quelque chose cloche chez moi pour que je puisse trouver cela aussi agréable ?

Assis dans mon bureau, je poursuis mes recherches de biens afin d'en sélectionner pour les quelques clients qui ont décidé de faire appel à nos services. Et à quelques jours des vacances de fin d'année, nous avons intérêt à trimer. Hana étant actuellement en vacances, nous sommes trois, puis bientôt deux puisque ça sera au tour de Lindsey d'y être. Alejandro en prendra en janvier et quant à moi, j'ai choisi la deuxième semaine pour rester auprès de ma fille. Elle passera la première chez sa mère et cette idée me tiraille, ce qui est le cas à chaque congé. Surtout durant de longues périodes comme Noël. Une semaine, c'est beaucoup pour une enfant qui n'est habituée à sa maman qu'un week-end sur deux. J'ai peur qu'elle ne se sente pas à l'aise avec eux. Tous les jours, je ne cesserai de penser à elle et de l'appeler. Nous avons besoin de nous entendre au téléphone pour remplacer les bisous du soir, même si ça ne les égale pas.

J'aimerais que ce vendredi n'arrive jamais. Je ne suis pas prêt. Pas prêt de la voir partir avec sa peluche T-rex fétiche. Son obsession pour les dinosaures date de la première fois où je l'ai emmenée au musée. Je me souviens que sa réaction m'avait étonné. Elle m'étonne toujours d'ailleurs. Tous les enfants présents semblaient terrifiés par cette créature mesurant plusieurs mètres de hauteur, alors qu'elle, du haut de ses trois ans, était en totale admiration. Face à cette bravoure et cette curiosité débordante, une des guides lui avait offert une peluche représentant l'animal. Celle qu'elle a aujourd'hui. Depuis, elle ne veut plus la quitter. Cette enfant ne ressemble à aucune autre, c'est certain.

Ses cadeaux sont déjà emballés et soigneusement cachés dans ma chambre, dans mon armoire, tout en haut, là où elle ne peut les atteindre. Je lui ai acheté tout un tas de dinosaures miniatures et j'ai commandé une énième peluche. Une licorne, pour changer. Les yeux pétillants qu'elle avait devant la vitrine la dernière fois m'ont convaincu de la lui offrir. Certes, l'objet ne fait pas la taille d'un cheval, mais j'espère qu'elle s'en contentera.

J'ai été surpris face à ce revirement. Changerait-elle de phase ? Tous les enfants en ont. Ça fait partie du processus. Gamin, j'adorais jouer aux petites voitures, mais du jour au lendemain, j'ai commencé à m'amuser à construire des châteaux avec des tuiles en bois. Je me suis donc intéressé à l'architecture dès le plus jeune âge. J'aurais aimé devenir architecte, mais les longues études ainsi que leur difficulté m'en ont dissuadé. Pourtant, ça ne m'a pas empêché de trouver ma voie. Je suis heureux de faire un métier que j'apprécie, de me lever le matin avec une attitude positive. Ce n'est pas donné, de nos jours. À présent, on force des enfants à choisir leur future activité alors même qu'ils ne sont pas au courant de ce que tout ça implique. C'est dans ces moments-là que l'on peut affirmer que c'était mieux avant. Je me sens vieux en pensant cela.

Je suis tiré de mes réflexions par Alejandro qui toque à ma porte, puis entre. Il a encore son manteau sur les épaules, fraîchement sorti de sa visite matinale. Dans sa main, quelques courriers qu'il a récupérés dans notre boîte aux lettres. Je laisse tout de suite tomber ce que je suis en train de faire. Je délaisse le clavier et me redresse sur mon siège.

— Eh, comment ça s'est déroulé ? me renseigné-je, quelque peu inquiet tandis qu'il se tient debout devant moi.

— Je ne veux pas me montrer trop optimiste, mais je pense que c'est en bonne voie.

Un profond soupir passe de mes poumons à ma bouche. Jusqu'alors, je ne m'étais pas rendu compte que j'étais en totale apnée.

—Ouais, je suis d'accord, c'est un sacré soulagement. Heureusement qu'il nous reste d'excellents clients.

Je colle mon dos au siège.

— Tu m'étonnes. Ça fait plusieurs semaines qu'on se donne un mal fou pour dégoter les meilleurs biens. On a l'exclu, mais pour combien de temps ? Si nous ne retrouvons pas notre rythme d'avant, cette entreprise ne va pas pouvoir tenir longtemps.

Il opine tristement de la tête, et un faux demi-sourire orne le coin de sa bouche.

— Alors, on n'a plus qu'à prier.

— Ce n'était pas déjà le cas ? Alejandro, nous avons beau faire tous les efforts du monde, nous n'y arriverons pas.

— J'en suis conscient, et c'est pour ça qu'on doit agir.

Je fronce les sourcils.

— Comment ? En nous octroyant une page de pub à la télévision ? Tu imagines combien ça coûte à New York ? On en a pour nos économies et encore, nous ne sommes pas sûrs d'élargir notre clientèle.

— Je ne parle pas de ça et tu le sais très bien.

— Tu serais capable de me pondre un truc pareil.

Il hausse les épaules.

— Peut-être bien. Pour une fois que je n'y ai pas songé.

Ben voyons… C'est sans doute la première idée qui lui est venue, à ce petit malin. Je dois avouer que cette solution serait la plus efficace.

— Alors à quoi tu penses ? Pas de propositions farfelues, s'il te plaît, ajouté-je aussitôt quand il ouvre la bouche.

Il marque un temps, prouvant qu'elle l'était bien.

— Je pensais au responsable de ce massacre.

Je souffle.

— Alejandro… On en a déjà parlé.

Il pose le courrier sur le bureau.

—Attends, laisse-moi finir, objecte-t-il en s'asseyant. Ose me dire que c'est complètement fou qu'après être entrés en conflit avec Henderson, on se retrouve avec un tas d'emmerdes. Voyons, Will… Je suis conscient que je raconte beaucoup de conneries, mais là, ça n'en est pas une.

— T'en racontes toujours, alors pas la peine de parler au passé, rajouté-je en plaisantant à moitié pour le charrier.

— OK, si tu veux. Ceci étant, nous ne devons pas écarter cette piste.

— Et comment comptes-tu agir si c'est bien ce que tu penses ?

Il me regarde, l'air de dire que je fais exprès de ne pas saisir ses propos.

— Eh bien, aller chez les flics, pour commencer !

— Oui, ça, j'avais compris que tu souhaitais les en informer, et ce, avant que ça dégénère. D'ailleurs, que vas-tu leur dire ?

— La vérité. Que depuis qu'il s'est pointé, tout dégringole.

Je laisse le silence répondre à ma place. Toutefois, vu que ça n'a pas l'air de le questionner, je poursuis mon interrogatoire en jouant avec un stylo.

— Quelles preuves as-tu rassemblées ?

— Euh… Des preuves ? répète-t-il de la même façon

que Hope quand je lui demande si elle a mangé le reste de la tablette de chocolat.

— Oui, Alejandro, des preuves. Une ou plusieurs choses écrites, filmées ou je ne sais quoi, qui démontreraient nos soupçons et mèneront à la justice. Tu en as sur toi ?

— Mais comment veux-tu que j'aie ça, moi ?! Il nous a clairement menacés, Will ! Ça doit amplement suffire.

Je m'esclaffe.

— T'oublies de quelle justice on parle. Celle qui emprisonne des innocents. Celle qui juge selon ta couleur de peau ou ton origine. Celle qui file le maximum à une personne qui, certes a commis des vols, mais n'a fait de mal à personne. En revanche, on donne la peine minimale à un meurtrier pour le relâcher ensuite dans la nature après un an de sursis. Tout ceci sous prétexte qu'il s'est bien comporté, alors qu'à peine quelques jours plus tard, il se permet de recommencer. Encore et encore. C'est de cette justice-là dont on parle. Donc il est hors de question de nous pointer sans preuves. Auquel cas, nous perdrons. Ça a toujours été ainsi.

La mine de mon ami se fait plus morne. Il semble mesurer la réalité de la situation, en plus de la peine que cela nous inflige à nous, honnêtes citoyens, qui n'avons rien demandé de la sorte. Si ça ne tenait qu'à nous, tous les criminels et malfrats se retrouveraient derrière les barreaux. Si seulement.

— D'accord, Will. Notre monde n'est sûrement pas

le pays des merveilles, mais ce n'est pas pour autant qu'on doit se laisser faire.

— Je n'ai pas dit ça, riposté-je tendrement. Moi aussi, je suis persuadé que tout ça n'est pas arrivé par hasard. Néanmoins, on ne peut pas agir pour l'instant. Nous devons réfléchir plus posément et patienter.

Il soupire par le nez.

— Si on attend, on ne risque pas de faire long feu. On en revient à notre précédente conversation. Ça ne sert à rien de tourner en rond.

Il se lève de sa chaise, dépité.

— Ale…

— Non, oublie. Je te laisse te pencher dessus. Pour le moment, lis le courrier. Je n'ai ouvert que ce qui me concerne, le reste t'est destiné.

Il quitte mon bureau et je ressens une douleur au niveau de mon cœur. Cette fin de discussion me fait regretter les propos que j'ai tenus. J'ai peur qu'il n'interprète mal mes dires. Je ne veux pas qu'il s'inquiète, c'est aussi simple que ça. Un Alejandro qui s'inquiète, ce n'est pas bon. C'est l'une des rares fois où je le vois si sérieux. Je préfère quand il me charrie, comme sur notre virée shopping très, très spéciale. Il sait que j'ai utilisé les accessoires, mais on n'en a presque pas parlé.

Je rejette la tête en arrière et expire l'air comprimé dans mes poumons. En la baissant, mes yeux tombent sur la pile de courrier. Je n'attends pas plus longtemps et la feuillette pour en déterminer l'ordre de priorité.

L'un est d'une cliente qui, ne pouvant se déplacer à l'agence, a renvoyé le contrat signé. En voilà une bonne nouvelle. C'est rare qu'ils le fassent par courrier et non par e-mail de nos jours. Le suivant est celui d'un autre client qui nous envoie les pièces justificatives pour son dossier. Je le mets de côté et m'attaque à la troisième enveloppe. Je tique en ne voyant aucun nom provenant de l'expéditeur. Étrange. Il est seulement noté «À l'attention de M. Allen». Mon cœur se serre. Pourquoi devrais-je avoir peur d'une simple lettre? Mais oui, ce n'est rien.

Je prends mon courage à deux mains, si je puis le dire dans une telle circonstance, et l'ouvre. À l'intérieur, un papier à lettres plié en deux. En stoppant mes mouvements, je remarque que mes mains sursautent. Je respire un bon coup et le lis. J'étais à mille lieues d'imaginer ce qui était écrit...

Vous avez voulu jouer, vous en payez maintenant le prix. Parlez, et je n'hésiterai pas à passer à l'étape supérieure.

Les battements de mon cœur se font plus erratiques. Ma cage thoracique se compresse, l'air circule difficilement.

Alejandro avait raison. C'est lui, Henderson. Bon sang que j'ai été stupide... J'ai essayé de lui faire croire que tout ça était dans sa tête. Que c'était tout bonnement impossible qu'il s'agisse de lui. Quel piètre ami je fais...

On toque et je range immédiatement la lettre sur le côté devant mon ordinateur pour que seul moi la voie. Par miracle, je parviens à cacher mon expression paniquée. Alejandro reste sur le pas de la porte et me lance :

— Je suis désolé pour tout à l'heure. Je ne voulais pas te parler aussi sèchement.

— Non, c'est moi qui te dois des excuses. Je ne pensais pas ce que je disais, tu n'es pas fou, Alejandro. Du moins, pas tout le temps.

Ma tentative de plaisanterie pour apaiser l'ambiance fonctionne, car il retrouve son sourire habituel.

— Tu mérites que je t'invite à déjeuner avec ce beau compliment. Ça te tente ? Lindsey m'a dit qu'elle restait et qu'elle ferait sa pause ici plus tard.

— Ça marche, souris-je pour masquer mon état.

Dès que la porte se referme, les muscles de mon visage s'affaissent. Pour cause : je viens de mentir à mon meilleur ami en omettant cette information cruciale qui pourrait changer beaucoup de choses. Toutefois, j'espère agir pour son bien en l'épargnant.

***

Cette journée a été épuisante. L'absence de Mark au café n'a pas aidé à la rendre meilleure, loin de là. Il m'a envoyé un message pour s'excuser de ne pas avoir été présent. Bien qu'il n'ait pas à être désolé. Il a des obligations. Ses mots m'ont tout de même réchauffé le cœur. Le fait qu'il ait pensé à moi représente bien plus qu'il ne peut l'imaginer.

Mark : Tu ne quittes jamais mon esprit. On se verra demain, promis.

Hope et moi pénétrons dans notre immeuble, je me dirige vers les boîtes aux lettres comme tous les jours, puis nous montons. Arrivés chez nous, Hope enlève ses chaussures ainsi que son manteau et se précipite dans sa chambre.

— Ma Puce, ce n'est pas la peine de courir, lui dis-je doucement mais à la fois fermement pour qu'elle m'entende.

— Oui, papa ! répond-elle depuis son antre.

Une vraie pile électrique.

Je me débarrasse de mes vêtements d'extérieur, pose mon attaché-case sur le plan de travail de la cuisine et épluche le courrier. Beaucoup de publicités, de relevés et de factures. Rien d'anormal jusqu'à cette fameuse lettre... La même que j'ai reçue plus tôt dans la matinée au bureau. J'avale la bile qui me monte à la gorge, la boule au ventre, et décide de l'ouvrir.

Ne faites rien que vous regretteriez,
pour le bien de votre fille.

C'en est trop ! La colère me submerge, recouvrant la peur partiellement inexistante en lisant ces mots et notamment la mention de Hope, ce que j'ai de plus précieux au monde. Qu'on s'attaque à moi, passe encore, mais qu'on me menace dans ma propre maison, là où mon enfant vit, je ne peux le tolérer.

La lettre tape la table, témoignant de ma rage. Je sens le feu bouillir en moi. Je sais ce qu'il me reste à faire désormais. Écouter mon ami et nous débarrasser de cet homme.

Une idée me traverse soudainement l'esprit. Il faut que j'apporte une preuve formelle que c'est bien Henderson l'expéditeur. J'attrape mon sac et étale les divers documents sur la table de la salle à manger.

— Papa ? Qu'est-ce que tu fais ? intervient Hope que je n'ai pas vue venir.

— Rien, ma chérie, lui affirmé-je tout en continuant. Commence à faire tes devoirs, papa arrive.

Elle s'en va avec une moue, pas le moins du monde ravie que je lui rappelle cela.

Je fouille pendant plusieurs secondes à la recherche du dossier Henderson. Pourquoi ? Parce que cet abruti n'a pas été si malin que ça en écrivant une lettre manuscrite. Une fois trouvé, je dispose la missive à côté, compare les deux... et bingo ! C'est exactement la même. Il ne me reste plus qu'à apporter les preuves aux autorités.

C'est toi qui vas le regretter.

Chapitre 21
William

Le lendemain matin, je dépose Hope à l'école avant de partir pour le commissariat, prétextant auprès de mon ami un repérage pour un client aux alentours du centre. Muni des preuves, je franchis les portes du bâtiment, plutôt confiant, accueilli par un brouhaha. Les employés défilent, apprêtés de tenues conformes au règlement : arme, badge, et j'en passe.

Je me fraye un chemin jusqu'à l'accueil et constate que je n'aurai pas à faire la queue longtemps.

— Bonjour, monsieur, que puis-je pour vous ? me demande l'agent derrière le bureau.

— Bonjour, je souhaiterais déposer plainte.

Il pianote.

— Très bien, donnez-moi deux petites secondes.

J'opine de la tête en laissant vagabonder mon regard dans l'immense salle, quand je repère un homme aux traits familiers. Un policier discutant avec son collègue et se dirigeant vers moi, mais qui ne remarque pas mes coups d'œil insistants. Ses yeux, sa couleur de peau, ses cheveux noirs enroulés dans un chignon. Il ressemble étrangement à…

J'interromps mes pensées lorsque ses prunelles se verrouillent aux miennes. Il fronce les sourcils et sourit.

— William ?

Je demeure muet, incapable de répondre. Il se tient à mes côtés, délaissant son partenaire qui part après lui avoir dit qu'il le rejoindrait plus tard.

— Tu… Vous êtes bien William, c'est bien ça ? corrige-t-il.

— Oui, mais… euh.

— Je suis Jesse.

Je forme un «o» avec ma bouche, réalisant qui il est tandis qu'il me tend sa main que j'accepte avec plaisir. Je suis tombé sur le grand frère de Mark ! J'avais complètement oublié qu'il était policier. Ce n'est que maintenant que je m'en souviens. Pour ma défense, on en a rarement parlé. Pas parce qu'on était en train de… bon, peut-être que si, finalement. Mais nos conversations étaient centrées sur nous deux et non sur la famille. Rien de plus normal quand on apprend à se connaître.

— Je m'en occupe, Carl, dit-il à l'intention de l'homme à l'accueil qui acquiesce, avant de reporter son regard sur moi. Je suis content de voir la personne qui rend fou mon petit frère. On peut se tutoyer ? Ça ne te dérange pas ?

Il a exactement le même sourire.

— Moi aussi, je suis heureux de te rencontrer, et oui, on peut se tutoyer, ça ne me pose aucun problème, au contraire.

— C'est un lieu plutôt étrange quand on y pense, pour une première rencontre. Qu'est-ce qui t'amène ici ? Tu as un souci ? s'inquiète-t-il alors qu'il vient juste de me rencontrer.

Ma réponse peine à sortir et je vois bien qu'il l'attend. Mais sur le coup, j'hésite à lui avouer la raison de ma présence. Au début, je croyais qu'échanger avec un total inconnu, qui plus est un professionnel, serait chose aisée. Contrairement à maintenant, puisqu'il s'agit du frère de mon amant.

La tête de Jesse penche légèrement, cherchant à me sortir de mon silence et de mon regard vide.

— William ? Est-ce que ça va ? Je sais qu'on ne se connaît pas assez, mais tu peux m'en parler. Oublie qui je suis et ne vois en moi que le policier, si ça peut t'aider.

Sait-il lire dans mes pensées ? J'ai un sérieux doute.

— Désolé, me reprends-je.

— T'inquiète, tout va bien, me rassure-t-il en mettant ses mains sur les hanches. Dis-moi ce que je peux faire pour toi.

— Eh bien… Je voudrais déposer plainte.

Professionnel, il accepte ma demande.

— Viens, suis-moi. Tu vas tout me raconter et on

verra ce qu'on peut faire.

Je le suis jusqu'à son bureau disposé comme un open space avec des murets entre chaque afin de garder un minimum d'intimité. Je m'assois en face de lui et il me met en confiance en me proposant une boisson chaude ou froide. Ne ressentant pas le désir de contrarier mon estomac fragile, je décline son offre et passe directement au vif du sujet. Je commence par lui raconter l'histoire de la tromperie, puis l'altercation dans mon bureau, notamment la menace qu'Henderson avait crachée et qui s'avère à présent réelle. *Pour mon plus grand bonheur...* Pendant tout ce temps, Jesse se montre très attentif et prend des notes au fur et à mesure de mon récit. Après ça, je lui donne les deux lettres ainsi que la preuve de mon accusation. Jesse prend soin d'en faire des photocopies. Une fois mon monologue terminé, et qu'il a fini de tout retranscrire, il joint ses mains, les coudes sur la table.

— Tu as eu raison de venir nous voir. Tu n'imagines pas le nombre de personnes qui ne prennent pas au sérieux ce genre d'histoires. Dans la majorité des cas, ça se termine bien, dans le sens où il n'y a aucun mort ni blessé. Mais parfois, ce n'est pas aussi facile. Henderson, d'après ce que tu m'as dit, ne semble pas être du style à lâcher du lest, si tu comprends ce que je veux dire. Ça commence avec des rumeurs. Elles se propagent très rapidement et quand ça ne suffit pas, il envoie des lettres soi-disant anonymes. Heureusement que tu avais son dossier sous la main et que tu l'as apporté. Il a joué les idiots.

— Ça signifie que ces preuves vont permettre de l'arrêter ? rebondis-je avec espoir.

— Je ne vais pas te cacher que la justice risque de laisser ça traîner. Les juges ont besoin d'être davantage contentés.

— Avec quoi ?

— Des aveux.

Je soupire.

— Je sais qu'il est possible que cela prenne du temps. Ne baisse pas les bras et montre ta détermination. S'il s'aperçoit de ça, tu auras gagné. Parce qu'il n'y a rien de pire que de voir son ennemi confiant.

Je suis loin de l'être, en réalité.

Je me redresse sur mon siège et me penche en avant.

— Alors, que fait-on pour qu'il avoue ?

— Tout d'abord, nous allons lui rendre une petite visite et vérifier s'il a des antécédents enregistrés dans notre base de données. Tu m'as transmis beaucoup d'informations à son sujet et pour ça, je t'en remercie, ça va nous aider. Et si tu as omis un détail qui te semble primordial ou utile, appelle-nous. Je vais te filer mon numéro.

Il pioche un stylo et prend son bloc-notes. Ses coordonnées écrites, il arrache le papier et me le tend.

— N'hésite surtout pas. Je suis joignable à n'importe quelle heure du jour et de la nuit.

Je lui souris en le remerciant. *Ça alors, la bonté est de famille chez eux !* Il est aussi attachant et bienveillant que Mark. D'ailleurs, en parlant du lui…

— Euh… Jesse ?

— Oui ?

— Est-ce que… Est-ce qu'on pourrait garder ça pour nous, s'il te plaît ? Je ne souhaite pas que Mark s'inquiète et je ne lui ai encore rien dit.

Il hoche la tête.

— Bien sûr, secret professionnel. Je respecte ton choix et je te suis reconnaissant de vouloir le garder pour toi. Mais tu veux un conseil ?

Je hoche la tête.

— Ne reste pas dans le silence longtemps. Ce n'est pas pour te faire peur, mais mon frère a un don pour détecter quand ça ne va pas. Et puis, il s'en voudrait que tu ne te sois pas ouvert à lui.

— Pourquoi ?

— Il pensera que tu ne lui fais pas assez confiance pour te reposer sur lui.

— Mais ce n'est pas…

— Je sais, crois-moi. Mais il ne pourra pas s'en empêcher.

C'est drôle, dans la manière dont il l'a dit, il a l'air de parler par expérience. Le sourire triste qui étire ses lèvres me le confirme. Qu'a-t-il pu se passer dans sa vie ? Dans leurs vies ?

— Je t'entends. Merci, Jesse.

Des sourires chaleureux signent la fin de notre entretien. Je me sens plus léger. J'ai fait le nécessaire et c'est au tour des autorités de s'en occuper. Maintenant, je n'ai plus qu'à attendre patiemment.

Jesse a la gentillesse de me raccompagner dehors. Nous profitons de cette intimité pour échanger brièvement. Nous sommes d'accord sur le fait qu'une rencontre plus formelle et avec Mark serait l'idéal. Nous ferions semblant de nous voir pour la première fois. *Ou bien il faut que j'aborde cette discussion avant. Oui, ce serait le mieux pour tous.*

Jesse pose chaleureusement sa main sur mon bras, l'enserrant affectueusement.

— Prends soin de toi, William.

— Toi aussi. Et encore merci pour tout.

Il me fait un clin d'œil et nous repartons chacun de notre côté.

***

Le reste de la semaine s'est déroulée sans encombre. Pas le moindre signe d'une nouvelle lettre. Mais qui dit fin de semaine dit vacances pour Hope et donc pas de câlin du soir avec papa pendant toute cette période.

Assis sur son lit, je l'aide à boucler sa valise. Ma tristesse se manifeste par un pincement au cœur. Elle ne montre rien, cachant très bien ses sentiments, comme me l'a appris son psychologue. Cette annonce m'a complètement chamboulé, mais d'après lui, c'est normal étant donné la situation. Comment pourrais-je moi trouver cela normal que ma fille prenne tout sur elle au lieu de venir m'en parler ?

— Tu n'as pas oublié tes grosses chaussettes, ma Puce, hein ?

— Non, papa, elles sont dedans.

Il fait tellement froid et j'ai peur que sa mère n'ait rien envisagé pour ça. Avec Hailey, je préfère être prévoyant. Pendant les vacances d'été, elle avait rempli l'armoire de Hope de vêtements pour l'hiver. Ou disons plutôt qu'elle n'y avait pas touché depuis les fêtes de fin d'année.

— Papa ? Est-ce que je peux avoir mes cadeaux maintenant ? demande-t-elle en fermant sa valise.

— On en a déjà parlé, petite chipie, lui rétorqué-je en lui caressant doucement la joue. Pas de cadeaux avant ton retour.

— Mais euhhhh, boude-t-elle.

— Vois le côté positif, de cette façon, tu seras plus contente de revenir.

— Même sans cadeau, tu vas me manquer, mon petit papa.

Awwwwww.

Mon cœur fond. J'arbore une moue attendrie et attristée en entendant ces mots.

— Oh, ma Puce..., murmuré-je en l'enlaçant. Si tu savais à quel point je t'aime.

— Moi aussi, je t'aime, papa.

La joie s'affiche sur mes lèvres. Réaliser qu'elle en est consciente est une des plus belles choses qui puisse exister. Je pourrais lui offrir le monde si je le pouvais.

Mais au moment où elle quitte l'appartement avec sa mère, un sentiment de vide m'inonde et je me retrouve à la dérive, à la recherche de l'horizon.

***

Deux heures plus tard

Je me prélasse sur mon canapé, fraîchement sorti d'une bonne douche, vêtu d'un simple sous-vêtement. J'ai transformé la salle de bain en sauna à force d'y rester longtemps. Il n'y a que moi qui sois capable de me plaindre de la chaleur en plein mois de décembre.

Plus tôt dans la soirée, des flocons de neige ont commencé à tomber, mais depuis, plus rien. À croire que le ciel non plus ne veut pas se mettre d'accord.

La télécommande dans ma main, j'allume la télévision et tombe sur un téléfilm de Noël. C'est incroyable comme c'est hypnotisant. On regarde les premières minutes, ensuite on veut découvrir ce qu'il se passe après alors que c'est chaque fois la même chose. Vous savez, les scénarios clichés, tels la fille qui revient dans sa ville natale et croise son premier amour de jeunesse qui, comme par hasard, est là aussi malgré le fait qu'il ne soit pas venu pendant dix ans ! On est d'accord que c'est complètement cliché ? Bref, ça me fascine toujours autant. Les producteurs sont des génies.

Des vibrations provenant de mon téléphone, qui est devant moi sur la table basse, manquent de me faire sursauter. Voilà que j'étais déjà à fond sur l'histoire. Je l'attrape et retrouve le sourire.

Mark : Qu'est-ce que tu fais ?

J'aime ce genre de petits messages qui paraissent banals. Cela veut dire qu'il pense à moi.

Moi : Rien de bien passionnant. Je regarde un film, bien au chaud. Enfin, façon de parler.

Mark : Pourquoi ? Tu es enroulé dans un plaid ?

Mon sourire s'agrandit. Je lui ai avoué mon amour pour les plaids au premier rendez-vous, alors rien d'étonnant qu'il envisage cette possibilité.

Moi : Non, pas vraiment...

Mark : Tu es vêtu comment ?

Oh... La conversation prend un tournant très, très, très intéressant. Et c'est avec un immense plaisir que j'y participe.

Moi : Comment tu m'imagines, là, tout de suite ?

Mark : D'après ta réponse, je dirais complètement nu.

Finalement, je n'ai plus très froid tout d'un coup.

Moi : Hum... C'est possible, mais non.

Mark : Merde...

Je ris. L'image de lui en train de jurer à voix haute est la première qui me vient à l'esprit.

Il me donne envie de réveiller l'ours qui sommeille

en lui.

Pourquoi je pense à un ours ?

Moi : Mais si tu veux que je le sois, il suffit que je retire mon boxer…

Soudain, ma sonnerie retentit. Son prénom s'affiche en grand et je prends deux secondes pour décrocher, tant mon cœur bat la chamade.

— Euh… Mark… ?

— *Hope est encore à la maison ?* m'interrompt-il d'une voix rauque.

Je l'avais prévenu qu'elle partait cette semaine, mais j'ai omis de lui donner l'heure exacte. Bon, après, il a dû se douter que je ne me promènerais pas en sous-vêtements en sa présence.

— N-Non, elle n'est plus là, pourquoi ?

— *J'arrive dans quinze minutes.*

— Q… Attends ! ai-je juste le temps de dire avant qu'il ne raccroche.

J'éloigne mon téléphone de mon oreille, abasourdi et terriblement excité par cette promesse. Je me lève du canapé pour je ne sais quelle raison. Sans doute parce que mon cœur a du mal à encaisser la nouvelle. Mark arrive chez moi. Le lieu dans lequel je vis avec ma fille et où je n'ai jamais amené un amant. Bien entendu, j'ai fait savoir à Mark que ça ne me dérangerait pas de l'avoir à la maison, à condition que Hope n'y soit pas. Mais nous n'étions pas supposés nous voir ce soir. Après l'épisode de la lettre et la rencontre avec son frère, je ne me sentais pas de jouer un rôle. Celui de «tout va bien dans ma vie, je ne suis absolument pas harcelé par un ancien client».

Exactement quinze minutes plus tard, l'interphone retentit et je me précipite vers l'entrée. J'appuie sur le bouton et lui dicte le numéro de mon étage. Je reste devant, attendant son arrivée qui ne tarde pas. En entendant l'ascenseur, j'entrouvre ma porte pour que mes voisins ne se demandent pas ce que je fous ici en sous-vêtements.

Mark entre et referme derrière lui, si vite que je n'ai pas le temps de placer un mot puisque sa bouche fond sur la mienne. Ses lèvres et ses mains autour de ma taille sont froides et humides, tout comme ses cheveux que je triture pour m'y accrocher. Nos langues se dévorent, affamées. Vaincu par sa force, je finis le dos plaqué au mur de l'entrée. Je gémis contre ses lèvres, réclamant plus. Plus de baisers, plus de toucher, plus de tout. Sans se séparer de moi, il retire son manteau qui termine sa course sur le sol. Aucun de nous n'en a quelque chose à faire. Son torse se colle au mien. Le doux frottement de son t-shirt mouillé me fait frissonner. De froid ou bien d'autre chose, je ne sais pas. Les deux, peut-être. La sensation serait tellement meilleure s'il l'enlevait. Et il l'ôte, comme s'il avait entendu ma prière silencieuse. Il atterrit au même endroit que sa veste.

Peau contre peau, une chaleur vient recouvrir ma poitrine, mon abdomen ainsi que mes fesses qu'il empoigne de ses mains robustes.

La tension augmente et l'air devient pesant, mais pas dans le mauvais sens. Une sensation de légèreté nous enveloppe, y compris sur le chemin jusqu'à la chambre, qui se révèle plus difficile que prévu puisqu'aucun de nous ne veut stopper ces baisers fiévreux qui embrument mon esprit. Je peine à placer mes mots.

— A... Attends...

Mais Mark, qui n'est pas décidé à m'écouter, m'aide à m'allonger sur le lit. Ce n'est qu'à ce moment-là que nos lèvres se dissocient, nous permettant de mieux respirer. Ma poitrine se soulève et s'abaisse dans un rythme effréné. Mark n'est pas en reste. Il se déshabille et en profite pour sortir de sa poche un préservatif et du lubrifiant. Décidément, il est venu bien préparé.

Mon corps est si habitué au sien que la pénétration n'a plus rien de douloureux. J'ai appris à aimer le chevaucher, car c'est dans cette position que je le sens au plus profond de moi. Ça, sans compter le plaisir qu'il met à dévorer ma bouche, mon cou et mes deux bouts de chair sensibles.

***

Nous usons nos corps sans nous lasser. Mark tombe à mes côtés, essoufflé, tout comme moi. Je me tourne pour lui faire face, et entrelace nos jambes perlées de sueur, ce qui a un effet collant. Ça ne semble pas le gêner pour autant.

Nous restons dans cette position, les yeux dans les yeux, dans un pur moment de tendresse, avant qu'il ne se décide à rompre ce délicieux instant.

— J'ai quelque chose à te dire, m'annonce-t-il d'un ton sérieux. Crois-moi, je voulais éviter de t'en parler, mais je sens que si je ne le fais pas maintenant, il sera ensuite trop tard.

Mon cœur rate un battement. Une chose me préoccupe. Se pourrait-il qu'il ait découvert la discussion que j'ai eue avec son frère Jesse ? En voyant mon manque de réponse, Mark se permet de continuer.

— Ma mère est passée au café cette semaine dans la matinée et je n'ai pas pu lui cacher que je sortais avec toi.

Soulagé, je me retiens de vider mes poumons. Mais après plusieurs secondes, je réalise ce qu'il vient de m'avouer. Sa mère et j'imagine également son père sont à présent au courant. Notre relation devient de plus en plus officielle, ça y est. Mais cette révélation n'a pas l'effet escompté et je n'ai aucune idée du pourquoi. Une boule se forme au niveau de ma gorge, m'empêchant de parler. Je me contente de le fixer, le regard lointain. Je suppose qu'il le remarque, car il poursuit.

— Désolé, je n'ai rien pu dire pour lui enlever cette idée de la tête. Dès qu'elle m'a vu, elle a su. Je suis persuadé qu'elle possède un radar.

— Comment a-t-elle deviné ? demandé-je, sortant de ma torpeur.

— Elle... m'a expliqué que seul l'amour pouvait me faire afficher un sourire aussi idiot sur mon visage. Surtout de bon matin.

Face à cette réplique, je ne peux m'empêcher de m'esclaffer. Il sait comment détendre l'atmosphère. Tout comme sa mère, d'ailleurs. Il doit tenir ça d'elle au vu de ce qu'elle lui a dit.

— Je suis plutôt content que tu le prennes ainsi. J'avais peur que le fait de me confier à elle ne te plaise pas. Ce que j'aurais compris, étant donné que ça ne fait pas longtemps que nous... eh bien... voilà, insinue-t-il, les coins de sa bouche relevés.

— Je sais, en effet, appuyé-je pour lui signifier que tout va bien, même si j'ai l'impression qu'il me cache autre chose. Et... qu'a-t-elle dit par la suite ? l'encouragé-je.

Il soupire et ferme les yeux.

— Elle nous invite à déjeuner ou bien à dîner chez eux.

Il les rouvre, juste à temps pour voir la surprise éclairer mes traits.

— Chez eux... ? Avec toute ta famille ? osé-je demander avant que mon esprit ne parte dans tous les sens.

Oh Bon Dieu ! Pas maintenant ! Je ne suis pas prêt. Et s'ils ne me trouvent pas assez bien pour leur fils ? Et s'ils me détestaient ? Et Jesse ? Comment vais-je pouvoir me comporter en sa présence ?

— Non, juste mes parents et nous deux, c'est tout.

— Oh, soufflé-je. Tu me rassures. Pardon, mais je ne me voyais pas rencontrer toute ta famille.

— Je comprends, ne t'inquiète pas, sinon je ne t'aurais pas tendu ce genre de guet-apens. On le fera quand on sera prêts, pas avant. Hors de question de te mettre mal à l'aise.

Je viens chercher sa main qui a glissé sur ma hanche, pour entrelacer nos doigts.

— Dans ce cas, j'accepte avec plaisir. Je te remercie de te préoccuper autant de moi.

Il sourit.

— Je sais déjà comment elle va réagir en apprenant ça.

— Elle nous invite quand exactement ?

— Dès ce dimanche si tu le souhaites.

Mes sourcils font un bond.

— Si tôt ?

— C'est trop ?

— Non, ce n'est pas ça, mais il ne lui faut pas plus de temps pour prévoir notre venue ?

— Ma mère ? Tu plaisantes ! Je te parie qu'elle a planifié son coup bien avant que je lui en parle. C'est une voyante, c'est moi qui te le dis.

Il a l'air si sérieux que c'en est amusant.

— Pourquoi pas ! lâché-je, provoquant son étonnement.

— Tu es sûr ?

372

Je hoche la tête.

— Oui, moi aussi j'aimerais les rencontrer.

— Très bien alors, je la préviendrai dès demain.

Ce soudain revirement de situation, même s'il est stressant, se montre assez excitant. Je ne peux me contenir et presse mes lèvres contre les siennes tout en prenant en coupe son visage.

— Et encore désolé d'être venu si précipitamment, rajoute-t-il après m'avoir rendu mon baiser.

— Non, tu as bien fait.

— Ah oui ? Vraiment ? susurre-t-il en me rapprochant à l'aide de ses mains au bas de mes reins.

Ce simple geste suffit pour que mon plaisir reparte. Tout est sa faute, c'est lui qui m'a rendu insatiable. Je ne contrôle plus mon propre corps depuis que je lui ai laissé les rênes. Je ne me plains pas. Du tout, même.

Chapitre 22
Mark

Dimanche

À seulement quelques minutes de chez mes parents, je zieute l'homme anxieux assis sur le siège passager.

Mon homme.

— Détends-toi, conseillé-je d'une voix qui se veut rassurante. Ça va bien se passer.

Il pivote sa tête dans ma direction. Je peux mieux y voir son inquiétude de par les commissures de ses lèvres qui tombent et ses sourcils affaissés.

— Je sais.

— Alors, qu'y a-t-il dans ce cas ? dis-je en restant concentré sur la route.

— Disons que c'est toujours très stressant de rencontrer la famille de son petit ami.

« Petit ami »... J'adore !

Je tente de masquer mon contentement en regardant droit devant. Je me croirais retourné en pleine adolescence quand il fallait présenter son crush à sa famille. Je me souviens encore de la fois où ma petite sœur nous a amené celui de l'époque. Nos parents l'avaient invité à dîner un vendredi. Le mec, qui était si sûr de lui en arrivant, est reparti de la soirée la queue entre les jambes. Voilà le résultat après que ma mère eut glissé quelques mots à son oreille. C'est elle qui a été et restera le parent le moins cool. Notamment avec ceux qui veulent du mal à ses enfants. Mon père, lui, a toujours été calme. Honnêtement, je ne sais pas comment ces deux-là ont fini ensemble tellement ils sont à l'opposé. Comme quoi, le dicton « les contraires s'attirent » dit vrai. Même les décennies n'ont pas eu raison de leur amour.

Sauf que là, nous sommes deux adultes dont un papa. En parlant de ça, suis-je le seul à penser que les pères célibataires ont ce petit – grand – quelque chose en plus ? Leur côté paternel les rend irrésistibles. Ils débordent d'attention envers leurs enfants – du moins ceux aimants – et on s'aperçoit ainsi du degré d'amour qu'ils sont capables de nous offrir. La manière dont Will s'occupe de sa fille en dit long. Il plaira beaucoup à ma mère, ça, c'est certain.

— Ils vont t'adorer, tu n'as rien à craindre, lui répété-je pour la troisième fois au moins.

— C'est facile à dire, Mark, mais c'est plus dur pour quelqu'un qui a déjà des bagages, souligne-t-il en faisant

376

référence à Hope.

— Être père ne veut pas dire que tu seras tout de suite rayé de la liste. Au contraire, c'est considéré comme un atout. Du moins dans notre famille. Je t'ai répété plusieurs fois qu'on est habitués aux enfants, chez nous. Et c'est pas pour te jeter des fleurs, mais Hope est nettement plus sage que mes neveux et nièces. Ce sont de vrais petits monstres qui rendent dingues mon frangin et ma frangine. De plus, ma mère ne va pas arrêter de te bassiner au sujet de ta fille.

— Ah oui ? demande-t-il, un brin amusé et réconforté.

J'appuie sur le frein lorsque le feu passe à l'orange, puis immobilise le véhicule, ce qui me permet de le regarder sans craindre un accident tant je peux facilement me perdre dans ses yeux.

— Oh que oui ! Prépare-toi. J'espère que ça ne te dérangera pas.

— De quoi ? De parler de ma chair et de mon sang pour laquelle je serais prêt à marcher pieds nus dans un brasier pour avoir ne serait-ce qu'un sourire ? Hmm…, fait-il mine de réfléchir avant de sourire lui-même. Ça ira, je pense.

C'est drôle, mais je ressens la même chose te concernant.

Je garde cette pensée sous clé, jugeant cela trop hâtif, et pour ne pas le perturber davantage parce que je sais quel effet ça aura sur lui. Il rougira et se contentera d'esquiver mon regard, mais ne répondra pas. Je ne lui en veux pas. Comment le pourrais-je ? C'est ma faute si je suis tombé amoureux, pas la sienne. Et il est hors de question qu'il se sente responsable de mes sentiments. Certains accusent les autres de les avoir rendus ainsi alors que ce n'est pas leur faute s'ils n'ont pas pu contrôler leur attachement à leur égard. C'est stupide. C'est comme si on blâmait un pâtissier de faire de si bons gâteaux qu'on en est devenu diabétique. Un exemple très parlant, n'est-il pas ?

Le feu passe de nouveau au vert et je quitte ses yeux bleus pour plonger les miens sur la route. Nous arrivons cinq minutes plus tard. Je me gare pile devant la maison, typique de celles que l'on peut trouver à Manhattan. Je quitte le premier la voiture. William, quant à lui, s'octroie un petit moment pour se préparer psychologiquement. Je l'attends en face de sa portière, sans le presser. Quand il sort, il souffle puis me lance :

— On peut y aller.

D'un air réjoui, je prends sa main et lui rappelle avec conviction :

— N'oublie pas que tu es génial.

— Au lit, tu veux dire, ou bien tout le temps ? blague William, provoquant mon rire.

Je pose mes lèvres contre sa bouche si parfaite et lui susurre un « tu connais la réponse » accompagné d'un clin d'œil. Il me donne une légère tape à l'épaule, faussement outré, puis nous nous dirigeons vers les petites marches. La sonnette retentit. J'entends Will retenir sa respiration lorsque la porte s'ouvre sur la mine joyeuse de ma mère.

— Bienvenue, les garçons, entrez !

Une fois au chaud à l'intérieur, je lui fais la bise.

— Maman, je te présente qui tu sais. William, ma mère, dis-je avec émotion.

Elle le regarde avec une telle tendresse maternelle qu'il ignore quoi dire.

— Je suis si heureuse de faire ta connaissance. Oh, je me suis permis de te tutoyer ! J'espère que ça ne te dérange pas, réalise-t-elle, paniquée.

— Non, du tout, la rassure-t-il. Moi aussi, je suis enchanté de faire votre connaissance.

— Je t'en prie, appelle-moi Brenda et tu peux également me tutoyer. Il n'y a pas de raisons que je sois la seule.

— D'accord... Brenda.

— Parfait ! s'extasie ma mère avant de nous observer. Voyons, débarrassez-vous de vos manteaux et allons dans le salon.

C'est ce que nous faisons. Je les dépose donc sur le portemanteau à l'entrée et lui fais signe de me suivre. Mon père se tient debout dans la salle à manger, près de la table généreusement préparée. Si bien, même, qu'on pourrait s'attendre à trois personnes de plus.

— Bonjour, William, je suis ravi de te connaître, entreprend mon père Maïk en lui serrant la main après s'être rapproché de nous, un timide sourire aux lèvres.

— De même, et merci pour l'invitation, dit Will en

acceptant sa poignée de main.

— Tu as vu comme il est beau ? chuchote-t-elle à son mari, se croyant discrète.

— Maman, l'appelé-je pour le pauvre susmentionné qui ne va pas tarder à se transformer en tomate.

Il faut dire qu'elle n'a pas tort là-dessus ! Il est beau dans n'importe quelle circonstance. Pour l'occasion, il porte un pull en tricot crème sur sa chemise blanche ainsi qu'un pantalon noir.

Mes parents sont habillés de manière décontractée. Elle est vêtue d'un chemisier orange et d'un pantalon-cigarette de la même teinte que la nuit. Mon père, lui, ne jure que par les pulls en hiver. Le détail qui me frappe à chaque fois est qu'ils ont accordé leurs tenues au niveau des couleurs. Ne sont-ils pas adorables ?

— Ne fais pas attention à ma femme, elle lâche tout ce qui lui passe par la tête.

Laquelle lui donne une petite tape sur l'épaule.

— C'est une des choses qui t'ont séduit chez moi, alors ne fais pas comme si c'était mauvais.

— J'ai pas dit ça.

Un faible gloussement provenant de Will me fait pivoter vers lui. Visiblement, je ne suis pas le seul à les trouver attachants.

— Ne restez pas debout, asseyez-vous, les garçons, nous ordonne gentiment papa.

« Les garçons ». Il n'a pas l'habitude d'appeler un inconnu de la sorte. En général, il utilise ce terme pour parler de ses enfants. Ça me fait chaud au cœur. Cela veut dire que mon petit ami a déjà été approuvé par le paternel. Je peux parier que ma mère l'a fait au moment où elle l'a vu.

Nous nous installons côte à côte en face d'eux. Mon père commence par servir l'apéritif en demandant à son invité ce qu'il souhaite. Will opte pour du vin blanc. Je décide de prendre la même chose. Ça me changera des bières ou du whisky. Ensuite, c'est au tour de ma mère d'être influencée. En fin de compte, nous sommes quatre à choisir du vin blanc. Nous trinquons.

— Alors, William, comme ça vous êtes papa ? initie-t-elle, le verre touchant ses lèvres pour boire une gorgée une fois la question posée.

Je lève les yeux au ciel et émets un rire silencieux. Je le savais qu'elle ne pourrait pas se retenir ne serait-ce que deux secondes. Ceci dit, j'apprécie qu'elle montre de l'entrain pour parler de la première personne qui possède son cœur. Je dis ça comme si c'était évident que je sois le deuxième... Je ne devrais pas penser de cette façon. Certes, il possède le mien, mais qui suis-je pour m'approprier le sien ?

— Oui, exact. Depuis un petit peu plus de six ans.

Il boit à son tour une gorgée. Je les observe, attentif.

— Mark m'a tant parlé de vous deux. J'ai l'impression de vous connaître.

Ne m'enfonce pas trop, maman, s'il te plaît, sinon il va croire que je songe H24 à lui... Bon, ce qui est partiellement vrai, mais tout de même, il y a de quoi le faire fuir. Et il est hors de question que cet homme m'échappe. Ça fait un peu tendance psychopathe de dire ça, non ?

Rassure-toi, Will, je ne compte pas t'enfermer dans une cave. Une chambre, à la rigueur...

En sortant de mes pensées, je croise ses prunelles bleues et mon cœur sursaute dans ma poitrine, craignant qu'il ne m'ait entendu. Heureusement que non. Je me redresse, le dos droit.

— Ça me fait plaisir qu'il vous ait parlé de nous, confesse-t-il en regardant à nouveau son interlocutrice.

— Et je comprends pourquoi il l'a fait, rétorque-t-elle. J'ai un don pour déterminer si une personne est bonne ou pas, et dès que je t'ai vu, je n'ai jamais été si sûre de moi.

Elle tourne sa tête à gauche.

— Pas vrai, chéri ?

Il acquiesce en rivant ses yeux sur Will.

— C'est grâce à ça que j'ai obtenu mon premier rendez-vous. Sans parler de son don qui m'a sauvé à maintes reprises.

— Moi aussi, ajouté-je.

— Comment ça ? s'enquiert William, curieux.

— Un assureur a voulu m'arnaquer, explique papa. J'ai bien failli y laisser mes économies.

— Bon sang, je m'en souviens..., soupiré-je en portant mon verre à mes lèvres, le liquide longeant ma gorge dans une douce brûlure.

— Et toi, que t'est-il arrivé ? me demande Will.

— Lorsque j'étais au lycée, j'ai reçu tout un tas de messages venant d'un harceleur. Ce n'est que lorsque j'ai invité des amis à la maison que ma mère a su que c'était l'un d'entre eux.

Une mine attristée remplace son sourire.

— Mais, c'est… horrible.

— Je n'en reviens toujours pas d'avoir accepté ce sale petit… chez nous, s'emporte-t-elle en serrant les dents pour se retenir de jurer.

Ouais, et notre confrontation a été mémorable. Il a eu ce qu'il méritait et tout a été fait dans les règles de l'art. J'ai dévoilé son identité lors d'un exposé devant toute la classe. Tous les messages ont été affichés au tableau et le mec a fini chez le proviseur qui l'a viré de l'école.

— Il a récolté ce qu'il avait semé, crois-moi, lui dis-je.

À ce souvenir de lui en train de chialer devant notre porte, mes parents et moi rions.

— S'il vous plaît, racontez-moi absolument toutes vos histoires, nous réclame Will, excité à l'idée de manger des potins.

Tandis que ma mère commence à tout déballer, je surprends le regard étincelant de mon père sur moi. Le même que lors de ma remise du diplôme. Il hoche une fois la tête et je sais ce que ça signifie.

William est le bon.

***

Les heures passent dans cette ambiance conviviale. Pendant le délicieux repas concocté par ma mère, nous continuons de plaisanter, de discuter famille, de tout et de rien. Mes parents semblent davantage convaincus par Will, et lui est nettement plus détendu. Adieu, la timidité, place au naturel. Je les remercie de l'avoir mis tout de suite en confiance. Il peut se dévoiler et nous parler – pour le plus grand plaisir de ma mère – des siens. Elle en profite pour rebondir à ce sujet et les inviter à déjeuner. Seulement, maman n'a appris que plus tard à quel point notre relation est récente. Bien sûr que Will les a prévenus de mon existence, mais pas de notre avancée. Je ne lui en veux pas, il préfère se montrer prudent et surtout éviter de mettre Hope au courant. Je n'imagine pas le choc que ça va être pour son âge de découvrir que son papa est en relation avec un homme, qui plus est celui qu'elle voit plusieurs fois par semaine et qui agit comme si de rien n'était. Bien qu'un adulte détecterait ce qu'il se trame derrière nos regards « discrets ». Les agents secrets n'ont qu'à bien se tenir.

Le repas s'éternise et nous mangeons le dessert à l'heure du goûter. Néanmoins, aucun ne se plaint. Moi encore moins. Quoi de mieux comme sensation que d'être entouré de ceux qu'on aime ? Il me tarde d'avoir la famille au complet. Quand Will sera prêt. Je suis sûr que ma fratrie va l'adorer. Les enfants, eux, seront ravis d'apprendre qu'il ne viendra plus seul les prochaines fois, lorsque Hope sera au courant.

Nous décidons de partir avant que le soleil ne se couche, histoire de profiter d'un dernier moment tous les deux avant la reprise du boulot le lendemain, car nous savons que nous risquons de manquer de sommeil si nous restons ensemble cette nuit. Mes parents nous raccompagnent jusqu'à l'entrée. La mine suppliante, elle insiste auprès de mon petit ami pour qu'il n'hésite pas à s'inviter aussi souvent qu'il le désire. Pendant que mon père lui dit au revoir, elle me glisse quelques mots à l'oreille à l'abri des regards en me faisant la bise, ce qui me réjouit.

— Ne le lâche surtout pas.

Ce à quoi je réponds :

— Aucun risque.

Un dernier clin d'œil et nous voilà partis. Assis dans la voiture, Will fait son petit retour d'expérience que, je rappelle, il appréhendait beaucoup.

— J'ai adoré passer un moment avec eux. Tu as des parents extras. Ça ne m'étonne pas que tu le sois.

Devant cette soudaine confession, j'éloigne ma main du contact pour la placer sur sa joue et me rapproche de son visage pour l'embrasser. Il me rend mon baiser avec la même intensité.

— Tu l'es aussi, Will, soufflé-je contre ses lèvres. Plus que tu ne peux le concevoir.

Je ne cesserai de te le dire.

Jamais.

C'est le cœur léger que je le dépose chez lui. En entrant dans mon appartement, je n'ai qu'une hâte, le retrouver dès demain.

Chapitre 23
William

Dans une continuité parfaite avec ce week-end, je m'apprête à partir de l'agence en cette fin de matinée pour me rendre à une visite avec un client. D'ailleurs, je ferais mieux de me dépêcher si je ne veux pas être en retard. Si seulement Alejandro arrêtait son interrogatoire, j'irais plus vite.

— Et alors ? Que t'ont dit ses parents ? insiste-t-il pendant que je range le dossier incluant tous les papiers nécessaires à la vente, et qui est sur le bureau.

— Et alors, tu attendras de le savoir à mon retour, m'empressé-je, penché sur ma table pour pouvoir atteindre l'ordinateur et vérifier deux trois petites choses avant de partir.

— Rhooo, allez, quoi ! râle mon ami qui n'a donc aucune pitié. Ça prend deux minutes. Tu seras largement à l'heure.

— Étant donné que ça bouchonne à cette heure-ci, ça m'étonnerait.

— Will, me supplie-t-il.

Non, tu ne me feras pas flancher avec tes yeux de cocker.

Ayant toutes les informations et tous les documents dont j'ai besoin, je clique deux fois pour éteindre mon ordinateur. Ma veste étant déjà mise, je gagne du temps pour sortir du bureau.

— À plus ! m'écrié-je en passant la porte et en levant la main. Si t'es sage, et par là je veux dire si tu ne me harcèles pas par messages, je te raconterai tout dans les moindres détails.

Les bruits de l'extérieur masquent les jurons en espagnol d'Alejandro, frustré de ne pas connaître le déroulé de mon week-end. Pour le moment, qu'importe. C'est avec une gaieté hors du commun, tant ça fait longtemps que je ne m'étais pas senti comme cela, que j'entre dans ma voiture. J'enclenche mon GPS pour être certain de ne pas me tromper de route et de voir les possibles déviations, histoire que j'arrive parfaitement à l'heure. Pour que le trajet se déroule dans le même esprit, je démarre via le Bluetooth ma playlist dans laquelle le premier titre est W*hen the rain begins to fall*, de Jermaine Jackson et Pia Zadora. Emporté par la musique, j'augmente le volume et commence à chanter. Comme une casserole, certes, mais ce n'est pas important. Vive la musique, oui. Sans elle, le monde serait plus terne.

Malheureusement, un appel met fin aux festivités. Je décroche en appuyant sur un des boutons présents sur le volant.

— *Bonjour, monsieur Allen, c'est Rose Johnson*, se présente une de mes adorables clientes.

— Oh, bonjour ! Comment allez-vous ?

— *Très bien, merci, et j'espère que vous aussi. Je vous recontacte concernant la petite maison que nous avons visitée la semaine dernière. Mon mari et moi souhaitons faire une offre si le bien est toujours disponible, bien entendu.*

Mes poumons se regonflent d'espoir. Ça y est, une autre future vente !

Je me retiens de décoller mes fesses de mon siège, jugé trop dangereux pendant la conduite.

— Oui, il est disponible et ce sera avec grand plaisir ! Quand pouvez-vous vous rendre à notre agence pour qu'on puisse en discuter posément ?

— *Eh bien... demain, si c'est possible ?*

Au feu rouge, je ralentis progressivement et lève mon poing en signe de victoire.

— Parfait ! Je vous y attendrai.

— *Génial ! J'en suis ravie et très pressée, je l'avoue*, rit-elle.

— Je vous comprends. On n'a qu'une seule envie, y habiter le jour même.

Nous nous esclaffons.

— *En tous les cas, j'ai hâte qu'on voie cela ensemble. À demain, monsieur Allen.*

— À demain, madame Johnson.

Nous raccrochons, pile au moment où le feu passe au vert.

Je jubile et redémarre. Cette conversation m'a redonné la pêche. Or, cette journée prend un tout autre tournant lorsqu'en pivotant la tête, j'aperçois une voiture à ma gauche, fonçant droit sur moi à toute vitesse.

Je n'ai pas assez de temps pour l'éviter.

Même pas assez pour que mon cœur s'affole ou que mon cerveau m'envoie des signaux d'alerte.

Je plonge dans l'obscurité.

Je ne sens plus rien…

Mark

— Non, Coline, tu ne peux pas cracher dans la tasse d'un client sous prétexte qu'il a trouvé ton café médiocre, soupiré-je derrière le bar en me pinçant l'arête du nez.

— Ça va, je posais juste la question, se dédouane-t-elle nonchalamment. Je n'allais pas réellement le faire.

Je lève un sourcil en la fixant.

— Bon, OK, peut-être que si, mais il m'a vraiment énervée. Je ne comprends pas, il est déjà venu plusieurs fois et il se plaint de nos produits. Où est la logique là-dedans ? Si t'aimes pas, tu vas voir ailleurs, non ?

Je hausse les épaules et réponds en toute détente :

— Oh, tu sais, du moment qu'ils paient, j'en ai rien à carrer.

— C'est pas faux, mais soit il est complètement maso, soit il adore râler pour combler le trou béant dans sa vie.

Ce sont en effet des explications plausibles. Pour certains, il suffit qu'ils se soient levés du mauvais pied pour être aussi irritables... tous les jours.

— Tu devrais lui demander, lui proposé-je au moment où des vibrations proviennent de la poche de mon pantalon.

— Je vais le faire, tiens ! dit-elle avec un peu trop d'honnêteté pour que ce soit du premier degré.

J'attrape mon portable tandis qu'elle s'éloigne pour – j'espère – travailler et non réellement emmerder les clients mécontents. Je ne suis tellement pas sûr de moi, aussi je l'observe et un souffle sort de ma bouche quand elle commence à prendre les commandes des nouveaux venus. La présence de Noé est rassurante, car je sais qu'il l'en empêchera.

En reportant mon attention sur mon téléphone, je souris et décroche.

— Que me vaut ce plaisir, frérot ? Je te préviens tout de suite, si c'est maman qui t'envoie pour...

— *Mark*, m'interrompt-il, le ton sérieux et... inquiet ?

Je fronce les sourcils, comprenant qu'il se passe quelque chose de grave. Je n'avais pas fait gaffe sur le moment, mais il est assez rare que Jesse m'appelle lorsque je travaille.

— Jesse, qu'est-ce qu'il y a ?

Ma voix témoigne du stress qui m'habite.

— *Tout d'abord, il faut que tu me promettes de garder ton calme.*

Comment veut-il que je fasse ?!

— Jesse...

— *Je vais tout t'expliquer, mais j'ai besoin de te l'entendre dire. Il ne s'agit pas de moi, mais de... Merde.*

— De qui, bordel ?! Qu'est-ce qui se passe ?

— *C'est William,* balance-t-il comme une vérité dure à encaisser.

Et Bon Dieu, elle l'est...

Mon cœur rate un battement et j'attends en silence qu'il poursuive.

— *Il a eu un accident de voiture et est à l'hôpital.*

Je sens quelque chose se fissurer en moi. Ma respiration se bloque.

— *Il est vivant !* se dépêche-t-il d'ajouter. *Vivant, mais blessé. Les médecins lui font passer toute une batterie de tests pour voir s'il présente un traumatisme crânien.*

Bordel de merde !

Les images défilent dans mon esprit. William, en sang, le corps fracassé et sa voiture... dans le même état.

Je ne réfléchis pas et annonce à mon frère :

— J'arrive.

— *Mark, att...*

Mais je le coupe en raccrochant. Je traverse la salle, attrape mon manteau près de la porte de la cuisine et l'enfile.

— Coline, l'interpellé-je, et elle se retourne. Tu t'occupes du café, j'ai une urgence.

— B-Bien sûr, mais... ça va aller ?

— Merci et... j'espère.

Je ne donne pas plus d'explications et fonce jusqu'à ma voiture, d'une telle manière qu'on croirait que des chiens enragés sont à mes trousses.

***

Dix. Putains. De. Minutes.

C'est le temps qu'il m'a fallu pour atteindre l'hôpital. En arrivant, je me présente à l'accueil et demande où est Will. Malgré ma panique, la femme sait rester calme. Normal, puisqu'elle doit avoir l'habitude. Par bonheur, j'aperçois la silhouette de Jesse qui s'avance vers moi.

— Hé... demandé-je en pressant ma main sur son bras. Où est-il ?

— Suis-moi.

Et je le fais aussitôt, d'un pas pressant. Nous parcourons les allées où lits et patients envahissent les lieux. Les soignants défilent et je plains leur travail. Cet environnement est si anxiogène. Je peine à me retrouver dans cet endroit, heureusement qu'il y a mon frère. Ce n'est pas l'établissement où bosse Jamie, mais Jesse doit le connaître. Avec son métier, il lui arrive de venir à l'hôpital pour débuter ses enquêtes.

Je lâche une profonde expiration quand mes yeux se verrouillent sur l'homme à moitié assis et conscient sur un lit. Il a un énorme pansement au-dessus de son arcade sourcilière ainsi qu'un bandeau autour de la tête cachant partiellement ses cheveux. Son bras gauche est plâtré et sa jambe droite, prise dans une attelle. Quelques égratignures par-ci, par-là, et pourtant l'éclat de ses prunelles est resté le même. Il me fixe, pas si surpris que ça de me voir débarquer.

— Mark, murmure-t-il tandis que je comble la distance.

— Je sais que c'est une question complètement absurde, mais… est-ce que… ça va ?

Il acquiesce.

— Ouais, ça peut aller, grâce aux médecins qui m'ont fourni des antalgiques[16]. Plus de peur que de mal.

L'entendre me le dire déloge la boule coincée dans ma gorge.

— Mark, tu… n'étais pas obligé de venir. Et ton café ?

C'est dingue, même dans ces moments-là, il pense aux autres plutôt qu'à lui.

— Ils s'en occupent très bien sans moi. J'étais

---

[16] Ce sont des antidouleurs. Faut bien que mes études en soins infirmiers servent à quelque chose (et d'ailleurs, ne me demandez pas pourquoi je me suis mise à écrire de la romance pas très catholique, parce que je ne me comprends pas moi-même).

tellement inquiet... je n'ai pas réfléchi. Qu'est-ce qui s'est passé ?

— J'étais en route pour une visite avec un client et une voiture m'est rentrée dedans et je... C'est la seule chose dont je me souviens.

Putain... Un sentiment de rage éclôt, bouillonnant dans tout mon être. Si je confronte ce salopard, je ne suis pas sûr de retenir mes coups.

— Et où est le responsable ?

— Délit de fuite, complète Jesse qui est toujours à mes côtés. On a lancé un avis de recherche, mais cet enfoiré a rapidement filé. Les témoins qui étaient présents ont fait leur déposition. Malgré leur aide, on n'a rien. Mais on va le retrouver, je vous le promets, rajoute-t-il en croisant mon regard, puis celui de Will.

— Merci, Jesse, sourit mon amant.

— C'est tout ce qu'il y a de plus normal, c'est mon métier.

— Métier ou non, c'est...

— WILL ! hurle une voix féminine qui nous fait nous retourner.

Le timbre colle parfaitement à son physique. C'est une jolie femme aux cheveux courts et bruns, vêtue d'un long manteau noir.

— Beth ?

Beth ?

— Oh, mon chou, j'ai fait le plus vite possible ! Dès qu'Alejandro m'a prévenue, j'ai... On a eu si peur.

— Je suis tellement désolé, Beth…

— Je n'en reviens pas que tu t'excuses d'avoir eu un accident, rebondit-elle en posant ses lèvres sur son front. Il faut vraiment que tu arrêtes ça.

Il soupire.

— Je sais. Toi et Mark ne cessez de me le dire.

À la mention de mon nom, elle se tourne dans ma direction.

— Mark ? m'apostrophe-t-elle.

— Élisabeth ? réponds-je à mon tour.

Oui, c'est définitivement elle. Comme il l'a appelée par un diminutif, je n'avais pas fait le lien.

— Oui, c'est moi ! Oh bon sang, je n'ai pas fait attention à toi, désolée. T'es encore plus canon en vrai que sur les photos.

— Mer…ci, rigolé-je.

Il a de sacrés amis. Entre son pote qui m'a parlé de sexe dès la minute où on s'est rencontrés, et elle, je sens que Will ne doit pas s'ennuyer.

— Beth, s'il te plaît…

Ses yeux dérivent à ma droite, là est posté Jesse. Tour à tour, elle nous pointe du doigt d'un air songeur.

— Vous vous ressemblez drôlement tous les deux. Désolée, monsieur l'officier.

— Il n'y a aucun mal, rétorque-t-il, amusé. D'un côté, ça me rassure. Je suis Jesse, son frère.

— Wow ! Vos parents ont sacrément bien travaillé, dites-moi ! Ils sont mannequins eux aussi ou ils ont juste eu du bol ?

— Beth ! s'écrie mon petit ami.

Jesse et moi rions silencieusement. Moi, pour Will embarrassé au possible et Jesse, pour son amie, j'imagine.

— Je peux te poser une question ? me demande Élisabeth.

— Bien sûr.

— Que fais-tu ici ? Je veux dire, avant moi.

— Jesse m'a appelé.

— Il était dans mon secteur lorsqu'on m'a prévenu, rétorque mon frère. Les secours sont arrivés en même temps que moi.

— Oh, quelle chance ! Ça ne pouvait pas mieux tomber pour notre pauvre Will. Cette horrible expérience aura au moins permis de vous rencontrer.

Du coin de l'œil, je distingue l'absence de sourire sur le visage de mon amant. En pivotant la tête, je perçois une réaction identique sur celui de Jesse. C'est pour le moins… étrange. D'ailleurs, une chose m'intrigue depuis tout à l'heure. Je trouve que mon frère et mon petit ami ont un peu trop vite sympathisé…

— Vous vous êtes déjà vus, conclus-je.

Les deux intéressés évitent mon regard, ce qui n'a pas le don de me rassurer sur ce qu'il se passe. Dans le fond, je sens que quelque chose cloche.

— Je peux savoir ce qu'il y a ? demandé-je sans animosité, plus inquiet qu'en colère face à leur secret apparent.

Jesse essaie de capter l'attention de Will pour je ne sais quelle raison. Probablement pour avoir son autorisation. Mon frère se décide à briser la glace, lorsqu'il se fait interrompre.

— On s'est rencontrés lundi au commissariat, avoue Will.

Euh... OK.

— Pourquoi étais-tu là-bas ?

— Eh bien… Je… Je suis allé déposer plainte.

Quoi ?

— Quoi ?! s'exclame son amie, visiblement aussi peu au courant que moi.

— Oui… Je suis désolé de vous l'avoir caché, mais je ne souhaitais pas que vous vous inquiétiez.

D'un côté, je suis touché par son attention, mais d'un autre, je ne peux m'empêcher de m'en vouloir. Pas à lui, à moi, pour ne pas lui avoir montré qu'il pouvait se confier. J'ai tellement été obnubilé par notre bonheur que je n'ai vu que la partie immergée de l'iceberg. Soit c'est moi qui ai joué les aveugles, soit il l'a parfaitement bien caché.

— Will, je suis navré que tu te sois senti contraint de ne rien me dire.

— Non, Mark, c'est justement pour cette raison. Je me doutais de ta réaction.

— On pourra en parler quand on aura un petit moment. Avant, j'aimerais que tu me dises la vérité.

Pourquoi as-tu été voir la police ?

Il marque un temps.

— C'est à cause d'un client. Avec Alejandro, on a découvert qu'il trompait sa femme, qui est aussi une de nos clientes. J'ai décidé de tout lui confirmer quand elle nous a surpris moi et Alejandro en parler. Ils ont divorcé et il a su que c'était notre faute. Depuis, il essaye de couler notre entreprise en répandant de fausses rumeurs à notre sujet. Nos ventes ont gravement chuté et il y a peu de temps, j'ai reçu des lettres me menaçant, moi et Hope. Alors je suis allé au commissariat pour mettre fin à ça puisque j'avais une preuve à présenter aux autorités.

Le connard !

Je souffle et passe une main dans mes cheveux.

Je n'imagine pas le stress que ça a engendré pour lui. Si seulement j'avais pu intervenir plus tôt.

— Une... lettre ? répète Élisabeth, les sourcils froncés.

— Oui, c'est bien ça, pourquoi ?

— Euh, ce n'est pas pour vous faire peur, mais il se peut que... j'en aie reçu une ce week-end.

— Quoi ?! s'étonne Will en haussant les sourcils. Mais bon sang, pourquoi tu n'as rien dit ?

C'est gonflé de sa part. À voir Élisabeth qui le fixe durant plusieurs secondes sans un mot, je ne suis pas le seul à le penser.

— Peut-être pour la même raison que toi, Einstein. J'ai cru que c'était une blague de mauvais goût venant de stupides gamins, c'est tout, ajoute-t-elle d'un air blasé.

— Oh, mon Dieu… Tout est ma faute… J'ai… C'est moi qui…

Je parcours les quelques centimètres qui me séparent de mon amant pour lui prendre la main.

— Eh, tu ne dois pas culpabiliser. C'est sa faute à lui et uniquement la sienne.

— Et on doit impérativement le trouver pour l'interroger, intervient Jesse. Il est plus que probable qu'il soit à l'origine de ton accident. Comme je l'ai expliqué à William avant que vous n'arriviez, c'était purement intentionnel.

— Comment ça ?

— C'est ce que j'ai cru comprendre grâce aux témoins. Le conducteur savait très bien ce qu'il faisait. Aucun risque que ce soit dû à l'alcool ou à une prise de drogue. Il voulait lui faire du mal… voire le tuer.

Mon corps entier est parcouru d'un frisson. Rien à voir avec ce que je ressens avec Will dans mes bras. Cette fois-ci, c'est glacial. Mon cœur se comprime comme un étau.

— Ouais eh bien, si c'est le cas, j'en ferai du steak haché de ce salopard ! s'emporte Élisabeth en serrant les poings.

— Je pourrais faire en sorte de vous le laisser cinq minutes, seul à seul, avant de l'embarquer, plaisante à moitié Jesse.

Elle hoche la tête.

— Très bonne idée.

Moi non plus, je ne serais pas contre. Adieu, le Mark raisonnable, place au Punisher[17].

Néanmoins, je ne dois pas permettre à ma colère d'affecter mon jugement ainsi que mes décisions. Le plus important, c'est de le mettre en sécurité. Jesse le comprend également.

— Tu ne peux pas rentrer chez toi, ce n'est pas safe du tout.

— Amanda, Alejandro et moi non plus. Si j'ai reçu cette lettre, lui aussi. Je t'aurais bien proposé d'habiter chez nous le temps que ça se calme, mais je ne suis pas convaincue que ce soit la meilleure solution. On va sans doute devoir squatter chez mes parents.

— Beth, je comprends, ne t'inquiète pas. Et de toute façon, je ne te l'aurais pas demandé. Ma présence vous mettrait plus en danger qu'autre chose. Il faut prévenir Alejandro.

— Je m'en occupe.

— Merci. Oh zut, je ne sais pas comment je vais faire avec Hope quand elle sera de retour. Je serai obligé de voir avec Hailey pour la garder chez elle, mais avec l'école et tout le reste, j'ignore comment procéder.

— Le gouvernement peut vous loger dans des...

---

[17] Personnage de l'univers Marvel du nom de Frank Castle qui a la particularité d'être violent si on s'en prend à ceux qu'il aime. Une série a été adaptée et je vous la conseille fortement. C'est un de mes (anti) héros Marvel préféré. Il m'a d'ailleurs inspirée pour Kellan dans « My dearest enemy ».

— Vous pouvez vous installer chez moi, proposé-je sans réfléchir et en coupant Jesse sans le vouloir.

Toutes les têtes se tournent vers moi.

J'ai dit une connerie ou bien ?

— C'est en effet une bonne idée, constate mon frère. Ça vous évitera de vous balader d'hôtel en hôtel, le temps qu'on le débusque. Et puis, ta fille et toi, vous connaissez Mark. Vous vous sentirez plus en sécurité. Mais nous allons tout de même surveiller vos domiciles en faisant des rondes au cas où.

Je ne sais pas si Will est du même avis. Sa bouche s'ouvre, toutefois, aucun mot n'en sort. C'est Élisabeth qui meuble la conversation.

— Et Hope adooore Mark, ajoute-t-elle avant de me fixer, souriante. La dernière fois qu'on l'a vue, elle nous a énormément parlé de toi.

Une chaleur se propage dans ma poitrine.

— C'est réciproque.

Je ne le répéterai jamais assez, mais cette gamine est formidable.

— Bon, alors c'est réglé. Will et ma poupette iront s'installer chez toi pendant que le grand frère part à la course au méchant. Ça te va comme ça, mon chou ?

— Je... Oui, rougit-il.

Il y a de quoi. Nous nous retrouverons seuls à sa sortie de l'hôpital jusqu'à ce que sa fille rentre de vacances. Bien entendu, je me doute parfaitement des interdictions que les médecins lui énonceront et je m'en fous. Il n'y a pas que le sexe entre nous. Il me tarde de le chouchouter comme il le mérite. Je ferais n'importe quoi pour cet homme. Tout pour son bonheur.

Chapitre 24
Mark

Will est resté presque toute la semaine à l'hôpital en observation, ce qui nous a permis de préparer sa venue avec sa fille, dans mon appartement. J'ai été le voir tous les jours pour prendre des nouvelles au lieu de tout simplement l'appeler. D'après les infirmiers, il semblait m'attendre. Je me dépêchais de quitter le travail, un poil plus tôt que d'habitude pour pouvoir passer un maximum de temps à ses côtés.

Il n'a rien dit à ses parents ni à la mère de sa fille pour éviter qu'ils ne débarquent ou ne s'inquiètent. Comment leur en vouloir s'ils avaient agi ainsi? Le savoir dans un lit d'hôpital, le corps meurtri et la boule au ventre aurait justifié un tel comportement. Will s'est contenté de leur interdire de venir sous prétexte de travaux dans l'appartement. J'ignore comment ils y ont cru. Si j'étais à leur place, j'aurais quand même débarqué. Peut-être suis-je trop intrusif ?

C'est une chance que mon frère soit intervenu. C'est à lui qu'incombe la tâche de mener cette enquête et donc d'attraper le connard responsable des malheurs de mon petit ami. Jesse est persuadé qu'il réussira. Quand il l'est, je le suis. Après tout, c'est l'un des meilleurs policiers de la ville et un ancien du FBI. Ce qu'il a vécu durant cette éprouvante carrière a su l'endurcir au point de n'avoir peur de rien ni de personne. Des missions dangereuses, il en a fait des tas. Néanmoins, il y a laissé une part de lui... Je crains que cette histoire, bien plus grave qu'il n'y paraît à cause de la tentative de meurtre, ne s'avère risquée pour lui. Certes, il fait d'énormes progrès avec son psychologue et arrive à nous parler de son « accident », mais ça ne signifie pas pour autant qu'il est indestructible. Le mental doit pouvoir suivre. Il est primordial.

Durant la semaine, avec l'aide de la police, j'ai été récupérer des affaires chez Will pour qu'il n'ait rien à faire, hormis poser les pieds sous la table. Il a établi une liste et je me suis cantonné à tout ramener à mon domicile. Son lit ainsi que celui de Hope sont prêts. Hope dormira dans la chambre d'amis et lui dans la mienne. Pour sauver les apparences, je préparerai le canapé pour moi. Ça va être compliqué de faire comme s'il n'y avait rien entre nous alors que la seule chose que je souhaite, là à cet instant, c'est de sentir sa chaleur contre mon torse, l'enlacer tendrement jusqu'à ce qu'il oublie ses peurs et ses peines.

On a réussi à établir une routine pour la rentrée s'ils sont toujours à la maison après les vacances. Bien que ce pauvre Will ne soit pas près d'en avoir. C'est davantage un arrêt maladie que du repos. Il a interdiction de faire du sport, de se déplacer pendant une longue période et de travailler. Je déposerai donc Hope à l'école et la récupérerai à la fin de la journée. Hélas, ce sera goûter à emporter, histoire qu'elle profite de son papa en mangeant avec lui.

En bref, j'ai tout prévu et je suis actuellement en route pour aller le chercher.

***

— Tu es bien installé ? Tu veux que je baisse ou remonte le siège ?

— Non, merci, Mark, je t'assure que ça va, me répète-t-il en fermant la portière pour ensuite mettre sa ceinture.

Je l'imite et démarre aussitôt. Sur la route menant chez son ex-femme, Will me raconte à quel point il a hâte de voir sa fille. Une semaine de séparation équivaut à une éternité pour lui. C'est également à cause de son accident. Il aurait aimé trouver du réconfort auprès d'elle. Moi et ses amis étions là, mais rien ne remplace cet amour inconditionnel.

D'ailleurs, il n'est pas le seul à qui elle a manqué. Je me suis beaucoup attaché à elle. C'est donc avec plaisir que j'ai transposé tous ses cadeaux à l'appartement, même s'ils ne seront pas présents le jour de Noël ici. Will était gêné, trouvant que c'était trop tôt pour Hope. De plus, comme j'ai l'habitude d'aller chez mes parents avec toute la famille pour le passer ensemble, Will se voyait mal me priver d'eux ou bien d'y être invité. Il connaît assez ma mère pour savoir qu'elle lui aurait dit de venir avec sa fille et ça, sans aucune hésitation. Seul problème pour lui : il va devoir tout avouer à ses proches s'il veut profiter d'eux à Noël. Du moins, le fait qu'il ait eu un accident de voiture. Quant au reste... c'est un secret.

Nous arrivons à destination, devant une grande maison luxueuse. *Eh bah, elle ne se refuse rien !* Ah oui, j'oubliais que son mec est bourré de fric. Tout s'explique. Will m'a un peu raconté leur couple. Je n'ai que très peu d'informations sur eux. Je sais seulement que son ex ne s'occupe pas de sa fille comme elle le devrait. Mon cœur se serre pour cette superbe gamine. Elle ne mérite pas ça.

Je me gare côté rue. Will quitte la voiture en prenant sa béquille au moment où j'entends la porte d'entrée de la maison s'ouvrir. Je sors à mon tour pour daigner me présenter. C'est la moindre des choses. Nous faisons quelques pas pour nous poster devant le grillage. Je reste légèrement en retrait pour ne pas empiéter sur leurs retrouvailles.

La grille s'ouvre en deux à l'aide d'une télécommande,

je suppose.

— Papa ! hurle de joie Hope en dévalant les quelques marches qui la séparent de son cher père.

Courir doit la réchauffer avec sa doudoune et ses bottines. Mais ce n'est pas ça qui happe mon regard. Hailey, en descendant, me fixe, l'air sévère, les bras croisés. En réponse, je lui lance un sourire. Elle ne me le renvoie pas, préférant m'ignorer. Si les deux n'ont pas l'air surpris de voir Will plâtré, c'est parce que ce dernier les a prévenus de son état, dû à un banal accident de voiture. C'était la meilleure chose à faire, sinon comment aurait-il pu débarquer ainsi sans les en avoir notifiés.

— Ma Puce ! s'exclame-t-il avec émotion en ouvrant son bras valide pour se préparer au câlin.

Prudemment, Hope entoure la taille de son père et pose la tête au niveau de son abdomen. Elle ne veut absolument pas le blesser. La tendresse dont elle fait preuve malgré son excitation suffit à me faire sourire. Un vrai, cette fois-ci.

— Tu m'as trop manqué, mon petit papa.

— Toi aussi, ma Puce.

Elle décolle son visage de son ventre et lève le menton pour croiser son regard.

— Tu as beaucoup mal ?

— Ça peut aller, la rassure-t-il alors que la position debout, même avec une béquille, lui est douloureuse.

C'est normal de préférer mentir dans de telles

circonstances. C'est ce que nous devons faire en tant que parents.

Cruella... enfin, je veux dire «Hailey», s'avance jusqu'à eux. Elle scrute son ex comme s'il était une facture ou bien une fiche d'impôt. On est toujours heureux d'en recevoir, non ? Son allure hautaine est insupportable. Je comprends de mieux en mieux pourquoi il a tenu à l'avoir quand même cette semaine.

— Coucou, Mark ! me salue gaiement la petite en agitant sa main.

— Coucou, Princesse, lui souris-je.

— Hailey, je te présente mon ami, Mark. Il a eu la gentillesse de jouer les taxis.

— Ton *copain* n'a pas pu s'en charger ? crache-t-elle avec mépris en parlant d'Alejandro et en ne daignant pas me regarder.

Elle est tout le temps comme ça ou c'est pas son jour ? Mais comment Will a fait pour avoir un enfant avec elle et la supporter ?

— Il m'a déjà beaucoup aidé et Mark s'est proposé bien avant, alors je ne lui ai pas demandé.

Honnêtement, j'ignore pourquoi il se justifie auprès d'elle.

— Pas la peine, souffle-t-elle du nez avec dédain. Il est sûrement parti chez un nouveau mec.

Ma main dans ta gueule elle aussi elle va partir.

Je me retiens d'intervenir, mais c'est difficile. Je ne connais pas bien Alejandro, mais assez pour savoir qu'il ne mérite pas d'être attaqué de la sorte. Il fait ce qu'il veut de sa vie, justement parce que c'est la sienne. Qu'elle s'occupe de son cul, celle-là.

— Est-ce qu'on peut cesser ? sollicite Will, la voix faussement calme pour éviter ce spectacle à sa fille, comme un parent normal, ce qu'elle ne sera probablement jamais.

Tiens, prends-toi ça dans les dents, Cruella !

Ce surnom lui va drôlement bien.

Visiblement, elle l'écoute et laisse tomber. Ses bras se décroisent.

— Allez, passez de bonnes vacances, balance-t-elle pour mettre fin à ces retrouvailles qui ne l'émeuvent pas tant que ça.

C'est un androïde ? Il y a de quoi se poser la question, là.

— Merci, maman !

Sans un mot de plus ni un seul regard pour sa fille, Hailey remonte les marches. Cette scène me brise le cœur.

— Allez, ma Puce, entrons dans la voiture, écourte mon petit ami.

J'ouvre la portière de Will qui me remercie et ensuite le coffre pour qu'elle y mette son sac. Une fois tous les trois à l'intérieur, le père se tourne vers Hope.

— Ma Puce, j'ai quelque chose à te dire et j'espère que tu m'en voudras pas.

Elle secoue négativement sa tête pour lui signifier,

sans doute, que ce genre de chose est impossible.

— On ne peut pas rentrer à la maison.

La confusion se lit sur son visage.

— Pourquoi ?

— L'appartement est... Il y a eu un dégât des eaux et on nous a interdit d'y aller tant que le problème n'est pas réglé.

Dans sa voix, j'entends une pointe de regret. Ça doit lui faire mal de lui mentir, mais c'est pour son bien. Lui avouer la vérité serait pire. Elle en ferait peut-être des cauchemars et une petite fille de six ans n'a pas besoin de connaître tout ceci.

— Mais alors... nous allons habiter où ?

— Eh bien... commence-t-il en me regardant. Chez Mark.

Silence.

Je savais que ça allait être trop pour elle. Je m'en veux presque de m'être proposé.

— Ma Puce, je comprends que tu...

— Génial ! s'écrie-t-elle, les bras levés.

Je hausse les sourcils. Dans l'incompréhension la plus totale, Will et moi nous nous fixons avant qu'il ne reporte son attention sur elle.

— Cette idée te plaît ?

— Oh que oui ! Je vais pouvoir faire plein de choses avec Mark. On va regarder des films tard le soir et manger des bonbons. Et comme toi, papa, tu es en vacances, on va faire ça tous ensemble.

Je m'esclaffe en silence tandis qu'il tente d'y répondre.

— Euh... pas sûr que ça soit au programme. Tu te souviens de ce que j'ai dit par rapport à ça?

— Mais... s'il te plaît? implore-t-elle en faisant la moue.

Alors là, aucune chance qu'il résiste. Même moi je voudrais lui donner le monde avec une bouille pareille.

Will lutte pour refuser, en vain.

— O-On verra, d'accord?

Ah! Et après, qu'il ne vienne pas me dire qu'il est capable de tenir tête à une gamine de six ans.

Je lui lance un regard entendu soulignant ce fait.

— Pas un mot, relève-t-il en masquant comme il le peut son amusement.

J'attache ma ceinture en dernier et mets le contact.

— Où sont les cadeaux? quémande-t-elle.

Je l'attendais, celle-là.

— À la maison, Princesse, j'ai réussi à tout sauver de l'inondation.

— Trop fort!

Will me zieute, reconnaissant pour mon mensonge. En réponse, je lui fais un clin d'œil.

— J'ai trop hâte de découvrir ton chez-toi!

Son enthousiasme est contagieux.

— J'espère que tu t'y plairas, mais hors de question de désobéir à papa, ça marche? Et quand nous serons arrivés, tu auras le droit à un chocolat chaud en guise de bienvenue.

— Le même qu'au café ?!

— Yep.

Elle sautille sur son siège comme une puce.

Oh… je comprends mieux son surnom, à présent.

Il s'esclaffe.

Un vague de chaleur s'installe progressivement à l'intérieur de ma poitrine, emprisonnant mon cœur dans cette étreinte si apaisante.

Son rire est le plus beau que j'aie entendu et je me fais violence pour me concentrer sur la route.

Comment se fait-il qu'un homme aussi magnifique soit mon petit ami ?

Tous les jours depuis que je le connais, je ne cesse de me poser cette question qui, pour l'instant, reste sans réponse. Ou sans doute parce qu'il n'y a de mon côté qu'une seule réponse. Il me tarde de la lui dire.

Ces trois mots qui me brûlent les lèvres depuis si longtemps.

Ces trois mots qui possèdent une signification bien précise et dont on doit être sûr avant de les prononcer.

Je le suis, plus que jamais.

***

— Bienvenue à la maison et surtout, faites comme chez vous, leur souhaité-je en ouvrant la porte, les invitant à en franchir le seuil en premier.

Hope n'hésite pas une seconde à entrer, suivie de

près par Will, qui en passant étire ses lèvres. Je sais ce que ça signifie. Nous avons intérêt à la jouer discrets. Ça va être une véritable torture.

Ne pas le toucher.

Ne pas l'embrasser.

Ne pas faire de bruit.

Putain. Je suis maso d'avoir proposé qu'ils emménagent.

— Wouah ! C'est trop beau chez toi ! Regarde, papa, on voit le parc d'ici ! souligne-t-elle en se collant à une des grandes fenêtres.

— Je sais, ma Puce.

Elle se retourne au moment où je pose les sacs dans l'entrée après avoir fermé la porte.

— Tu es déjà venu ?

Un coup d'œil à ma droite et j'aperçois le visage de mon amant « secret » pâlir. *Oups.* Il aurait dû être plus subtil. Il me lance un regard demandant de l'aide, mais je me demande quoi répondre à cela aussi. Elle nous a pris de court. Fort heureusement, il trouve l'inspiration et retrouve des couleurs.

— Oui, je suis déjà venu une fois quand tu n'étais pas là. On a lancé un film et on a discuté.

Qu'il précise tout ça me fait rire.

— Lequel ?

Oh, bon sang, cette gamine est soit très maligne, soit on n'a pas de bol. J'opte pour la seconde possibilité pour la simple et bonne raison qu'on s'est jetés dans la cage aux lions tout seuls.

— Un film de… Ce n'est pas de ton âge.

Hum… Est-ce qu'il fait allusion à nos parties de jambes en l'air? Si oui, en effet, ce n'est définitivement pas approprié pour elle.

— Je pourrai le regarder quand je serai plus grande?

Quand tu le seras, tu pourras faire toi-même tes propres «films», Princesse.

— On verra, ma Puce. En attendant, va poser tes affaires.

— Je vais te montrer ta chambre, dis-je à Hope avant de revenir sur Will. Va t'asseoir, je m'en charge.

— Merci, sourit-il.

En retour, je lui en offre un aussi. Je demande à la petite terreur de me suivre dans la pièce d'à côté, mais elle s'arrête au beau milieu du salon, sans doute intriguée par le gros carton et les paquets cadeaux.

— C'est quoi ça? questionne-t-elle en pointant du doigt le premier.

— Ça, c'est le sapin de Noël.

— Un sapin?! On pourra avoir un sapin?

J'entends le bruit de la béquille s'approcher de nous et Will s'asseoir sur le canapé en soufflant de douleur. Je m'en veux de ne rien pouvoir faire pour le soulager.

— Oui. Ton papa m'a dit que tu adores le décorer, alors je vous ai attendus.

— Youpiiiii!

— Je suis content que cette idée te plaise.

— Oh que oui ! Et on va le décorer quand ?

— Plus tard, Princesse, si tu es d'accord. Va d'abord découvrir ta chambre.

En ouvrant la porte, elle fait tomber son sac. Cette chambre d'ami dispose d'un grand lit, d'un petit bureau et d'une armoire. Sachant que Hope y sera pendant très certainement un moment, j'y ai ajouté une touche personnelle avec l'aide de Will. Il m'a raconté qu'elle adorait les dinosaures et les licornes, alors je me suis procuré une parure de lit sur le même thème. Ça fait un sacré contraste, dites donc ! Mais que voulez-vous, je ferais tout pour rendre son séjour le plus agréable possible.

Hope se met à sautiller en criant des « Trop bien ! ». Puis, tout à coup, ses bras entourent ma taille.

— Merci beaucoup, Mark, murmure-t-elle après avoir vidé ses poumons.

Ce câlin inattendu me laisse pantois. Il me faut plusieurs secondes pour y répondre en l'enlaçant. Un sourire idiot étire mes lèvres.

— Mais je t'en prie.

**

Après avoir fini de dîner, Will et Hope me remercient et me complimentent en disant que c'était délicieux. Le mérite ne vient pas de moi, car c'est lui qui m'a fourni une liste de leurs plats préférés. Je n'ai fait que suivre une recette, tout simplement. Hope s'est proposé de m'aider pour débarrasser. J'ai accepté parce que je suis pris au piège. Will et moi avons échangé un regard. Il était fier du comportement de sa fille. Il y a de quoi. Même un adulte ne se serait pas désigné.

Je finis de mettre les assiettes et les couverts dans le lave-vaisselle, et en retournant auprès de lui pendant que Hope occupe la salle de bain, je remarque qu'il papillonne des yeux. Je lui conseille donc d'aller se coucher. Son lit est préparé avec des draps frais et j'y ai de plus ajouté un adoucissant lorsque je les ai lavés.

Ayant déjà pris sa douche avant le repas, je l'accompagne jusqu'au lit. La souffrance se lit sur son visage et ça ne cesse de me désoler. Avec tous les médicaments contre la douleur qu'il avale, il lui est difficile de rester éveillé et en pleine capacité. Je l'aide à enfiler une tenue plus confortable pour dormir et tire le drap sur lui pour qu'il se blottisse dessous. Une fois fait, il me dit :

— Merci, je suis vraiment heureux de t'avoir auprès de moi. Je ne sais pas comment te remercier.

Je m'assois sur le bord du lit.

— Tu n'as pas à le faire. Je tiens beaucoup à vous, alors il n'y a rien de plus normal que prendre soin des êtres qui me sont chers.

Malgré la fatigue, un timide sourire s'affiche. Ma main vient instinctivement caresser sa joue. Il se laisse bercer par ce doux rythme qui nous enflamme. Ça n'a rien d'érotique, c'est un moment de pure tendresse que je me fais une joie de savourer. Sa main se pose sur la mienne. Sa chaleur est réconfortante. Mais cette intimité est écourtée quand des bruits de pas se dirigent vers nous. Je m'écarte un peu, car je lui ai promis de ne pas avoir ce genre de geste en présence de Hope.

Elle arrive, vêtue d'un pyjama et tenant un livre. Ah oui, c'est vrai. Les histoires du soir sont sacrées chez eux.

— Oh, ma Puce, souffle-t-il d'un air désolé. Papa ne pourra pas t'en lire une ce soir.

— Je sais, c'est pour ça que c'est moi qui vais t'en lire une.

Cette gamine est décidément un ange tombé du ciel, une bénédiction pour cette terre peuplée d'insécurités et d'injustices.

— Ohhh, s'émeut-il, à deux doigts de pleurer. Viens près de moi, ma Puce.

Elle s'exécute avec hâte, sa faufilant sous le drap, en position semi-assise comme son père. Je m'apprête à les laisser seul à seul, quand sa petite voix m'interpelle.

— Est-ce que tu veux aussi entendre cette histoire ?

Will hoche discrètement la tête pour m'encourager.

Je repose mes fesses sur le matelas et ne tarde pas à donner ma réponse, ému qu'elle ait pensé à partager cet instant avec moi et son papa.

— J'en serais ravi.

— Génial !

Elle tapote la place libre à son côté. Je ne discute pas

et m'assois confortablement.

Les minutes qui suivent ne sont pour moi que pur bonheur. Hope nous conte celle qu'elle a choisie avec soin et passion. Elle a les yeux rivés sur les pages tandis que les miens jonglent entre elle et Will qui fait exactement pareil. Mais très vite, ses paupières s'abaissent, succombant à l'appel du marchand de sable. Hope s'en aperçoit et ferme son livre. Je lui dis qu'on ferait mieux d'aller nous coucher. Elle lui fait un dernier bisou sur la joue et m'en donne un également que je lui rends, avant de me souhaiter bonne nuit et de partir dans sa chambre. Je réinstalle Will pour qu'il soit parfaitement allongé et tout ça sans le réveiller. Je ne résiste pas à embrasser son front, puis ferme la porte pour rejoindre le canapé-lit que j'ai aménagé pour l'occasion. C'est sans difficulté que je tombe dans le sommeil quelques minutes plus tard, soulagé de les avoir chez moi, en sécurité.

Chapitre 25
William

Qu'ai-je donc fait pour mériter un homme si parfait ?

C'est que je me demande chaque fois que ses yeux se plantent dans les miens et qu'un sourire illumine son visage.

Je me suis couché la veille avec Hope et Mark sur le lit, lisant et écoutant une histoire du soir. Après cela, je n'ai aucun souvenir. J'avais grandement minimisé ma fatigue. Il n'a suffi que de quelques minutes pour que je tombe dans les vapes. Je me suis réveillé très tard dans la matinée. Pour dire, il était déjà presque l'heure de déjeuner. Alors, pour remédier à ce problème, Mark nous a servi un brunch. J'ai appris que ces deux-là avaient mis la main à la pâte pendant que je dormais. Hope semblait toute contente d'avoir pu partager ce moment avec lui. De même pour Mark. Il prend si bien soin d'elle, comme si c'était sa propre fille. Peut-être que je m'emballe, mais cette idée qu'elle le considère comme une autre figure paternelle est loin de m'être désagréable.

Pendant ma semaine de «vacances», nous restons chez lui. Mark s'absente le moins possible et a prévenu son agence ainsi que ses employés qu'il serait moins présent. Quelque part, je m'en veux. Rien de tout ceci ne serait arrivé si j'avais fermé ma bouche. On pourrait refaire le monde avec des «si». Bref, c'est une semaine tranquille où je passe énormément d'heures à dormir et moins à profiter d'eux. C'est donc Mark, mon charmant petit ami, qui se charge de tout. Il nous gâte beaucoup et nous occupe surtout bien pour que le temps ne paraisse pas long à la maison. En tout cas, Hope ne s'ennuie pas, au contraire. Entre les films de Noël... en plus de *Jurassic Park* – évidemment –, les jeux de société, les jeux vidéo, etc., nous ne voyons pas les jours défiler.

En parlant de jeux de société, il nous est arrivé un drôle de moment à Mark et moi. Nous avons bien failli révéler notre secret devant Hope. Nous étions en train de jouer aux petits chevaux quand nos regards se sont croisés. Ça fait bien longtemps que nous ne nous sommes pas touchés ni avons dormi ensemble. Non seulement à cause de la douleur, mais aussi pour n'éveiller aucun soupçon. Chose que nous avons beaucoup de mal à faire, ces derniers temps. La frustration était donc à son comble tandis qu'il me dévorait des yeux pendant que c'était au tour de Hope de lancer le dé. Elle l'a fait rouler et fait sauter son cheval de case en case.

— Papa, t'as déjà fait du cheval, toi ?

— Non, ma Puce, j'en ai pas le souvenir, avais-je répondu en me forçant à la regarder.

Cette réponse devait mettre fin à la discussion, mais c'était sans compter Mark qui, le sourire aux lèvres, avait rétorqué :

— Ton père est un excellent cavalier, j'en suis plus que certain. Il m'a montré ce qu'il savait faire.

Mes joues ont pris feu. Mon cœur s'affolait comme pas permis et je serrais les cuisses du plus fort que je pouvais pour arrêter cette maudite érection. Cet imbécile a jugé bon de se référer à nos parties de jambes en l'air devant ma propre fille. *Quel sadique !* Un très, très beau sadique, n'empêche. Je me suis raclé la gorge et ai lancé mon dé pour clore cette discussion malgré le fait qu'elle me demandait où j'en avais fait la démonstration. Non, ma puce, il ne vaut mieux pas que tu le saches.

— J'aimerais trop monter sur un cheval un jour !

Là, tout de suite, ce n'est pas sur un cheval que j'aimerais monter...

C'est pas vrai ! Cet homme m'a définitivement perverti. Il a fait de moi une chatte en chaleur en seulement une insinuation. Il ne cesse de rallumer cette étincelle de désir.

Je sais que le médecin m'a ordonné de rester sage durant deux semaines, mais ça va être dur de tenir une de plus. Fort heureusement, le lendemain, nous sommes partis chez mes parents. La police a préféré nous y déposer même s'il n'y a plus eu aucune tentative d'intimidation de la part de Henderson. Jesse nous donne des nouvelles régulièrement, bonnes ou non. Ce n'est qu'une question de jours avant qu'on ne le débusque, a-t-il dit. Et je le crois sur parole. Après cette affaire, j'espère qu'il pourra se reposer comme il se doit.

***

— Vous êtes sûr que vous ne voulez pas rester plus longtemps ? s'enquiert ma mère à côté de mon père sur le pas de la porte, l'inquiétude barrant son doux visage.

C'est d'elle que je tiens ma tignasse blonde et mes yeux bleus. Adepte des colorations naturelles, elle en fait régulièrement pour retrouver sa couleur d'antan. Elle a horreur des cheveux blancs. Les seules choses que j'ai de mon père, ce sont son nez, son menton et son caractère un peu trop altruiste.

— C'est adorable, maman, mais je ne peux pas. J'ai rendez-vous demain avec le médecin.

— Oh oui, bien sûr, suis-je bête. Tu me préviendras quand votre appartement sera réparé. En tout cas, c'est gentil de la part de ton ami Mark de te loger. Tu lui diras bonjour de notre part. Nous aimerions beaucoup le rencontrer, surtout pour avoir aussi bien pris soin de notre fils et petite-fille.

— Ça sera un plaisir, rajoute mon père.

Je souris, le cœur serré. Je n'ai pas tout raconté à mes parents. Ça ferait bien trop d'informations d'un coup et comme je l'ai expliqué à Mark à l'hôpital, je ne veux pas les inquiéter.

— Très bien, je lui dirai. Il sera ravi aussi. Je sens que vous allez l'adorer.

— Moi oui ! intervient Hope à ma droite en laçant ses chaussures comme une grande. Et en plus, il est trop beau.

— Oh, vraiment ? tique maman en me jetant un coup d'œil amusé. Eh bien, j'ai encore plus hâte de le rencontrer.

C'est officiel, elle a un radar. Pourquoi les mères en ont toutes un ? C'est un truc qu'elles obtiennent dès qu'elles nous mettent au monde ?

Il est maintenant l'heure des au revoir, des derniers câlins écrasants, mais qu'on aime plus que tout. En sortant de la maison, notre chauffeur nous attend. C'est un policier en civil, le même qui nous a emmenés avec une voiture banalisée pour passer inaperçus et éviter les questions indiscrètes venant de Hope ou de mes parents. Comme ça, il a plus l'air d'un chauffeur privé que d'un flic. Il nous salue et je lui réponds en retour d'un signe de la main. Mes parents nous regardent partir avant de retourner à l'intérieur pour se réchauffer. Nous embarquons dans la voiture, confortable et équipée, pour quitter Westport dans le Connecticut, à plus d'une heure de route de chez nous. Comme à l'aller, Hope demande à l'agent de mettre de la musique. Le charme irrésistible de ma fille atteint tout le monde, y compris lui, qui commence à fredonner.

Les deux jours que nous avons passés avec eux ont été réconfortants. Même à trente-quatre ans, je ne refuse jamais de l'amour parental. J'accueillerai leurs accolades, leurs baisers, leurs peurs, leur joie et leurs inquiétudes jusqu'à la fin. Ce n'est pas étonnant qu'Hope ait grandi dans cet esprit-là, avec d'aussi bons grands-parents. Elle n'a peut-être pas une mère exemplaire, mais elle nous a nous. J'ai dans l'espoir que ça suffise à ma fille et qu'Hailey change avec le temps. Un enfant a besoin de ses deux parents, que ce soit deux mères ou deux pères. Ce dernier point n'est pas important, leur présence si.

Le trajet en voiture semble durer peu, et en même temps, une éternité s'écoule. Sans doute parce qu'il me tarde de le revoir, lui, son sourire et sa voix qui font chavirer mon cœur en envoyant des décharges électriques. Je veux retrouver ses lèvres, sa chaleur.

Je veux plus.

Je préviens Mark que nous arrivons dans cinq minutes, sachant qu'il m'a averti qu'il rentrait bien avant notre retour. En bas de l'immeuble, notre chauffeur nous escorte jusqu'à sa porte. Quand elle s'ouvre, une profonde expiration s'échappe de mes lèvres.

— Salut, vous deux, dit Mark, le sourire aux lèvres et en s'écartant pour nous laisser passer, ce que nous faisons. Merci, Josh.

Je me retourne et le remercie à mon tour.

— Pas de quoi, c'était un grand plaisir de vous aider.

Les deux hommes se serrent la main, puis le fameux Josh s'en va. Dès que la porte se ferme, nous retrouvons enfin notre intimité.

***

Le jour de la rentrée

Eh oui, les vacances sont enfin terminées. Ce matin, Mark a déposé Hope à l'école, qui va être surveillée par la police tous les jours. Quant à moi, j'ai mon ordinateur portable sur les genoux, confortablement installé sur le canapé, seul. Mark doit impérativement se rendre au café pour une réunion avec ses employés. Après tout, il a passé une semaine avec nous sans aller là-bas. Tout s'est bien déroulé, heureusement.

Mon écran se met en veille pour la deuxième fois en cinq minutes. Mes yeux le fixent, ma main valide est immobile et l'absence de bruit du clavier me fait réaliser que je devrais laisser tomber le boulot pour le moment. Mon esprit est entièrement focalisé sur Mark. Pour quelle raison ? C'est simple : parce que ça sera notre première fois seul à seul depuis une éternité. Nous nous sommes retenus de nous embrasser à tout bout de champ, uniquement lorsqu'Hope était couchée, puis il retournait sur le canapé.

Je jette ma tête en arrière en soupirant, mais la relève immédiatement quand le son de la clé dans la serrure me parvient. La porte s'ouvre.

— Eh, j'ai fait au plus vite, m'annonce cette voix ensorcelante en s'approchant du salon. Ta fille n'a pas voulu passer les grilles de l'école. J'ai dû la soudoyer pour qu'elle entre.

Je ris et me tourne pour le voir.

— Je sais, c'est comme ça à chaque rentrée.

Il retire sa veste et la pose sur une chaise haute.

— Mon pauvre. Tu dois en baver.

— M'en parle pas. Comment l'as-tu convaincue ?

— Je lui ai promis de passer au café chaque jour pour emporter son goûter à la maison. Et le tien. Même si j'avais déjà prévu de faire ça, ajoute-t-il avec un clin d'œil. Tout va bien sinon ?

— Oui, ça va. J'avais hâte que tu reviennes.

Il marque une pause avant de répondre, aussi perturbé que moi d'être entre quatre murs, seulement nous deux, pendant des heures.

— Moi aussi.

Il contourne le canapé et s'assoit à quelques centimètres de ma cuisse. Cette proximité fait monter ma pression sanguine.

— Tu n'arrives pas à travailler ?

Je cligne des yeux pour me remettre les idées en place.

— Euh… non.

— C'est normal, ils t'ont pourtant dit de te reposer.

— Je l'ai fait pendant une semaine, ça suffit

amplement.

Il attrape délicatement mon ordinateur, puis le pose sur la table basse où est étendue ma jambe.

— Non, Will. Ça ne suffit pas.

Je peux sentir son souffle sur ma joue.

— Tu ne peux pas m'interdire de bosser.

— Je ne peux peut-être pas, mais je connais un moyen pour t'empêcher de penser au travail.

Mes yeux louchent sur sa bouche, très, très proche de la mienne. Je n'ai pas fait attention à ce rapprochement soudain.

— Et… comment comptes-tu t'y prendre ? murmuré-je en jouant les innocents.

— C'est simple, comme ceci, lâche-t-il avant de happer mes lèvres.

Ce baiser est profond, exaltant et tellement bon ! Je crois que je suis bel et bien devenu accro à lui. J'emploie la même puissance, voulant lui rendre au centuple le plaisir qu'il m'offre. Petit à petit, mon corps tombe en arrière, et ma tête sur l'accoudoir du canapé. Sa main se pose sur ma joue et la mienne sur son cou. Il s'immisce délicatement entre mes cuisses, conscient que chaque mouvement peut me provoquer des douleurs. À cet instant, je n'en ai pas. Absolument aucune, alors je l'encourage à poursuivre en le poussant vers moi, quand soudain il se recule et pose son front contre le mien.

— Continue, s'il te plaît.

— Nous… ferions mieux de nous arrêter là.

— Mark, je n'ai pas mal. Je ne suis pas une poupée en porcelaine.

— Je sais, mais tu risques de souffrir si on va plus loin.

Je colle la paume de ma main sur sa joue, frottant sa fine barbe.

— S'il te plaît…

— Le médecin a dit…

— Le médecin n'a dit ça que par précaution, le coupé-je, mais une fois ne va pas me tuer. Dois-je te rappeler ce que le kiné m'a annoncé lors de ma dernière séance ? Je vais bien et je n'aurai bientôt plus besoin de cette attelle.

— Oui, mais ça ne signifie pas que ton corps est complètement rétabli.

Le ton de sa voix m'indique qu'il lutte avec son côté rationnel. Il le veut autant que moi.

— Juste… touche-moi, je t'en prie.

Il ne lui en faut pas plus pour mettre à mal sa résistance. Il reprend possession de mes lèvres, nos dents s'entrechoquent. Je sens ses mains soulever mes fesses pour retirer mon jogging jusqu'à ce qu'il saisisse mon sexe. Mon gémissement se perd dans sa bouche, ainsi que tous les autres au moment où il fait coulisser sa queue contre la mienne en nous empoignant. L'abstinence que nous avons subie nous fait décoller en seulement quelques mouvements de va-et-vient. Nous avalons les cris de chacun dans cette explosion de plaisir.

— Bordel ! hurle-t-il en se déversant dans sa main en même temps que moi.

— Wouah, c'était…

— Tellement bon, complète-t-il en m'embrassant.

Encore sur notre petit nuage après cet orgasme foudroyant, je me laisse facilement aller aux confessions.

— Dors avec moi à partir de maintenant.

— Ce n'est pas très prudent, elle va finir par le savoir.

— Ou peut-être pas, et je préfère qu'on le tente. Je veux te sentir tout contre moi. Ta chaleur me manque.

Son regard embué m'analyse.

— OK… dit-il sans émettre une seule autre opposition.

***

Une semaine s'est écoulée et Mark continue d'honorer ses promesses. Celle de dormir chaque nuit à mes côtés sans éveiller les soupçons, et celle d'aller chercher Hope à l'école en passant par le café pour notre goûter traditionnel, mais à emporter cette fois. J'ai le plaisir de le déguster à leur retour sur le canapé pendant que ma fille nous raconte sa journée. C'est un de ces moments que j'attends le plus avec le coucher et les appels d'Alejandro qui est mon seul lien avec l'extérieur. Les ventes se déroulent bien et plus aucun signe de notre ancien client. Il me manque. On ne s'est pas vus avec Alejandro depuis l'hôpital, ce qui remonte à loin. Lui, Hana et Lindsey ont préféré continuer de travailler pour ne pas faire couler la boîte. De vrais têtus.

Des têtes de mules que je suis plus qu'heureux d'avoir dans ma vie.

***

Nous sommes tous les trois assis dans la salle à manger après un excellent repas. Hope nous délecte avec ses devinettes depuis une bonne dizaine de minutes.

— Alors, la suivante est « Je n'ai qu'un pied et je ne porte pas de chaussure. J'ai un chapeau, mais pas de tête. Qui suis-je ? »

— Hum… réfléchit Mark. Un parapluie ?

— Non. À ton tour, papa.

— À vrai dire, j'ai aussi pensé à ça.

— Pourquoi ? demande-t-elle.

— Eh bien, d'une, c'est un bâton, donc il n'a qu'un pied et de deux, parce que le chapeau peut correspondre à la toile.

— Ahhh, mais non ! Vous donnez votre langue au chat ?

J'échange un bref regard avec Mark. Apparemment, il n'a pas d'autres idées. Il hausse les épaules.

— Je donne ma langue au chat, dis-je.

— C'est un champignon !

— Oh, bien vu ! la félicite-t-il. J'aurais probablement jamais deviné.

Je l'applaudis.

— Bravo, ma Puce !

— Hehehe, merci. Maintenant, c'est à votre tour.

— Euh... laisse-moi une petite minute, s'il te plaît.

Le téléphone de Mark sonne. Il le retire de sa poche et un léger sourire apparaît.

— C'est Jesse.

Je hoche la tête, l'encourageant à répondre.

— Salut, frérot. Ouais...

Il fronce les sourcils et son regard devient plus sérieux.

Je comprends l'objet de cet appel et me tourne vers Hope.

— Ma Puce, va te brosser les dents et te mettre en pyjama.

— Oh, souffle-t-elle avec une moue adorable, mais je voulais qu'on joue encore, moi.

— Ne discute pas.

Elle obéit et quitte la pièce.

— Jesse, je te mets sur haut-parleur pour que Will t'entende. Vas-y, dit-il en l'écartant de son oreille.

— *Salut, Will.*

— Eh, Jesse.

— *J'ai des news. On a retrouvé Henderson, il est en garde à vue. Pour le moment, il refuse de dire un seul mot, alors on a décidé d'attendre demain pour reprendre l'interrogatoire. Tu pourras y assister, mais ne t'en fais pas, tu seras derrière une vitre sans tain. Je pense qu'après ce que tu as vécu, il ne vaut mieux pas que tu le confrontes.*

Je soupire profondément en comprenant que c'est fini. Ça y est, la police s'occupe de tout désormais.

— Je... Merci, Jesse ! J'attendais cette nouvelle avec impatience, ris-je en me perdant dans les yeux enjoués de mon amant, aussi ravi que moi.

— *Je le sais bien et moi également. Cette affaire me tient beaucoup à cœur. Heureux d'avoir pu aider le petit ami de mon frangin.*

Un pic de chaleur s'abat sur mes joues.

— E-Encore merci, Jesse.

— *Avec plaisir, et il est inutile de me remercier pour ça, c'est tout à fait normal. Essayez de bien dormir pour être en forme demain matin, disons... neuf heures ?*

Je hoche la tête en fixant Mark.

— Ça marche, on sera là après avoir déposé la petite à l'école.

Mark est si prévenant envers nous. Bon sang, je serais capable de tout lui céder contre un minimum de son attention. Quoique, pas besoin, je l'ai déjà ne serait-ce qu'en croisant son regard.

Ils raccrochent, puis nous rompons le silence en riant. Je n'ai jamais trop compris pourquoi on réagit de cette façon. Le trop-plein d'émotion, sans doute. Nous sommes tellement contents que nous ne voyons pas tout de suite Hope, debout en pyjama derrière le canapé.

— Pourquoi vous riez ? Oh, vous avez continué à jouer sans moi ?! C'est pas juste.

Son intervention relance notre hilarité.

Sacrée Hope.

Chapitre 26

William

Nous nous rendons au commissariat après avoir déposé Hope, comme convenu. Mark se tient à mes côtés et nous montons les quelques marches du poste. Je les grimpe plus facilement avec ma béquille. Grâce à l'accord du médecin, j'ai pu laisser tomber mon attelle. Mais mon plâtre, lui, est toujours là. Si tout se déroule bien, je pourrai l'enlever dans deux semaines. Seule la radio de contrôle pourra donner le feu vert. Je prie pour que tout se passe au mieux. C'est dingue ce qu'on ne peut pas faire avec un bras en moins.

À peine avons-nous franchi les portes que Jesse nous accueille en uniforme. Il s'empresse de nous mener dans la salle d'interrogatoire, derrière la vitre. Jesse met à ma disposition une chaise, mais je prends plusieurs secondes à la remarquer puisque je ne peux quitter des yeux l'homme qui se trouve en face de moi, les poignets menottés, toujours avec ce même air colérique. Sans Mark tirant sur mon bras pour me baisser et asseoir mes fesses dessus, je ne l'aurais probablement pas fait.

— Bon, voilà comment ça va se dérouler, lance Jesse. Je vais y aller et lui poser des questions de sorte qu'il avoue. Ma collègue ici présente va rester avec vous, poursuit-il en se tournant vers une femme dotée d'un sourire professionnel et d'une tenue qui ne ressemble pas à la sienne. Si vous avez des questions à poser ou des éléments que vous aimeriez préciser, n'hésitez pas à les lui communiquer. C'est elle qui jugera bon d'appuyer sur le micro, pas vous. C'est compris ?

— Attends, ton supérieur t'y a autorisé ? tique Mark en fronçant les sourcils.

Oh, c'est vrai maintenant que j'y pense, mais normalement c'est le boulot des détectives d'interroger les suspects.

— Ouais, et à vrai dire, je ne lui ai pas laissé le choix. De plus, il s'agit de mon affaire. Soit je la mène jusqu'au bout, soit pas du tout.

Quelle dévotion ! Je l'admire, même si c'était déjà le cas. Exercer ce boulot signifie faire une croix sur une possible vie privée. En cas d'urgence, les officiers sont appelés et ce, à n'importe quelle heure de la journée et de la nuit. Voilà une chose que je ne pourrais pas faire, en plus de ma formidable capacité à gérer le stress. De toute façon, je n'aurais pas pu passer le test d'entrée.

— William, es-tu prêt ? cherche à savoir Jesse en me

sortant de mes pensées pour affronter la réalité.

Suis-je prêt à entendre ce qu'a à nous dire cette ordure ? Aucune idée, Jesse.

Néanmoins, ce dont je suis certain, c'est que je veux que tout ceci cesse.

Assez de ressentir la peur constante.

Assez de devoir me méfier de tout le monde dans la rue.

Assez de me cacher.

Assez de pourrir la vie de mes proches.

— Je suis prêt, on peut y aller.

Il hoche la tête et quitte la pièce pour se retrouver quelques secondes plus tard de l'autre côté.

Mark, qui se tient à ma gauche, pose sa main sur mon épaule en me gratifiant d'un triste sourire. La gravité de la situation empêche mes lèvres de se mouvoir. Il ne m'en tient pas rigueur, probablement conscient de mes sentiments.

Jesse tire sa chaise, puis s'assoit en lâchant bruyamment le dossier qu'il avait dans la main.

— Bien, monsieur Henderson. J'espère que cette nuit passée en notre compagnie aura eu au moins le mérite de vous faire réfléchir.

Le ton de sa voix ne laisse pas place à la plaisanterie. C'est impressionnant quand on n'a vu que sa partie « solaire ».

Henderson, fidèle à lui-même, garde sa mine renfrognée. À croire qu'il est sorti du ventre de sa mère tel quel.

— Nous avons plusieurs questions à vous poser et vous allez y répondre.

— Où est mon avocat ?

Sa voix aigre ne m'a pas manqué.

— Il est en chemin.

— Je ne parlerai pas sans lui.

Jesse colle son dos à la chaise.

— Alors bon courage, puisqu'un avocat commis d'office vous a été attribué.

L'expression de notre adversaire change immédiatement. Les rides de son front disparaissent et il ramène ses mains sur ses cuisses.

— C'est impossible !

— Visiblement, non.

— Je veux *mon* avocat. Je le paye cher et ce n'est pas pour rien.

— Est-ce bien de vous qu'il tient son chèque ? insinue Jesse.

— De qui voulez-vous bien qu'il le… s'interrompt-il en écarquillant les yeux. Non… elle n'a pas… Cette salope n'a pas pu faire ça !

Inutile de m'expliquer à qui ce « elle » fait référence. Fier d'apprendre que son ex-femme lui a refusé le droit à son défenseur, l'amusement se lit sur mon visage.

— Maîtrisez votre langage, monsieur Henderson. Dois-je vous rappeler pourquoi vous vous tenez ici ? D'ailleurs, nous avons eu beaucoup de mal à vous trouver. Vous comptiez partir où avec votre grosse valise ?

— Donnez. Moi. Un. Avocat.

— Ça tombe bien, le voilà.

Ce dernier entre, attaché-case en main et apprêté d'un costume bleu marine. Les hommes dans la pièce se saluent et les présentations s'ensuivent. Jesse redémarre immédiatement, sans attendre une seconde.

— Bien, maintenant, dites-moi où vous prévoyiez d'aller.

— J'ai le droit de garder le silence. N'est-ce pas, Maître ?

L'avocat confirme et semble dépité à ce sujet. Il n'a pas l'air impliqué.

Henderson arbore une attitude fière, se permettant même de narguer le policier.

— Ah, vous voyez !

— Dois-je vous rappeler le nombre de preuves que nous avons ? Ce serait plus rapide si vous nous avouez la vérité.

— Hors de question. Je veux qu'on me libère !

Soudain, les poings de Jesse s'abattent sur la table.

— ET MOI JE VEUX DES RÉPONSES ! s'énerve-t-il en nous faisant sursauter, Henderson, Mark et moi. Vous allez nous les donner ou je peux vous assurer que les prochaines heures que vous allez passer seront au fond de cette cellule. Nous avons de nombreuses preuves, sans compter votre tentative de fuite.

Il attrape le dossier et l'ouvre.

— À commencer par ces charmantes petites lettres. Alors maintenant, vous allez parler. Et vite.

— J-J'ai des droits... Vous ne pouvez pas..., marmonne Henderson, perdu.

Il se tourne vers son avocat qui lui adresse un regard entendu, lui rappelant que sa peine peut potentiellement être réduite s'il avoue.

— Eh bien, vos droits, vous pouvez vous les foutre où je pense. Confirmez-vous que ces lettres ont bien été écrites de votre main ?

Jesse dispose les photocopies devant l'accusé qui se met à les scruter, suffisamment pour se rendre compte qu'il en est bien l'auteur.. Le corps ne sait mentir face à un constat plus que flagrant.

— Oui, marmonne Henderson après un échange de regards avec son avocat.

— Je n'ai pas bien entendu.

Bon sang, je l'aime ! Pas de la même façon que Mark, bien sûr !

— Oui, répète-t-il.

— Bien, c'est un bon début.

— Pourquoi me l'avoir demandé si vous êtes si malin ?

— Je vous conseille d'éviter les provocations, ce n'est pas bon pour vos affaires. Seconde question : pour quelle raison avez-vous envoyé ces lettres ?

N'ayant plus aucune utilité de nier tout en bloc, mon

ancien client détend ses épaules et soupire.

— Parce qu'il a ruiné mon mariage.

Oh, ce culot...

— Qui ? Il faut nous dire les noms.

— William Allen.

La manière dont il a prononcé mon nom, comme si on lui avait donné de la mort-aux-rats en guise de sucre pour son café, témoigne de son amour pour moi.

— Y a-t-il plus que des menaces écrites ?

Nouvel échange de regards avec son avocat toujours pas décidé à lui faciliter la tâche.

— Oui...

— Quoi d'autre, dans ce cas ?

Il souffle encore une fois.

— J'ai... J'ai lancé des rumeurs auprès de sa clientèle.

Ça, on s'y attendait, mais encore ?

— Que leur avez-vous dit exactement ?

— Que son entreprise était vouée à l'échec. Qu'il vendait des biens à des personnes... peu recommandables.

— Comme qui ?

— Des mafieux, des trafiquants.

Quoi ?!

— Et ils vous ont cru sur parole ? Uniquement avec ces dires ?

Gloire à lui, c'est justement la question que j'étais en train de me poser.

— Je leur ai fourni de fausses preuves.

— Comme les prétendues captures d'écran que nous avons obtenues dans votre ordinateur lors de la perquisition à votre domicile ? Celles-ci, montre Jesse en les glissant vers lui.

Il les étudie.

— Ce ne sont rien de plus que des mots, pas de quoi m'incriminer.

— Vous croyez ? Ce sont pourtant de simples mots qui ont été responsables de génocides. Mais il n'y a pas eu que des mots dans votre cas, n'est-ce pas ?

Henderson fronce les sourcils.

— Je n'ai aucune idée de quoi vous voulez parler.

C'est étrange, au ton de sa voix, je n'ai pas l'impression qu'il mente.

— Ne me prenez pas pour un imbécile, Henderson. Nous savons que l'accident de voiture était intentionnel et que vous y avez joué un rôle.

L'interpellé plisse les yeux.

— Un accident ? Mais bon sang, quel accident ? Je n'ai absolument rien à voir là-dedans !

— Vous voulez me dire que le véhicule a foncé sur monsieur Allen au feu rouge, comme ça, par hasard ?

— Je vous le dis et vous le répète : je n'ai rien à voir dans cette histoire.

Jesse se lève et pose ses poings sur la table.

— Je commence à perdre patience. Si ce n'est pas vous, alors qui ?

— Je n'en sais rien. Je ne suis pas assez fou pour

faire ça.

— Assez pour menacer l'entourage de la victime, apparemment.

Jesse lit dans mes pensées.

— Certes, je suis bien à l'origine des menaces, comme vous le dites, mais pas de ça. Il faut être complètement fou.

Le policier se redresse, puis se tourne vers la vitre pendant un court instant où il nous témoigne de son incompréhension. Si lui ne comprend pas, moi non plus…

— Qu'est-ce que ça veut dire, bon sang… marmonné-je.

— Nous allons revérifier toutes ces informations. En attendant, vous aurez l'occasion de vous confier à votre nouvel avocat commis d'office.

Jesse ramasse son dossier et quitte la pièce. Un bip résonne quand la porte s'ouvre. Nous le retrouvons cette fois-ci de notre côté. Il remercie sa collègue et lui fait signe de partir.

— Bon… Au moins, nous avons ses aveux pour ce qui est des lettres et rumeurs, mais…

Il laisse sa phrase en suspens, mais non dénuée de sous-entendus.

— Il a peut-être eu des complices ? rajoute Mark. Des gens qui ont mal compris son ordre de nuire à Will et à son entreprise ?

Jesse hausse les épaules.

— Peut-être, en effet. Encore faut-il qu'il reconnaisse avoir eu recours à une certaine aide. On va continuer de le pousser à parler pour qu'on ait tous les éléments le jour du procès. Attention, encore une fois, je ne garantis rien, mais je vais faire tout mon possible pour qu'on retrouve l'automobiliste.

— Ta parole vaut bien toutes les promesses du monde, le rassuré-je. J'ai confiance en toi et je suis certain que tu sauras trouver les réponses. Encore merci, Jesse.

— Je t'en prie. Il n'y a rien que je ne puisse pas faire pour ma famille, alors pour la mille et unième fois, tu n'as pas besoin de me remercier.

Si ses mots n'étaient pas suffisants pour m'émouvoir, l'échange de regards entre les deux frères finit de m'attendrir.

Nous quittons le commissariat, le cœur léger. Jesse nous a annoncé que nous pouvions reprendre une vie à peu près normale. Ce qui signifie : être prudents au moins jusqu'au procès, mais aussi que notre cohabitation touche à sa fin. Voilà une des seules mauvaises nouvelles dans cette affaire. À présent, si nous voulons nous voir, ça le sera en secret.

Ce n'est pas que je ne me sente pas prêt à révéler à Hope notre relation, mais plutôt que le moment n'est pas propice. Nous venons à peine d'éclaircir ce mystère et tous ces changements se bousculent dans sa tête. Elle ne dit rien, mais je suis persuadé qu'elle a remarqué que quelque chose n'allait pas. Logique, me diriez-vous, après mon accident de voiture et notre déménagement soudain, mais pour une petite fille de six ans, se poser des questions est inhabituel.

Je lâche un profond soupir lorsque je m'engouffre dans la chaleur de la voiture. Mark fait de même, bien qu'il n'égale pas mon niveau d'essoufflement. Les secondes défilent où nous restons aussi immobiles qu'une étoile de mer collée sur la vitre d'un aquarium, jusqu'à ce qu'il tourne la tête pour me proposer :

— Café ?

— Carrément, réponds-je du tac au tac.

Le vrombissement du moteur retentit et la seule perspective de sentir cette chaleureuse substance couler le long de ma gorge me redonne des forces.

***

— Mon Dieu, que ça fait du bien ! m'exclamé-je, la tête rejetée en arrière et les yeux fermés pour savourer cette gorgée.

— Toi qui bois du café... J'avais autant de chance de voir un pingouin voler, pouffe l'homme le plus merveilleux du monde assis en face de moi.

Je me redresse pour entrevoir son air moqueur.

— Je sais, mais je ne dis pas non dans ce genre de circonstances.

— C'est noté.

Je ricane.

— Pourquoi ? Ce n'était pas une information très

importante.

— Quand ça concerne celui que j'aime, tout l'est, me balance-t-il, sans me préparer au choc.

Les traits de mon visage s'affaissent et je sens les larmes monter. Et ce n'est pas à cause de mes yeux écarquillés.

Soudain, les bruits qui nous entourent s'estompent. Je n'entends que des voix lointaines, comme si un casque couvrait mes oreilles.

— Tu...

L'unique mot que je réussis à prononcer.

— Je t'aime, Will.

Les fameux trois mots que je rêvais moi aussi de lui avouer... Il les a dits, et tout ça sans bégayer.

Mon cœur manque plusieurs battements, et comme si ce n'était pas assez, Mark continue.

— Je suis tombé éperdument amoureux de toi à partir du moment où tu es entré dans ce café. J'ai tout de suite su au fond de moi que ce magnifique homme accompagné de son adorable petite fille me comblerait de bonheur. La vérité est que je le vis depuis que je te connais. Crois-moi, ça fait si longtemps que je souhaitais te dire ces mots, mais je ne voulais pas précipiter les choses.

Bon sang... Je ne rêve pas ? J'ai envie de me pincer, mais hélas, mon bras plâtré m'en empêche, et impossible de bouger d'un millimètre. Mes yeux ne cessent de fixer ses prunelles d'un vert-gris éblouissant. Je pourrais aisément m'y perdre.

Pris d'un élan de lucidité, mes lèvres se meuvent sans que mon cerveau ait le temps de m'envoyer l'information. Mon cœur, si.

— Je t'aime, Mark.

Je marque une pause sans qu'il m'interrompe, comprenant sans doute ce qu'il se passe là-haut.

— Jamais je n'aurais pensé rencontrer quelqu'un d'aussi attentionné, généreux et aimant que toi. Tu as été mon second souffle, murmuré-je d'une voix tremblotante suivie de picotements au niveau des yeux. Ma deuxième chance. Je serais incapable de te laisser partir un jour et Hope non plus, tout en sachant ô combien elle t'apprécie.

Son sourire s'agrandit.

— Je n'en ai pas l'intention, rassure-toi. Il n'en est pas question, ajoute-t-il en entremêlant nos doigts sur la table.

À cet instant, je me moque du regard des autres et des quelques clients matinaux. Rien ne m'importe plus que notre amour.

— Maintenant que tout est clair entre nous, comment va-t-on faire avec ta fille ? Elle est trop maligne pour qu'on lui échappe longtemps.

Je ris.

— Eh bien… on va devoir la jouer finement jusqu'à ce qu'elle soit prête. Qu'en dis-tu ?

— Si ça te va, ça me va. *Deal* ?

— *Deal*, confirmé-je en lui faisant un clin d'œil.

Nos rires forment une symphonie.

Une mélodie que je pourrais savourer jusqu'à l'ivresse.

Finalement, il y a bien une place pour deux dans mon cœur.

Chapitre 27
Mark

— Mark… Pour l'amour du ciel, repose-moi à terre !

Will se débat tandis que je le porte tel un prince jusqu'à mon appartement.

— Bientôt, lui promets-je en traversant le couloir pour arriver face à ma porte.

Il me laisse un moment de répit le temps que je sorte mes clés et ouvre. Je l'emmène jusqu'à ma chambre et le dépose délicatement en position assise en bas du lit, ses béquilles au sol.

Je m'agenouille devant lui, mes mains sur les siennes, elles-mêmes sur ses cuisses. Ses joues sont roses et je m'en amuse.

— À présent, j'écoute tes doléances.

— Mes… quoi ?

— Je devine que tu te retiens de me disputer, alors vas-y, je suis tout ouïe.

Est-ce sadique de ma part de sourire comme un demeuré en le voyant prendre deux teintes au niveau des joues et bégayer ? Comment pourrais-je un jour me lasser de cet homme ?

Will se ressaisit afin d'énoncer ses plaintes.

— Je ne veux pas te disputer, c'est seulement que… Tu ne peux pas me porter comme ça en public. Et si tes voisins nous ont vus ? Et s'ils se mettent à te juger dès que tu…

— Je m'en moque, Will, l'interrompé-je. Si assumer d'être avec un homme aussi formidable que toi les rend prompts au jugement, alors qu'il en soit ainsi. Ils peuvent dire ce qu'ils veulent de moi, ça n'a pas d'importance. Ce qui l'est, en revanche, c'est de t'aimer comme un dingue, à tel point que je n'arrive pas à penser à autre chose que toi lorsque tu es en ma compagnie.

Ma déclaration enflammée le laisse bouche bée. La lueur dans ses iris scintillants me donne des papillons dans le ventre. Il est si beau que ça frise l'irréel. Cette pensée ne me quitte pas depuis la première fois que nous nous sommes rencontrés, pourtant j'ai l'impression que ce sentiment s'est accentué au fil des jours, comme si c'était possible.

— Arrête d'être aussi parfait, marmonne-t-il. Comment je pourrais te dire quoi que ce soit maintenant… ?

Ce reproche déguisé en compliment me tire un rire, déclenchant le sien. Le son qu'il produit enchante mes oreilles, je souhaite le prolonger davantage.

Nos rires s'éteignent, une tension s'installe pendant laquelle aucun ne dévie son attention de l'autre.

Je veux pouvoir entendre d'autres de ces sons...

Nos visages se rapprochent jusqu'à ce que nos lèvres se touchent et que nos langues dansent dans un ballet affolant, tant l'abstinence de ces derniers jours a été insupportable. Aujourd'hui, nous pouvons enfin nous lâcher, et ça, Will l'a très bien compris. Il m'attrape les cheveux afin de ne me laisser aucune chance de rompre notre baiser. Je souris intérieurement à sa possessivité adorable et accède à sa demande. Je l'aide à retirer sa veste, puis la mienne, avant d'avancer au centre du lit. Dès qu'il s'allonge, je me jette à nouveau sur sa bouche, mais ce n'est pas suffisant pour me contenter. J'ai besoin de goûter chaque parcelle de son corps, de m'imprégner de son odeur divine. En revanche, cela ne fait pas partie des projets de mon amant qui m'arrête en haletant :

— N-Non, attends...

Je me redresse, inquiet.

— Qu'y a-t-il ? Quelque chose ne va pas ?

Il secoue la tête.

— Non, ce n'est pas ça... C'est juste que... je ne vais pas tenir longtemps. J'ai besoin que tu me fasses l'amour.

Ma queue tressaute face à son aveu.

Sérieusement, est-ce qu'on a le droit d'exciter autant ?

453

— Tu… es sûr ? Ta jambe.

Il sourit.

— Je t'assure que je n'ai pas besoin de mes deux jambes pour que tu te glisses profondément en moi.

Oh bordel… Il va me tuer avec son dirty talk[18].

Je n'insiste pas et accepte d'exaucer son souhait. Nous nous déshabillons entièrement, puis je place un oreiller sous sa tête et un autre au creux de ses reins. Ce n'est qu'une fois après l'avoir préparé que j'attrape mon sexe pour le présenter devant son orifice parfaitement dilaté. Je m'enfonce en lui avec une lenteur démesurée par peur de lui faire mal, mais en entendant ses gémissements, je devine qu'il s'agit plus d'une torture qu'autre chose… J'y mets fin en m'insinuant d'un seul coup. Will rejette sa tête en arrière, ses ongles griffant mes cuisses.

— Oh… Mark… Mark !

Le plaisir le submerge, sans doute accentué par le piercing de mon gland. Le visage de Will est la raison pour laquelle je ne regrette absolument pas cette décision. Je remercie mon moi du passé de m'offrir une telle vue.

— Là ! Oui, là ! Plus fort ! hurle mon amant que je pilonne.

— Là ? C'est là que tu aimes ? grogné-je en m'agrippant à ses hanches.

J'augmente le rythme et force, tapant en plein dans

---

[18] *Discours sexuellement explicite, souvent destiné à exciter un partenaire* (Source : Wikipédia). Il y en a pas mal dans « L'océan dans ses yeux » si cela vous intéresse, hehehe.

sa prostate. Son corps n'a plus aucun secret pour moi désormais, je connais chaque recoin, chaque angle qui peuvent le rendre fou. Will crie en répétant «oui» je ne sais combien de fois, signe qu'il est proche de l'orgasme et moi aussi. Ma résistance est à chaque fois mise à mal avec lui, il m'est parfois difficile de tenir, car la simple idée de l'imaginer prendre du plaisir me fait perdre les pédales.

Nous jouissons ensemble dans un râle bestial. La pression qu'exercent ses muscles autour de mon membre m'envoie en orbite. Je ferme les yeux en redescendant sur terre, puis me délecte de l'expression de Will affichant une pure extase.

Je me retire pour m'allonger près de lui. Nos peaux sont trempées de sueur et du fruit de notre extase, mais cela ne nous empêche pas de nous enlacer. Nous échangeons un regard tendre et il enfouit sa tête contre mon torse.

C'est parfait.

Tout dans ce moment l'est : moi et mon merveilleux amant étendus dans le lit, le danger écarté, nos sentiments réciproques, l'assurance d'une bonne entente avec ses proches et plus particulièrement sa fille...

Absolument parfait.

Je souhaite qu'un jour, l'image de nous deux récupérant Hope à l'école fasse partie de notre quotidien.

Elle le sera, car j'ai succombé à la tentation.

L'épilogue qui va suivre amorce l'intrigue
du second tome sur un autre couple.
Lisez-le, mais c'est à vos risques et périls.

Épilogue
Mark

Six mois plus tard

Nos vies ont repris leur cours. Le procès s'est déroulé assez vite au vu de ce dont est accusé Henderson et du fait qu'il ait tout avoué. Ce dernier a purgé sa peine de cinq mois en prison pour s'acquitter de plusieurs milliers de dollars que son ex-femme a refusé de payer, en plus de devoir verser une amende à Will pour dommages et intérêts. Elle a tout à fait raison là-dessus. Cet homme ne mérite même pas qu'on lui offre un dollar. Et en parlant d'elle, c'est grâce à ses contacts et à sa richesse que justice a été rendue. Will la voit de temps en temps lorsqu'elle vient à son agence et il est plus qu'heureux de l'avoir à nouveau pour cliente puisque celle-ci cherche à investir dans des biens. Je ne l'ai rencontrée qu'à deux reprises, mais elle a l'air aussi sympathique que Will l'avait décrite.

En revanche, un des éléments ne l'est pas. Toujours aucune trace de l'automobiliste qui a percuté Will. Malgré des mois d'acharnement, la police, dont essentiellement mon frère, n'a rien trouvé d'irréfutable. Les témoignages recueillis ont été lus et visionnés un nombre incalculable de fois, sans succès. Jesse demeure persuadé que c'était intentionnel. Henderson, qui a tout avoué, y compris ses antécédents sordides d'escroquerie, ne l'a pas fait à ce sujet.

Jesse m'a expliqué que le coupable aurait très bien pu agir sans l'accord de Henderson. Mais mon frère ne laissera pas passer ça, c'est certain. Il se console en se disant que depuis la «fin» de cette affaire, plus personne n'embête son petit protégé. Seulement, un détail lui torture l'esprit. L'automobiliste a parfaitement su comment cacher les preuves. La ou les ressources utilisées ne correspondent pas à tous les profils. Il faut être un expert en la matière pour faire disparaître un véhicule et tous ses papiers.

Après m'avoir expliqué tout ceci autour d'un verre, Jesse m'a demandé de ne plus m'en préoccuper. *Trop tard, j'ai eu envie de dire.* Comment pourrais-je mettre ça de côté et ne pas m'inquiéter alors qu'on a failli tuer l'homme que j'aime ? C'est tout bonnement impossible. Pas pour Jesse, apparemment. Ce mec-là me surestime trop. Le simple fait d'apercevoir une égratignure sur le corps de Will me met dans tous mes états. Je me souviens qu'il m'a conseillé de me détendre quand on lui a enlevé son plâtre. Selon lui, ma mâchoire était crispée. Je suis allé avec lui, histoire de me rassurer, mais surtout pour l'emmener chez le médecin. Après des semaines à tout faire avec un bras, Will a sauté de joie. Bien sûr, il a suivi une rééducation avec son kiné, mais ça valait bien tous ces efforts. Conduire, se doucher, préparer à manger… Il avait beaucoup de mal. Mais il n'y a pas que pour ça que l'attente a été rude. Directement après sa deuxième séance avec le kinésithérapeute, Will m'a emmené chez lui. L'appartement était vide ce week-end-là, car Hope se trouvait avec Cruella. Je ne cesserai jamais de l'appeler par ce surnom, elle le mérite. Nous avons utilisé la chambre, la cuisine, le salon, bref – presque toutes les pièces – pour assouvir notre plaisir et étancher notre soif. Au final, nous ne sommes même pas sortis. Ça ne nous a pas dérangés.

Du tout.

Ce n'est pas le genre de chose que je raconterai à mes parents. Que Dieu m'en préserve. Finalement, le repas de famille au grand complet a eu lieu. Mon formidable amant a pu rencontrer toute la fratrie ainsi que mes neveux et nièces. Il était désolé de ne pas avoir emmené Hope alors que ma mère lui avait dit qu'elle serait ravie de la voir, mais pour lui, le timing n'était pas bon. Il ne l'est toujours pas aujourd'hui. Je respecte ce choix. En me mettant à la place de Hope, j'aurais souhaité le découvrir dans une autre circonstance. Débarquer dans la famille de l'ami de son père pour partager un repas soulèverait pas mal d'interrogations, eux qui n'ont pas l'habitude de faire ça, même avec celle d'Élisabeth ou d'Amanda.

Tous étaient très heureux de faire la connaissance de Will. Mon frère Cameron fut le plus sérieux d'entre tous. Il a posé des questions non embarrassantes – pas comme certains – prouvant qu'il s'intéressait à Will. Quant à ma sœur Phoebe et Jesse, ils ne cessaient de me lancer des sourires idiots.

Comme Jesse le fait à cet instant en face de moi pendant que je prépare une commande au bar.

— Alors, comment ça se passe avec William ? me demande-t-il avant de savourer son café.

Mon visage s'illumine.

Mon frère est venu sans prévenir en ce début d'après-midi pendant sa journée de repos. Il se fait un plaisir de squatter chez moi. Il travaille tellement que dès lors qu'il est sans uniforme, cela me fait bizarre.

— Très bien, je te remercie, réponds-je en déposant deux tasses sur le plateau pour que Coline le prenne.

— J'en suis heureux. D'ailleurs, on a tous hâte de mieux connaître la fameuse princesse.

Ils se sont tous foutus de moi, lui le premier, lors du repas de famille quand j'ai prononcé son petit surnom. Enfin, ce n'était pas de la moquerie mais des « ohhh » et « trop mignon » à gogo. Ils savent à présent à quel point je suis attaché à elle. C'est simple : je ne peux rien lui refuser. Pour ma défense, il n'y a pas que moi, tout le monde est à sa botte. Will aussi, et en plus de ça, il a osé rire de moi.

— Ce n'est pas la même chose, avait-il dit. Je suis son père.

Mouais, il ne m'a pas convaincu.

— J'ai autant hâte que vous, mais...

— Vous n'êtes pas encore prêts, continue-t-il à ma place.

Je hoche la tête.

— T'en fais pas. Je suis sûr que tout ira bien, comme avec les parents de Will.

C'est vrai, la rencontre s'est très bien passée. Nous avons dîné tous les quatre plusieurs fois. L'expression « les chats ne font pas des chiens » prenant tout son sens. Ils sont aussi charmants que l'est leur fils. Ça se voit qu'ils tiennent à leur unique enfant. Les pauvres ont été attristés et profondément choqués par les événements. Will s'était juré de tout leur raconter dès que la tempête serait passée, et avant le procès pour qu'ils puissent y assister.

— J'espère, soupiré-je sans m'empêcher d'être inquiet.

— Je te l'ai dit, Hope t'aime beaucoup trop pour ne pas être heureuse pour vous.

Mon cœur se réchauffe à cette douce pensée.

En parlant d'amour, je me sens dans l'obligation de poser une question à mon frangin. Je n'y résiste pas, mais prie pour qu'il me réponde. J'abandonne la serviette que je tenais pour nettoyer le comptoir.

— Et… Comment ça se passe de ton côté ?

Les muscles de son visage se détendent peu à peu. Son regard est… triste. Du moins, je réussis à le deviner car il évite tout contact en se concentrant sur sa tasse.

— Jesse ?

— J'ai… Je ne sais pas.

— Frérot, tu ne peux pas continuer comme ça. Il faut absolument que tu lui parles.

Il lève les yeux vers moi.

— Pour dire quoi ? lance-t-il en haussant les épaules. Mark, tu sais très bien qu'il ne sera pas heureux avec quelqu'un comme moi.

— Tu lui as demandé son avis avant de conclure ça ?

— Non, je n'en ai pas besoin.

— Pourquoi donc, bon sang… ?

— Parce que ton meilleur ami ne mérite pas de faire sa vie avec une personne aussi brisée.

Mon cœur se fend en deux en digérant ses mots. Qu'il pense cela de lui est profondément malheureux. Mais ce qui me fait tilter, c'est son changement de discours. Il est plus pessimiste que d'habitude. Chaque fois qu'on lui posait une question sur sa santé, autant mentale que physique, il affirmait que tout allait pour le mieux, que son psy l'aidait à surmonter la montagne de problèmes à laquelle il fait face chaque jour. Mais là, c'est différent.

Trop différent.

— Jesse, je… Est-ce qu'il s'est passé quelque chose que j'ignore ? En as-tu discuté avec les parents ou n'importe qui ?

Il prend un certain temps à répondre, visiblement en train de chercher ses mots avec prudence.

— Non, pas à proprement parler. Et non, je n'ai rien révélé à personne, sauf au docteur.

— Qu'est-ce que tu as ? Je t'en prie, dis-moi pourquoi tu penses ça de toi tout à coup.

— Tout simplement parce que c'est vrai. Enfin, regarde-moi, m'ordonne-t-il en se désignant des mains avant de les reposer sur le comptoir. Et ce n'est pas le nombre de séances chez le psy ou les cachets qui vont changer quoi que ce soit. Certes, Jamie est médecin et très altruiste, mais je n'ai pas envie de devenir son patient. Crois-le ou non, et je sais que c'est vrai, mais c'est exactement comme ça que ça se passerait entre nous. Je serais uniquement un fardeau, et lui serait ma béquille. Ce n'est pas… Je…

Ses yeux s'emplissent de larmes qu'il se dépêche de retenir.

— Je tiens beaucoup trop à lui pour lui faire subir ce calvaire. Alors maintenant, s'il te plaît, Mark, ne me pose plus cette question. Il faut que ça s'arrête. Il faut que je passe au-dessus de tout ceci. Il le faut pour que j'avance, seul.

Mais tu n'as pas à l'être.

C'est ce que je veux lui répondre, mais sa supplique

465

et ses yeux brillants de tristesse me freinent en plein élan.

Je ferme les paupières pour me reprendre, le temps de formuler mes propos.

— C'est entendu. J'arrêterai, mais tu ne peux m'en vouloir. Je ne veux que ton bien.

— Je le sais, ne t'inquiète pas, et je ne te remercierai jamais assez pour ton soutien. Toutefois, j'ai besoin de lâcher prise pour évoluer. Trouver mon chemin.

— Je comprends et je serai toujours là. Si tu veux que je te tienne la main, n'hésite pas.

Ma tentative de plaisanterie ne passe pas inaperçue. Un timide sourire apparaît.

— Promis, je te le ferai savoir.

— T'as plutôt intérêt, le menacé-je en le pointant avec une cuillère.

C'est tout ce que j'ai sous la main.

Cette fois-ci, ses lèvres s'étirent, au point de soulever ses joues.

Je préfère le voir ainsi. Le Jesse que je connais depuis ma naissance ne serait pas lui sans sa bonne humeur constante. Elle ne doit pas s'atténuer. Jamais. Sinon, je crains que mon grand frère ne soit perdu pour toujours.

Je le contemple pendant un long moment tandis qu'il continue de rire.

S'il te plaît, frérot, bats-toi jusqu'à la fin. Tu as tant de choses à découvrir, à vivre. Et il m'est inconcevable de passer le reste de mon existence sans toi.

Je ne le lui dis pas. À vrai dire, j'ignore pourquoi, mais j'ai l'impression qu'il doit s'en rendre compte par lui-même. Le voyage sera peut-être long. Non, ça ne fait aucun doute quand on sait d'où il vient. Une chose est sûre, c'est qu'il aura toujours mon soutien.

Tu vas y arriver. Il le faut.

À suivre

REMERCIEMENTS

Je tiens tout d'abord à remercier prticulièrement mes formidables bêtas-lecteurs : Alexandrine, Élodie, Billy et Thecatdemon. Vous n'avez pas idée à quel point votre aide m'a été précieuse.

Merci à mes premiers lecteurs sur Wattpad. Votre engouement dès le premier chapitre publié a su m'encourager.

Merci à ma famille et mes amis qui soutiennent tous mes délires (accrochez-vous, parce que ce n'est pas fini !).

Merci à ma petite équipe de partenaires, toujours présente pour suivre mes aventures.

Merci à ma correctrice, Farida. Tes conseils et ta patience ne seront pas oubliés.

Et enfin, merci à toi, qui lis ces lignes. Tout ceci ne serait rien sans toi.

DE LA MÊME AUTEURE :

Broché + Relié +Ebook

My dearest (duologie, dark fantasy, romance MxM)

Broché + Ebook **Relié** **Broché**

L'océan dans ses yeux (fiction historique, romance MxM)
et son bonus Le châtiment (disponible dans la version reliée)

Broché

Libère-moi de cette prison (duologie, romance MxM)

BIOGRAPHIE

Rêveuse depuis son plus jeune âge, elle a entassé de nombreuses histoires dans son esprit jusqu'à commencer à écrire en septembre 2022. Tous les univers l'inspirent, même si ses préférences restent ceux en rapport avec la piraterie et les vampires.

Elle a découvert par hasard la romance MxM (homoromance) en traînant sur Amazon pour ensuite tomber dedans jusqu'à les dévorer (comme Obélix, tiens !).

Dotée d'une imagination débordante, elle se fait un plaisir de partager un bout de son excentricité avec ses lecteurs.

Suivez-moi sur Instagram et Tiktok !

@meonie.swan_auteure